蘭郁二郎探偵小説選Ⅱ

論創ミステリ叢書

60

論創社

蘭郁二郎探偵小説選Ⅱ

目次

創作篇

評論・随筆篇

凡　例

一、「仮名づかい」は、「現代仮名遣い」（昭和六一年七月一日内閣告示第一号）にあらためた。
一、漢字の表記については、原則として「常用漢字表」に従って底本の表記をあらため、表外漢字は、底本の表記を尊重した。ただし人名漢字については適宜慣例に従った。
一、難読漢字については、現代仮名遣いでルビを付した。
一、極端な当て字と思われるもの及び指示語、副詞、接続詞等は適宜仮名に改めた。
一、あきらかな誤植は訂正した。
一、今日の人権意識に照らして不当・不適切と思われる語句や表現がみられる箇所もあるが、時代的背景と作品の価値に鑑み、修正・削除はおこなわなかった。
一、作品標題は、底本の仮名づかいを尊重した。漢字については、常用漢字表にある漢字は同表に従って字体をあらためたが、それ以外の漢字は底本の字体のままとした。

創作篇

「楕円の応接間」において、「モルグ街の殺人」と
「黄色い部屋の秘密」のトリックにふれています。
未読の方はご注意下さい。

息を止める男

無くて七癖というように誰れでも癖は持っているものだが、水島の癖はまた一風変っていた。それは貴方にお話ししてもおそらくは信じてくれないだろうと思うがその癖は「息を止める」ということなのである。

私も始め友人から聞いた時は冗談かと信じなかったが、一日彼の家に遊びに行った時に笑いながら訊いてみると、彼は頗《すこぶ》る真面目でそれを肯定するのである。私も不思議に思ってどうしてそんなことをするのかと聞いてみたが彼は首を振るばかりでなかなか話してくれなかった。

しかし話してくれないとなお聞きたくなるものであるし、またあまり変なことなので好奇心に馳られた私はどこまでも五月蠅《うるさ》く追窮したので、水島もとうとう笑いながら話してくれた。

「その話はね、誰れでも五月蠅く聞くんだ、その癖皆んな途中で莫迦《ばか》らしいと笑ってしまうんだ。それで僕もあまり話したくないんだ。まあ話を聞くよりは自分でちょっと息を止めてみ給え、始めの二三十秒はなんでもないかも知れないが、仕舞いになるとこめかみの辺の脈管の搏動が頭の芯《しん》まで響いて来る。胸の中は空っぽになってわくわくと込み上げるようになる――遂、堪らなくなって、ハアーと大きく息を吸うと胸の中の汚いものがすっかり嘔き出されたようにすがすがしい気持になって、虐げられた心臓は嬉しそうに生れ変ったような新らしい力でドキンドキンと動き出す。

僕はその胸のわくわくする快感が堪らなく好きなのだ。ハアーと大きく息する時の気持、快よい心臓の響き。僕はこれ等の快感を味わうためには何物も惜しくないと思っている」

水島はそう言って、この妙な話を私が真面目に聞いているかどうかを確かめるように私の顔を見てからまた話を続けた。

「しかし、近頃一つ心配な事が起って来たのだ、よく阿片《アヘン》中毒者――イヤそんな例をとらなくてもいい、煙草のみでも酒のみでも――などが始めの中はこんなものが、と思ってそれを続けて行く中にはいつしかそれが恍惚の夢を齎すのだ、こう習慣になってくると今度はその吸飲量を増さなければ満足しなくなる、馥郁《ふくいく》たる幻を追うことが出来なくなる。それと同じに僕も最初のうちは四五十秒から一分もすると全身がうずうずして言い知れぬ快感に身をもだえたものなのに、それがこの頃は五分になり、十分になり、今では十五分以上も息を止めていても平気なのだ、だけど僕は少しも恐れていない、この素晴らしい快感のためには僕の命位は余りに小さいものだ、それに海女などもやはり必要上の練習から、随分長く海に潜っていられるということも聞いているからね、海女といえばどうして彼女等はあの戦慄的な業に満足しているのだろうか、僕はやはりあの舟べりにもたれて大きく息する時の快感が潜在的にあるためだと思うね」

水島はそう言ってまた私の顔を覗くようにして笑った。

しかし私はまだそれが信じられなかった、息を止めてその快感を味う！　私はそれがとてつもない大嘘のように思われたり、本当かも知れないという気もした、その上十五分以上も息を止めて平気だというのだから――水島は私の信じられないような様子を見てか、子供にでもいうように、

「君は嘘だと思うんだね、そりゃ誰だってすぐには信じられないだろうさ。嘘か本当か今実験してみようじゃないか」

私はぼんやりしていたが水島はそんなことにお構いなく、

「さあ、時計でも見てくれ給え」

こういうと彼は椅子に深か深かと腰を掛けなおした。

彼がこう無造作にして来ると、私にもまた自前の好奇心が動き始めた。

「ちょっと。今三時三十八分だからもう二分してきっちり四十分からにしよう」

というと水島は相変らず無造作に「ウン」と軽くいったきり目をつぶっている、こうなると私の好奇心はもう押さえきれなくなってしまった。

「よおし、四十分だ」

私は胸を踊らせながら言った、水島はそれと同時に大きく息を吸い込んで悪戯っ子のように眼をぱちぱちして見せた。

私は十五分間やっとこらえた、私は不安になって来た

のである、耐えられない沈黙と重苦しい雰囲気が部屋一杯に覆いかかっている、墓石のような顔色をした彼の額には青黒い静脈が條虫《さなだむし》のようにうねって、高くつき出た頬骨の下の青白いくぼみには死の影が浮動している。

私はこの洞穴のような空虚に堪えられなくなった、そして追い立てられるように椅子から立つと彼に近寄って、恰度《ちょうど》取合せた仁丹の容器に付いている鏡をとり出すとよく検死医がするようにそれを口元に近付けてみた、やはり鏡は曇らない、彼は完全に呼吸をしてないのだ……私は押しもどされるように椅子に帰って腰を掛けなおした。

四時。もう二十分も経った。その瞬間不吉な想像が後頭部に激しい痛みを残して通り過ぎた。彼は自殺したのではないかしら、日頃変り者で通っている彼のことだ、自殺するに事を欠いて親しい友人の私の面前で一生に一度の大きな芝居をしながら死んで行こうとしているのではないだろうか、死の道程を見詰めている。そんな不吉な幻が私に軽い眩暈《めまい》を感ぜしめた。

彼の顔は不自然に歪《ゆが》んで来た、歪んだ頬はひきつけたように震えた。私は自分を落付けるために勢一杯の努力をした、しかし遂にはこの重苦しい雰囲気の重圧には耐えられなくなってしまった、そうして、死の痙攣《けいれん》、断末魔の苦悶、そんな妙な形容詞が脳裏に浮んだ瞬間私は腰掛けていた椅子をはねのけて彼を抱き起し、力一杯ゆすぶって目をさまさせようと大声で水島の名を呼んでいたのだった――。

私のこの狂人染みた動作が効を奏してか、彼の青白い顔には次第に血の気が表われて来た。しかしそうして少しの後、口が听《き》けるようになると直ぐ乾からびた声で、

「駄目だなァ君は、今やっと最後の快感にはいり始めたのに……」そういって力のない瞳で私を見詰めるのだった。けれど私は水島にそういわれながらもなんとなく安心したような気持になって、彼の言葉を淡く聞いていたのである。

私はあの息を止めるという不可解な実験の後、私の好奇心は急に水島に興味を覚えて、暇をみては彼の家に遊びに行くのがいつからとはなく例になっていた。

所がある日、いつもの通り水島を訪れると恰度また彼があの不可思議な「眠り」をして居るところに行き合った、今見た彼の様子はいかにも幸福そうな、物静かな寝顔であった、この前は初めての事なので無意識の不安が彼の顔に死の連想を見せたのかも知れない……。

私はこの前のように周章《あわて》て起して機嫌を悪くされてもつまらぬから、そっとそのままにして見ているとしばらくして彼は目をさました。

そうして二十分も息を止めている間の奇怪な幻覚を話してくれたのである。それがどんな妖しい話であったか。

「僕が息を止めている間に様々な幻の世界を彷徨するというとさも大嘘のように思うだろうがまあ聞いてくれ給え。

例えばこの『息を止める』ということに一番近い状態は外界からの一切の刺激を断った『眠り』という状態だ、この不可思議な状態は凡ての人々が余りにも多く経験するので、それについて少しでも深く考えようとしないのは随分軽率だということが出来る、君、この『眠り』の中にどんな知られぬ世界が蠢《うごめ》いていることか……、そしてまた君はしばしば寝ている間にどうしても解けなかった試験問題の解を得たり、或は素晴らしい小説の筋を思い付いたりして所謂《いわゆる》霊感を感じるというようなことを聞いたり、或は君自身も経験したことがあると思う、それというのも皆この第二次以上の空間を隙見して来たに過ぎないのだ、ところが君、この『眠り』にも未だ現世との連絡がある、それは呼吸だ、それがあるために人々はまだ幻の世界に遊ぶことが出来ないのだ、しかし僕はその唯一の連絡を切断してしまったのだ——。

人は皆胎児の間に一度は必ずこれ等の幻の世界に遊び、そうしてその途上に何か収穫のあったものが生を享けてからこの現実の世界において学者となり、芸術家となり、また犯罪者となるのだ。

幻の世界は一つではない、清澄な詩の国もあれば、陰惨な犯罪の国もある。昔、仏教は訓《おし》えた、次の世界に極楽と地獄のあることを、それを思い合わせてみると、この地獄極楽を訓えた者も或は僕の如くこの幻の世界の彷徨者であったかも知れぬ」

足の裏

1

　さて、私がいまお話ししようというお話の主人公は、景岡秀三郎——という景岡浴場の主人なのですが、その人の色々変ったお話と、それに関連して探偵小説的な一つのトリックといったようなものを御紹介しようと思うのです。

　浴場の主人——などというといかにも年輩の、シッカリした男を連想しますけど、景岡は私立大学を出たばかりの、まだ三十には二三年間《ま》のある青年でした。大学を出たばかりの青年がお湯屋の主人なんて——、誠に不釣合な話です。だが彼の奇癖が、こんな商売をやらせたのです。

　一体、景岡秀三郎という青年は……チョット傍道《わきみち》になりますけれど……少年の時から、極く内気な性質《たち》でした。そうした少年にありがちな傾向として、彼もやはり、小学校という社会に投込まれた時に、どんなに驚ろいた事でしょう。元気よく駈け回る大勢の友人を、むしろ、驚異の眼で見とれながら、校舎の蔭にポツンと独り、影法師のような秀三郎でした。——そのくせ、夢みるような瞳は、飽くなき巨大な幻想を凝視《みつ》めていたのです。

　この風変りな少年、景岡秀三郎の、最も恐れたのは、時々行われる体格検査でした。大きな講堂の中で、ピチピチした裸体の群像の中に青白い弱々しい体を曝《さら》すという事は、消入るように苦しかったのです。

　（痩っぽちだなア……）

　侮蔑にみちた言葉が、裸になって、はしゃぎ切った少年達の、何んでもない会話からさえ、浮び出して来るのでした。

　その上、景岡秀三郎は、少年としては珍しく、毛深かったのです。腕や脚には、もう生え際の金色な毳毛《うぶげ》が、霞《かすみ》のように、生えていたのです。

　秀三郎は、友達の浅黒い、艶々した肌を見る度に、自分の毛深かさに対して、子供心にも、激しい嫌悪を感ずるのでした。

「おや！　すごい毛だね……」

体格検査の時など、そんなことをいいながら、友達が、珍らしそうに近寄って来ると、秀三郎は、ギクンと咽喉《のど》につかえた心臓を、一生懸命に、肩をすぼめて押えながら、もう眼は泪ぐんでしまうのでした。

こんな自然の悪戯は、秀三郎を、なお内気にしてしまうと同時に、露出嫌悪症——裸体嫌悪症——という偏窟沼の中に投げ落し、そして、それは年と共に、いよいよ激しくなって、自分自身の体でありながら毛むくじゃらな腕や胸を見ると、ゾッと虫酸《むしず》が走るのを、どうすることも出来ませんでした。

——そのくせ、というより、むしろその反動として、白い滑らかな、朝露を含んだ絹のような、はり切った皮膚を見る度に、彼は頬を摺りつけ、舐めてみたり、或は、そっと噛んでみたいような、激しい憧れを感ずるのです。

煙のように、淡く飛び去った幼い思い出の中に、今でも網膜に焼付けられた、一つの絵があります。——それは小学校の校庭でした。

女生徒の体操の時間で、肋木《ろくぼく》につかまった生徒達が、教師の号令で、跼《かが》んだり起きたりしています。二階の窓ぎわにいた景岡秀三郎が、フト、その一群《むれ》に、眼をやった時でした。

音もない風が、梢から転び落ちると、恰度跼み込んだ女生徒のスカートを、ひらりと反《かえ》したのです。ハッとした秀三郎は、僅かの間でしたが、眼頭《めがしら》の熱くなるのを感じました。

今、こうして瞼を閉じても、その搗《つ》きたてのお餅のようなふっくりとした太腿へ、真黒なガーターが、力強く喰込んでいるその美しさに、吾れ知らず鼓動が高まるのです。

長ずるに従って、次第に瞼の裏には、様々な美しい肉体の粋が、あるいはくびれ、或はすんなりと伸びて、数を増し、追っても、払っても、なよなよと蠢めき、薄く瞼を閉じるとそれらは、青空一杯に、白い雲となるのでした。

こうした景岡の眼には、自然の草木はなんらの美をも齎らしませんでした。そして肉体の探窮美にのみ、胸を搏《う》たれるのです。

その美への憧れは、案外急速に実現されました、というのは、景岡が大学を出て間もなく、僅かの間に、続いて両親を亡い、それと同時に、少なからぬ遺産を受継いだからです。

そして、美の探窮場として、建てられたのが景岡浴場でした——。

×

従って、景岡浴場というものが、どんな構造になっていたか、大体御想像がつかれる事と思います。

2

景岡秀三郎は、学生時代に、三助になろうか——、と真面目に考えた事がありました。しかし、それは到底実現出来ない話です、というのは、他人の裸体に対して激しい魅惑を感ずれば感ずるほど、自分の裸体に底知れぬ嫌悪を覚えるからです。

美しい裸体の群像の中に飛込むこと——、それは限りなき蠱惑です。だが、自分も褌一つの裸に……、それは到底出来得ない事です。景岡にとっては、自分の裸体を衆目に曝すより、死の方が、どれほど易々たることだったか——。

自分は姿を隠していて、それでいい裸群像の隅々までも、見られるような——。これが景岡の胸の中に醗酵した「景岡浴場建設趣意」でした。

そして、それが何人の掣肘もなく、どんどん出来上った舞台は、一口でいえば硝子箱の浴槽を持った、非常に明るい浴場でした。

景岡は、この硝子箱の浴槽、というのを恰度その頃開催していた某博覧会の「美人海女《あま》、鮑取り実演」という、安っぽい見世物から思いついたのです。

その見世物は——御承知でもありましょうが——、硝子で水槽を造って、その中に岩だの、海草だのを、ごたごたと配置して、海中らしく設《しつ》らえ、そこへ半裸体の海女が、飛込んで鮑を取って来る。という他愛もないものですが、あの真赤な湯文字を、巧みに翻がえして、眼の前に泳ぎ寄る蒼白い水中の裸女の美は、彼景岡秀三郎の頭の中の、総ての感覚を押しのけて、ハッキリと烙印されてしまったのでした。

——そして、そこに、海女の代りとして、素晴らしい全裸の肉体を、泳がせたら……。

（何んとスバラシイ美の構成であろう）

景岡は夢みるように、手を振って、幻を摑みながら、激しい鼓動に、息を弾ませるのでした。

×

まこと、その期待は、見事適中したというものです。景岡浴場、開業第一日からの盛況は！

全く、この下町K——には初めての豪洒な浴場だったのです。あのライトグリーンのタイルに足を投出して、明るい湯霧《もや》を見詰めながら、うっとりとする気持は、そして晴れた高空に、パンパンと快よく響く流しの醸す雰囲気は、誰だって、溜らなく好ましいものに相違ないのですから……。

——一方、また、景岡にとっては、この放心したような、自由は姿体を持った裸の群れを、彼の檻の中に置いて、どんなに狂喜したことでしょう。

景岡秀三郎は、殆んど総ての時間を、浴槽の下にある、薄暗い部屋で送っていました。その部屋は、勿論景岡一人しか知らない秘密の部屋で、浴場の裏に附属している母屋の、彼の私室である二階から、裏階段を通って直接下りて行く以外に道がなく、従って、雇人たちの眼に触れずに、こっそりと往復することが出来るのでした。

その部屋の様子は、一口でいえば、硝子張の天井を持ったコンクリート造りの地下室——だったのです。

地下室で、四囲《あたり》は真暗ですから、頭の上の硝子張（浴槽の底）を透して来る光だけが、ほのぼのと部屋を照らしています。その光りで見ると、その部屋にはたいして道具などもなくただ、安楽椅子ともいうべき寝椅子と、その他二三脚の普通の椅子、それに莨盆を乗せた小さい卓子……等だけが、ほんのりと浮き出して見えるきりです。

二三尺もお湯を透して来る光りは、このためにこの景岡浴場は充分すぎるほど採光に意を払って建てられているのですけれど、それでも妙に蒼味がかった、何んともいえない色合を見せていました。恰度——なんていいますか、あの厚いガラス板を縦に見た時に、深淵の澱んだようなモノスゴイ蒼さを見せますけど、ちょっと、あの感じ……とでもいいましょうか。

さて、景岡秀三郎はその密室に這入りますと、いつもさっきの寝椅子にゴロンと横になるのです。こうすると、ちょうど眼の前二尺ばかりのところへ浴槽の底の硝子板が来るのでした。

そうして楽々と寝そべって、タバコをふかしながら、その世にも奇妙な、滑稽極わまる、徹底的曝露舞踊を、独りニヤニヤと眺めている――この彼自身の姿に彼自身、狂いそうなウレシサ、とてもたまらないタノシサを感ずるのでした。

3

この頭の上を舞《おど》り廻る裸形のダンサー……ああ、とても罪なことに、その中には〇〇も〇〇もあらゆる階級の人が、何んにも知らずに舞っているのです……に放心したような月日を送っていた景岡秀三郎も、興味的にのみ眺め暮していたのが、いつとはなく観察的にそれ等を見るようになったのでした。

で、一番始めに眼についたのは、やはり一番近いところにある「足の裏」です。足の裏にもこんなに種類があるものか――、秀三郎はなんの気もなく足の裏を観察し始めて、思わず驚嘆の声を上げたのです。各人各様、とはよくいったもの、馴れるに従って足の裏をみただけで、いま入浴しているのは誰々――とハッキリいいあてることが出来るほど、夫々に特徴を持っているのです。

偏平足のもの、地踏《つち》まずのハッキリしているもの、その地踏《つち》まずの凹んだところに、瘦せた人で腱の出る人、瘦せていても腱の出ない人……親指が中指より長い人、短い人、指の揃っている人、開いている人……

中でも、これは景岡秀三郎の大発見だと思われるのは「足の指紋」です。これは手の指紋と同様、十本が十本皆同じの人、というのは彼の経験では一人もないのでした。

凡らくこれは大発見、と同時にまた、景岡秀三郎の身を危《あや》く滅ぼす基《もと》でもあったのです……。

というのは、その発見をすると、景岡は、もういままでの熱心な観察をフッツリとやめてしまって、うっとりと寝椅子に寝ころんだまま、しきりに何か考えごとをしていたのです。

景岡秀三郎は殺人を計画していたのでした。

実は妙な話ですけどそんな差し迫った殺人の必要もなかったのですけど、……無い事もありませんでした。というのは景岡秀三郎は、こんな廃頽趣味であることからも解るようにとても妙に偏屈なとこがあって、一度こう――と思いつめたら蛇のように執拗なところがあるのですが、その気持が、この素晴らしいトリックを思いつくと同時に、急に燃え上って来たのでした。

美しき従妹ハトコの父石崎源三を殺そうというのです。理由は——誠に簡単な事なのですが、いまいったような景岡の性質では、充分殺人に値していたかも知れません。秀三郎はハトコを愛し、そして、美しきハトコも彼を愛してくれる……というのに彼女の父石崎源三が景岡の奇矯な行動からおいそれと許してくれない。という理由なのですが——。だが秀三郎はもうタマラナクなってしまったのです。

殺人の現場に一口の短刀が遺棄されている、見るとそれにはアリアリと、指紋が残っているので被疑者は一人残らず指紋をとられる、勿論石崎源三の家にしばしば行った景岡の指紋も採《と》られるに違いない——だが——一人として該当者がない……無いはずだ……それは足の指紋だもの。どうだ、実に素晴らしい。

ナマジ指紋（?）あるがために、この事件は迷宮入りになってしまうに違いない。いかにも面白い——と同時に日本的なトリックだ、外国のように沓下を穿《は》き、靴を穿いていたんではこんなトリックはなかなか現われまい……。

「巨大な指紋を遺《のこ》して犯人蒸発！　推察するに相当大男ならん——」などという新聞紙のセンセイショナルなタイトルまでもう頭の中にちかちかとひらめくのでした。

（面白い、殺《や》ってやれ）

秀三郎は、喫《す》いかけたタバコをポンと地下室の向うに抛って、薄暗の中にポーッと赤い火の灯るのを見ながら、卓子に手をついて、ウン、と寝椅子から起き上った時でした。

（アッ——）

景岡秀三郎は、思わず愕然としたのです。卓子についた手の指を御覧なさい、その指の先は、てんでばらばらで、とても足の指のように揃っていません。ソレニ、一緒に平面上に五本の指の先きを同時に押すことが出来ないのです。四本の指の先きを、どうにか揃えて押すと、親指はハラを押してしまう——。バカバカしいようだが、重大なことです。と同時にそれに、いまの今まで気がつかなかった——のです。

こんなことでは、まだ他にどんなミスがあるか、知れないぞ……。

×

景岡秀三郎は、もうすっかり殺人がイヤになってしまいました。熱し易い一方、とても冷め易いのです。考えてみれば何もセッパ詰った訳でもなし……こうなると彼のぐずぐずの心は二度と振い立たないのでした。（こんなトリックを思いついたばかりに、却って身を滅ぼすところだった——）

秀三郎は、またごろんと寝椅子にころがると、チェリーの缶に手を差しのべたのでした。

4

頭の上の浴槽の中には五六人の女たちが、立ったり屈んだりして、いい気持そうに浴《ゆあみ》しています。横の腰掛けに腰をかけている女のお尻が、お供餅のように尨大で、よく見ると月世界の表面のように、ポツポツの凹凸があったり……、銅像を下から覗た時のように妙に背丈《せい》の高さの判別がつかなかったり……、時々指環を嵌《は》めた手が、腿の辺まで下りて来て、ぼそぼそと泡を立てながら掻いたり……。そしてそれらの手の間○○○、○○○を白い手拭いがふらふらと、また、ひらひらと、オットセイのように泳ぎ回るのでした。

景岡秀三郎は、この方がいい——というように、頸を振って口の中にはいったチェリーの粉をペッペッと排きながら、狂いそうなウレシサ、とてもたまらないタノシサ——を感じていました。

蝱《あぶ》の囁き――肺病の唄――

一、暁方《あけがた》は森の匂いがする

六月の爽やかな暁風《あさかぜ》が、私の微動もしない頬を撫た。私はサッキから眼を覚ましているのである。

この湘南の『海浜サナトリウム』の全景は、しずしずと今、初夏の光芒の中に、露出れようとしている。

耳を、ジーッと澄ましても、何んの音もしない。向うの崖に亭々と聳える松の枝は、無言でゆれている。黄ばんだ白絹のカーテンはまるで立登るけむりか海草のように、ゆったりと、これまた音もなく朝風と戯れている。ただ一つ、あたり一面に、豊満な光線がサンサンと降るような音が聴えるだけだ。

真白な天井・壁、真白なベッド、真白な影を写したテラテラした床《ゆか》……。

(寝覚めの、溜らない懶《ものう》さ……)

いつの間にか、また、瞼が合わさると、一年中開けっぱなしの窓から森を、あの深い深い森を、ずーっと分けて行くような匂いがした。

再び眼をあけると、どこか遠くで看護婦の立歩く気配がしていた。体をそのままに、眼の玉だけ動かしてみると、視界の端っこにあった時計が、六時半、を指していた。

私は、二三回軽く咳込むと、夜の間に溜った執拗《しつこ》い痰を、忙しく舌の先きを動かして、ペッ、ペッ、と痰壺へ吐落し、プーンと立登って来るフォルマリンの匂いを嗅ぎながら注意深く吐落した一塊りの痰を観察すると、やっと安心してベッドに半身を起した。

――あいも変らぬサナトリウムの日課が始まったのである。

六時起床、検温。七時朝食。九時――十一時(隔日に)診察。十二時検温、昼食。三時まで午睡。三時検温。五時半夕食。八時検温。九時消灯……。

この外に、なんにもすることがないのであった。恐らくこのサナトリウム建設以前からのしきたりであるかのように、その日課は確実に繰返えされていた。

私はベッドに半身を起して、窓越しに花壇一杯に咲乱れた、物凄く色鮮やかなダリヤの赤黒い蓜《はなびら》を見ながら、体温計を習慣的に脇の下に挟んだ。ヒンヤリとした水銀柱の感触と一緒に、何ヶ月か前の入院の日を思い出した。

それは、まだ入院したばかりで、何も様子のわからなかった私が、所在なくベッドに寝ていると、見習看護婦の雪ちゃんが廻って来て、いきなり脇の下に体温計を突込み、あっと驚いた瞬間、脇毛が二三本からんで抜けて来た時の痛かったこと……雪ちゃんの複雑な呻きに似た声と、パッと赤らんだ顔……

(ふっ、ふっ、ふっ……)

なんだか、溜らなく可笑しくなって来て、思わず体がゆれると、体温計の先が脇窩の中を、あっちこっちつつき廻った。

「ご気嫌ね……オハヨウ――」

「え……」

はっとベッドの上から入口を見ると、同じ病棟のマダム丘子が、歯刷子を持って笑っていた。

「や、オハヨウ……」

「いい朝ね、ご覧なさいよ、百合が咲いてるわ」

「そう」

私は体温計を抜くと寝衣《ねまき》の前を掻きあわせながら、水銀柱を透かして見た。

(六度、とちょっと……)

呟いた。

(気分がいいぞ――)

足の先でスリッパを捜《さぐ》ってつっかけた。

「どれ――」

「ほら、あんな高いとこよ」

マダム丘子の透通るような白い腕が、あらわに伸べられて、指の先に歯刷子がゆれた。

私は、丘子の透き出た静脈の走る二の腕から、強いて眼をはなして崖を見上げた。

「ほお、なるほど……」

「あの花粉――っていうの魅惑的ね、そう思わない……露に濡れた花粉だの蕊《しべ》だのって、じーっと見てると、こう、なんだか身ぶるいしたくなるわ……ね」

「そお……」

私は爛熟し切って、却って胸の中がじくじくと腐りはじめたのであろう丘子の、裸心にふれたような気がした。マダム丘子はハデなタオルの寝衣を着ていた。それはパジャマではなかったが、断髪の丘子に、却って不思議な調和を見せていた。

「お先に――」

マダム丘子は光った廊下をスリッパで叩きながら洗面所に消えた。

私はその寝癖のついた断髪の後姿からヘンなものを感じて、部屋へ這入ると邪慳に寝台の抽斗を開け、歯刷子とチューブを摑み出しすぐあとに続いた。

×

「お食事です……」

看護婦が部屋毎に囁いて行った。軽症患者はサン・ルームに並べられた食卓につくのがこのサナトリウムの慣わしであった、それは一人でモソモソと病室で食事するより大勢で話しながら食べた方が食が進むからであった。

「お早よう……」

「や、お早よう……」

この病棟には患者が階上《うえ》と階下《した》で恰度十人いたけれど、ここに出て来るのは私を入れて四人であった。それは私と美校を出て朝鮮の中等学校の教師をしている青木雄麗とマダム丘子――病室の入口には白い字で「廣澤丘子」と書いてあったけれど、皆んなマダム、マダムと呼んでいた、だが恐らく彼女の良人は結核がイヤなのであろう、既つて一度もここに尋ねては来なかった――と、も一人女学校を出たばかりだという諸口君江の四人であった。

さて四人が顔を合わすと、第一の話題は誰それさんは少し悪くなったようだとか、熱が出たらしいとか、まるで投機師のように一度一分の熱の上下を真剣に話し合うのであった、そして食事が済んでしまっても、食後の散薬を飲むまでの約三十分間を、この二階のサン・ルームから松の枝越しに望まれる碧い海の背を見たり、レコードを聞いたり、他愛もない話に過すのであった。その時はマダム丘子の殆んど一人舞台であった、白い、クリーム色に透通った腕を拡げて大仰な話しぶりに一同を圧倒してしまうのだ。

「今日は私も少し熱が出たわ……」

一わたり雑談をしたあとで、何を思ったのかマダム丘子はそういって、私達を見廻した。

「どして……」

「どうかなさったの――」

諸口さんは、心配気に訊いた。

「ほっほっほっ、月に一遍、どうも熱っぽくなるの」

「まあ……」

「ほっほっほっ」

マダム丘子のあけすけな言葉に皆はフッと視線を外らして冷めたいお茶を啜った。私は青木の顔を偸見《ぬすみみ》ると、彼は額に皺を寄せたまま、わざと音を立てて不味そうにお茶で口を嗽《うが》いしていた。

青木は、ありふれた形容だけれど鶴のように痩せていた。彼は美校を卒《で》て、朝鮮で教師をしていたのだが、そこで喀血をすると、すぐ休暇をとって来た、というけれど、今はもう殆んど平熱になっていた。彼は朝鮮を立って関釜を渡ってしまうと、もう見るものが青々として病気なんか癒ってしまったようだ――だけどまあこの際ゆっくり休んでやるんだ、などと言っていた。

そして最近は専門の絵の話から、何時とはなくマダム丘子の病室《へや》にばかり入りびたって、「マダムの肖像画を描くんだ」といっていた。諸口さんはそれについて何かいやあな気持を感じているらしく、そんな素振りを私も感じないではないけれど、私は、

（人のことなんか――）

とわざと知らん顔をしていた、というのはお察しの通り私は諸口さんが好きであったのだ。で、青木――丘子のコンビがハッキリすればするほど……私もねたましいとは思いながら……それでも却ってあとに残った私と諸口さんの二人が接近するであろう、と、いかにも肺病患者《テーベー》らしい、卑劣な、利己的な感情を、どこか心の隅にもっていたからである――。

×

今日も、食卓が片附られてしまってからも、四人はそのままで話し合っていた。その話は結局私の考えていたように、青木と丘子とが冗談まじりで話し合っているのを、私と諸口さんが時々ぽつぽつと受答えする程度であった。

諸口さんは女学校を出たばかりというから十八九であろうか、花模様の単衣物に、寝たり起きたりするために兵古帯を胸高に締めているのが、いかにも生々しく見え、その可愛い脣は喀血のあとのように、鮮やかに濡れていて眼は大きな黒眼をもち、その上いかにも腺病質らしい長い睫毛を持っていた。いまは漸く病気も停止期にあるというけれど、消耗熱の名残りであろうか、両頰がかすかに紅潮して、透通った肌と美しい対照を見せていた。

その生々しい姿と、全然対蹠的なのがマダム丘子であ

った。爛熟し、妖しきまでに完成された女性には、一種異様な圧倒されるような、アクティヴな力のあることを感じた。私はこの二人の女性から、女性の美というものに二種あることを知った、諸口さんの嫋々とした、いってみれば古典的静謐な美に対して、マダム丘子のそれは烈々としてすべてを焼きつくす情獄の美鬼を思わせるものであった。

しかし私は、この二つの美に対して、どちらを主とすることも出来なかった、マダム丘子のその福々とした腕……それは真綿のように頸をしめ、最後の一滴までの生血を啜るかのような妖婦的美しさの中にも、また極めて不思議な魅力のあることを、私も否めなかった。

だが、ひどく利己的な、その癖極めてお体裁屋の私は、このアクティヴな力を圧倒してまで飛込んで行くことが出来なかった、それで一足先きにマダムへのスタートを切ったらしい青木を、ただニヤニヤと見つめるのであった、そして私は、前いったように、諸口さんの方から自分に接近して来るのを、巣を張った蜘蛛のように、ジーッと、そのくせ表べ《うわ》は知らん顔をして待っていたのであった……。

×

深閑として、午前の陽を受けているこのサナトリウムに、泌みわたるように鐘が鳴った。九時、診察の知らせである。この病院では軽症患者は医局まで診察を受けに行くのが慣わしであった。

鐘が鳴ると、そこここの病棟から廊下伝いに、或は遊歩道の芝生《ローン》を越えて集って来た患者が、狭い待合室の椅子に並んで、順番を待っていた。第三病棟からは私を入れて例の四人だけが廊下伝いに行くのだった。

広い廊下の片側にずらりと並んだ病室の中には、老いも若きも、男も女も、様々な患者が、ジーッと白い天井を見つめていた。その人たちは私達が歩いて医局まで診察を受けに行くのを、さも羨しそうに、眼の玉だけで見えなくなるまで見送るのであった。マダム丘子は、そんな時、わざと活発に廊下を歩き、「オハヨウー」と大きな声で看護婦や、顔見知りの患者に呼びかけるのだ。

医局に行ってみると、もう四五人の人が来ていて、銘々肌ぬぎになって順を待っていた。

「どうぞ……」

「そう、じゃお先きに……」

マダム丘子は、するっと衣紋を抜いて、副院長の前の椅子にかけた。

「いかがです」

「別に……」

きまり切った会話しかなかった、成河副院長は、懶げにカルテを流し見て聴診器を耳に差込んだ。

何気なくその動作を、ぼにゃり見ていた私は、はっ、と息をのんだ。

今日は場所の加減かマダムの上半身の裸像が目の前にあり、挑発するようにクローズアップされたその丘子の胸は結核患者《テーベー》とは思われぬほど、逞しい隆起を持っていた。体全体露を含んだクリーム色の絹で覆われているのではないか、と思われるほど、キメの細かい柔らかな皮膚であった、その上、逆光線のせいか、私のいるところからは恰度その乳房一面に、金糸《きんし》のような毳毛《うぶげ》が生えてい、両の隆起の真ン中には、柔らかな翳を持った溝が、悪魔の巣のように走り凹んでいるのが、これ見よがしに眺められた。私は気のせいか視線がすーっと萎縮するのを感じて、あわてて二三度瞬きをした。その時、隣りに掛けていた青木の、荒い息吹《いぶ》きを感じた。

×

診察がすむと、私たち四人はそのまま、横臥場へ行った。横臥場はサナトリウムのはしにあって、ポプラだの藤だのの下に葦簾《よしず》を張り、横臥椅子をずらりと並べてあった。そこに横になると、恰度目の前にサナトリウムの赤い屋根が、初夏の澄みきった蒼空をバックに、極めて鮮やかに浮出して見えるのであった。

私達はしばらくそこで目を潰っていた、目をつぶると、まるでここが深海の底でもあるかのように、何んの音もしなかった。極くまれに、むくむくと太った蝱《あぶ》が、鈍い羽音を響かせながら、もう結実しかけた藤の下を、迷い飛ぶ位のものであった、南風が潮の香をのせてやって来た、それは青々とした海原の風であった。

……暫く目をつぶっていると、フトどこかで忍び笑うような気がした、眼だけ動かしてみると隣りの椅子に寝ていた諸口さんが、空を見上げながら、何か、思い出し笑のような、擽ぐったげな、それでいてどこかで私も経験したような、妙に歪んだ笑い顔を、むりに堪えているのであった。

（おや）

と思った私は、そのまま、眼で彼女の視線を追ってみた。彼女の視線は赤い屋根に突当ってしまった。

（ヘンダナ……）

と思いながらもう一度彼女の視線を追った私は、ハッとするものに突あたった、そして思わずしげしげとそれを見つめたのであった。

それは赤い屋根の上、蒼空の中に、大きく浮んだ真白い入道雲であった、むくむくとよじれ登るようなその入道雲は、想像も出来ないような、妙な形を造っていた。

私は諸口さんの忍び笑いの意味がハッキリわかると一緒に、この物静かな、何気ないような肺病娘にも、マダム丘子と似た血潮の流れているのを知って、フトいやあな気持になった。

「エヘン」

私はわざと横を向いて咳払いをすると、

「諸口さん、いい天気ですね……、あの雲なんかまるでクリーニングされた脱脂綿みたいに白いですね……」

「まあ、いやだ脱脂綿みたいだなんて、そんなこと、いうもんじゃないわよ」

彼女は、あの歪めた顔を、いつの間にかとりすまして、ツン、と蔑むようにいった。

私は、

（ふふん……）

と口の中で嗤いながら、それでも真紅なダリヤの影が映ったのか、心もち紅潮して見える彼女の横顔を、却っていつもより美しいなと思った。

心もち上半身を起してみると、諸口さんの向うにマダム、その横臥椅子にぴったり寄りそうように青木の痩せた体をのせた椅子があった。二人とも目をつぶっていた。マダム丘子のツンと高い鼻の背に、露のような汗が載っていい、無闇やたらに明るい太陽が、あたり一面、陽炎のようにゆれていた。

ギーッと椅子がきしむと諸口さんも半身を起して、私の方に伸びながら、小さい声でいうのであった。

「あたし……なんだか心配になっちまったの……」

「なにが……」

「なにって……段々体が悪くなりそうで……ほんとよ……今にも急に熱が出そうな気がして仕様がないのよ……」

「バカな……そんな心配が熱を出すモトさ……あんまりヒマだからだよ、そんなこと考えるより入道雲を見て、勝手な想像をした方が、ずっと体のためだぜ……」

「まア……」

彼女は一瞬、びっくりしたような堅い笑いを浮べたが、

「ひとが悪いわね……」

耳朶の辺りのおくれ髪を掻上げながら軽く睨んだ。

「ははは、……どんなことを考えていたの……」

「……マダムと青木さんのことよ……あなた知ってる」

「何を――」

「あら、知らないの、暢気ね」

「仲がいいってことかい……」

「その位だったら、皆んな知ってるわ」

「ふん、じゃなんかあんのかい」

「……まアね……あっちへ行きましょう――」

諸口さんは音をたてぬように、椅子から下りると芝生《ローン》を踏んで、池の方に行った。私もそっと立つと、横目でマダムと青木のうつらうつらしているのを確め、すぐあとに続いた。

池にはもう水蓮が莟を持ってい、ところどころに麩のような綿雲の影が流れていた。

「あれ――って何さ」

「あのね……夜になると……消灯が過ぎてからよ……青木さんがマダムのとこに来るのよ……」

「ふーん」

「そしてね……何すると思って――絵を描きに行くのよ、肌に絵を描きに……つまり、刺青にしによ……」

「まさか――」

「あら、ほんとよ、だって私の部屋マダムの隣りでしょう、よくわかんの」

「だって、刺青したらすぐ解るだろうに、診察の時……」

「それはところによるわ……」

「なるほどね、……だけどなんの為に――」

「あらやだ、あたしそんなこと知らないわよ、だって壁越しですもの……」

「ふーん」

「……とっても、親しそうだわ……」

諸口さんは欠伸をするように、口へ手をあてた。

「ふーん」

この話を聞いている中に、私はまだ既つて経験したことのない、激しい不愉快さを覚えた。これが嫉妬であろうか、虫酸の走る、じっとしていられないいやあな感じであった。――考えてみれば私は左程マダムに興味は持っていなかった筈だ、それがどうしたことかこの話を聞

くと同時に、青木に対して燃上るような反感を感じて来た。

私は鳩尾《みぞおち》の辺りが、キューっと締って来るのを感じた。そして、

(アンナ青木に《やっ》……)

と思うと、胸の鼓動がドキドキと昂まって来るのであった……。

その時、重々しく正午の鐘が鳴った。

ふっ、と気がつくと、遠くの病棟の窓から看護婦が、

(お食事ですよ――)

というように、口を動かしながら手を振っているのが見えた。

二、真昼は向日葵《ひまわり》の匂いがする

私は食事中、フト気がつくと視線が丘子の方に向いているのであった。見まい、としても諸口さんから聞た「刺青」のことが気になって、つい丘子の一挙一動に気を奪われてしまうのであった。

暑くなったせいか、近頃メッキリ食慾のないらしい丘子は、うるんだような瞳をして食卓に肘をついていた、そして突然、何を思ったのか〝ユーモレスク〟の一節を唄い出したのであった。

月の吐息が　仄かな調《しらべ》は
闇をば流れ来て　侘しいこの身の
悶ゆる心に　響け、調よ。

密やかに慕寄る　慰めの唄
されどなお人知れず　泪さそう詩よ。

唄いながら、彼女の眼は妖しく光って来た、不思議なことに、泪を泛べているのかも知れない。

「ねえこの唄どう思って……」

「どうって……」

「あたし、この唄青木さんから教わったんだけど、『肺病の唄』だと思うわ」

「その文句ですか」

私はそのあまり突飛な言葉に、呆気にとられて訊いた。

「いいえ、――それもだけど――このメロディよ、ね、よく聞いて御覧なさいよ、あの体温表のカーヴとこのメロディと、ぴったり合うじゃないの、高低抑揚が、恰度あの波形の体温と吃驚するほど、ピッタリ合うじゃない

の……」

「そう……そういえばなるほど……」

「あたし、この唄、唄うと、とても怖いの……だって
　密やかに慕寄る　慰めの唄
っていうところに来ると、急に調子が上るんですもん……熱でいえば急に四十度位になるんだわ……恰度あたしその高くなるところに来たような気がするの、きっと今にも熱がぐんぐん上るわ……」

　こういってマダム丘子は、いつもの朗らかさに似合わぬ、荒涼とした淋しさを、美しい顔一杯に漾わすのであった。

（なアに、いくらか体が変調のせいだろうさ……）

と思いながらも、私自身、ついその気味の悪い唄を口吟んでいた。なるほど、その楽譜に踊るお玉杓子のカーヴは正弦波《サインカーヴ》となって、体温表《カルテ》のカーヴと甚しい近似形をなしていた。

　結核患者《テーベー》の妄想的不安と思いながらも、ハッキリ否定することの出来ぬこの患者独特の潜在恐怖と、極めて尖鋭された神経の痙攣を半ば不安な気持で、じっと見詰めているより仕方がなかった。

　この麗魔のように思われていたマダム丘子にも、こんな末梢神経的な、それでいて、居ても立ってもいられない恐怖を持っているのかと思うと、既つて考えてもみなかった可憐な女性を、そこに感ずるのであった。

　青木も、諸口さんも黙っていた、しかし皆の胸の中には一勢に、あの平凡な、そして奇怪な旋律をもった〝ユーモレスク〟の一節が、繰かえし、繰かえし反復されていたに違いない……。

×

「さあ、安静時間だから横臥場へ行きましょう……いい天気だなア……」

　私はその場のヘンな空気をかえようとして、わざとドンと卓子を叩いて立った。

「そうね――」

　諸口さんも、ハッと眼を上げて腰を浮かせた。

　その時だった。

　ググググッとマダムが咽喉を鳴らすと、グパッと心臓を吐出すような音をたてて、立ち上りかけた卓子に俯伏になった。

「あ」

　と思った瞬間、俯伏になったマダム丘子の口元から透

通るような鮮やかな血潮が泡立ちながら流れ出、真白い卓子にみるみる真赤な地図を描いて滲み拡がった。

（喀血！）

三人は、ハッと飛上った。ガタン、物凄い音がして椅子が仰向にひっくりかえった。

「……看護婦さん……看護婦さん……」

諸口さんは胸のあたりに顫える両手を組合せたまま、蒼白な顔をして、呟くように看護婦を呼んでいた。

「マダム、大丈夫、大丈夫」

青木は急いでテーブル・クロスを引めくると、丘子の胸元に挿んだ。

俯伏になった丘子の背は、劇しく波打って、咽喉にからまった血を吐出す為に、こん限り喘いでいた……。

「大丈夫です、落着いて、落着いて――」

飛んで来た主任看護婦が馴れた手つきで彼女をささえた。

……やっと面を上げた丘子の眼は、眼全体が瞳であるかのように泪にうるんで大きく見開かれ、あらぬ部屋の隅を睨んでいたが、軈て私たちに気がついたのであろうか、絶入るような、低い、薄い笑いを見せた。その時、わずかに綻んだ脣の間から真赤な残り血が、すっと赤糸を垂らしたように流れ落ちて、クルッと鋭った顎の下にかくれた。

看護婦にうながされて、私たちは匆々とサンルームを出て横臥場に行った。

一足外に出ると、外はクラクラするような明るさで、鋭り切った神経の三人は、思わずよろよろっと立止ってしまった。太陽は腐《す》えた向日葵のように青くさく脳天から滲透った……。

×

崩れるように横臥椅子に寝てしまうと、誰も口をきかなかった。

目をつぶったまま、しいて気を静めようとしても、異様に昂ぶった神経は、却って泡立つ鮮血とあの気味の悪い〝ユーモレスク〟が思い出されるのだ、唄うまい、としてもその旋律が脈搏に乗って全身に囁きわたるのであった。

長いこと転々としてその昂ぶった神経を持てあましながら、ラッセルのように懶い蝱の羽音を、目をつぶって聞いている中に、看護婦が廻って来た。

「三時ですわ、お熱は……」

「あ、忘れてた……今はかるよ、マダムどう――」

「はあ……」

私は体温計を脇の下に挿込みながら、その見習看護婦雪ちゃんの子供々々した顔から、

（マダムは悪いナ……）

と直感した。

「……恰度、お体の悪い時なので、なかなか出血が止まらない、と先生が仰言ってましたわ……」

「ああそうか、悪い時やったもんだナ」

私もなんだか熱っぽいようだ。

体温計をこわごわ覗いてみると、七度五分。

（いけない……）

私は急に胸苦しさを感じて来た。

「僕も熱が出ちまったよ」

「皆さんですわ、……あんなのご覧になると……諸口さんなんかもうお部屋で真蒼になってお寝みですわよ」

そういわれてみると、いつの間にか諸口さんも、青木も姿がなかった。私は、

（気のせいだ）

と思いながらも、七度五分、七度五分と二三度呟くと、またぐったり寝椅子に埋ってしまった。

雪ちゃんは、そっと私の足に毛布をかけて行った。

×

軈て蒼空がなんとなく茜のために紫がかって来、水蒸気が仄々と裏の森から流れ出て来ると、夕食の鐘が、きょう一日、何事もなかったように、私のところにまで響き伝わって来た。

私は少しも空腹を覚えなかったけれど、半ば習慣的に寝椅子から立って、寝癖のついた後頭部《うしろ》を撫ぜながらサン・ルームの食堂に行った。

食堂へ行ってみると、いつもより心もち尖った顔をした諸口さんがタッタ一人、ぽつんと椅子にかけていた。

私たちは無言であった、さっきここで大喀血をしたマダム丘子の姿を思うと、食欲はさらになかった。

「青木さんは」

雪ちゃんに訊いてみた。

「さあ、さっき横臥場へいらしたきりお見えになりませんけど……」

（青木の奴、飯なんか喰いたくないんだろう）

と同時に、

（マダムの部屋に行ってるのかな）

一生懸命額を冷してやったりして看護している彼の姿を想像して「フン」と思った。

私たちがもそもそと味気ない夕食を済ましてしまっても、遂に青木は姿を見せなかった、主のないお膳の吸物からは、もう湯気さえ上らなかった。

「雪ちゃん、青木さん知らない」

主任看護婦が廻って来てそういった。

「いいえ、お部屋じゃなくて」

「お部屋にも、マダムのとこにも、まるで見えなくてよ――」

「散歩かしら」

「それにしても、長すぎるわ……」

二人はひそひそと囁きあった。

「青木さんいないんですか」

私も口を挟んだ。

「ええどうなさったんでしょう――困ったわ……」

その時私は、なんともいえぬ不吉な予感を覚えた。

「変だナ……」

「どうしたんでしょう……」

主任看護婦はこの二階のサン・ルームの手摺から乗出すように、暮れかかるサナトリウムの全景を、じーっと見廻した。

諸口さんは目を半分閉じて、番茶を啜っていた。

三、夕暮は罌粟《けし》の匂いがする

私は食事をすますと、その足でマダムを見舞った。マダムは真白いベッドの中に落ち窪んだように寝、蒼白な額にはベットリと寝汗をかいて、荒い息吹が胸の中で激しい摩擦音をたてていた。

若い看護婦が一人、どうしたらいいだろう、というように、濡れた手拭を持ったまま、しょんぼりと椅子にかけて、マダムの寝顔を見守っていた。

私はふと落した視線の中に、ベッドの傍の金盥を見つけ、そしてそれになみなみとたたえられた赤いものを見ると、何んだかとても悪いことをしたような気がして、そのまま、黙礼をして部屋を出てしまった。

部屋を出ると、入口のところに諸口さんが立っていた。

「どお……」

「……」

私は黙って首を振ると、長い廊下を歩き出した。

（駄目だ……）

口の中で繰返した。

（それにしても青木のやつ、どうしたんだろう……）

通りがけに青木の部屋を覗いてみたが、そこはガランとしていた。

×

部屋へかえると食後の散薬を飲もうと、薬台の抽斗をあけた、その時、中に挟んであったのであろうか、パタンと音がして部厚い白の角封筒が落ちたのに気がついた。

（おや――）

なぜかハッとして拾い上げてみると、表には「河村杏二様」とあって裏には「青木雄麗」と書きながしてあった。

思わずドキドキ波打って来る胸をおさえながら封を切った。

読みすすむにつれて、私の手はぶるぶる顫え、額や脇の下には気味の悪い生汗が浮んで来た。

×

河村杏二様

僕は今、非常に急いでいるのだ、それにも拘らずナゼこんな手紙をかいたか、それは最後まで読んで戴きたいと思う。

さて、極めて端的にいう、マダム丘子を殺したのは僕だ……不思議な顔をしないでくれたまえ、僕は気が狂ったのではない、いや、狂っているには違いないが、左様、僕はキザな言い方だが「恋と芸術」に狂ったのだ、僕は曾つて丘子のような理想の女に逢ったことはない……だが世の中は皮肉だ、やっと廻りあったその僕の理想の女は、すでに大実業家の第二号なのだ、君にこの気持がわかるだろうか、も一つ、これを聞いたら君自身も、この世の皮肉を痛感するだろう、それは、マダム丘子を誰の妾だと思う、河村鉄造――つまり君の厳父の第二号なのだ、恐く君は知るまい、然し丘子の長い入院中タッタ一度でも彼女の家人が来たことがあるか、マダムと称しながら、そのハズを見たことがあるか、あるまい、それは君に逢うことを恐れているからだ。勿論君の厳父の方からはしばしば彼女が他のサナトリウムに変ることをすすめて来た、だが彼女は動かなかった……それはこの僕がいるからだ、も一つ、君がいるからだ……君がここにいればこそ僕たちは何んの邪魔ものもなく恋を楽しむことが出来たんだ、人のいい杏二君、君は期せずして僕たちの恋の防波堤となってくれたのだ、ありがとう、厚く感謝する……ダガやっぱり僕たちには悲しいカタストロフが待っていたんだ……、僕は最近再発に悩まされていた、僕の胸はもう数限りない毒虫にむしばみつくされようとしている……左様、僕たちの恋は眠っていた結核菌を呼起してしまったのだ……体温表の体温は、まるで僕のデタラメなのだ、僕のデタラメを雪ちゃんが正直に表につけていたに過ぎない……

僕は自分の残り尠い命数を知るにつけても何か焦慮を覚えるのだ、僕は自分でも惚々するほどの作品を残したかった……そして到々決心した、この世の中で最も尊いカンヴス、つまり丘子の薄絹のような肌に、全精力を傾注した作品を描こうと決心した……幸い丘子もそれを許してくれた、陰の男、僕を象徴するように、お白粉で刺青をした……お白粉で入れたやつは、ふだんはわからないけれど風呂に這入ったり、酒をのんだりして皮膚が赤くなると仄々と白く浮出すのだ……恰度酒を飲むと昔の女を偲い出すように……

僕はそこに白い蛾を彫った、毛むくじゃらな、むくむくと太った蛾を一つ……その蛾の胴の太さ、その毒粉をもったはねの厚さ……その毒々しい白蛾が彼女の内股にピッタリ吸ついて、恰も生あるもののように、その太い胴に波打たせている……いやその蛾には生命があるのだ、この青木雄麗の生命の延長がそこに生きているのだ……。

ダガ、ダガ、最近になって、僕は、極めて不愉快なものを感じたのだ、それはどうやら君が丘子に普通以上の関心を持ちはじめたらしいこと、そしてなおいけないことは丘子にもどうやらそんな素振りが見えないでもないことだ、それはそう思う邪推とは言い切れないものがあるのだ、何故なら丘子は最近どうも以前ほど僕に対して情熱的でないからなのだ……僕は焦った、悩んだ、その為か、僕の体は、僕自身ハッキリ解るほど悪化して行った――近頃僕が「なんともない」といって診察を受けなかった意味がわかったろう――呼吸は自分でもわかるほど熱くさい、僕はもう自暴自棄だ……一そ丘子を殺って僕も……君、わかってくれるだろう、放っておいても、そう長くはない僕の命だ……

僕は最後の仕上げだといって、嫌がる彼女に、半ば脅迫的に最後の針を刺した、その絹糸針を五本たばにしたぼかし針の先きには劇毒×××がつけてあった、君も知っているだろう、その×××は血液の凝固性を失わせる薬だ、一度何かで出血したら最後血友病のように、どんどん止め度なく出血して死んでしまう……僕は丘子の体の具合を知っていたんだ、これで総て君には解ったろう……だが一つ、何故こんな無理心中をするに手ぬるい手段をとったのか……ああ、青木呪われろ……僕には君にも解るだろうけどこの患者特有の強い生への執着があったんだ……もし丘子の死因が疑われなかったら、僕はまだ君と話をしていたかも知れぬ……然し悪いことは出来ぬ、丘子はあの悪魔の唄に誘われて喀血してしまった……ああなんという大変な間違いをしてしまったんだろう、彼女が僕に対して情熱を失った、と思ったのは僕の大きな誤解であった、彼女はホントに体の具合が悪かったのだ、気分の悪いのを堪えているのが、狂った僕にはよそよそしくとしか写らなかったのだ。丘子はやっぱり僕を愛していてくれていたんだ、僕はそれを君に言いたかった――。だが、その彼女を僕は殺してしまった。……もう書くのが面倒になった、この手紙を君が読む頃は、もう僕はこの世にいまい、涯しない海原が、僕を待って騒ぎたてている。では厳父、鉄造氏によろしく。

青木雄麗

×

読み終った私は、よろよろっとベッドに倒れた、そしてがたがた顫える手で薬台の抽斗から赤い包紙に包まれた催眠薬を三つとり出すと、一気にグイと呷った。いまにも目がくらみそうな、激しい興奮に、とても起きてはいられなかったのだ。

ザラザラっと薬が咽喉に落込むと、ツーンと鼻へ罌粟のような匂いが抜けて来た……。

×

私のアタマの中には、昼間みた蟲と、その丘子の内股に彫られたという蛾が、どっちともつかず入り混って、トテツもなく巨大な姿となったり、或は針の先きほどの点になったり、わんわん、わんわんと囁き廻っていた。そして生暖かい泥沼のような眠りの中に、白いタンカに乗ったマダム丘子の死骸が、死体室に運ばれて行ったのを、どうしたことかアリアリと覚えていた。

鱗　粉

一

海浜都市、K——。

そこは、この邦《くに》における最も華やかな、最も多彩な「夏」をもって知れている。

まこと、K——町に、あの爽やかな「夏」の象徴であるむくむくと盛上った雲の峰が立つと、一度にワーンと蜂の巣をつついたような活気が街に溢れ、長い長い冬眠から覚めて、老も若きも、町民の面《おもて》には、一様に、何となく「期待」が輝くのである。実際、この町の人々は、一ヶ年の商《あきない》を、たった二ヶ月の「夏」に済ませてしまうのであった。

七月！

既に藤の花も散り、あのじめじめとした悒鬱《ゆううつ》な梅雨が明けはなたれ、藤豆のぶら下った棚の下を、逞ましげな熊ン蜂がねむたげな羽音に乗って飛び交う……。

爽かにも、甘い七月の風——。

とどろに響く、遠い潮鳴り、磯の香《か》——。

「さあ、夏だ——」

老舗の日除は、埃を払い、ベンチの禿げた喫茶店はせっせとお化粧をする——若い青年たちは、また、近く来るであろう別荘のお嬢さんに、その厚い胸板を膨らますのである。

海岸には、思い立ったように、葭簀《よしず》張りのサンマーハウスだの、遊戯場だの、脱衣場だのが、どんどん建てられ、横文字の看板がかけられ、そして、シャワーの音が奔《ほとばし》る——。

ドガアーン。ドガアーン。

海岸開きの花火は、原色に澄切った蒼空の中に、ぽかり、ぽかりと、夢のような一塊りずつの煙りを残して海《うな》面《も》に流れる。

——なんと華やかな海岸であろう。

まるで、別の世界に来たような、多彩な幕が切って落されるのだ。

紺碧の海に対し、渚にはまるで毒茸の園生《そのう》のように、強烈な色彩をもったシーショアパラソル、そして、テントが処せまきまでにぶちまかれる。そこには、園生の精のような潑剌《はつらつ》とした美少女の群れが、まる一年、陽の目も見なかった貴重な肢体を、今、惜気もなく露出し、思い思いの大胆な色とデザインの海水着をまとうて、熱砂の上に、踊り狂うのである。

――なんと自由な肢体であろう。

それは、若き日にとって、魅力多き賑わいである。

二

胸を病んだ白藤鷺太郎《しらふじさぎたろう》は、そのK――町の片隅にあるSサナトリウムの四十八号室にいた。

あの強烈な雰囲気に溢れたY海岸からは、ものの十五丁と離れぬ位な、このサナトリウムだのに、恰度そこが、崖の窪みになっていて、商店街からも離れていたせいか、一年中まるでこの世から忘れられたように静かだった。

しかし、このサナトリウムにも、夏の風は颯爽と訪れて来る。白藤鷺太郎は、先刻《さっき》からの花火の音に誘われて、二階の娯楽室から、松の枝越しに望まれる海の背に見入っていた。

ポーン、と乾いた音がすると、ここからもその花火の煙りが眺められるのである。

（今日は、海岸開きだな……）

鷺太郎は早期から充分な療養をしたため、もういつ退院してもいい位に恢復《かいふく》していた。だが、せっかくのこのK――の夏を見棄て周章《あわ》て、東京に帰るにも及ぶまい、という気持と、それにこのサナトリウムが学友の父の経営になっている、という心安さから、結局、医者つきのアパートにでもいる気になってこの一夏はここの入院生活で過すつもりでいた。

（行ってみようかな）

もう体も大丈夫、と友人の父である院長にいわれた彼は、好きな時間に散歩に出ることが出来た。

彼は、うんと幅の広い経木《きょうぎ》の帽子をかぶると、浴衣に下駄をつっかけて、サナトリウムの門を抜け、ゆっくり、日蔭の多い生垣の道を海岸の方に歩いて行った。

軈《やが》て、生垣がとだえると、ものものしく名の刻まれた一間《けん》ばかりの石橋を渡る――そこから右に折れればY海岸が、目の下にさっと展《ひら》けるのだ。

鷺太郎は、その小高い丘の上に立って、びっくりするほど変貌した海岸の様子に眼を見張っていた。

蒼空の下、繰りひろげられた海岸の風景は、なんと華やかな極彩色な眺めであったろう。まるで百花繚乱のお花畑のような、ペンキ塗りの玩具箱《おもちゃばこ》をひっくり返したような、青春の夢のように美しくも目を奪うものであった。それは恰度ここ数日の間に、東北の僻村《へきそん》から銀座通りへ移されたような、驚ろくべき変化だった。

あの悄々《しょうしょう》と鳴り靡《なび》いていた、人っ子一人いない海岸の雑草も、今日はあたりの空気に酔うてか、愉《たの》しげに顫《ふる》えている。無理もない、この海岸都市が、潑剌たる生気の坩堝《るつぼ》の中に、放り込まれようという、今日がその心もうきたつ海岸開きの日なのだから——。

沖には、早打ちを仕掛けた打上げ船が、ゆたりゆたりと、光り輝く海面に漾《ただよ》い、早くも夏に貪婪《どんらん》な河童共の頭が、見えつ隠れつ、その船のあたりに泳ぎ寄っていた。それが、恰度青畳の上に撒かれた胡麻粒のように見えた。

鷺太郎は、雑草を分けると、近道をして海岸に下り立った。

砂は灼熱の太陽に炒られて、とても素足で踏むことも出来ぬ位。そして空気もその副射でむーっと暑かった。そしてまたワーンと罩《こも》った若い男女の張切った躍動する肢体が、視界一杯に飛込んで来て、ここしばらく忘れられたようなサナトリウムの生活を送っていた彼は、一瞬、その強烈な雰囲気に酔うたのか、くらくらっと目の眩暈《くら》むのを覚えたほどであった。

長い間の、うるさい着物から開放された少女たちの肢体がこんなにまで逞しくも、のびのびとしているのか、ということは、こと新らしく鷺太郎の眼を奪った。

なんという見事な四肢であろう。まだ陽に焼けぬ、白絹のようなクリーム色、或は早くも小麦色に焼けたもの、それらの皮膚は、弾々《だんだん》とした健康を含んで、しなやかに伸び、羚羊《かもしか》のように躍動していた。そしてまた、ぴったりと身についた水着からは、滾《こぼ》れるような魅惑の線が、すべり落ちている……。

或は笑いさざめきながら、或は高く小手をかざしながら、ぽかんと佇《つっ》立った鷺太郎の前を馳《かけ》抜ける時の、美少女の群の中からは、確かに磯の香ではない、甘い、仄《ほの》かな、乙女のかおりが、彼の鼻腔につきささる——。

彼はもう、ただそのぴちぴちと跳ねる空気に酔ったように立っていたが、漸《ようや》くこの裸体国の中で、たった一人、浴衣に経木帽という自分の姿が、ひどく見窄《みすぼら》しく感じられて、肩をすぼめてその一群のパラソルの村を抜けると、後方に設けられた海の店《シー・ストア》の一軒「サフラン」に這入《はい》った。

彼はデッキチェアーに靠《もた》れて、沸々とたぎるソーダ水のストローを啣《くわ》えたまま、眼は華やかな海岸に奪われていた。

――こういう時に、青年の眼というものは、えてして一つの焦点に注がれるものなのである。

御多聞にもれず、鷺太郎の眼も、いつしか一人の美少女に吸つけられていた。

勿論、見も知らぬ少女ではあったが、この華やかな周囲の中にあっても、彼女は、すぐ気づくほどきわだって美しかった。

そのグループは深紅と、冴えた黄とのだんだら縞のテントをもった少女ばかりの三人であった。

鷺太郎の眼を奪った、その三人組の少女は、二人姉妹とそれに姉のお友達で、瑠美子《るみこ》――というのが、その姉娘の名であった。

彼は、その瑠美子にすっかり注目してしまったのである。まことに、なんと彼女を形容したらいいであろうか。その深紅の海水着が、白く柔かい肢体に、心にくいまでにしっかりと喰込み、高らかな両の胸の膨らみから、腰をまわって、すんなりと伸びた足の先にまで、滑らかに描かれた線は、巨匠の描く、それにように、鮮やかな均斉のとれた見事さであった。

そして、その白く抜けた額に、軽がると降りかかるウェーヴされた断髪は、まるで海草のように生々しく、うつくしく見えた。

彼女は何んの屈託気もなく、朗らかに笑っていた。そしてその笑うたびに、色鮮やかに濡れた脣《くちびる》の間から、並びのよい皓歯《こうし》が、夏の陽に、明るく光るのであった。

「じゃ――、泳いでこない?」

「ええ、行きましょう――」

砂を払って立った三人の近代娘は、朗らかに肩を組んで、渚を馳けて行った。その断髪のあたまが、ぷかぷかと跳ねると、やがて、さっとしぶきを上げて、満々とした海に、若鮎のように、飛込んで行った。

嗚《ほ》っと、鷺太郎は無意味な吐息をもらして、見るともなくあたりへ眼をやると、

「あ――」

彼は、思わず、啣えたままのストローから口をはなした。

その三人組の少女のテントからは、二十間ほど離れた

反対側に、海水パンツ一つではあったが、その上、光線除けの眼鏡をかけてはいたが、あの、山鹿《やまが》十介の皮肉に歪んだ顔を、発見したのだ。

山鹿十介、この男については、鷺太郎は苦い経験を持っていた、というのは山鹿はまだ三十代の、ちょっと苦味走った男ではあったが、なかなかの凄腕をもっていて、ひどく豪奢《ごうしゃ》な生活をし、それに騙されて学校をでたばかりだった鷺太郎が、言葉巧みにすすめられるまま、買った別荘地がとんだインチキもので、相当あった父の遺産を半分ほども摺ってしまい、そのためにひどく叔父に怒られて、自分の金でありながら、自由に出来ぬよう叔父の管理下におかれてしまったのだ。

くやしいけれど、一枚も二枚も上手《うわて》の山鹿には、法律的にもどうすることも出来なかった。結局、鷺太郎は高《た》価《か》い社会学の月謝を払ったようなものだった。

ところで、今、幸い山鹿の方では気づかぬようなので、この間に帰ろうか、それとも、一言厭味でもいってやろうか――と考えてみたが、とてもあの悪辣《あくらつ》な男にはかなうまい、というより、

(もう、一さいつき合うな――)

といわれた叔父の言葉を思い出して、腰を上げた時だった。

あの瑠美子を中心とした三人は、行った時のように、朗らかに笑い興じながら、馳足で上って来た。水に濡れて、なおぴったりと身についた海水着からは、ハッキリと体中の線が浮び出て、ちょっと彼の眼を欹《そばだ》たせた。

「さむいわねェ――」

「そうね、まだ水がつめたいわ」

「あら、瑠美さん、脣の色が悪いわよ……」

「そう、なんだか、寒気がするの――」

「まあ、いけないわ、よく陽にあたってよ……」

「ええ――」

彼女は、寒むそうに肩をすぼめると、テントの裏側の、暑い砂の上に、身を投げるように、俯伏《うつぶせ》になったまま、のびのびと寝た。

ぽとりぽとりとウェーヴされた断髪の先から、海水がしたたって、熱く焼けた白砂に、黒いしみを残して消えた。すんなりと伸びた白蠟《はくろう》のような水着一つの美少女が、砂地に貼つけられたように寝ていると、そのむき出しにされた、日の眼も見ぬ福よかな腿のふくらみが、まだ濡れも乾かずに、ひどく艶やかに照りかがやいた。

鷺太郎は、偸見《ぬすみみ》るようにして、経木の帽子をまぶかに

被りゆっくりと歩いて行った。

その少女は、熱砂の上に、俯伏になっていたが、時折、両の手をぶるぶると顫わせながら、砂をかき乱していた。その手つきは砂いたずらにしては、甚《はなは》だ不器用なものであった。なぜなら、彼女は自分の顔に砂のとびかかるのも知らぬ気に美しい爪を逆立てて掻寄せていたのだ――。

――鷺太郎が、いや、その周りにいた沢山の人たちが、その意味を知ったならば、どんなに仰天したことだろう――。

鷺太郎の眼を奪った美少女は、やはり誰もの注目の的になると見えて、そのあたりに学生らしい四五人の一団と、家族らしい子供二人を連れた一組と、そして見張りの青年団員が三人ばかり、渚に上げられた釣舟に腰をかけていたが、時々見ないような視線を投げ合うのを、鷺太郎はさっきから知っていた。

彼女の、いま寝ているところは、先程までその学生達の三段跳競技場であったが、いまは彼女一人、のけもののように、ぺたんとその空地へ寝ているのである。

彼女は、なおもその無意味な砂いたずらを二三度くり返したようであったが、それにも倦《あき》たのか、顔にかかった砂を払おうともせず、ぐったりと「干物」のようにのびていた。もっとも、干物にしては、余りに艶やかに美しかったけれど――。

恰度鷺太郎が、その横まで通りかかって行った時だ。テントの中から、妹らしい少女が、熱い砂の上を、蝗蟖《ばった》のように跳ねながらやって来て、

「お姉さま――どお、まだ寒いの?」

「……」

「ねえ、あんまり急に照らされちゃ毒よ――」

「……」

それでも、彼女は返事をしなかった。

「ねえ、お姉さまったら……」

そういって、抱き起そうとした時だ。

「アッ!」

と一声、のけぞるような、驚ろきの声を上げると、

「芳《よ》っちゃん芳っちゃん、来てよ、へんだわ、へんだわお姉さまが――」

と、テントに残っていたお友達に叫んだ。

鷺太郎は、その突調子《とっぴょうし》もない呼声に、思わず来過ぎたその少女の方を振かえって見ると、

「おやっ……」

彼も低く呟いた。

つい、先っきまで、あんなに血色のいい、明るかった美少女の顔が、いつの間にか、その顔を埋めた砂のように、鈍く蒼ざめているのだ、その上、眼は半眼にされて、白眼が不気味に光り、頰の色はすき透ったように、血の気がなかった。

(どうしたんだろう――)

ちょっと、立止ってみると、呼ばれた芳っちゃんという少女と一緒に、もうあたりの学生が、

「どうかしたんですか――」

と寄って来た。

「あっ、脈がない、死んでる――」

手を握った一人の学生が、頓狂《とんきょう》な声を上げた。

「えッ」

妹と芳っちゃんの顔が、さっと変った。

「どした、どした」

物見高い浜の群衆が、もう蟻のように蝟《あつ》まって来た。

鷺太郎も、引つけられるように、その人の群にまざって覗きみると、早くも馳つけたらしいあの山鹿十介が、その脈を見ていた学生と一緒に、手馴れた様子で、抱き起していた。

「やっ、これは――」

さすがの山鹿十介も、ビックリしたような声を上げた。

「お――」

すでに、輪になった海水着の群衆も、ハッと一歩あとに引いたようだ。

その、美少女の左の胸のふくらみの下には、いつ刺されたのか、白い欛《つか》のついた匕首《あいくち》が一本、不気味な刃を衂《ちぬら》して突刺っているのだ。

そして、抱き起されたためか、その傷口から滾《こぼ》れ出る血潮が、恰度、その深紅の水着が、海水に溶けたかのように、ぽとり、ぽとりと、垂れしたたっていた。

あたりは、ギラギラと、目も眩暈《くら》むような、明るい真夏の光線に充たされていた。そのためか、真白な四肢と、深紅の水着――、それを彩る血潮との対照が、ひどく強烈に網膜につきささるのであった。

――鷺太郎は、蹌踉《よろめ》くように、人の輪を抜けて、ほっと沖に目をやっていた。

あまりに生々しいそれに、眼頭が痛くなったのだ。

「白藤――さん、じゃありませんか」

「え」

ふりかえると、光線除けの眼鏡の中で、山鹿がにやにやと笑っていた。

「やあ――」

彼も仕方なげに、帽子の縁《へり》に手をかけながら、挨拶した。

「すっかり御無沙汰で――お体が悪かったそうですけど……」

「いや、もういいんですよ」

「そうですか、それは何よりですね」

山鹿は白々しく口をきると、

「どうも驚ろきましたね、この人の出さかる海岸開きの真ッ昼《ぴるま》だっていうのに、人殺しとはねえ――」

馴れ馴れしく話しだした。

「ほう、殺《や》られたんですかね」

「そりゃそうでしょう。自殺するんなら、――それに若い娘ですもん、こんな人ごみの中で短刀自殺なんかするもんですか、もっと、どうせ死ぬんならロマンチックにやりますよ、全く――」

「へえ、でも、僕はさっきから見てたんですけど、誰もそばに行かなかったですよ……」

「さっきから見てられて、ね――」

山鹿は、ちょっと皮肉気に、口を歪めて笑った。これが、この男のくせであった。

「いいや、それは……」

鷺太郎は、

（畜生――）

と思いながらも、ぽーっと耳朶《みみたぼ》の赤らむのを感じて、

「いや、それにしても……なるほど、あそこに寝るまで手に何も持っていなかったですね……匕首が落ちていたんじゃないかな」

「冗談でしょう。この人の盛上った海岸に、抜身の匕首が、それもたてに植《うわ》っていた、というんですか、ははは、――そして、あんなに見事に、心臓をつき抜くほど、体を砂の上に投出すなんて、トテモ考えられませんね」

「そう――ですね、そういえばあそこでは学生がさっきから三段跳をやったり、転がったりしていたんだから――となると、わかんないな……」

「まったく、わからん、という点は同感です、あなたのお話では、あの少女は短刀を持っていなかった、そして寝てからも、誰もそばへは行かなかった――それでいて、匕首がささって殺された……」

「ちょっと。何も僕ばかりが注目していたわけじゃないでしょう。あんな綺麗な人だから僕よか以前からずー

っと眼を離さなかった人がいるかも知れませんよ」

「なるほど、実はこの私も、注目の礼をしていたような訳でしてね、ははは……」

山鹿は、人をくったように、黄色い歯齦《はぐき》を出して笑うと、

「この先に、私の小さい別荘があるんですが、こんど是非一度ご来臨《らいりん》の栄《えい》を得たいもんですね」

「そうですか、じゃ、そのうち一ど……」

（どうせ、ろくな金で建てたんじゃなかろう）

と思いながら、ふと、

「ああ、山鹿さん、あの少女は匕首を投げつけられたんじゃないでしょうか、どこからか、素早く……」

「ふーん」

山鹿は頸《くび》をかしげたが、すぐ、

「駄目々々。投げつけた匕首が、砂を潜って、俯伏になった体の下から、心臓を突上げられる道理がないですよ……、ところで、あの前後に、あの一番近くを通ったのはあなたじゃないですか――、どうもその浴衣すがたというのは、裸ン坊の中では眼だちますからね――」

「冗、冗談いっちゃいけませんよ、僕が、あの見も知らぬ少女を殺ったというんですか」


鷺太郎は、この無礼な山鹿に、ひどく憤《いきどお》ろしくなった。

「僕、失敬する――」

帰ろう、とした時だった。色の褪《さ》めたピーチコートを引っかけた青年団員が飛んで来て、

「すみませんが、この辺にいられた方は暫くお立ちにならないで下さい」

と、引止められた。

（ちえっ！）

と舌打ちしながら、山鹿の横顔を偸見ると、彼は相変らずにやにやと薄く笑いながらわざと外っぽを向いていた。

（まあいい、「サフラン」でアリバイをたててくれるだろう――）

彼は仕様事なしに、また沖に眼をやると、恰度今、早打がはじまったところで、
ポン、ポン、ポン、ポン、ドガアーン。

とはずんだ音が響き、煙の中からぽっかりと浮出した風船人形が、ゆたりゆたりと呆けたように空を流れ、浜の子供たちがワーッと歓声をあげながら、一かたまりになって、それを追かけて行くところであった。

浜は、この奇怪な殺人事件の起ったのも知らぬ気に、最も張切った年中行事の一つである海岸開きに、溌剌とわき、万華鏡のように色鮮やかに雑沓《ざっとう》していた。

×

あの華やかにも賑わしい「海岸開き」の最中に、突然浜で起った奇怪極まる殺人事件は、その被害者がきわだった美少女であった、ということ以外に、その殺人方法が、また極めて不思議なものであった——ということで、すっかり鷺太郎の心を捕えてしまったのだ。

彼は、サナトリウムに帰っても、その実見者であった、ということから、好奇にかられた患者や看護婦に、幾度となく、その一部始終を話させられた。

しかし、いくら繰返し話させられても、ただそれが稀に見る不可思議な犯罪だ、ということを裏書し、強調するのみで、とても解決の臆測すらも浮ばなかった。

——彼女（翌日の新聞で東京の実業家大井氏の長女瑠美子であることを知った）は、あの浜に寝そべりながら、二三度両手で邪慳《じゃけん》に砂を掻回していた、——とすると、それは砂いたずらではなくて、既に胸に匕首を受けた苦しみから、夢中で踠《もが》いていたのかも知れない……。

彼は、そう思いあたると、あの断末魔であろう両手の不気味な運動が、生々しく瞼《まぶた》に甦えり、ゾッとしたものを感じた。

（一体、なぜあんな朗らかな美少女が、殺されなければならないのだ——）

それは「他人」の彼に、とても想像も出来なかったことだけれど、それにしても、あの群衆の目前で、いとも易々と、一つの美しき魂を奪去った「犯人」の手ぎわには、嫉妬に似た憤ろしさを覚えるのであった。

三

海岸開きの日が済んで、十日ほどもたったであろうか。恰度その頃は、学校も休みとなるし、時間的にも東京に近いこのK——町の賑わいは、正に絶頂に達するのである。

夏の夕暮が、ゆっくりと忍び寄って来ると、海面から立騰《のぼ》る水蒸気が、乳色の靄《もや》となって、色とりどりに灯のつけられた海浜のサンマー・ハウスをうるませ、南国のような情熱——、若々しい情熱が、爽快な海風に乗って、鷺太郎の胸をさえ、ゆすぶるのであった。

最早、茜さえ褪せた空に、いつしかI岬も溶け込み、サンマー・ハウスの灯を写すように、澄んだ夜空には、淡く銀河の瀬がかかる——。

鷺太郎は、日中の強烈な色彩を、敬遠するという訳でもないが、でも、まだ水泳をゆるされていないので、あの裸体の国である日盛りの浜に、浴衣がけで出かけることが面繋《おもがゆ》くも感じられ、いつか夕暮の散歩の方を、好もしく思っていた。

Sサナトリウムを囲み、森を奏でるような蜩《ひぐらし》の音《ね》を抜けて、彼は闇に白く浮いた路を歩いていた。その路は、隣りのG——町に続いていた。

鷺太郎は、歩きながらも、あの美少女の死を思い出した。それは、あまりに生々しい現実であったせいか、ここ数日、ふとそのことばかりが、頭にうかぶのであった——けれど、それは、あの美しくも酷たらしい一齣《こま》の場面だけであって、その原因とか、解決とかいった方には、その後報ぜられた新聞記事と同様、まるでブランクといってもよかった。

しかし、いつもそれと一緒に、あの場所で逢った山鹿十介のことを、聯想するのである。

（そうだ、あいつの別荘というのを見てやろうかな——）

そう思いつくと、恰度眼の先に近づいた十字路を左に採った。

彼は、あの山鹿には相当ひどい目にあっていたし、そしてまた、叔父の田母澤源助《たもざわげんすけ》からは交際を厳禁されていたのであったけれど、それが却って好奇心ともなって、

（家を見るだけ位ならいいだろう——）

と自分自身に弁解しながら、それに、あの場所にい合せた唯一の知人ともいう気持から、いつか足を早めて、夜道を歩き続けていた。

むくむくと生えた生垣のつづいた路は、まるで天井のないトンネルのように暗かったけれど、空には、あたかも孔《あな》だらけの古ブリキ板を、太陽に翳《かざ》し見たように、妙にチカチカと瞬く星が、一杯にあった。

その星明りの中に、ところどころの別荘の、干物台が聳《そび》えたち、そこにはまだ取入れられていない色華やかなモダーンな海水着が、ぺたんこになって、逆立ちをしたり、横になったり、股をひろげたりして、ぶら下っているのが見え、それが、あたりがシーンと静もりかえっているせいか、昼間の華やかさと対照的に、ひどく遣《や》る瀬

なく思われるのであった。

……やがて、その生垣の路が、一軒の釣具屋の灯に切られ、橋を渡ると、夜目にも黝《くろ》く小高い丘が、山鹿の別荘のあるという松林である。

山鹿の別荘は、すぐ解った。

疎《あばら》に植えられた生垣越しに覗き見ると、それは二階建の洋風造りで、あか抜けのした瀟洒な様子が、ちょっと、鷺太郎に舌打ちさせるほどであった。二階にたったー つ、灯が這入っているほか、シーンとしていた。おそらく山鹿は、海の銀座、Y海岸の方へ、出かけてしまったのであろう——。

そう思って、踵《くびす》をかえそうとした時だ。

そのドアーが、灯もつけずに、ぽっかりと内側へ引開けられた。はっと無意識に生垣へ身を密めた鷺太郎の目に、白の半ズボンに白のシャツの男と、も一人、やはり白地に大胆な赤線を配したズボンを穿いた断髪の女とが、ひょっこり現れた。あたりは暗かったけれど、その二人の服装が白っぽかったので、鷺太郎にはその輪廓を読みとることが出来、一人はたしか山鹿だ、と断定はしたが、も一人の女性の方は、山鹿と交際していないので誰だったか解ろうはずもなかった。

二人は、この身を密めて窺っている鷺太郎には気づかなかったらしく、肩を並べて歩きだした。そして、Y海岸への散歩であろうと思っていた彼の予想を裏切って、こんな時間に、もう人通りもないであろうと思われるZ海岸の方へ向って、ぶらぶらと歩いて行った。

鷺太郎は、ちょっと躊躇《ためら》ったが、すぐ思いなおして、そのあとを気づかれないように追いて行った。別にこれという意味はなかったのだけれど、恰度その方向が、帰り路になっていたせいもあり、また、彼の「閑《ひま》」がそうさせたのだ。

山鹿と、そのモダーンな女とは、一度も振りかえりもせず、時々ぶつかり合うほど肩を寄せ（彼との間は相当あったのだが、なにしろ、その二人が、夜目に浮出す白服だったので）何か熱心に話し合いながら、真暗な夜道を、淋しい方へと撰《よ》るように、進んで行った。その路は、そう思わせるほど、暗く淋しかったのだ。この夏の歓楽境K——に、こんな寂とした死んだようなところがあるのか、と思われるほど……、いや、Y海岸が桁はずれに賑やかな反動として、余計こちらが淋しく感じられるのかも知れないが——。

そんなことを鷺太郎は考えながら、それでも生垣を舐めるように身を密ませながら追いて行くうち、いつか住宅地も杜絶《とだ》えて、崖の上に出た。そこは、背に西行寺の裏山が、切立ったような崖になって迫り、わずか一間たらずの路をつくると、すぐまた前は二間ばかりのだらだらした草叢《くさむら》をもった崖になって、眼の下の渚に続いていた。つまり、その路は、崖の中腹を削ってつくられた小径であった。

そこへ立つと、海面から吹渡る潮風が、まともにあたって、真夏の夜だというのに、ウソ寒くさえ感じられた。

遥か左方、入りくんだ海をへだてて、水晶の数珠玉をつらねたように、灯の輝いているのが、今、銀座のように雑沓しているであろうY海岸であった。しかし、この人っ子一人見えぬ、灯一つないこの場所では、すでに、闇の中に海もひっそりと寝て、黒繻子《じゅず》のような鈍い光沢を放ち、かすかに渚をあらう波が、地球の寝息のように、規則正しく、寄せてはかえしていた。

山鹿とも一人は、そこまで来ると、つと立止った。

そして前跼《こご》みになって、何か捜しているようだったが、それは、崖を下る小径だったとみえて、軈て、その二人の白服は、するすると真黒い草叢の中へ消えてしまった。

(おや、どうするんだろう――)

と頸をかしげた鷺太郎は、

(む、海岸へ下りて、渚つたいに帰ろうというんだな)

と思いなおした。

ダガ、不思議なことには、そう長い時間がかかろうともみえぬ、崖の草叢に下りて行った二人の姿は、それっきり、鷺太郎の視界から、拭いさられてしまったのだ。

月はなかったけれど、星は降るように乱れ、その仄かな光りで、崖の上からは、眼の下の海岸を歩く白服が、見えぬはずはなかった。

恋人同志らしい二人連の姿が、人気のない海岸の草叢の中に消えてしまった、ということに、他人の色々な臆測は、却っておせっかいかも知れない、鷺太郎はちょっと、こんな時、誰もが感ずるであろうような、皮肉じみた笑いが片頬に顫えた。

が――、鷺太郎は、何とはなく、不安に似た苛立たしさを覚えたのだ。それは不吉な予感とでもいうのであろうか。

到頭、たまり兼ねたように、大きく伸びをすると、それでも跫音をしのばせながら、注意深く歩いて行って、さっき二人が下りたらしい崖の小径を捜してみた。

淡い光の中で、やっと捜し当ててみると、それは、小さい崖くずれで、自然に草叢が潰されて出来たような、ざらざらとした小径で、その周囲には腰から胸辺りにまで来る、名も知らぬ雑草が生いしげり、黒い潮風に、ざわざわと囁き鳴っていた。

鷺太郎は、その小径のくずれかかった中程で足をとめ、なお一層注意深く、耳を澄ましてみたが、あたりはまるでこの世の終りのように、シーンと静もりかえって、葉づれの音以外、なんの物音も聴えなかった。

（二人とも、どこへ行ったんだろう……）

考えてみれば、あの二人がどこへ行こうと、お節介な話のようであったけれど、彼はなぜか胸のどきどきする不安を感じていたのである。そして、それは果して彼の危惧ではなかった。

鷺太郎が、この小径を下の草叢にまで下りたち、もう一度、前跼みになって、あたりを見透かした時だった。右手の方、一間半ばかり離れて、雑草の中に、何か、時々ぼーっと浮き出る白いものが眼についた。

（おや――）

と、我知らず早鐘を打ちだした胸を押えて、露っぽい草を掻きわけながら、近寄ってみると、

「あっ……」

ギクン、と立止った。

さっきから感じていた何か知らぬ不安は、やっぱり事実だったのだ。

そこには、あの山鹿の家から追けて来た、若い女が、棄てられたように、ぐったりと寝ている、いやそればかりでない、その左の胸の、こんもりとした隆起の下には、匕首が一本、ぐさりと突刺っているのだ。……その匕首のつけ根から流れ出た血潮が、あの白地に大胆な赤線を配した洋服の上へ、さっと牡丹の花を散らしたように、拡がっていた。

そして、それが、生い繁った雑草の中に寝かされてあり、その夏草の葉蔭にとまった蛍が、無心に息づく度に、ぼーっと蒼白い仄な光りと共に、それが隠し絵のように、浮び出るのであった。

蛍火が、絶入るばかりに蒼白かったせいか、その美しい貌《かお》だちをもった、まだ十七八の少女の顔が、殊更、抜けるように白く見え、その滑かな額には、汗のような脂が浮き、降りかかった断髪が、べっとりと附《くっ》ついていた。そして、それと対照的に、ついさっき塗られたばかりらしいルージュの深紅と血潮とが、ぼーっと明るむたびに、火のように眼に泌るのだ。

太陽のもとでは、さぞ酷らしいであろうその屍体《したい》が、このぼーっ、ぼーっと照しだされる蛍火の下では、どうしたことか却って、夢に描かれたように、ひどく現実離れのした倒錯した美しさを見せるのであった。

——鷺太郎は、恐ろしさというよりも、その蛍火の咲く夏草の下に、魂の抜け去った少女の、この世のものでない美しさに、心を搏《う》たれてしまったのだ。

四

聽て、はっと我れにかえった鷺太郎は、思い出したように、

(警察へ——)

と気づくと、大急ぎで、また崖を馳上り、夜道を巡査派出所の方へ馳けはじめた。

「白藤さん……じゃないですか」

と、行く手の方から、ふらりふらりやって来た男が、擦れちがいざま、名を呼んだ。

彼は、名を呼ばれて、ギクンと立上った。

「あ、やっぱり——。どうしたんです。馬鹿にあわててるじゃないですか」

「え?」

そういった男の顔を覗き込んだ鷺太郎は、

(あっ——)

と、も少しで叫ぶところであった。

その男が、あの山鹿十介なのだ。

山鹿十介は、浴衣がけに下駄ばき、おまけに、釣竿まてかついでいた。

「どうしたんです、一体……」

相手は至極落着いていたが、鷺太郎は、しばらく返事の言葉が思いつかぬほどだった。

タッタ今まで、山鹿だと思っていたその本人が、いまここに、怪訝な顔をして突立っているではないか。

(それでは、あの白服の山鹿十介はどこへ行ったのだ——)

山鹿の別荘から出て来たのは慥《たしか》だけれど、もっとも考えてみれば、後姿を、それも輪廓だけで、或は別人だったのかも知れない——と思いついた。

(それにしても、あの男はどこへ消えたのだろう——)

その男が、殺人の下手人であることは、十中八九間違いはないことだけれど、どうやら山鹿と思ったのは、暗

がりの見間違いだったらしい。

「どちらへ……」

「夜釣りに行こうか、と思ってね――、どうしたんです。お化けでも出たんですか」

山鹿は、例の皮肉な笑いを、浮べていた。

「お化け？――いや、それどころじゃない、人殺しですよ」

「え、人殺し――、またですかい」

山鹿も、あの海岸開きの日の殺人を思い出したらしい。

「そうなんで、また、綺麗な女の子ですよ」

「そいつあ大変だ、どこです、それは――」

「つい、この先の草叢なんで……」

鷺太郎は、話しながら、あの夏草の蔭で、蛍火に浮出されている、凄い美しさを思い出した。

「とにかく、警察だ――」

山鹿は、クルッと振向くと、今来た方へ、鷺太郎と並んで釣竿をかついだまま、すたすたと歩き出した。

二人は、もう口を利かなかった。

山鹿には、以前気まずい思いをして、もう二度と口をきくまいと別れた鷺太郎ではあったけれど、この殺人事件という重大な衝動の前では、思わず口かずを重ねてしまってから、この前といい、今度といい、フト思い出したように、口を噤んでしまって、わざとらしく、白い眼で見合う二人であった。

×

その夜、結局わかったことは、その兇器である匕首が、あの海岸開きの賑いの中で起った殺人に、使用されたものと、同種類のもので、全国どこの刃物屋にも、ざらに見られるものだ――ということだけであった。

それに、自殺か他殺かも判然とせぬほど、物静かな死様だったけれど、それは、鷺太郎の傍に二人連れであったという証言――、それに、その匕首には一つも指紋がないということで（自殺ならば手袋を持っていない彼女の指紋が残っているわけであろうから）漸く「他殺」と決定されたほどであった。

が――、あの「白服の男」は、どこへ消えてしまったのか。

月はなくとも、満天の星で、白服を見失うほど暗くはなかった。それに鷺太郎は、それにのみ注意していたのだから――、でも、見えなかったのは事実だ。

その男は、殺した女の死体の中に、溶けこんでしまったかのように、消え去ったのである。

　これには、警官も弱ったようだったが、結局、

「それは君、君だけがこの死体を発見して、僕のところへ知らせに来る間に、それまで草叢の暗がりに隠れていて、逃げてしまったんだろうよ――」

　鷺太郎は何か釈然とした気持になれなかったけれど、この場合、それ以外にちょっと適当な解決は望めなかった。その釈然と出来なかった原因は、あの男がひどく山鹿十介に似た後姿をもっていた、ということと、その二人連れが、山鹿の別荘から出て来たということであったのは勿論だ。

　警官には、

「その二人は、どこかその辺の角から出て来たらしく、散歩の途中、ふと前の方を見ると、あの二人が、何か話しながら、歩いていたのです――」

　といっておいたけれど、何故そんなことをいってしまったのか、後になって、どうも思い出せなかった。けれど、それは山鹿を庇《かば》う、というのではなく、むしろ何かの場合に、山鹿を打ち前倒《のめ》すためのキャスチングボートとして、ここでむざむざ喋ってしまうことを惜しんだ気持が、無意識に働らいたものらしかった。


　さて、漸く御用済みとなった二人は、用意よく山鹿の持って来たカンテラを頼りに、帰路についた。

　山鹿は、あの「気がついてみると、前方を慥に白服の男とあの少女との二人が歩いていた――」といった鷺太郎の言葉が、なぜかひどく気にかかるとみえて、

「ね白藤さん、いったいその二人は、どの辺から来ましたかね……」

とか、

「どんな様子でした、その男は――」

とか、執拗《しつっこ》いまでに、訊くのであった。鷺太郎は、

「いや――、さあ、どの辺だったかな……、でも二人いたのは慥ですよ」

と軽く、面倒臭げに答えながら、心の中では、

（やっぱり、山鹿の奴は怪しい……）

と、一緒に、

（見ろ、その中《うち》、その高慢な鼻を、叩き折ってやる――）

と歓声を挙げたい優越を感じていた。

　――鷺太郎が相手にならないので、いつか山鹿も黙ってしまうと、二人は黙々として、細い絶入りそうなカンテラのゆれる灯影を頼りに、夜路を歩きつづけていた。

と、突然、

「あっ！」

山鹿が、彼に似合ぬ魂消《たまげ》るような叫びをあげると、ガタンとカンテラを取り落した。

はっ、とした瞬間、真暗になった路の上を、カンテラが、がらんがらんと転がる音がした。

鷺太郎は、反射的に、生垣にぴったり身をすりつけて、構えながら息をこらした。……が、あたりには、なんの音もしなかった。

「どした――」

怒鳴るようにいうと、

「が、蛾だ、蛾だ」

その声は、この夏だというのに、想像も出来ぬほど、寒む寒むとした嗄《しわが》れた声だった。

「蛾――？」

鷺太郎は、唖気《あっけ》にとられてききかえした。

「なんだ、蛾がそんなに怕《こわ》いのか――」

袂をまさぐって、マッチを擦ると、転がったカンテラを拾って火を移した。

その、ボーッと明るんだ光の中に、山鹿が、日頃の高慢と、皮肉とを、まるで忘れ果たように、赤ン坊の泣顔のような歪んだ顔をして、一生懸命、カンテラの火を慕って飛んで来たらしい蛾が、右手にとまったと見えて、まるで皮がむけてしまいはせぬか、と思われるほど、ごしごし、ごしごしと着物にこすりつけて拭いていた。

暫らく鷺太郎は、その狂気染た山鹿十介の様子をぽかんと見詰めていたが、軈て、山鹿はほっと溜息をつくと、なおもいまいましげに、右手の甲をカンテラに翳しみてから、いくらか気まり悪そうに、干からびた声でぼそぼそと、弁解じみた独りごとをいい出した。

「……どうもねえ、白藤さん、どうも僕はこの蛾とか蝶とかいうのが、世の中の何よりも恐ろしくてねえ……だれだって、そら、人にもよるけれど蛇がこわいとか、蜘蛛が怕いとか、芋虫をみると気が遠くなるとかいうけれど、僕にとって、蛾や蝶ほど怕い、恐ろしいものはないんですよ……そうでしょう。誰にだって、怕いものはあるでしょう……」

「そうですね、僕――僕にとっちゃ、まあ、悪いことを悪いと思わぬ奴が一番こわいがなア」

山鹿は、その白藤の皮肉じみた言葉にも気づかぬように、可笑しなことには、まだ胸をどきどきと昂まらせながら、

「そうなんです。誰だって、心底から怕いものを一つは持っているんですけど、僕の場合、それが、あの蝶や蛾の類なんです。蛇や蜘蛛は、むしろ、愛すべき小動物としか思いませんけど、これはどうも、そうはいきません、蛾——蝶——と思うと、もう不可《いけ》ないんです。こう頭の芯がシーンと冷めたくなって、まるで瘧《おこり》のように、ぶるぶる顫えてしまうんですからね、まったく、子供だましみたいな話なんですけど、僕はこの恐怖のために、どんなに苦しんだか知れません——一度はあのブリキ細工の蝶の玩具を買って来て、自分を馴らそうとしたんですけど、それでも駄目なんです。あのブリキの蝶が、極彩色のなんともいえぬ、いやな縞をもった大袈裟な羽根を、ばたばた、ばたばたと煽ると、もうどうにも我慢がならんのです。あの毒々しい色をもった鱗粉というやつが、そこら一面にまき散らされるような気がしましてね。僕にとっちゃあの鱗粉という奴が、劇薬よりも恐ろしいんです。子供の時分、あの鱗粉が手についたために、そこら一面、火ぶくれのようになって、痛みくるしんだ、苦い経験をもっていますよ。体質的にも、蝶や蛾は禁忌症なんで、それがこの強い恐怖の原因らしいんです……つまりは」

「へえ、そんなことがあるもんですかね、蛾はともかくとしても、蝶々なんか実に綺麗な、可愛いもんじゃないですか、もっとも摑めばそりゃ恰度あの写し絵のように黄だの、黒だのの縞が、手につきますけどね——」

「ああ、それが僕にはたまらんのです。

——あの猛獣のような毛に覆われた胴は、なんていったらいいでしょう。それにあのくるくると巻かれた口、あの口は慥にこの世のものではありません。あれは悪魔の口です、恐ろしい因果を捲込んだ口なんですよ」

そういうと、この歩き廻って、ねとねとと汗の浮く真夏の夜だというのに、寒むそうに肩を窄《すぼ》めて、ぶるっと身顫いをすると、恰度眼の前に来た分れみちのところで、鷺太郎から渡されたカンテラを、怖る怖る、つまむようにして受取り、「さよなら」ともいわずに、すたすたと暗《やみ》の中に消えてしまった。別れてから気がついたのだが、さっきの騒ぎで落してしまったものか、その山鹿のうしろ姿は、釣竿をかついでいなかった。

五

鷺太郎は、サナトリウムの通用口から這入って、医局の廊下を通ろうとすると、こんな夜更けだというのに、まだ電灯があかあかと点けられ、何か話しごえがしていた。

（何かあったのかな――）

と思いながら、通りすぎようとすると、後から、

「白藤君――」

と呼止められた。振返ると、そこには院長澤村氏の息、学友の澤村春生が、にこにこ笑いながら立っていた。

「や、しばらく、どうしたい」

「どうした、じゃないよ。病人がこの夜更けにどこを迂路ついてんだ、困るね――」

「はっははは、ここは居心地がいいから居てやるんだ、僕はもう病人じゃないぞ――」

「それがいかんのさ。治ったと思って遊びすぎると、直ぐぶりかえす――、殊に夜遊びなんか穏かでないぞ」

「冗、冗談いうなよ、変に気を廻すなんて、君こそ穏かでないよ」

「はははは、まあ、入りたまえ、僕も休暇をとったんで、見舞いがてら来たんだ、東京は熱気で沸騰してるよ」

医局へ這入ると、副院長の畔柳《くろやなぎ》博士が廊下の会話を聞いていたとみえて、にやにやと笑っていた。

「今晩は――、どうかしたんですか」

「いや、三十三号の患者が喀血《やっ》たんでね、呼ばれて来たら、春生さんがあんたを待ってた訳さ」

「ほう、もういいんですか――」

「うん、落着いたようだ、――君もあんまり無理しない方がいいよ」

「そうじゃないんですよ、弱ったなあ、――僕のは重大事件でしてね、実は、またあのZ海岸で人殺しがあったんです」

「ほう、また――」

畔柳博士も、あの海岸開きの日の殺人を思い出したらしい。

「そうなんで、あれと同じ兇器で、同じように美しい少女なんです、殺られたのは――。そこへまた私が通り合せて発見者という訳で、今まで色々訊かれましてね。

――でも、その死顔は実に綺麗だったですねえ、美少

女が海岸の雑草の中に折れ朽ちたように寝、胸には匕首がささっていたんですが、光線の不足で適当にぼかされて、少しも酷らしくないんです。そして、そのつんと鼻の高い横顔を、蛍がぼーっ、ぼーっと蒼白い光りで照すんですが、それがまるで美しい絵を見ているような気がしましたよ」

「ほう、ばかに感心してるね、君のリーベのように綺麗だったかい」

「まさか、ははは」

「ふーん、で君は、それが誰にやられたのか知っているのかい――」

「いいや、知らんよ、警察でさえ、解らんのだもん――でもこの前のと関係があることは、素人にもわかる、というのは、いまいったように兇器が同一種類であり、手口も酷似しているからね、いつも、乳房の下を、心臓までまっすぐに一と突きだ」

「ふーん、君。僕にはじめから詳しく話してくれないか」

春生は椅子を鳴らして、乗出して来た。

鷺太郎は、

(そうそう、春生は探偵小説を愛読していたな――)

と憶い出しながら、

「じゃ、こういう訳だ、最初の事件は、君ももうアウトライン位は新聞で知っているだろうけど、あの七月十日の海岸開きの日だ。

Y海岸が河童共のごった返している最中に、ええと、瑠美子、とかいったな、大井という実業家の長女だ、それが海岸で冷えた体を砂の上で暖めていて、気がついてみると、誰も知らぬ間に、胸に匕首を突刺されていた、という訳なんだ。――不思議なことには、当時、誰もその傍へはいなかったし、彼女は非常な美人だったから、注目の的になっていたから、これはハッキリいえることだ、また彼女には自殺するような動機も、原因もない。つまり殺されたということになるのだが、それでは一体どうして殺されたのか。

最初に妹がいって見て、どうも様子が変なので、頓狂な声を出したんだから、そばにいた学生が馳つけて、脈をみると、既に止っている。そしてワーッと集まった野次馬の前で、その俯伏になっていたのを起してみると、その今いった匕首が、ささっているんだ」

「その学生は――」

「それは、その妹と一緒に、厳重に調べられたんだが、いくら叩いても埃り一つでない、それに、そのグループが、そんな兇器は見たこともない、というんで、とうとうものにならなかったんだ」

「ふーん、……最初の学生が行った時は、既に死んでいて、しかもその学生は嫌疑者にならぬ、というんだね」

「そうだ――」

「ふーん、……で、君はどう思うんだい」

「僕――にもわからないけど、ただその場所で妙な男を見たんだよ、あの山鹿十介だ」

「山鹿？　ああそうか、いつか、君がひどい眼に会ったという――」

「そうだ、彼奴《あいつ》だよ」

「傍にいたんか」

「いや、二十間ばかり離れていた……」

「じゃ、駄目じゃないか」

「うん、でも、なんだか彼奴なら遣りそうな気がするんだ――僕があんまりいい感じを持っていないせいかも知れないがね――その山鹿が飛んで来て、お節介にも『どうしました』なんて彼女を抱き起したりしてね。どうも怪しいような気が、『感じ』が、するんだよ」

「でも君、その山鹿が抱き起す前に、学生が脈がないといったんだろう」

「うん」

「心細いね、『感じ』だけでは証拠にならんじゃないか」

「そりゃそうさ、――そういう君だって解らんのだろう」

「いや、僕は現場を見ていないからね」

「ずるいぞ、現場を見てたって、それ以上わかるもんか」

「ふん、それは鷺太郎君のいうように山鹿というのが怪しいな……」

婦長に患者の処置を指図しながら、黙って聞いていた畔柳博士が、ごくんとお茶をのみながら、いった。

「でも、その山鹿という男が、近づく前に、既に死んでいたんじゃないですか」

春生は、不服気に畔柳博士の方を振向いた。

「そうさ、山鹿がそばに行った時は、死んでいたんだよ。その娘は毒殺されたんだ、とは考えられないかい。――その事件が起る前に、山鹿がその娘にある方法で、例えば口紅に毒を塗っておくとか、泳いでいるそばに行って、あやまって水吹をかけたようにして毒を含ませてもいい、とにかく、毒を与えたんだ。そうすれば、その娘は気持が悪くなって、砂に寝て、それっきりになるのは当然だ」

「じゃ、なぜまんまと殺したのに、なおも匕首なんかを使ったんですか——、どういう風に使ったんですか」

春生はなおも、訊きかけた。

「それは、一見不可能のような犯罪にして、人の眼を欺くつもりか、それともその人間が極悪非道な奴で、直接突きさしたい欲望を持っていたかも知れない、おそらくはその両方の原因からだろう——。

二十間もはなれて、その間に、大勢の人が居ながら、すぐ傍にいた学生を除いては、第一に馳つけて来た、ということは、その娘にずーっと注意していた、ということの証拠になると思うね。二十間も先にいて、その傍の人さえ、まだ何が起ったのか知らんうちに、飛んで来て『どうしました』なんて抱き起す——というのは、前からそれがなんだか知っている人間でなければ出来んよ……。刺した方法？　それは簡単さ、『どうしました』といって抱き起しながら、素早く胸に匕首を打込むこと位、計画的にやればわけはない。そして自分で、『あっ——』と驚いてみせれば効果は満点だ。

生身に匕首を突刺されて、叫び声一つたてぬはずがない、これはその時すでに完全に死んでいた証拠さ、それにはちょっと毒殺以外にない」

鷺太郎と春生は、この明快な解答に、

「ああ、そうか——」

と驚いたきり、一言もなかった。春生は負おしみのように、

「毒殺とは医者らしく思いついたもんだ」

と、聴えぬように呟いたが、それ以外、このハッキリした解答に、異論を挟む余地がなかった。

「どんな方法で、何を与えたか、それは犯人に訊くのが一番近道だろうね」

博士はそういうと、にこにこと事もなげに笑っていた。

鷺太郎は、その厚い金縁眼鏡の輝きを、いつになく光々しく感じながら、自分の「直感」を証明してくれた畔柳博士を仰ぎ見た。

「じゃ警察へ電話しましょうか——」

鷺太郎が腰を浮かすと、

「まち給え——」

春生が止めた。

「まち給え、も一つ、こんどの事件を話してくれたまえ、同一人の犯行と思われる今夜の事件に、その山鹿が無関係となったら、或は前の事件も彼ではなかったかも知れないじゃないか。周章《あわ》て訴える必要はないよ」

「いや、今夜の事件も、山鹿に違いない。僕は慥に彼奴を見たんだ」

「ふーん、じゃそれを警察に隠したのかい」

「隠した、という訳ではないけど、ちょっと、不審な点があるんでね」

「そら見給え、どんなことだ」

「いや、僕があの山鹿の家まで行くと、その門の中から二人連れが出て来たんだ。暗かったんでハッキリは解らなかったけれど、うしろ姿で山鹿と女とだ、と思った。それがZ海岸で二人とも草叢に隠れて、次に僕が行った時は、山鹿らしい男の姿はなく、女だけが殺されていた、という訳さ」

「じゃ、山鹿は隠れていたんだろう」

「うん、警察もそういったよ。だが、草叢に殺されていた女すら、白服だったから見つけ出したんだから、やっぱり白服を着ていたもう一人の男が隠れていても、すぐ解るはずなんだがね。それに、見えなくなるばかりか、僕が知らせに行こうとすると、向うの方から、のこのこやって来た男が、山鹿なんだ」

「変な話だな、白服を着ていたかい」

「いや、浴衣がけに、釣竿をかついでいたよ、夜釣りに行くんだ、といってね」

「前の白服、というのは慥に山鹿だったのかい」

「さあ、……山鹿の家から出て来たのは慥なんだがね、なにしろ暗がりとうしろ姿なんでね」

「そろそろあやしくなって来たナ。しかし、これはその山鹿らしい白服の男が消えてなくなったところに謎があるね。

白服の男を山鹿として、それが女を殺し、なんらかの方法で姿を消して、家にとって帰し、着かえてからまたやって来た、という時間があるかい」

「ないね。その時間はたった二三分だった。山鹿の家まではそこから急いで片道十分はかかる――」

「ふーん」

春生も黙ってしまったが、さすがの畔柳博士も、万能探偵ではないとみえて、こんどは黙々として鷺太郎の話ばかりを聞いていた。

夏の夜だというのに、ひどく冷っとする風が吹いて来た。もう、暁方が近いらしい。

三人は顔を見合わすと、腫ぼったい瞼を上げて、

「なんだかぼんやりして来た、一と寝入りして、ゆっくり考えよう……」

と呟くようにいった春生の言葉に、黙って頷いた。

六

翌日——。

真夏の太陽は光々と輝いて、サナトリウムの全景は、まばゆいばかりの光線に満たされ、鷺太郎がベッドに寝ころんだまま、ゆうべのことをあれこれと考えていると、ジーッ、ジーッと圧迫されるような油蟬の声が、あたり一面、降るように聴えていた。

先程、春生が一泳ぎして来る、と行ったきり、なかなか帰って来なかった。春生もやはりあの疑問が解けずにいるらしいのだ。

畔柳副院長の姿も見えなかった。おそらく医局で診察に追われているのであろう。

この暑い日盛りを、当てもなく歩いても仕様がないと思っていた鷺太郎は、結局一日をぽかんと暮してしまった。

ただ、その間、あの殺人の事件は、早くも看護婦の間にも拡まったらしく、盛《さかん》に噂は聞くのだけれど、可怪しなことには、その殺された美少女の身元は勿論、名前さえも、杳《よう》として不明であったのだ。

それは朝刊にも、また、早くも届けられた、インクの匂いのぷうんとする夕刊にも、不明とばかり報ぜられていた。

それは実に不思議なことだった。

あれほどの美少女が殺されながら、そして、新聞に写真まで出され、警察でも必死の活動をしているのであろうに、更にわからなかった。

被害者の身許もわからない、ということは、今の捜査法では手のつけられぬ難物なのである。

この豪華なK——海浜都市で行われた殺人の、その類《たぐい》まれなほどの断髪洋装の（その身なりから見て、中流以上の者であることは、想像されたが）美少女の身許が、まるで木の股から生れたものであるかのように、全く解らない、というのは実もっておかしな話であった。

しかも、それはこの事件に終止符が打たれてしまってか

らも、遂にわからなかったのである――。

×

――軈て、日が暮れ、このSサナトリウムにも灯がともった。

鷺太郎は、この日一日位、焦燥を感じた日はなかった。このあいついで起った美少女殺人事件の下手人が、かつて自分をもペテンにかけた山鹿十介であることを、もう動かすことの出来ぬものであると、確《かた》く信じながらも、最後のちょっとした躓《つまず》きのために、ハッキリと断言することが出来ないでいるのだ。

そんなことを考えていると、

「やあ――」

畔柳博士が這入って来た。

「ちょっと、面白いものを見せますから一緒に来ませんか」

「何んですか……行くことは行きますが」

「実験ですよ、見て下さい私を――」

そういわれてみると、博士はいつもとは違って白ワイシャツに白の半ズボンを穿いていた。恰度、あのゆうべみた白服の男と同じ支度《こしらえ》であったのだ。

門を出ると、春生も白ズボンを穿いてまっていた。三人は黙々としてZ海岸の方に急いだ。

間もなく、ゆうべの事件のあったそばまで来ると、

「鷺太郎君。ここでまっていてくれたまえ、私と春生君とが、ゆうべの二人のように草叢の中にはいって、私が消えてしまうから――」

「え――」

鷺太郎が、呆ッ気にとられている間に、もう畔柳博士は春生を連れて、漸く濃くなって来た夕闇の中を、進んで行った。それは恰度、ゆうべの悪夢の復習のように、そっくりであった。

二人はちょっと立止ると、あの男女のように、小径を草叢の方にとった、と見る間に、もう姿は闇に溶け込んでしまった。

そして、ぽかんとした鷺太郎が、一二分ばかりも待った時であろうか、跫音がしたと思うと、いきなり後から、ぽんと肩を叩かれた、

「あ、畔柳さん……」

ギクンと振向くと、そこには、つい今まで白シャツを着ていた畔柳博士が、黒っぽいたて縞の浴衣を着て、ニコニコしながら立っていた。

「どうだね鷺太郎君。僕が君の後方に廻ったのを知ってるかい——」

「いいえ、ちっとも気づかなかったですよ」

鷺太郎はまだ目をぱちくりしていた。

「どうです……」

春生も、崖を上って来た。

「やあ、大成功さ、やっぱり僕の睨んだ通りだよ。ゆうべの白服の男は山鹿だったんだ。——こういう訳さ、山鹿はあの草叢の中に浴衣や釣竿を隠しておいたんだ、そして計画通り兇行を演じると、直ぐさま——そら、こういう風に、白シャツと白パンツの上に浴衣を着て、あの草叢を磯べりづたいに君の後方に廻ったんだ。ね、こういう黒っぽいたて縞の浴衣なら、宛《まる》でカムフラーヂされたと同様だから少々の光線で識別がつかんよ、まして『白服だ』と思いこんでるんだからね。それに夜というもんは、上から下は見にくいもんだ、それに比較すれば下から上は、幾分明るい空をバックにしているんで割合に見えるし——夜道で道に迷ったら踞んで見ろ、というのはこの辺を指した言葉だよ……、で山鹿が変装して帰ろうと上を仰ぐといつの間にか君がいるのに気がついた、で心配になったんで夜釣を装って君の様子を捜《さぐ》りに来たんだろうよ。ところが君は何も知らぬ様子なので安心したんだろうけど、でも君の出ようによっちゃ或はあの女と同じことになったかも知れないぜ……」

「冗談いっちゃいけませんよ——」

鷺太郎は、冗談だと思っても、あまりいい気持はしなかった。

「一体、どうしてこんなことが解ったんですか」

「それはね、ゆうべ君が山鹿が釣竿を落して行った、というのを聞いたから、あれからサナトリウムの帰りがけに注意して行くと、あったよ、も少し遅かったら山鹿に拾われたかも知れないがね——で拾ってみると、君、可怪しいじゃないか、その釣竿には『針』がないんだ、それどころか針をつけた様子もない——太公望じゃあるまいし毎晩夜釣りに行く人間が針をつけたことがないなんて想像も出来ないじゃないか。それで考えた末、あの結論になった訳だけれど、わかってみれば子供だましみたいなもんだね——。ただ草叢と黒っぽい縞のカムフラーヂと、夜は低地の見きわめがつかぬ、という、それだけのことさ、——これに比べれば海岸開きの日の殺人の方がよっぽど巧妙だったよ」

「畔柳さん、トリックの巧拙ということは、必ずしもその犯罪の難易に正比例するもんじゃない、ということがはじめてわかったですよ――、殊に実際の事件では」

春生も、感慨深そうに、副院長を見上げた。そして、

「いよいよ山鹿十介が犯人と決まった訳ですね、こっちが三人なら大丈夫でしょう。これから行ってみましょう――」

畔柳博士は、しばらく頸をかしげていたが、

「よかろう――」

そういうと、三人は意気軒昂《いきけんこう》と夜道をいそいだ。

――あの最初の、そもそも最初から怪しいと思っていた山鹿十介が、いよいよ犯人だ、と決定されたのだ。鷺太郎は、素人の感も馬鹿にはならぬ、といささか得意で、先頭に立って歩いていた。

だが、山鹿の別荘は人の気配一つしなかった。電灯は全部消し去られ、いくら呼鈴を押しても、とうとう返事を得ることが出来なかった。

「畔柳さん、山鹿は逃げたんじゃないでしょうか」

鷺太郎は、せっかく犯人がわかりながら、それをとり遁《に》がしたのではないか、と思うと、歯を喰縛った。

「いや、そんなはずはない」

畔柳博士は、何か自信あり気に呟いた。

「明日、来よう――」

七

その翌日も、ゆうべの星空が予言したように、雲一つない快晴であった。

鷺太郎は朝早く飛起きると、看護婦たちを手伝わして、蝶だの蛾だのを、洋菓子の箱一杯につかまえ込んだ。

胴の太さが親指ほどもあろうか、と思われるような蛾や、大小各種様々な蝶が、合計二十匹ほども集められた。

「どうするんだい」

と訝かし気に訊く春生に、

「山鹿への御土産さ……」

と鷺太郎はにやにやしながら答えた。山鹿のふるえ上る様を想像して、心中快哉《しんちゅうかいさい》を叫んでいたのである。

やがて、畔柳博士は仕事を済ますと、三人連れだって、道をいそいだ。

心配していた山鹿は、幸い在宅しているらしく、呼鈴を押すと婆《ばあ》やが出て来た。兼ねて打合せたように、鷺太郎を残すと二人は物かげにかくれた。

「白藤ですが――。山鹿さんいましたら遊びに来たといって下さい」

わざと、洋菓子の箱を見せつけるように、持ちかえていった。

「はあ、少々おまち下さいませ」

鷺太郎は振りむいて合図をした。と同時にまた婆やが出て来た。

「どうぞ……」

それと一緒に、驚ろく婆やを尻目に、どやどやと三人続いて這入ってしまった。

「やあ――」

と出て来た山鹿も、一瞬、不快な顔をしたが、さすがに、去り気なく、

「どうぞ――」

応接間は八畳ほどだった。椅子につくと間もなく、畔柳博士は、

「山鹿さん、地下室をみせてくれませんか」

「えッ」

山鹿は何故かさっと顔色を変えた。

鷺太郎も吃驚した。このはじめて来る他人の家に、地下室があろうなんて、畔柳博士はどうして知っているのであろう。それにしても、山鹿の驚愕は何を意味するのか――。

山鹿は顔色を変えたまま、よろめくように立上った。

「どうぞ、こちらです」

そう呟くようにいって、壁に手を支えながら歩き出した。

その、うしろ姿の波打つような肩の呼吸から、何事か、この一言がひどく彼の胸を抉《えぐ》ったことを物語っていた。

――その地下室への入口は、想像も出来ぬほど巧みに、彼の書斎の壁に設けられてあった。地下室のことについては、博士は「出入の商人から人数に合わぬ食糧を買い込んでいるからさ――」とこともなげに答えた。

山鹿を先頭に、三人は黙々と並んで這入った。そこは、いかにも地下室らしい真暗なつめたい階段が十四、五段あって、また、も一つのドアーに突当った。

そのドアーが開けられると、

「あっ――」

思わず、三人とも異口同音に、低く呻いた。そのなかは、まるで春のように明るく、暖かく、気のせいか、何か媚薬のように甘い、馥郁《ふくいく》たる香気すら漾っているのが感じられた。

しかも、この別荘としては、その地下室は不相応に広いらしく、充分の間取りをもって、なおも奥へ続いているようであった。

その上、壁は四方とも美しい枠をもって鏡で貼られ、天井は全面が摺硝子になっていて、白昼電灯が適当な柔かさをもって輝いていい、床には、ふかふかと足を吸込む豪奢な絨毯が敷きつめられてあった。

それらの様子を、三人が呆然と見詰め、見廻わしている中に、山鹿はそのドアーを閉め、それを背にして向き直った。

ああ、その顔は、いつもの皮肉な皺が深々と刻込まれ、悪鬼のように歪んでいた。

「ふ、ふ、ふ、とうとう捕まったね……この地下室を見つけられたのは大出来だったが、のこのこ這入って来るとは、飛んで火に入る――のたとえだね、まあ、ここを知られては三人とも二度と世の中におかえしする訳にはゆかんよ……ここで君達がどうなろうと、全然世間には漏れないんだからね……ふ、ふ、ふ」

そう低い声でいうと、いつの間にか右手には、鈍く光る短銃《ピストル》が握られていた。

(あ、しまった!)

三人とも、一瞬、歯を鳴らした。

「あ、蛾だ!」

鷺太郎が、山鹿の肩を指して叫んだ。

「え」

ちょっと、山鹿の体が崩れた、と鷺太郎の体が、砲弾のように飛びついたのと同時だった。

「畜生!」

ごろん、と音がすると短銃が落ちた。畔柳博士はすくい取るように拾った。

「山鹿! 変な真似をするな」

一挙に、また立場ががらりと逆になってしまった。まるで、それは西部活劇のような瞬間の出来事だった。

「馬鹿野郎――」

春生の右手が、山鹿の頬に、ビーンと鳴った。そして、洋服を剝取ると、ドアーの鍵を出して改めた。

鷺太郎は、この騒ぎに投出された「おみやげ」の箱を拾い上げると、

「山鹿、この上もないおみやげだぞ……そら、蝶や蛾がうじゃうじゃいる――」

「あ、そ、それは……」

山鹿の全身は紙のように白くなって、わなわなと顫え

はじめた。その眼は真赤に充血してぴょこんと飛出し、脣は葡萄色になって、ぴくぴくぴくとひきつっていた。

世の中に、こんなにまで凄まじい恐怖の色があるだろうか。相手が、あの可愛い蝶々だというのに――。

狭い箱の中から開放された二十匹に余る様々な蝶や蛾は、あたりの明るさに酔って、さっと飛立ち、忽ちのうちに部屋一杯ひらひら、ひらひらと飛びかいはじめた。そしてあたりが鏡だったせいか、まるで、この部屋一杯に蛾が無類に充満し、あたかも散りしきる桜花《おうか》のように、春の夢の国のように、美しき眺めであった。

そして、余りのことに、ぐったりと倒れてしまった山鹿の周囲にも、まるでレビューのフィナーレを見るように散り、飛びしきっていた。

×

三人は、その様子をしばらく見ていたが、もう山鹿が身動きもしないいし、鍵はとってしまったのだから出られまいと、なおもその奥のドアーを開けて進んだ。

その次の部屋も、前と同じつくりの二十坪ほどもあろうかと思われる部屋で、豪華な家具や寝台が置かれてあり、その上、度肝を抜かれるほど驚ろいたのは、その部屋に、かろうじて紗《うすもの》をつけた、或は、それこそ一糸も纏わぬ全裸な若い少女が二十人ほども、突然の闖入者《ちんにゅうしゃ》に、恐怖の眼を上げながら佇《たたず》んでいるのであった。

と聴て、その二十人にも見えたのは、やはり四方の鏡のせいで、実は四五人であることがのみこめたけれど、この地下に設けられた美少女群の裸体国は、一体何を物語るのであろう。

彼女等は皆磨かれたように美しい肌をし、顔を粧っていた。だが、まるでこの世界には着物というものは知られていないかのように、どこを捜しても、それらしいものは見当らなかった。

そしてまた、異様な寝息に気がついて、じーと眼を据えて見ると、驚ろくべきことには、あの白藤鷺太郎に山鹿との交際を厳禁し、財産管理までしてしまった伯父の田母澤源助のいぎたない豚のような寝姿が、つい先きの寝台の上に、ころがっていたのだ。

一瞬、鷺太郎には、すべてを飲みこむことが出来た。伯父源助は、なんと山鹿の経営する秘密団のパトロンであったのだ、とすれば山鹿に欺《かた》られた、そしてまたそれを口実に管理されてしまった鷺太郎の財産は、この裸体国のために、消費されてしまったのであろう。

――そんなことを考えているうちに、その裸体の彼女等は、この三人が別に危害を加えるのでないと知ったとみえて、大胆に近寄って来た。そして眼のやり場に困っている、どこへやっても四囲の鏡が彼女等の肢体を大写しに瞼の中に叩きこむのだから――彼に訴えた物語りは、なんと奇怪なものであった。

端的にいえば、彼女等は両親も知らぬ孤子《こじ》、または金に売られた貧民の子供だったのだ。

それを犬ころのように買って来た山鹿は、まるで人形のように粧わせて、この奇怪な美少女国の主となっていたのだ。

罪深き、山鹿十介――、なんと非道の悪魔であろう。その悪魔も、この人形たちに刺戟を求めきれなくなり、あの大井瑠美子を恋して一言のもとに退けられ、遂に殺してしまったのだ。

そして「殺人」の魅惑は、この刺戟に倦きた人形国の主に、新らたなる、強烈な刺戟を与えたのに違いない。そして、あの迷宮入りの成功は彼の気持に拍車をかけ、その刺戟欲は、この薄幸な少女達を次々にその犠牲にしようとしたのであろう。

Z海岸で匕首を刺された少女の身許が解らなかったのも無理はなかった。彼女自身ですら、あわれにもその本名すら知らなかったらしいのだ――。

この全身をパフの香気に叩きこめられた少女等――、蠱惑《こわく》する媚《び》と技術を知りながら、小学生にも劣る無智――。山鹿はなんという恐ろしい教育をする男であろう。

鷺太郎は、山鹿に対する怒りが火のように全身を駛《はし》って、思わず隣室の山鹿のところにかけ寄った。

「おや――」

さっき、鍵をとるために洋服を剝いだままにしておいたせいか、全身、蝶や蛾の鱗粉があたったところは、まるで火の粉をあびたように、赤く腫れ上り、火ぶくれのようになって、既に息絶えていた。

「山鹿は蝶に殺された――」

鷺太郎は、呟くようにいった。

少女たちも、自分等を猫のようにあつかった、山鹿の死体を、心地よげに見下ろしていた。

「嫌悪感――というもんは非道いもんだな、鱗粉が触っただけで、皮膚が潰瘍する許《ばかり》か、心臓麻痺まで起すんですね」

春生がいうと、畔柳博士は、こっくり頷いて、

「おや、臭いぞ……」

とドアーの方を見詰めた。すぐドアーは開けられた。

「あ、火事だ！」

どうしたことか、山鹿の別荘は火を出したと見えて、もうその地下室のドアーのところにまで、むせっぽい、きな臭い煙が巻込んで来ていた。

「あっ、あの婆《ばばあ》だな――」

春生が飛出した。

「あわてるな――」

畔柳博士が怒鳴ったけれど、もう皆は先をあらそって、出口へ飛出して行った。

山鹿の死骸も、田母澤源助の戯れ呆けて寝た体も、運び出す暇はなかった。

皆が飛出すと、一足違いに、ドッと梁が落ちて、金色の火の子が、パッと花火のように散った。火勢はいよいよ猛烈だった。

その仕掛花火よりも見事な、すさまじい火焔《かえん》の中に、あの数人の全裸体の美少女が、右往左往するさまは、まるでそれが火の精であるかのように、美しく彩られて、海浜都市のKの丘の上に、妖しい狂舞《きょうぶ》が続けられていた。

……燃々と燃えさかる炎は、三人の心に夫々《それぞれ》のかげをうつして、ゆらめいた。

「これでいいのだ……」

畔柳博士は、鷺太郎をかえり見て、そういった。その声は、火煙のために嗄がれてはいたが……。

雷

1

野村銀三は、帝国新報の社会部記者として、同級生達の羨望に送られながら入社してから、もう一年がすぎた。そして二ど目の夏がやって来た。それなのに、まだ警察廻りをやらされていて、一向うだつが上らないのであった。

しかし、銀三は悲観しなかった。

（なァに、事件さえあれば――）

と、入社第一日目からの希望を持ち続けているのだ。これは、あるいはヂャーナリスト全体が、一生持って廻る力瘤かも知れないが……。

「やあ――」

漸くイタについた挨拶をして、警察署の門をくぐる。これが彼の日課なのである。

銀三の受持のこの辺は、新市域ではあるが、まだまだ田舎で、殊に、昨夜《ゆうべ》のような大雷雨があると、路は文字通り泥濘と化してしまうし、処々《ところどころ》にひどく立派な舗装道路が驀《まっしぐ》らに通じているが、それも請負人が安い材料を使ったとみえて、少し暑い日が照ると、すぐ糝粉《しんこ》細工のようにべたべたと靴を吸いつけてしまうのであった。

でも、そうかといって敬遠する訳にはゆかぬ、というのは、この辺は雷の通り路になっているとみえて、梅雨《つゆ》あけ頃からはしばしば夕立を伴った雷が鳴り、その度に落雷もあったりして、大雷雨のあった日などは、どうしても記事とりに顔を出さなければならない署であった。

×

銀三が這入って行くと、顔見知りの司法主任山田氏が、クレープの襯衣《しゃつ》一枚になって、書類を整理していた。

「やあ、暑いですね、ゆうべは凄い奴だったけれど、なんか被害はありませんか」

「ううん、一二三個所落ちたらしいね、今のところ電灯関係が二つと、それに欅の大木が一本――、九時過ぎから停電して到頭十二時過ぎまで点かずさ……」

「それだけですか」

「人畜には被害なし……」

そういった時だった。ジリジリジリンと電話機が懶気《ものうげ》に鳴った。山田氏はやっこらさと立って、壁掛電話の受話器を外すと、

「モシモシ、え……ふーん……ふーん、すぐ行く」

それだけいうと、向き直って、

「一人死んだそうだ、感電で……」

「落雷の？……どこですか」

「村沼派出所のそばだそうだ、田丸定雄という資産家でね……勿論落雷のためさ、即死らしい」

「ほう、……変ですね、即死なら昨夜のうちに届けられそうなもんですね、変死だから」

「ところが今朝になって解ったそうだよ、とにかく行ってみなくちゃならんよ」

山田主任はそういいながら、上衣の袖を通して、給仕を呼んだ。

「山田さん、僕も行きますよ」

銀三は、返事も聞かずに、同じ自動車《くるま》に乗りこんだ。

2

落雷で感電即死をしたという田丸定雄の家はすぐ解った。それは洋風造りの平家で、十分な敷地に建てられた瀟洒な文化住宅であった。

這入って見ると、既に巡査は帰ってしまったあとで、田丸定雄の妹康子と、女中と、それから主治医の山上医学士とが別室で暗然としているところで、田丸氏の死体は、今朝発見されたままの位置に、手をつけられずに置かれてあった。これは変死だから係官の来るまでは手をつけない方がいいという、主治医の行届いた考えからであった。

定雄氏は自分の書斎で死んでいた。その書斎は十畳位の広さで、書斎兼寝室といったものらしく、その片隅には寝台もあったが、しかし、定雄氏の最後の姿は、その柔らかい寝台の上ではなく、窓際の堅い床のところで俯伏に倒れているのだ。そして、まだ寝衣ではなく、浴衣に無造作に帯を捲きつけたきりで、年齢は三十二三——といったところであろうか。

「田丸さんが亡くなられたのは、今朝になってわかったんですか」

山田主任は、一通りその部屋の様子を見渡すと、すぐ訊ねはじめた。

「はい、兄はいつも自分の部屋には内側から鍵を掛ける習慣でしたものですから……」

そう小声で答えたのは康子さんであった。その瞳《め》は憂いのために、泣き潤んではいたが、道の往きずりに会っても、思わずハッと眼を欹たすような、美しい少女であった。

「……今朝、いくら起しても起きないので、庭へ廻ってカーテンの隙間から覗いて見ましたが寝台の上にも姿が見えませんし、急に心配になって友や（女中、というよりばあやといった年頃）に言って近所の錠前屋さんを呼んでもらって開けてみたんです……そしたらこんなことになって……

昨夜も余んまりひどい雷なので、私、怖かったものですから二三度起しに行ったんですけど、その時も到頭起きて来なかったのです……今、考えてみると、その時には、もうお兄様は亡くなっていたのかも知れません……」

山田主任は頷くと、山上医学士に、

「診断は――」

と訊いた。

「感電による心臓麻痺です――」

山田主任は、もう一度頷くと、

「この辺に落ちたんですか……、ああ、あの欅ですね」

と、窓越しに十五間ばかり先きの、隣りの庭にある大きな欅を指した。

「ええ」康子さんも頷いて「九時過ぎでしたわ、まるで家が潰れるかと思うような音でしたわ」

「山上さん」

と思い出したように眼を見張った。

黙って聞いていた銀三が口を挟んだ。

「田丸さんが亡くなられたのは、大体何時頃かわかりませんか」

「……そうですね、解剖して夕食の消化状態でも見ればハッキリしましょうけど、まア死固の様子から見て昨夜の七時前後じゃないかと思いますね」

「そうですか……山田さん、こりゃ疑《おか》しいですよ」

「何が――」

「いや、田丸さんが亡くなられたのは七時前後という話ですが、康子さんの話では隣りの欅に落雷したのは九時を廻っていた、というのですからね……つまり両方の話を正しいとすれば、田丸さんは落雷の前に感電死をしていた、ということになりますよ」

山田主任は、急に眉を寄せると、額にたて皺を刻込んだまま、黙っていた。

「――第一、十五間も先に落雷して、しかもその落雷した欅のある家の人には故障がなく、この隣りの、しかもまた書斎の中にいる田丸さんだけが感電即死した、というのはちょっと普通ではないじゃありませんか、それに雷が鳴り始めると間もなく妹さんが呼びに行ったのに返事がなかったということですが、それが恐らく七時過ぎか八時頃で、その時は、既に田丸さんは死んでいたのじゃないですかね」

「すると……君はどうだというんだね」

山田主任は、「容易ならんことをいう」といった顔つきで、銀三の瞳を見つめた。

「ともかく、常識的に考えて、落雷の前に感電死をしていた、と推測されるならば自殺か、さもなくば――」

ちょっと、言葉を切って、

「――殺人事件だと思いますね」

山田主任の顔には、みるみる困惑の色が漂って来、肥った咽喉から蒸気のような息を吐くと、忙しげに禿上った額の汗を拭って、

「自殺するような原因――なんて、まさかないでしょうね」

「マサカ、……兄はそんな人じゃございませんわ、昨夜だって、私と一緒に夕食を済ませて、空模様が変になって来たから散歩も出来ない、本でも読もうか――といって書斎に行かれたのです」

「いつも鍵をかけられるのですね」

「ええ、殊に本を読まれたり調べものをされる時は、いつも鍵をかける習慣でした……」

――一同は言葉が切れて、暫らく沈黙に落ちた。

窓外は昨夜の大雷雨が、一片の雲をも残さず拭い去って、クラクラするような光線に満され、油蟬の鳴声が、まるで市内とは思われぬほど、降るように聞えるほか、なんの物音もしなかった。

その書斎の窓すみに、田丸氏の死体さえなかったならば、なんと平和な風景であろう。

しかし、銀三の一言が、この平凡に片づけられそうだった感電死を、忽ち殺人事件にピックアップしてしまっ

たのである。

3

「ちょっと、電話をかして下さい」

山田主任は康子さんの案内で席を立った。

「君」

銀三は、お友さんを呼びとめて、

「田丸さんが殺されるような心あたりがありますか――」

「殺されるなんて飛んでもない、とても優しい旦那様でした……」

「いや、最近金をゆすりに来たとか、なんかそんなことでも……」

「ええ……、あ、そういえば一ト月ほど前にお嬢様をもらいたいといって二人ばかり来られたのですが、でも堅くお断りになりました」

「どうして」

「調べられたらその二人とも、まだ親の仕送りで暮しているので、そんな生活力もないのに大事な妹はやれぬ、康子はともかく、自分が絶対不承知だ、といってお断りになったようでございました」

「ふーん、その二人というのは一緒に来たんですか」

「いいえ、十日ほど置いて、別々にお話があったのですが、二人ともご近所の人で『あの兄貴というのは解らず屋だ、金持は金のことばかりいう』といって怒って帰ったきり、旦那様とは道で会われても挨拶もされないそうで、『あんな奴にやらなくてよかった』と苦笑いして仰言っていられましたことがございます……私も長いことお世話になっておりますが、その人以外、悪い気持を持っている人は心あたりもございませんので――」

「なるほど……その人の名は?」

銀三は頷いて手帳を出すと、「松川良夫」と「為田昌助」という名、それから夫々《それぞれ》の住所を控えた。

そして、その書斎兼寝室を、改めて丹念に検査しはじめた。

その部屋は、南向きの、庭に面した部屋で、床には感じのいい絨毯が敷かれてあり、窓は南と東に、それぞれ床から七十糎ばかりの所から、ほぼ天井にとどく位の大きさの硝子戸を持っていて、その内側にはクリーム色のカーテンが掛けられてあった。そして、その硝子戸には全部内側から差込み錠がかけてあった。

つまり、その部屋は密室なのであった。

——電話を済ませて帰って来ていた山田主任は、黙ってその様子を見ていたが、やがて、窮屈な襟をひろげ、汗疣《あせぼ》の出来た頸筋にハンカチを当てながら、

「君。この誰も這入れない部屋の中で、田丸氏はどうして感電したんだい……まさか殺人光線だなんていわんでくれよ」

「なるほど、それならこういうことも出来るかも知れませんが、しかしそれはまだこんな市井の事件に使われるほど、ポピュラーにはなっていませんからね、何か他の方法ですよ……」

苦笑した銀三は、なおも仔細にその部屋の点検を止めなかった。

すると一つ妙なことを発見したのだ。それは、その部屋を近代的に装飾するために、窓の内側の腰のところに、ずっとクローム鍍金《メッキ》された直径一吋ばかりのパイプがつけられているが、そのパイプは直《じ》かに壁につけられているのではなくて、それも装飾的な大理石の座環《ワッシャー》を通してつけられてあるのだ。

その上、その右手の座環に止められた雄捻子《ボルト》には引千切られたような二糎ばかりの銅線の切れ端が絡まりついていた。

「康子さん」

銀三は振かえって、

「ここに銅線がついているんですが、何に使われたんですか」

「さあ……」

康子さんは訝かしそうに美しい眉をしかめて、「いつ、そんなものがついたのかしら……」と呟いた。

「これですよ、これが怪しいです……」

「ふふん、じゃ、それに電気を通しておいて戸をしめると途端に感電するように仕掛けたというんだね……なるほど……しかし戸の錠をすっかりしめてしまってから倒れた、というのは変じゃないか」

「変じゃないですよ、そこはちゃんと考えています——、これですよ」

銀三は、伸上ってカーテンの吊子《クリップ》を指した。それはどうしたことか一つの環に二つ三つが一緒にかかっていて、きちんとはしまらぬようになっていた。

「夏だから普段は窓が開いているでしょう、その間にこれだけの仕掛けをしておいたのに相違ないですね、こ

うしておけば田丸さんはこのパイプに左手をかけて伸上って、右手で吊子を直さなけりゃならんでしょう、とすると左手がこの電気の通っているパイプに密着する訳ですからね、しかも戸を閉て、その後でカーテンにかかるのが常識ですからね――」

「それじゃ、予めそれだけの細工をすると、雷の鳴るのを待っていた訳だナ」

「そうです、そうして物かげに隠れていて――残念ながらあの大雨で、足跡は残っていませんが――万事計画通りに成功したのを見極めた犯人は、外からこの硝子戸のレールの下を通してパイプにつないでおいた電線を引抜いて行ったんですよ、その時に、周章《あわて》たとみえてこれだけの電線の切れ端が残った――と考えられますね」

「ふふん……よっぽど前から計画していた奴だな」

「勿論ですよ、それにこの付近が今頃の季節になると、比較的雷が多いということも、よく知ってやったに相違ないんです――だからこの辺の事情に詳しい、恐らくそう遠い処の人間じゃないでしょうね」

「それにしても、お誂向《あつらえむ》きにツイ近所に落雷したもんだね……」

「まったく。しかし僕としては、よくまあこの家に落ちなかったもんだ、と思ってますよ、この家に落ちたんだったら、誰が見たってこれが巧妙に仕組まれた殺害事件だなんて、気がつかなかったでしょうからね――」

銀三は、康子さんが運んでくれた氷入りの麦湯をぐっと飲んだ。恰度その時、表ての方に自動車の止る音がした。警察医の一行が来たらしい。銀三は早口で、

「ところでこんどはお願いがあるんですがね、他の社の連中には、しばらく落雷の感電死さ、ということにしておいて下さいよ――」

山田主任は麦湯に浮いた氷をバリバリ嚙くだいて、苦笑しながら、

「うん」

と呟いた。

4

署へ帰って、一服していると、まず松川良夫が官服巡査につき添われて、刑事部屋へ這入って来た。松川はさっぱりした浴衣を着て、指された椅子にちょこんと腰かけ、訝《いぶ》かしそうにあたりを見廻していた。

「君が松川良夫だね、昨夜はどこへ行っていた？」

「昨夜……ええと、友達のところで将棋を指していました」

「その友達の名は……何回やった」

「牧田という友達です、……ええと七時少し前から始めて停電したのが……九時過ぎでしょうか……それまでやっていましたから五六回でしょうか」

「ふふん、あまり上手くないとみえるな、どっちが勝った？」

「……たぶん僕が一回負越しのようでした」

「その前の日の夕方はどうした」

「……」

松川はしばらく考えてから、やっと、

「家で本を読んでいたと思います」

「何の本だ？」

「……」

またしばらく考えてから、

「雑誌ですが、下のおばさんから貸りたので名は忘れました、中も拾い読みをしていたのです」

「田丸さんを知っているだろう」

「知っています、しかし近頃は会いません」

「その田丸さんが死んだんだ、どう思うかね」

「死んだ……殺《や》られたんですね」

松川は、はじめて、自分がここへ呼ばれた意味が解った、というように眼を上げた。がまたすぐ俯せて、

「そうですか、わからないものですね。少しも知りませんでした……」

「死んだ、といっただけで、よく殺されたということが解ったね」

「……でも、普通の死なら、たいして縁《ゆかり》もない私が、警察へ呼ばれる訳はないでしょうから……」

「そうか、少しは縁のある君だから、しばらく居てもらわなけりゃならんよ」

不満そうな松川がしぶしぶ留置室へ廻されると、入れかわって為田昌助が這入って来た。為田は痩せた松川とは反対にいかにも暑苦しそうに肥ってい、またどこか学生気質の窺《うかが》われるような、色の黒い男であった。

山田主任は椅子を指すと、すぐ、

「昨夜はどこへ行っていた？」

「ゆうべは――映画を見にいっていました」

「どこへ……何を演っていた？」

「武蔵野です……ええ、『その前夜』と『スペインの

暴風雨《あらし》』でした」

「その前夜だの、暴風雨だの、意味深長な題だね」

「え――」

為田はキョトンと主任を見上げた。

「一人で行ったんだね、誰か知っている人に会ったかね？」

「一人です、いえ、誰にも会いませんでした」

「何時から何時まで見ていた？」

「這入ったのが六時半頃で、ハネたのが十時をちょっと過ぎていた位でしたから家へ帰ったのは十時半から十一時位までの間でした」

「傘を持って行ったかね」

「いいえ、行くときは天気がよかったんですが――帰りにはすっかり降られてしまいました。おまけにこっちへ来ましたら停電してまして真っ闇《くら》だったのでそう早く駆けられず、家へ帰った時はぐっしょりで、世話になっている叔母さんに、着物を脱いで上ってくれ、なんておこられた位でした」

「その前の晩は？」

「新世界の『移民船』という小説を読みました」

「どう思ったね？」

「登場人物がなかなかよくかけていると思いました」

「……ところで、田丸さんを知っているだろう、康子さんの兄さんだ」

「……知っています」

なぜか、ちょっと顔を赧《あか》らめた。

「その田丸さんが死んだんだ、というより殺されたんだ。そしてその殺された時間に、君は一人で映画を見に行っていた、というんだからね、アリバイが薄弱だよ」

「えッ」

為田は、さっと蒼味を帯びた顔を上げて、

「じゃ僕が殺ったというんですか……どんな証拠でそんなことがいえるんです」

「君は康子さんに結婚を申込んで、一言の下にハネつけられたというじゃないか。恋の恨みというのは十分な理由になる――」

「何も、それだけなら僕一人じゃないでしょう……」

「勿論。……しかしその疑われる人の中で、昨夜のアリバイのないのは君一人だ」

「……」

為田の顔には、このひどい災難をどう言い遁《のが》れようかと苦しんでいる様が、ありありと窺われた。

「しかし、それじゃ僕が映画を見に行ったといっておいて、その実、田丸さんを殺したというんですね、でも僕は慥《たし》かにその時間は武蔵野にいたんです。ああそうそう、昨日は初日で、そのプログラムを持っています。

「初日のプログラムだって昼間の分を見ても手に入るからね……昼間は何をしていた？」

「……」

せっかく思い出したプログラムを一言で郤《しりぞ》けられて、暗澹たる顔色をした為田は、軈《やが》て、

「……昼間は家の近所を散歩していました」

と呟くようにいって汗を拭ってから、

「武蔵野の売店でタバコを買ったんですが、それを憶えていてくれれば……」

「何を買ったね？」

「バットがないんでキングを買いました」

「キング？」

「ええ。あまり出ないようですから、憶えていてくれればいいんですが……」

そういって、為田は祈るように眼を閉じた。

5

銀三は警察署を抜出すと、炎天の下を、わざわざ松川の話に出た牧田という男の家を尋ね、漸く捜しあてて、前のタバコ屋でそれとなく様子を聞いていると、恰度いい具合に、牧田の妹の、芳っちゃんという小学三年生の女の子が表てに遊びに出て来た。早速、にこにこしながら近づいて、

「ゆうべ松川さんが来たのは何時頃……夕方？」

ときいてみると、前のタバコ屋さんと仲よく話していた銀三の姿に安心してか、

「ううん、ずーっと遅くよ。あたしが寝ちゃって、それからあんまり雷様が鳴るんで怖くなって起きたら来てたの……」

「ふーん、その時、将棋をやっていた？」

「ううん、してなかったわ……、だって家の将棋だめなのよ——」

「なぜ……」

「だって……だってこないだあたしが遊んでて王様を

一つ失くしちゃったの……」

銀三は、この思いがけぬ大発見に、も少しで飛上るところだった。

「芳っちゃん、僕が来たこと黙っててね、そうしないと兄さんに将棋を失くしたのは芳っちゃんだ、っていうよ」

「いいわ、いわないわ、いいっこなしよ……」

そういうと、もうお河童《かっぱ》をぷかぷかさせて縄跳びをしながら、忽ち町角に消えてしまった。

銀三は、その背後姿《うしろ》を見送ると、どうせ牧田もすぐ署に呼ばれるだろう、その前に、一応山田主任に、この素晴らしい発見を教えておいた方がよくはないか、と思った。山田主任が色々と好意を払ってくれるのだから、一つ位代償としておいた方が、アトの無理が利く——と思われたからだ。

で、また署に戻って、

「山田さん、松川と為田とはどっちが怪しいと思いますか——今のところあの二人以外にこの殺人の『動機』を持っている奴はないらしいんですが……」

「そうだね、自分としちゃ松川の方が臭いよ、君は——」

「え」

銀三は先手を打たれたように詰って、

「僕もです、怪しい証拠があるんですよ松川には——。山田さんはどんな理由で怪しいと思ったんですか」

「それはカンだね、第一松川はこの事件の当夜のことは実によく憶えて、完全なアリバイもあるが、その前の日となると、まるで記憶があやふやじゃないか、ということは、こんな綿密な計画をする犯人だから、呼出されてその当夜のことを聞かれるに相違ないと、前からその答を準備して来たに違いない、そこへ不意にその前の日のことを訊《き》かれたんでまごついた、と考えられるね、その点為田の方がまだ素直だ——今武蔵野の方は調べているがね」

「なるほど、さすがは老練、馴れたもんですね、敬服しましたよ。ところでクサイとは思っても友人と将棋を指していた、という完全なアリバイがあれば駄目じゃないですか——」

「……ふん」

「安心なさい、そのアリバイというのは飛んだインチキものですよ。牧田という男は予じめ松川とちゃんと打合せがあるに相違ないですよ、こういう訳です……」

銀三は、いささか得意に、先刻《さっき》の足で拾って来た反証を挙げた。

「ふーん」

山田主任は眼を光らせて大きく頷くと、

「いや、ありがとう、大助りだ、ペテンにかけるつもりだったんだな、奴等は……」

そこへ、給仕が這入って来て、牧田という男が出頭したことを告げた。

「よし、すぐここへ寄来《よこ》せ」

山田主任は大きな体を一ゆすりすると、皮肉な微笑を湛えて、恐る恐る這入って来る牧田という貧弱な男を、ジロリと見た。

「や、ご苦労……、実は松川良夫のことについて、ちょっと訊きたかったんでね」

牧田は慇懃な態度で腰を下すと、すぐ袂《たもと》からタバコをとり出した。

「松川は昨夜君のところにいたそうだが、何時頃までいたね?」

「は、夕食後、七時少し前から来まして停電後まで居りました、慥かに」

「話をしていたのか?」

「いや、その将棋をしていましたので……」

「何回位やったね、どっちが勝った?」

「ええと五六回……いや五回です、私が一番勝ち越しで……」

「なるほど……君達は珍らしい将棋をするとみえるね、飛車落ち、角行落ちの将棋はあるが、王将落ちの将棋というのは聞いたこともないね。どうなったら相手が負けるんだ、王将がなくて……」

「え？ ……」

山田主任は、ゆっくり汗をふいて、ニヤリと笑った。

牧田は怪訝そうに顔を上げたが、軈てハッと何かに気づいたように、見る見るうちに頰が固く強張《こわば》ってぴくぴくと痙攣し、その顔から血の気が、すうっと退いてしまった。

「君。ここでは万才をやっているんじゃないからね、王将のない将棋の勝負を、真面目な顔をして聞かされたのは始めてだ。――そんな出鱈目をいうと、君自身がどういうことになるのか、知っているんだろうね」

山田主任の毒舌に、一も二もなく頭を下げてしまった牧田は、しばらくの後、

「……は……まことに申訳ありません、松川の来まし

たのは昨夜十時近くでありました……そして実はある事情で警察へ呼ばれるかも知れんが、その時はこうこうであった、慥かにその時間に私と一緒にいた、といってくれ……と頼まれましたので……私も最初は嫌だと申ししたんですが、長い友人でもありますし、また、そうしてくれたら必ず悪いようにはしない、金銭的にも十分のお礼はする……といいましたので……つい、それだけならばと……」

牧田は紙のような顔色をして、叩頭百拝した上、その他は全然、何一つ知らぬ、知っていれば自分もこんなことは引うけなかったに違いない、ということを、神にまで誓った揚句、やっと一時帰宅を許された。

「野村君――」

山田主任は、牧田をかえしたあとで、銀三を顧みていった。

「どうやら松川が怪《くさ》いことは解って来たが、しかしどんな方法であの事件を遂行したのか、それが自分には想像もつかないんだ。……無論、感電死だから高圧の電気を仕掛けて殺ったのは解るが、その高圧電気をドコから引っ張って来たのかという疑問なんだがね……」

「そうです、それを僕も考えてはいたんですが松川の奴が怪しいと思ってそれにばかり気をとられていたんで……」

「犯人は松川だ、と想像はついても、それが図星だとしても、果してどんな方法でやったのか、ということがハッキリしない以上、また松川を引っ張り出して来て、アリバイの嘘っぱちを叩いたって、それに屁理屈をつけられでもしたら厄介なばかりでなく、どうにもならんからね……。第一あの付近には工場もないし、普通の電灯線しかないのだからね、といって蓄電池なんかじゃ感電即死させるほどの力はないだろう……」

「そうですね、それだけの力を出すためには蓄電池《バッテリー》だったらとても一人では持って歩けぬ位の重さでしょうからね、……あの辺に工場か何かあって、高圧の動力線でも来ていれば、そこから引っ張って来る手もあるんだが、それがないとなると」

張切っていた野村銀三の顔にも、アリアリと困惑の色が浮んで来た。

山田主任も黙然として、机の端に止って一生懸命に揉手をしている蠅の頭を、じっと睨んでいた。

窓外には午下《ひるさが》りの烈日がサンサンと照返って、部屋の中はじっとしていても汗ばむほどの暑さだった。たまに、葉末を撫でる微風が幽かな生気を、この世に送っている──。

考えてみれば、田丸氏の死体発見、松川為田の二容疑者の留置、牧田の喚問、松川のアリバイ転覆──と、僅か数時間のうちに、極めて順序よく解決へ向って進行して行ったこの殺人事件は、その「上《あが》り」の一歩手前で、礑《はた》と障壁に突あたってしまったのだ。

(最初から、よく考えてみよう)

と思っても、暑さのためか、気が苛々《いらいら》として落着かなかった。

(待ちに待った特種じゃないか──)

そんな囁きが聞える。

「山田さん、とにかくもう一度精査してみましょう……」

銀三は、汗臭さいソフトを摑んだ。

6

銀三は、それからまた、この炎天を冒して田丸家を訪ねた。

行ってみると、既に納棺も済んだところで、何かと家の中はごたごたしているようだが、台所の方へ廻って、折よく康子さんを呼止めると、

「先程は失礼しました──、ちょっとお聞きしたいことがあるんですが、昨夜、その大雷雨の最中に、何か変ったことでもなかったでしょうか、例えば庭の方に人影が見えたとか、変な物音がしたとかいう……」

「……さあ、あたし余《あ》んまり大きな雷だったので怖くて怖くてお座敷で友やとしっかり手を握り合って顫《ふる》えていましたので……、なんにも気がつきませんでしたわ、稲妻がピカピカッと光ると、まるで昼間のように明るくなったんですけど、でもそんな時は、もう眼をつぶっていましたの……」

「そうですか……じゃ何んにも気づかなかった訳ですね」

「ええ……」

「……ありがとう、お邪魔いたしました」

落胆《がっか》りして振向いた銀三の背中へ、

「あ、そうだわ」

と康子さんは何か思い出したように、

「そうだわ、そういえばたった一つ変な音がしていま

したわ……そうね……なんていったらいいかしら、恰度、虻《あぶ》がぶんぶんいっているような……そんな音が雷の合間合間にずーっと聴えていたようでしたわ」

「虻の翅音《はおと》——可怪《おか》しいですね、あんな大雨の中を虻が飛ぶ訳はないし……どの辺でした」

「そうね、でも小さい音だし、よく解らないけれど、雷がいま鳴るかいま鳴るかと思って怖いものですから耳を澄ましているでしょう、それで、そんな音が聞えたのかも知れないわ……でも、遠雷とも違っていたわ、たしかに……」

結局、銀三は、この康子さんの「虻の翅音のような音がした」という謎めいた言葉を得ただけで、田丸家再度の訪問も、辞するほかなかった。庭の方も、綿密に調査してみたが、何しろ大雨のあとで、地面は洗ったように足跡も何も拭い去られてしまっているのだ。それに垣は白ペンキで塗られた、文化住宅につきものの腰の低いもので、這入ろうとすればどこからでも自由自在という有様であった。

仕方なしに署に電話をかけてみると、山田主任の太い声が、クサったように、

「何もないい？　仕方がないさ、ゆっくりやろうよ……今一つ用を片づけて、え、いや昨夜の停電がばかに長いと思ったら予備の柱上変圧器を盗まれていたそうで、今その盗難届が出たから……え、電灯会社の備品倉庫にあったやつをやられたんだ、だから、それを手配しておいて、それから……一応松川と為田の家を家宅捜査してみよう、何、来る？　いいとも先に松川の方だ……」

日蔭伝いにぶらぶら行くと、いい具合に、山田主任も私服をつれて到着したところであった。

松川の部屋は、その素人下宿の二階八畳で、早速どやどやと上りこんで隅から隅まで、天井裏まで捜してみたが、詰るところ、何一つ得るものもなかった。

しかし、なおも根気よく捜し廻っている中に、裏庭の新らしく掘かえされた花壇の土の中から、風呂敷の端が覗いているのを発見した銀三は、ずるずると引出して見ると、それはぐっしょり濡れた木綿の風呂敷につつまれた、ひどく重い品物で手早くあけてみると、真黒い鋳鉄の外套を着た電気機械らしかった。

汚れたネームプレートを拭くと「三相変圧器《スリーフェイストランス》——一次側《プライマリー》三五〇〇Ｖ《ボルト》、二次側《セコンダリー》一〇〇Ｖ、六〇〜《サイクル》」と書かれてあって、瞭らかに柱上に使う遞降変圧器《ステップダウントランス》であることが解った、と同時に銀三よりも山田主任が飛上った。

「これだこれだ、さっき届けのあった奴だ。松川の野郎……」

「山田さん、松川を変圧器の窃盗で挙げるつもりなんですか、それとも殺人犯人として挙たいんですか」

「……変なことをいうね」

「僕はこれで、松川は田丸氏の殺害犯人だ、という証拠を摑んだんですよ……無論変圧器の窃盗も事実でしょうが、それは殺人の道具として使いたいために盗んだんですよ」

「じゃ、この変圧器で殺った、というんだね」

「そうです、考えたもんですよ、この逓降変圧器を、逆に使えばいいんです」

「逆に――」

山田主任は覗きこんで怪訝な顔をした。

「そうです、逆に、です。この二次側という方を一〇〇Vの電灯線へ接ぐんです、すると、変圧器の原理として――いくらか損失《ロス》はあるでしょうが、ともかく――一次側の方へは三五〇〇Vに近い高圧電気が誘発されるんですよ、三五〇〇Vの電圧は、優に心臓麻痺を起させます、その上、昨夜は大雨で接地《アース》も良好ですからね……僕はこのトランスを見た瞬間、康子さんのいった『虻の翅音のような音』というのを思い出して、アッと思ったんですよ、ご存知でしょうけどこのトランスという機械は生ている（電気が通っている）時は中の心鉄《コアー》が磁力のために、恰度虻の翅音のような唸りを出すんですからね……この殺人機はありふれていて、しかも電灯線のあるところならどこへでも持って行かれますからね、田丸さんの場合は、恐らくあの外灯から電源をとったんでしょう」

「ふーん、巧妙なもんだな」

山田主任は、中学の物理を思い出したような、甘酸っぱい顔をした。

「トランスを逆に使うとは考えたもんだな……、もっとも普通の家の積算電力計《メートル》だって逆に使って盗電するのがよくあるそうですからね」

「ほう、そんなことが出来るかね」

「出来ますとも、あのメートルの電源側と負荷側とを逆に接いでおいて電気アイロンだの何んだの、どんどん電気を使うんです、すると、メートルが逆に廻って使えば使うほど目盛りが下ってしまうんで……といっても僕がやった訳じゃないですよ、専門家にはすぐ発見されちゃうし、発見されると大変ですからね」

君は田丸さんにはハネつけられたが、康子さん自身は……と自惚《うぬぼ》れていたんだろう」

「え……」

松川の口辺には、何か反抗的な言葉がぴくぴくと顫えたが、ふと、部屋の片隅に運ばれてあった泥まみれの変圧器に眼がつくと、低く呻いたが、それっきり口を噤《つぐ》んで、次第に項垂れてしまった。

――突然、けたたましい蜩《ひぐらし》の鳴声が、遽《あわた》だしかったこの一日も、既に日の傾いたことと、それから、爽やかな夕暮の訪れて来たことを知らせて来た。

銀三は、眼をつぶったまま、フラッシュのように明滅する、明朝刊の大見出しに陶酔していた……。


「ふふふ、弁解しなくてもいいよ――」

山田主任は、はじめてにっこり笑って、

「ところで、その風呂敷に包まれて、しかも濡れているのだから、昨夜持って歩いていたことがわかるね……」

「それから……」

銀三は蓋をとって、トランスの内部を指しながら、

「このトランスを何に使ったのか、この一次側がひどい短絡《ショート》を起して焼けているのでもわかりますね、ほら……」

といってそこを軽く叩くと、絶縁のファイバーが褐色の粉に砕けてぱらぱらと落ちた。

7

銀三の一行は意気揚々と帰署した。

すぐ松川良夫は留置場から呼出された。

「おい、松川。牧田と王将のない将棋を指したり、金をやるといったそうだが、その金はどこから手に入れるつもりだったんだ。

腐った蜉蝣《かげろう》

1

黄昏――その、ほのぼのとした夕靄《ゆうもや》が、地肌からわき騰《のぼ》って来る時間になると、私は何かしら凝乎《じっ》としてはいられなくなるのであった。

殊にその日が、カラリと晴れた明るい日であったならば猶更《なおさら》のこと、恋猫のように気がせかせかとして、とても家の中に籠ってなぞいることは出来なかった。さも、そのあたりに昼の名残が落ちているような、そして、それを捜しまわるように、ただ訳もなく家を出、あてどない道を歩いて行くのだ。

――その当時、私は太平洋の海岸線に沿った、小さな町にいた。自分から、あの華やかな「東京」を見棄《みす》てこんなネオンライト一つない町に、進んで来たわけではなかったが、医者に相当ひどい神経衰弱だ、といわれたのを機会に、失恋の東京から、暫く遠ざかるのもよかろうと、小別荘を借りて移って来たのだ。

東京との交渉は、月の下旬に、老いた母の手を通して送られて来る、生活費に添えられた手紙と、それに対する私の簡単な返事とだけであった。汽車に乗れば、たった二時間たらずの処《ところ》でありながら、それ以上の交渉を、わざと執ろうとはしなかった。それは東京のどこかに、ネネ(ああ、私は今でも、曾《か》つて恋人と呼んだ彼女の姿体《すがた》をハッキリと思い出すことが出来る、しかし、それも、ふと女優などの顔を思い出した時のような、妙に期待めいたものは寸毫《すんごう》もなく、狂おしくも無慙《むざん》な、苦しみを伴なった思い出なのではあるが……)そのネネが、新らしき情人《じょうじん》、木島三郎と、親しく暮しているであろうことを思うと、それだけで東京全体が、ひどく穢《けが》らわしく淫《みだ》らがましく、酸ッぱいものが咽喉《のど》の奥にこみ上って来るのだ。

(それを忘れるまで、東京へは帰るまい……)

私は、そう思っていた。そう思って東京を棄て、まだ春も浅い、さびれた海岸町に来たのだ。

だが、忘れようと、焦慮《あせ》れば焦慮るほど、私はあのネネの、真綿で造られた人形のような、柔かい曲線に包まれた肉体を想い出し、キリキリと胸に刺込む痛みを覚えるのだ。

黄昏になると、殊にその誘惑がひどくなる。

その上、糸の切れた凧のようなその日その日であったせいか灯《ひ》ともし頃になると、どうしても凝乎としてはいられなくなって、あてもない道を、まだ肌寒い風に吹き送られながら、暴風の砂丘を越えて、野良犬のように迂《う》路《ろ》つき廻るのであった。

時には潮の引いた堅い砂の上を、すたすたと歩き、或は檣《マスト》のように渚に突立って、黝《くろ》みゆく水平線のこんもり膨れた背を、瞬《また》きを忘れて見詰め、或はまた、右手《めて》の太郎岬の林を染めている幽《かすか》な茜に、少女のような感傷を覚えたり、さては疲れ果て、骸骨のような流木に腰を下し、砂に潜った足先に感ずる余熱の温りを慈しみ、ざざあ、ざざあ、と鳴る単調な汐の音に、こと新しく聞き入るのであった。

さて、そんな、ひどく無為のうちに、心の落着かぬ日を、この海岸に来て一ト月余りも過した時であろうか。

その黄昏の散歩の時に、いつとはなく、一人の男が現われて来たのだ。

その男は、盲縞《めくらじま》のつかれた袷《あわせ》に、無造作に帯を巻きつけ、蓬のような頭の髪《かみ》を海風《かいふう》に逆立《け》たせて、そのせいか、際立って頬骨の目立つ顔を持った痩身の男であった。

もっとも、考えてみれば、私がその男に気づいたのは、散歩に出た最初の時からであったらしく、それが、いつもこの男も私と同じ時刻に、海岸を散歩するものとみえて、人ッ子一人いないこの海岸に、彼の蹌踉《そうろう》とした姿のあることだけが、さもあたりまえのように、知らず知らず思われていたのだ。

「やあ――」

はじめに口を切ったのは、その男であった。それは十年も前からの友人に、ふと道で往きあった時のような、極く自然な言葉であった。尠《すくな》くとも、私にはそう感じられた。それは全然の初対面という訳ではなく、前からの顔見知りだったせいかも知れない――。それで、

「やあ――」

私も、すらすらと返事をして、こっくり頭を下げた。

だがその次の言葉が、私を驚かせた。

「失礼ですが、あなたはツベルクローゼじゃありませんか」

私は、

「え」

と詰って、

「まさか、――私が肺病に見えますか」

と、いささか憤然《むっ》として答えた。

「や、そうですか、失礼失礼……。どうも今頃、あなたのような青年が、こんな淋しい海岸に来てぶらぶらしていると、どうもそんな気がしましてね……、もしそうだったら私の経験したいい方法をお知らせしようと思ったもんですから……」

その男は、ひどく恐縮したようにいった。

「肺病じゃないですが、でも、胸のやまいですよ、女という病菌の……」

と、冗談にまぎらして、私は彼を恐縮から救った。それはその男の持つ、どことなく異状な雰囲気に、疾《と》うから好奇心を持っていたからであったろうし、また、話し相手を欲しいと思っていた気持が、つい、そういわせたのかも知れない。

「おやおや、そりゃ顕微鏡じゃなくて、望遠鏡を持って来たいような病菌ですね。その病菌は色々な症状を呈しますよ、発熱したり衰弱したり、遂には命をとられたりするのもね、……その病気については、私も経験がありますよ、私も」

そういって、その男は、最初の失言を訂正するように、

「あははは……」

と笑った。そして、

「そのために、僕もこんな淋しい忘れられた町に来たっていう訳ですよ――」

「ほほう、同病ですか、あなたも……」

私も彼の軽い口に、すっかり気が溶けて、いつか肩を並べて渚を歩いていた。今日も海風は相当に強く、時々言葉が吹きとばされることがあったが、漸《ようや》く夕焼もうすれ、すすめられるままに、太郎岬の上にある、という彼の家を訪れることを決心した。それは、

「僕は医科をやったんですが、今は彼女のために、総てを抛《なげう》って手馴れぬ作曲に熱中しているんですよ……」

といった言葉が、ひどく私の好奇心を唆《そそっ》たからであった。

2

その男の家は、太郎岬の上の、ぽつんとした一軒家であった。

そこまで登るには、細いザラザラした砂岩を削ってつけられた危なっかしい小径《こみち》を、うねうねと登って行くのであるがしかし、さて登り切ってみると、そこからは相模湾が一望の下にくり展《ひろ》げられて、これが昼間であったならば、どんなにか素晴らしい眺めであろうと思われた。が、今は陽も既に落ちて、うすら明りの中に、薄墨を流したような、襞《ひだ》を持った海が、ふっくらと湛《たた》えられ、空には早くも滲出た星が、次第にうるみを拭ってキラキラと輝きはじめていた。

しかし、その素敵な眺望にもまして、私の眼を欹《そばだ》たせたのはその八畳と四畳半の二間きりの亭《ちん》のような小住宅に、どうして引上げられたのか、見事な黒光りをもったピアノが一台、まるで王者のように傲然《ごうぜん》と君臨している様《さま》であった。

「自炊をされているんですか――」

やがて私は、一向に台所道具が眼につかないので訊いてみた。

「いや、町の仕出屋から三度々々とっているんですよ……、それもここが不便なもんですから出前の小僧の奴に月三円のコンミッションを約束させられたという曰くがあるんですが、でもここなら幾ら日がな一日、ピアノを叩いていようと、大声で唄っていようと、一向気兼ねがありませんからね」

「まったく、うまいところがあったもんですね」

と、私は無意味に合槌を打って、

「で、もう大分作曲されましたか」

「いや、もうそろそろ一年が来ますが、まだ序の口にも達しませんよ」

「へえ、たいしたもんですね、なんですか、シンフォニーですか」

「いやいや、ただの流行歌ですよ――」

思わず唖気《あっけ》にとられた私は、その男の顔を見かえした。ところが、その男は、至極真面目な顔をしていうのであった。

「流行歌です、――流行歌ですが、僕のはありふれた流行歌ではないんです。必ずヒットしなければならぬ、という論理的に割出された曲なんですよ……

　流行歌の数《すう》は、実に夥《おびただ》しいものです。しかしその結果、どこかで使われたメロディが、他の歌にちょいちょい出て来ます（これはあなたも既にお気づきでしょうが）それはそうなるべきで、人間の声に限度があり、テンポにも制限があるとすれば、いつかは作曲も、殊に流行歌なんてものはメロディが割に単純なもんだから、じきに種切れになるわけじゃないでしょうか、だから、流行歌のようなものには、他で一度ヒットしたメロディが、屢々《しばしば》、編曲という名で現われたり、或はその一部が使われたり、甚《はなは》だしいのになると、そのまま、またはテンポだけ違えて新しいもののように、使われたりしてしまうのです。どうですお解りでしょう、それで僕は、すべての場合のメロディを、総ての場合のテンポで著作権をとってやろうと考えたんですよ……、だから僕はすべての流行歌を分析し演繹し、帰納しようとかかっているんです」

　男はなおも熱して、その奇妙な話を続けた。

「あなたは『都々逸《どどいつ》』が採譜の出来ないことを知っていられますか、謡曲《ようきょく》も採譜が出来ません、あれは耳から耳へ伝わっている曲で、同じ『ア』という音を引伸ばしながら、微妙な音の高低があるんです。ですから『都々逸』をピアノで弾くとしてご覧なさい、実におかしなものですよ、そう思って聴けばそうも聞える、といった程度のものしか再現出来ないのです。これはピアノには半音しかないということが、その原因の第一だと思われます、だから私はその微妙なメロディを採りいれるために、四分音を弾けるピアノを特に作ったんですよ……」

　彼はそういいながら、つと立ってピアノの鍵盤を開けた。なるほどそこには白いキーと、黒いキーと、も一つ、緑色《りょくしょく》に塗られたキーとが、重なりあって、羊羹箱を並べたように艶々と並んでい、見馴れぬせいか、ひどく奇異な感じを与えていた。

　――私は、先刻《さっき》から、このなんとも批評の仕様もない、狂気染みた夢物語に、半ば唖然として、眼ばかりぱちぱちさせていた。

聴て、

「どうです、あなたはどう思いますか」

その男は、覗込むように、私の顔を見上げた。

「なるほど……、よくわかりました、しかし、そういってはなんですが、あなたの努力は、結局は無駄じゃないんでしょうか」

「無駄――。無駄だというんですね、ナゼ、なぜですか」

彼は、眼を光らせて私のそばに膝を寄せて来た。その膝は気のせいか、かすかに顫《ふる》えていた。

「いや、駄目だというのではありません、でも、非常に困難なものだろうと思うんです。流行歌の分析と組立てというのは、大変に面白いのですが、しかし、こういう話があるんですよ、今、日本で切実に求められているのはゴムです、人造ゴムの製法ですよ、それでそれを専門に研究している人が沢山にいるそうですが、どうもうまく行かんそうです、それはゴムを分析して、ゴムを形成している元素を分析して、こうでなければならぬ、という十分の化学式を発見《みつけ》ます。それは既に発見られたのです、だから、その化学式を満足させるようなものを合成すればいい訳ですが、ところが化学式には『弾力』というものが表わせません、ゴムの生命ともいっていい弾力が表わせないんです、それが合成して目出度く出来上ったものは、一見ゴムみたいなものでありながら、弾力のない、くだらぬものでしかなかった、という、まあそんな訳ですが、失礼ですが、あなたの場合、音符に『音色』というものが表わせるでしょうか『音色』という弾力を、マキシマムに発揮しなければ、その流行歌は人の心を、蕊底《しんそこ》から搏《う》つものとは思われませんね、

また、流行歌に限らず、私は『流行』というものにはひどい疑惑をもっているんです、流行というのは、恰度《ちょうど》恋愛みたいなもので、その時は最上無二のように思われるんですが、さて、あとから見てどうでしょう……」

「君」

その男は、激しく私の言葉を遮った。

「君、しかし誰が僕の作曲した歌を唄うと思っているんですか、僕が、僕がすべてを抛《なげう》ってこんなに苦しみ通しているのは誰のためにだと思うんです、彼女、彼女のためにですよ、彼女は実に素晴らしい声を持っているんですぜ、その合成ゴムにおける弾力とかいう奴を、彼女は十二分に持っているんです……全然、あなたの危惧ですよ、

僕がすべてを抛って悔まぬ彼女、それは、最近だいぶ方々に名が出て来たようですが、非常に素質のいいステージシンガーです、――レコードにも相当吹きこんだようですから、或は知っていられるかも知れません――、秋本ネネという、まだ二十歳《はたち》の女ですが」

「えッ」

私は愕然とした。まったく、その時は、自分でも顔色がサッと変ったのを意識した——。私を、こんな失意の底に投込んでしまったその女、ネネが、この変屈者《へんくつもの》の愛人であるとは……。

しかし、そうすると、今、木島と同棲している彼女は、私と同様、やっぱりこの男のことをも忘れてしまったのであろうか。

(渡り鳥のようなネネ!)

私は眼をつぶった。そして、

(そうかも知れぬ)

と、口の中で呟いた。

3

「何を驚かれたのです、あなたは、ネネをご存知なのですか……」

その哀れな男は、不安そうに眉を寄せると、じっと私の顔を覗込んだ。

「……」

しばらく躊躇《ためら》ったけれど、本当のことをいってしまう以外に、私の驚きの意味を、この男に呑込ませることは出来まいと思った。

「驚きました、驚きましたよ、そのネネという女に、この私も恋をしたのです」

「え、ネネに——。で、どうでした。ネネはあなたに何んといいました?」

「ふっふふふ……私が、こんな淋しい町に一人ぽっちで神経衰弱を養いに来ていることで十分おわかりでしょう」

「そうですか、あなたは失恋したのですね、お気の毒ですが——。でも、悪く思わないで下さい。ネネには僕と前からの約束があったんですから……」

男は、かすかに現われた安堵の表情を、強いて隠すように嗅《か》すれた小声でいった。

だが、私は眼をつぶって、

「いや、ネネは結婚したんです——」

「えッ」

その男の驚きの声が、いきなり私の眼をつぶった耳元でした。それはハッハッというような、激しい呼吸の音と一緒であった。

そして、「まさか……冗談でしょう」といいたげな彼

の気持を、十分に感じた私は、なおも眼をつぶったまま、二三度頭を振って、

「結婚したんですよ、本当に――。そのために私は失恋《ふら》れたんです。ご存知かも知れません、木島三郎という男のところへ行ったのです」

「ああ、木島。東洋劇場の支配人……だった」

「そうです。若くて、金があって、しかもいい地位にいる、あの男です。私は残念ながら、ネネを最後まで満足させることが出来なかったんです、ネネは大勢の人々に讃美渇仰《さんびかつごう》されるためには、何物も惜しまぬ女ですからね。ネネは例えば心の底では一人の男を愛してはいても、それが守って行けない女なのです。彼女は本当に都会の泡沫《あわ》の中から現われた美しい蜉蝣《かげろう》ですよ、ネネは、その僅かな青春のうちに、最も多くの人から注目されたい、という、どの女にもあるその気持を、特に多分に、露骨に持っただけなんですね。

あの、華やかなスポットライトに浮び出た彼女の厚いドーラン化粧の下にも、その焦燥が痛々しく窺われるではありませんか。私はその気持を、ネネの撓《たゆ》まぬ向上心だと思って愛しました。しかし、彼女は、私が仕得《しえ》られるだけのことをして、どうにか世の中に出したかと思うと、すぐ次へ移って行ったんです、あの大劇場の支配人だという木島のところへ――。あの男の地位は、ネネにとって大変役立つことに違いありません、だから、ネネにとっては、私などよりも、ずっとずっと強い吸引力を持つその地位に引かれて行ったのも、考えてみれば無理からぬことなのですけど、でも、お羞《はず》かしいことには、とり残された私は、神経衰弱になってしまったというわけなんです――」

思わず饒舌に、さも悟ったかのように、そういった私は、ここで笑って見せればならぬ、と知ったが、わずかに片頬が痙攣したように歪んだきりであった。

「そうですか――」

しばらく経って、その男は重たげに顔を上げた。その額には、この世のものとは思われぬ、激しい苦悩のたて皺が刻込まれ、強いて怺《こら》える息使いと一緒に、眼尻から顳顬《こめかみ》にかけての薄い皮膚がぴくぴくと顫え、突然気がついたようにタバコをつけると、スパスパと咽喉を鳴らして吸った。

「そうですか、ネネは、ネネはもう僕を忘れてしまったのですね……僕はネネのために、囚人のような生活を苦しみつづけて来たのだけれど、ネネはそれを待ってい

てはくれなかったのだ、
同じ女を愛し、そして、その女から飛去られた二人が、偶然に邂《めぐ》り合うとは……」

そこで二人は、無意味に、

「ふふふふ……」

と笑合ったが、それもすぐに杜絶《とだ》えてしまった。深閑《しんかん》とした部屋の中に、天井から蜘蛛のようにぶら下った電球《たま》の下で、この哀れな二人の男は、不自然に向き合ったまま黙々として畳の目を睨み、タバコをふかしていた。

それぞれの胸の中には、あのネネの姿体《したい》が様々なかたちで浮び出《いで》、流れ去っていた。

が、それればかりではなく、私はこの偶然な邂逅《かいこう》という宿命的な出来事に、ひどく搏たれてしまったのだ。そして、この寂しい部屋の中にまで響いて来る風の音、潮のさわぎまでが何かしら宿命的な韻律《いんりつ》をもって結ばれているのではないか、と疑われて来るのであった。夜の更けたせいか、一瞬、寒む寒むとしたものを感じた私は、ほっと重い溜息を落したのと共に、鈍い音をたてた柱時計に気がついた。

「――じゃ、失礼します、どうも大変お邪魔してしまって……」

嗄れた咽喉から咳払いと一緒にいった。

「おや、そうですか」

そういって、その男も気がついたように上げた顔は、思わずドキンとするほどの殺気を持って歪んでいた。その血ばしった眼、心もち紅潮させた蒼黒《あおぐろ》い皮膚の下には、悪鬼《あくき》の血潮が脈々と波打っているかのようであった。

私はその時確かに彼の周囲に慄然《ゾッ》とするような鬼気を感じた。

（この私でさえ、あの時は一思いにネネを殺して自分も死のうか、とすら思ったのだから）

と、この男が、今抱いているであろう血腥《ちなまぐさ》い想像の姿が私にはアリアリと写るのであった。

そしてまた、気の弱い私には、到頭《とうとう》それは実行出来なかったけれど、この、狂気染みた男なら、或はそれをやってのけるかも知れない、というありそうな怖れに、思わず胸の鼓動がどきどきと昻《たか》まって来るのであった。

そしてそれが、このネネを囲んだ三人の間の、宿命なのかも知れぬ、とすら思われた。

――しかし、その男は、思ったより落着いた口調で、

「や、どうも遅くまで引止めてしまって、却《かえ》って済み

ませんでしたね、もうお休みですか――」

と、ゆっくりいって、淋しく笑った。

「いや――、どうも近頃少しも寝られなくて閉口しているんですよ」

私も、さり気なく答えて、またタバコを咥《くわ》えた。

「そうですか、それは困りますね、こういう薬があるんですが、飲んでみませんか、よく利きますよ」

そういうと、その男は、机の抽斗《ひきだし》から名刺を出して、その裏に、すらすらと処方を書いてくれた。受取って表てをかえして見ると、そこには「医師、春日行彦」とあった。

私は彼から懐中電灯を借りると、危なっかしい小径を分けて、町へ帰って来ながら、まだ起きていた一軒の薬局へ寄って、

「この薬をくれたまえ――」

といってから、

「この薬の中には毒になるようなものはないね」

と確め、

「ございません、神経衰弱の薬として、立派な処方と思います」

そういった薬剤師の言葉に、あのゾッとするような顔は、ネネ一人に向けられたものだったのか、と頷かれた。

もっとも、私は遂に、その薬には手をつけず、アダリンの売薬を買って済ましてしまったのだが……。

4

翌日。私は昨夜借りて帰った懐中電灯を返すのを口実に、春日の家へ行ってみた。

行ったのは、もうお午《ひる》をまわっていたが、勝手口のところには、疾《と》うに冷め切った味噌汁を入れた琺瑯《ほうろう》の壜《びん》と一緒に、朝食と昼食の二食分が、手もつけられずに置かれてあるのを見、

(留守かな――)

とも思ったが、案外、彼はすぐ声に応じて出て来た。

「ゆうべは失礼しました」

「いや、僕こそ、……どうぞ上って下さい」

私は、何気なく上ろうとして、一眼で見渡せるこの家の中の、余りの乱雑さに、思わず足が止ってしまった。

その、二間だけの座敷全体には、ずたずたに引裂かれた楽譜や五線紙が、暴風雨《あらし》の跡のように撒きちらかされ、

それればかりではなく、あの高価らしい漆黒のピアノまでが、真ン中から鉈でも打込んだように、二つにへし折れているのであった。

春日は、眩しげに顔を外向《そむ》けて苦笑いをし、

「どうぞ、どうぞ……」

といいながら、楽譜の反古《ほご》を掻分けて僅かばかりの席をつくってくれたが、

「いや、いいんですよ。今ちょっと用があるんで、また来ますから、……これをお返しに来たんです、じゃ、また晩にでも……」

私は懐中電灯を置くと、わざと座敷の中から眼を外らして何んにも見なかったように、さも忙しそうに、早々と崖を下りはじめた。なんだか、彼の一ヶ年の苦心を一瞬にぶち壊してしまった心の苦悶が、特に私にだけよく解るような気がし肉親の苦しみを見るような、胸の痛みを覚えたのであった。

――それっきり、彼は黄昏の散歩にも現われなかった。それを心配して私は二三度彼の家を訪ねてみたが、昼も夜も、いつも春日は不在であった。そして、いつか私の足も遠のいてしまった。

――その中に、私の借りている別荘を管理している植木屋の口から、太郎岬の一軒家にいる変り者の男が、何を思ったのか、近頃しきりと、この町からバスの通じている隣り町まで行き、そこの私娼窟《ししょうくつ》にせっせと交《かよ》っているという噂を聞いた。

そして、その男はそこの花子という若い私娼に夢中になって、「ねんね、ねんね」などと子供のように可愛がるのだそうだ、という話を、この話題に乏しい町の噂が伝えて来たのであった。

私にはその「ねんね」は「ネネ」の誤りであろうことは、すぐ想像出来たが、それと同時に、彼がネネと呼んで愛撫するという女性に、ひどく興味を覚えて来た。

（ほんとにネネのような女であろうか）

それとも、

（その女が、偶然、ネネの姉妹《きょうだい》であったとしたら……）

あの、春日との偶然な宿命的な邂逅を思うと、そんなロマンチックな好奇心が、ついに抑えきれなくなってしまった私は、町の顔見知りを恐れて、バスにも乗らず、わざわざ歩いてその私娼窟へ行ってみたのだ。

そこは、町すみの一廓《かく》ではあったが、しかし全然別世界のように感じられた。というのは、露地《ろじ》のように細い路が軒下を縦横に通じ、歩く度に、ばたんばたんとドブ

板が撥返《はね》って、すえたような、一種異様な臭気が、何かしら、胸に沁みいるようにあたりに罩《こも》っていたからであった。そして、時々、蒼白いカサカサな皮膚をした若い男が、懐手をしながら、巧みに、ついついと角を曲って行く姿が、ふと蝙蝠《こうもり》のように錯覚されるような四辺《あたり》であった。

私は、長いこと、やはり懐手をしてその迷路のような一廓の中を、彷徨《さまよ》い歩いた。胡粉《ごふん》を塗ったような女共の顔が、果物屋の店先きのような匂いを持って曝《さら》されていた。

しかし、竟《つ》いに、春日の姿も、花子という女の姿も発見することは出来なかった。

それは、あとから考えれば、当り前であった、その噂が広まる頃には、もう春日はその女と、太郎岬の一軒家で同棲していた、というのだから……。

遅蒔《おそまき》に、それを知った私は、いくらかの躊躇は感じたが、そしてその口実にあれこれとさんざ迷ったのだが、遂に好奇心の力に打まかされて訪問を決心したのは、それからまた、一週間も経ってからであった。

あの崖の小径を登り切ってみると、彼は、その女と暮しながらも、なお、仕出屋の食事をつづけているらしく、勝手口の外には喰いちらかされた二人分の食器と、やっと暖かくなって来たかと思われるこの頃だのに、もうむくむくと肥った青蠅《あおばえ》が、ぶーんと飛立つのが見られ、ひどく不潔な彼の生活がそこに投出されているかのように眺められた。

春日は、ピアノも何もない殺風景な部屋の中に、垢じみた布団を敷っぱなして、独りゴロンと寝そべっていた。近寄って見ると、気のせいか、彼の顔色は土色に褪せ、カサカサした皮膚が、痛々しくさえ思われた。

「や――」

彼はゆっくり起上って、笑顔を見せた。

「しばらくでしたね、ま、どうぞ――」

「結婚されたそうじゃないですか」

これが、私の訪問の口実であった。

「結婚？　いいや今は一緒にいる、っていうだけですよ。こんどの女もネネのように、機会さえあれば僕を踏台にしてゆこうという女ですよ、それはわかっているんだけれど……」

「今は――」

私は一眼で見渡せる家の中を、もう一遍見直した。

「いま、町まで買い物に行っていますよ」

「ばかに顔色が悪いようですが、何か——」

「これですか」

彼は痩せた手で顔を撫でると、

「病気のせいでしょう……ジフィリスになってしまったんですよ、ふふふふ」

「それは——」

私は眉をひそめて、花子という女からだな、と思いながら、

「そんなら早く癒《なお》さなけりゃいかんでしょう、医科を卒《で》られたんだから、自分で静脈注射も出来ませんか……」

「いや、もう病気を癒そうなんて気力は、疾うになくなってしまった僕ですよ。未だにそれだけの気力を持っているほどなら、一ッそネネを殺ってしまっていたでしょう、ふッふふふ……ネネは僕に何一つ思い出を遺してはくれなかったんですが、こんどの女は、こんなに消えぬ思い出を与えてくれたんです、久劫《くごう》に消えぬ、子孫にまで遺ろうという、激しい恋の思い出の華を……」

私はこの狂気染みた彼の言葉に、返事を忘れてしまった。

（春日は、頭を冒されたのではないか——）

×

早々に引上げた私は、その帰り道、あの崖の細路の中ほどで、一人の女と行き違った。この路の果てには春日の家しかないのだから、その女が私の興味を惹いた花子であることは疑いもないことであったけれど、その女は、余りにも、私の想像とはかけ違ったものであった。

真ッ昼間だというのに、黄色のドーラン化粧に、青のアイシャドウ、おまけに垂れ滴るような原色の唇をもった、まるでペンキを塗った腸詰のようなその黴毒《ばいどく》女を、春日が、例え噂にもしろ「ネネ」と呼んだ、ということについては、激しい不満を感ぜずにはいられなかった。私は、すれ違った瞬間に受けた職業的な、いやらしい流し目《ウインク》を、いつまでも舌打ちをしながら想い出し、よくもまあ、あの時、崖の上から突飛ばさずに、無事に帰って来たものだ——とすら思われた。

が、しかし、考えてみると、あの一風変った春日にしてみれば、ネネも、ただあの醜い花子を美しく包装しただけであって、内容はまるで同じものだと思っているのかも知れぬ、イヤ、「美」の感点などというものは、人によって違うのだ、彼はネネの声をほめたけれど、曾つ

てネネの美しき容姿については一言もいってはいなかったではないか。春日はネネの声に恋していたのかも知れぬ、そして、聞いてはみないが、ひょっとすると花子の声はネネ以上に美しいのかも知れないと思われた――でも、でも私には、余計なことかも知れないが、その花子という女は、とても我慢のならぬ代物であった。

（ネネの姉妹？――）

などという甘いロマンチズムは、かくして虚空の外にケシ飛び、儚くも粉砕してしまったのだ。

5

日増しに暖かくなって、藤の花が一つ二つ咲きはじめた日であった。

あれから、思っただけでも虫酸《むしず》の走る花子のことを考えると、私は絶えて春日を訪れることもなかった。

海に面した縁先に、寝椅子を持出して、目をつぶったまま、

（東京へ帰ろうか――）

などと思われる日であった。

思えば、なぜ「この日」をそこで迎えてしまったのであろう。その前になぜ東京へ帰ってしまわなかったのであろう、と悔まれるのであるが、しかし、それもまた、宿命という説明し尽されぬ魔力に、まだ私は囚われていたのに違いないのだ。

それは、花子との二重写しによって、漸く薄れて来たネネの面影が、またまた生々しく甦えって来、私の胸を騒がすような事件が待設けていたのであった。

午後であった、しかし、まだ午を回って間もない時分だ。

裏木戸を蹴飛ばすような騒々しい音と一緒にあの植木屋が大事件だ、というような顔をして飛んで来た。

「いま、自動車が崖から落ちて怪我人が出たというんで大変な騒ぎで……」

「ほう、東京の人かね」

「そうで……なんでも若い者のいうことでは秋本ネネとかいう女優かなんかだそうでして……」

「ナニ――」

私は、ガバとはね起きた。

「死んだか――」

その返事も聞かずに、飛出した。

太郎岬の下を廻る県道まで一気に馳けつけて見ると、なるほど一台の緑色に塗られた新型のクウペが、玩具のように二丈ばかりもある岩礎の下に転げ込み、仰向にひっくりかえって、血かガソリンか、そこらの岩肌には点々と汚点が飛んでい、早くも馳けつけた青年団の連中が、その車の下から、一人の男を引ずり出しているところであった。

その傍の岩の上には、あの、ネネが、前よりも一層美しくなったように思われるネネが、喪心したように突立って、手を握りしめ、帽子を飛してしまった頭髪を塩風に靡《なび》かせながら、凝乎と、青年団の作業を見守っているのであった。

（ネネは怪我をしていない——）

私は、「ネネ、ネネ」と大声で呼びたい心をやっと押えつけて、転がるように磯にまで行ったが、さて、真近に行って声をかけようとした時、またもグッとその声を飲んでしまった。

そこに、春日がいるのである。

「やあ——」

私は、わざとゆっくり声をかけた。ネネは素早い視線で私達を認めると、さすがに、はっとした心の動揺は隠せなかったらしい。

「……」

ただ、無言で頷いたきりであった。そしてまた、ちらりと春日の横顔を偸見《ぬすみみ》た。

「怪我はしませんか」

私が訊いた。

「ええ、あたしは……あら、どうでしょう」

彼女はいきなり自動車から引出された男のそばに馳寄った。そこにぐったり寝て、顳顬に血の塊りをつけた男は木島三郎であった。

私がぐずぐずしている間に、春日はその木島を抱え起し、脈を診ると、

「まだ大丈夫だ、すぐ手当をすれば受合う……」

「そう、それじゃすぐ病院へ……」

——手廻しよく呼ばれて来たタキシーで、木島をはじめ私達四人は、すぐこの町で一番大きい村田医院へかけつけた。

折よく村田氏は在院していてしばらく春日と何か専門語で話合った揚句、春日は、

「ネネさん、一刻を争いますから僕が血を提供して輸血します」

「え？　あたしの血も採って……」

ネネは、この春日の、思いがけぬ義侠的《ぎきょうてき》な言葉に、却ってひどく狼狽したようであった。

村田氏は構わず春日とネネの耳朶《みみたぶ》から一滴ずつの血を戴物硝子《さいぶつガラス》の上に採ると、簡単な操作を加えてから、

「秋本さん、あなたのは合いません、春日さんのは幸い合っていますから春日さんから輸血させて戴きます……」

「さ、すぐやって下さい」

春日は、平然としていった。

ネネは、感極まったように、手を堅く握りしめて胸のところに合せたまま、眉一つ動かさぬ春日の横顔を見守っていた。

私は、春日の血液が、様々な硝子器具を通って、木島の体へ送られて行くのをじっと見ながら、フト、

（春日はジフィリスだったが……）

と思った、と同時に、愕然とした。春日は今、ネネの眼の前で復讐をしつつあるのだ。彼からネネを奪った男の体に、忌み嫌われた細菌の群が、真赤な行列をつくって移されているのだ……。

それをネネは心からの感謝をもって見ている……。

春日は、平然と、むしろ、心地よさそうに眼をつぶっている。

そして、そのわずかばかり口元を歪めて笑った顔は、あの最初の邂逅の夜に、私を慄然とさせたのと同じ、鬼気を含んだ微笑であった――。

私はジッと見詰めている中《うち》に、握りしめた掌《て》や脇の下からネトネトとした脂汗が滲出《にじみで》、眼も頭も眩暈《くら》みそうな心の動揺に、どうしてもその部屋を抜出さずにはいられなかった。

ともすれば、眼の前にちらつく、ネネの感謝の瞳が、たまらなかったのである。

×

木島は、この時宜《じぎ》を得た処置のためか、ぐんぐん恢復《かいふく》して聰て、東京に帰って行った。

「君、少しひどすぎないかね。君も医者ならあんまりじゃないか――」

二人っきりになった時に、私は春日を詰《なじ》った。

「――なるほど、病気にはなるかも知れんが、しかし命は助かるじゃないか。僕は医者のつとめは十分に果したのだ」

「だが、これは僕だけの想像だが、木島は本当にあの時、輸血を必要としたのだろうか……」

春日は、それを聞くとサッと顔色をかえた。しかし、しばらくして首を振りながら、

「それは君の想像にまかせる……だが、君自身は輸血をしようとは義理にもいわなかったじゃないか……。ネネは僕に感謝していたぞ。そして、木島とはただの友人にしか過ぎない私はただあの人の地位を利用しようとして、誘いを断り切れず、ドライブに来たのだけれど、木島が片手で運転しながら片手で私の肩を抱きすくめたので、それを振り払った途端、カーブを切り損ってあんなことになってしまったのです、と涙を流して言っていたんだ。そして、この来月末にある公演の主役をすましたらきっと僕のところへ帰ってくるというのだ。――これも、君が信じようと信じまいと、どちらでもいいのだがね、ともかく、僕も今度は病気を癒そうと思う……」

彼は、ゆるやかに口笛を吹くと、やがて、空中で、いきなりピアノを弾くように両手を踊らせ、あはははは、と笑った。

「信じられぬ……」

私は、反撥的にそう呟いた、しかしその語尾は淡く消えてしまった。

私もまた、彼にとっては敵の一人であったのだ。この背負投げは、事実であるかも知れぬ……。口惜くも私は半信半疑の靄《もや》につつまれて来るのであった――

6

既に、ネネと木島とが東京へ帰ってから、三月が経った。

春日のところへ、ネネが来るのを待っていた訳ではないのだが、あの気まずい別れぎわの春日の揚言と哄笑《こうしょう》とが、私の耳の底に凝着《こびりつ》き、何とはなくぐずぐずしている中に、もう、明るい陽射しの中を、色鮮やかな赤蜻蛉の群が、ツイツイと庭先きの大和垣の上をかすめるような時候になってしまった。私は、その夏ほど、重くるしい暑さに訶《さいな》まれたことはなかった。来る年々の夏は、なるほど暑いものではあったが、しかし紺碧の大穹《おおぞら》と、純白な雲の峰と、身軽な生活とから、私の好きな気候であったはずなのだが――。

春日のところへも、ネネから、一向音沙汰がないらし

かった。それは、もし彼をよろこばすような便りでも来れば、あの男には、とても私に話し誇らずにはいられないであろうことからも、容易に想像出来た。

その中《うち》、人の噂に、花子がまたもとの所で商売に出ている、ということは聞いたが、既に約束したという公演も、疾うに過ぎてしまったのに、更にネネの影も見えぬというのは、ちょっと待ち呆けのような気もするが、しかしそれと同時に、心の底にはたまらない皮肉な嗤《わら》いがこみ上って来るのだ。むしろ、ネネが春日のところへ来る位なら、一ッそ、木島のところにいた方が面白い――。それが私の本心であった。

復讐と同時に、ネネの歓心《かんしん》を購《か》ったと信じ、必ず帰って来ると高言《こうげん》し哄笑した春日の尖った顔が、ざまア見ろ、とばかり、私の胸の中で快よく罵倒され尽すのだ。

×

――秋もふかまるにつれて、漸く繁くなった帰京を促す手紙に、私もいつかその気になって来た。

久しぶりに、あのねっとりとした都会の空気を吸ってみたくなった。……それから……ネネのその後の消息も尋ねたい……そう思うと、私はすぐに帰京を決心した。

私が、春日にも告げず、帰京したのは、キメの細かい濃密な霧のある日であった。

（もう、こんな気候になったのだ……）

駅のプラットホームを歩きながら、ふとそう呟いて仰向いた時、ポンと肩を叩くものがあった。

「やあ、どうしたい――」

振返って見ると、同級生だった友野が、にやにやしながら立っていた。

「しばらくだったなア、勤めたのかい」

「うん」

友野は、少しばかり反身になって、胸のパッチを示した。そこには帝国新聞の社章が、霧に濡れて、鈍く、私の無為徒食《むいとしょく》を嗤《あざわら》うようにくっついていた。

「君は」

「……病気をしちゃってね、やっと今、海岸を引上げて来たんだ……ふっふっふっ」

「そりゃいけない、少し痩せたかな……」

「そうかしら……お茶でも飲もうか……仕事は何をやってんだい」

「学芸部さ……でもなかなか忙しいぜ」

友野は、忙しいというのを誇るようにいった。そして、

駅前の喫茶店に這入って、さて、コーヒーを注文してから、

「東洋劇場は何をやっているんだ、今――」

「ええと……」

友野はちょっと眼を俯せると、すぐすらすらと出し物をいった。しかし、その中にはネネの名はなかった。

「秋本ネネ……というのはどうしたね」

私は恐る恐る、それでも、思わず胸をときめかせながら訊いた。

「ああ、あれはね……、変な話があるんだ、というのはやまいなんだよ、そのやまいも、ちょっと人にはいえん、という奴でね、話によると、東京の医者は顔を知られてるから駄目だというんで、わざわざ埼玉の方の小さい開業医のところへ名を変えて通っている――っていう話だ、人気者もまたつらいね」

友野は、タバコの煙と一緒に、それだけを排出《はきだ》すと、愉快そうに笑った。

私はコーヒーをがぶがぶと飲んで、やっと、

「うん、うん」

と頷いた。そして、

「……ああいう人気者は蜉蝣だね、だから僅かな青春のうちに、巨大な羽ばたきをしようと焦慮《あせ》るんだ――ね」

「それで、もう腐ってしまった、というんかい、あははは……」

だが、私は笑えなかった。

私の持っていた、幽かな、ほんとに幽かなロマンチズムも既に悉《ことごと》く壊滅し去ってしまったのだ。

あの、卑猥な牝豚のような花子に培われた細菌が、春日、木島、そしてネネと、一つずつの物語を残しながら、暴風のように荒して行った痕跡《あと》に、顔を外向けずにはいられなかった。

（春日の馬鹿野郎！）

私は大声で、夕暮の、潤んだ灯《ともしび》の這入った霧の街の中をそう怒鳴って廻りたかった。

急に顔色をかえた私に、友野は唖気にとられたらしく、匆々《そうそう》と別れて行った。

結局、その方が、私も気らくであった。

×

どこをどう歩いたのか、したたかに酔痴《よいし》れた私は、もう大分夜も更けたのに、それでも、見えぬ磁力に引かれ

るように、郊外にあるネネの住居を捜し求めた。

　聽て、さんざ番犬共に咆えつかれた揚句、夜眼《よめ》にも瀟洒《しょうしゃ》な文化住宅と、外灯の描くぼんやりとした輪の中に「木島」の表札を発見した時は、もうその無意味な仕事のために、心身ともに、泥のように疲れ果てていた。が、勿論、私はその門を叩こうとはしなかった。

　そしてなおも、飢えた野良犬のように、その垣の低い家の周りを、些細な物音をも聴きのがすまいと耳を欹《そばだ》て て、ぐるぐるぐるぐると廻っていた。

　さっきから、たった一つの窓が、カーテン越しに、ぼーっと明るんでいるきりだった。おそらくネネはいるのであろう。しかし何の物音もしなかった。その馬鹿にされたような静けさが、余計私の神経を掻乱すのだ……。

　と、突然、まったく突然、その家の洗面所と思われる方にすさまじい水道の迸《ほとばし》る音が、あたりの静けさと、欹てた耳とに、数十倍に拡大されて、轟きわたった。途端に私は、巨大な「洗浄器」を錯覚して、よろよろッとその低い白く塗られた垣に靠《もた》れてしまった。その垣は霧のためにべっとり湿っていた。そしてネネの肌のように水々しかった。私はそこへ、ガクッと頸を折ると、熱い頬を押しつけた、そして、犇《ひし》とその濡れた垣を抱しめた……。と同時に、不思議にも込上るような微笑を感じて来た。

四辺《あたり》、には暑い霧が、小雨のように降り灑《そそ》いでいた。

そして私は、浪《なみ》に濡れた太郎岬の上で、今日も、独りしょんぼりとネネを待っているであろう春日行彦の、痩せさらばえた姿を、ひどく馬鹿馬鹿しく、憤ろしく思い出すと共に何かしら解放されたような、安易さを覚えて来るのであった。

ニュース劇場の女

闇の中の顔

闇に眼が馴れて来るに従って、あたりの人の顔が見えるようになって来た。

川村は、いつか身についた職業意識で、見るともなく、その闇に浮いた幾つかの顔を、見廻していた。それらの無表情な、一心にスクリーンに見入っている顔には、スクリーンの明暗がぱっぱっぱっと映って顫《ふる》えていた。川村自身も、画面の移りかわりを、目尻の辺りに感じながら横を向いた時、彼の瞳《め》は、ピクンと止ってしまったのである。

（ほう……）

胸の中で、そう呟いた。

思いがけない、際立った美少女の顔を、すぐ隣りに発見したのであった。その顔は、薄闇をバックに、見事に咲いた花のようであった。

彼女は、川村の視線をも気づかぬ風で、無心に画面に見入っていたが、やがて、何か思い出したように、ハンドバッグから紙片《かみきれ》を出し、それを踞込《かがみこ》むような恰好をして、薄暗い光線の中で読みはじめた。それは、勿論プログラムではなかった。

が、闇の中とはいえ、少し無躾《ぶしつけ》に過ぎた川村の視線に、漸《ようや》くはっと気づいたらしい彼女は、周章《あわて》てその紙片をオーバーのポケットに押込み、ちらりと川村を一瞥《べつ》したきり、また、何事もなかったように、スクリーンに見入ってしまったのである。

この奇妙な為種《しぐさ》をした彼女は、それっきり川村を、全然無視してしまった。むしろ、わざとそうしているかのように、冷たく、瞬きもしないでスクリーンに見入っていた。

しかし川村自身は、どうせ時間つぶしに這入《はい》ったニュースだし、それに、近頃のニュースという奴は、来朝の映画人が横浜についたところだとか、非常時模様の花見風景だとか、どうせ各社のものの中《うち》、一本を完全に見てしまえば、あとの数本は、ただカメラアングルの相違だけ、といってもいいものだし、少々退屈して来ていた彼は、いつかスクリーンと隣席の少女の横顔とを半々に、いや七分三分に見ていた有様であった。

その上、丁度川村の位置からは、椅子に深く腰をかけると、スクリーンを見ながら、眼の玉だけ動かせば、彼女の横顔が、ものの一尺と離れぬ眼の前にあるのだから、余計その誘惑に勝てなかったのだ。

銀座には、各種の美女がいる——とは、同僚の説だけれど、なるほど、若い川村の好みを、そのままシンボライズしたような美少女が、すぐ眼の前に現われたのである。

しかも、満員のこのニュース劇場内は、両方から押され気味で、隣席同志は、ぴったりと肩が接していた。そう気づいてみると、今迄はなんともなかったのに、お互いに厚いオーバーを通して接しているのに、柔らかい肩の、若々しい弾力とともに、仄々《ほのぼの》とした温みが、浸々として肩先から、鳩尾《みぞおち》の辺りに沁みとおって来るのを覚えた。

それを、ジーッと味わっていると、もうスクリーンどころではなかった。彼女の、物柔らかな呼吸の一つ一つまでが、全神経の集中した肩先から、体中に拡大され、打拡《うちひろ》げられ、何かしら切羽詰った幻惑にさえ襲われて来る。

川村は、未だ曾《か》つて、こんな動揺を味わったことはなかった。

（今日は、少しどうかしている）

そう思ったけれど、それればかりでなく、余りに彼女が美しかったのだ。身顫《みぶる》いするような——という旧式の形容詞を、はじめて彼は味わったのであった。

そして、お互いに、釘づけにされたように、避けることの出来ない肩先きには、次第に熱をもって来たように感じ、川村は自分の乱れた呼吸が、そのまま彼女の肩に筒抜けに響くように錯覚し、ふと、闇の中で顔を赧《あか》らめるほど狼狽したのであった。

手袋とメモ

丁度、ニュースに一区切が来て、彼女は肩を外すようにしてするりと立ち、席に手袋と仄かな香りを残しながら、人浪を分けて廊下の方に行った時、川村は、まずほっと固った息を吐き、思い出したように時計を見た。潰さなければならなかった一時間が、もう過ぎようとしている。

川村も、急いで帽子を置いて席を立った。そして、彼女につづいて廊下に出、公衆電話のボックスの方を見ると、先に行った彼女も、その一つに這入ったところだった。

彼も続いてその隣りの電話のボックスに這入り、田澤検事邸を呼出すと、交換手のそっけない声が、「お話中」と出ばなを挫くように伝わって来た。

（ちぇっ）

と舌打ちして、電話口を睨みつけていると、

「だって、ひどいわ、せっかくまってたのに、つまんないわ――」

と柔らかい、甘い声が、姿は見えないけれど、不服そうに体を捻っているように、隣りのボックスから防音壁を通して、川村の耳を襲った。

（なんだ、お待合せだったのか――）

そう思って、いきなり不愉快になった彼は、邪慳《じゃけん》に受話器を外し、まだ「お話中です」という交換手の声を吸鳴りかえし、重ねて田澤邸の電話番号をくりかえした。

その時、電話ボックスの、小さい窓から見えた廊下の風景は、電話をかけながらも、思わず川村の眼を欹たせた。

電話を済まして出て来た彼女は、そこで、煙草を飲んでいたキザな男に、ばったりと行き合ったのだ。それはともに偶然だったと見えて、二人とも、はっと立止ると、軈《やが》てそのいやにどぎつい赤いネクタイをし、白絹のマフラーを捲いた不愉快な男は、にやにやと下卑《げび》た笑を浮べながら、立ち上って彼女に近寄った。

必要以上に近づいた。或は大勢の人眼がなかったならば、ぐっと彼女の腕を取ったかも知れないほどであった。

押されるように二三歩退《の》いて、丁度川村の方に真正面を向いた美しい彼女の顔には、何故か、憐れみを乞うような、むしろ恐怖に似た翳《かげ》を漂わせていた。

彼女の、乾いた脣《くちびる》が二三度顫えると、

「いま、手袋を持って来るから、待っててね……」

低い声で、やっとそう聞きとれた。

そして、身を翻《ひるがえ》すようにして客席の方に行くと、その男は、皮肉な笑いを浮べた眼で、彼女を看視するように追い、器用な手つきで煙草を灰皿に投込むと、ゆっくりと川村の視界から消えて行った。

それは、ほんのちょっとした間の出来事だった。川村は、受話器を耳にあてたまま、それだけを見たのだ。先方の出かかっている電話を、今切るわけにもゆかなかった。

――東都新聞の社会部記者川村は、今夜待望の田澤検事に逢うことになっていた。

田澤検事は、土木事業をめぐっての、ちょっとした下ッぱ官吏の収賄から、芋蔓式に発展して来た今度の、疑獄事件の係り検事だった。

この疑獄も、所謂《いわゆる》錚々《そうそう》たる名士連の名が加わって来る度に、紙上のスペースも増し、是非ここらで係り検事の田澤氏を摑えなければ、ということになったのだが、頑固で聞えている田澤検事は、新聞記者には絶対に面会謝絶なのだ、たとえ逢ったとしても、検事としてはとても事件に触れるまい、というのが定評であった。しかし、稀有《けう》の大疑獄だけに、係り検事の談を添えれば、それが困難なだけに、確かに紙上は光彩を放つに相違ないのだ。それを、川村は進んで引受けたのである。

勿論、それにはいささか成算があったからだ、というのは、川村の父と田澤検事とは私的な旧知であるのを利用して、久しぶりに父が上京し、会いたがっているようなことをいって田澤氏を呼出し、どこか銀座で食卓についてしまってから、さて父は急に差支えが出来、少し遅れるかも知れませんが、といいのがれて、あとは適当に話題を、今度の事件に持ってゆくつもりであったのだ。川村も、いつしかこれ位の修業は積んでいた。

そして、今夜六時に、新橋駅で――、ということになったのだが、田澤検事は、到頭その時間に現われないのだ。痺れを切らした川村が、念のために電話をかけてみると、

「甚《はなは》だ申訳ないが、急用が出来たので、一時間ほどしたら、もう一度電話をしてみてくれ」

という、まるで川村の計画を見透かしたような返事であった。

仕方なしに、その一時間をつぶすために、飛込んだニュース劇場で、何か秘密あり気な美少女と行きあった――。

――やっと二度目の電話の通じた田澤邸は、女中の声であった。

「もしもし御主人いらっしゃいますか?」

「どなた様でございますか?」

「さっき電話した川村ですが」

「あの、急にご用が出来て、お出掛けになりましたのですが――」

「こちらへですか?」

「いえ、あの――、もしなんでしたら明日《みょうにち》でも宅の方へ、とのことでございましたが……」

電話づれのしている川村には、その、瞭らかに居留守らしい、女中の語尾の顫える断り文句に、半ば苦笑して電話を切った。彼の計画は、完全に失敗してしまった。

明日来いといわれても、会いたいといったはずの川村の父は、何も知らずに遠い郷里《くに》にいるのだ。初対面の、しかも疑獄事件以外に、なんの話題もない川村が、独りで面会に行っても、結局無駄なことは、よく解っていた。

彼は、受話器を置くとともに、田澤検事と会見を、あっさり諦めた、と同時に、隣席の美少女のことが、頭に浮んで来た。

そして、もうあのキザな男と、どこかへ出て行ってしまったであろう、と思いながら、電話室のドアーを開けて見ると、映写が始まっていて、人ッ気のない、煙草の煙りばかりがもやもやと漂っているガランとした廊下に、その男だけが、独り寒そうに頸《くび》を縮めたまま、せかせかと行き戻りしていた。

(おやっ?)

と思ったが、川村は、さり気なくその男の眼を外らして、客席へのドアーを押した。

帽子を置いてあった席に戻ってみると、満員の客席の中で、ぽつんと歯の抜けたように臨席の彼女の椅子も空いているのだ。

眼を近づけて見ると、そこには、まだ手袋が、彼女が立った時のままの形をして、置かれてあった。

(まだ、手袋をとりに来なかったのか?)

そう思って、二度目のニュースを、また見はじめた。

しかし、五分以上も経ったのに、彼女の姿は見えなかった。

川村は、ふと、あのドアーの外で待っている男と、ぱったり行き合った時の、彼女の怖れをもった驚きの表情を思い出した。そうだ、あの男と逢ったために、そしてそれを逃れるために、手袋をここに置いたまま、手袋を取って来るという口実で、この劇場《こや》を抜け出してしまったのではなかろうか――。どうやらそれが本当らしく思われて来た。

(なぜあんな男を、そんなに怖れるのか)

名さえ知らぬ彼女の秘密を、川村が考えたって解るはずはなかった。

川村は、しばらく躊躇《ためら》った後、その革手袋を自分のオーバーに入れると、席を立った。

出口に行きながら、横眼で偸見《ぬすみみ》ると、あの派手な洋服を着た男は、まだ廊下でタバコを吸ってい、劇場《こや》から出て行く川村の後姿を、気味の悪い眼つきで追っていた。

わざと悠々と外へ出た彼は、まだ彼女がその辺にいはしまいかと思い、未練がましく伸上って、舗道の左右を見透かしたけれど、やはり彼女の、ラクダのオーバーを着た後姿を、探し出すことは出来なかった。

しばらく歩いてから、やっと、田澤検事と倶《とも》にするはずで、まだ夕飯前の空《すき》ッ腹に、ビル颪《おろし》が、やけに身に沁みるのを覚えた。

歩きながら川村は、手袋を出そうとオーバーのポケットに手を突込んだ。すると、左のポケットでガサッと鳴るものがあった、手袋と一緒に出して見ると、見なれぬ紙片だ。

何気なく、ネオンの光りの下で拡げて見た彼は、思わずぎくっとして立止った。

それは確かに、あの美少女が劇場の中で見ていた紙片なのだ。


「……」

なおよく見ると、それはありふれたザラ紙のメモで、それに鉛筆で「桜田。大津。大井澤。新橋駅、六時、川村」という単語があとさき構わずに書かれてあった。

その単語は、それだけで川村を愕然とさせるに十分であった。

最後の、新橋駅、六時、川村というのは、瞭らかに自分のことで、それだけでも何んとなく気味が悪いのに、あとの桜田、大津の二人は、疑獄事件中の名士であり、大井澤というのは、前任判事が病気のため、急に変更になって、まだ内定したばかりの係り判事なのだ。

(どうしてまた、このメモが自分のポケットに――)

彼女が、わざと川村のポケットに入れたのであろうか。それとも、彼女は、少し周章ていたようだから、自分のオーバーのポケットのつもりで、すぐそばに、ぴったり接して口を開けていた川村のポケットに、誤まって、入れてしまったのであろうか。

しかし、周章てたのは最初の時だけで、それからは、ゆっくりニュース映画を見ていた様子や、あの電話の具合からしても、わざと見知らぬ男のポケットに物を入れるような少女ではなさそうだ。

（そうだ彼女の手袋の中に入れてあったのだ——）

彼はやっとそう思いついた。そしてその革手袋も一緒に出し、恐る恐る移り香を吸ってみた——。

それにしても、あの不愉快な男に逢ってからの彼女の狼狽ぶり。そして、このメモの名前は、余りに記者神経を昂《たかぶ》らすものばかりだ。

密室の怪死

その翌朝、まだアパートの床の中に、うとうとしていた川村は、夜勤の副部長の電話に叩き起された。

「川村君か、田澤検事をつかまえたかね、何、駄目だった、そうか。ところで、田澤はやられたぜ」

「やられた？　ど、どこの社に……」

「違う、やられたんだ、殺《や》られたんだよ」

「えっ、殺られた？」

川村は、寝衣《ねまき》一枚で電話口に呼出されたせいか、思わずぶるっと震えた。

「誰に？」

「わからん、行ってくれるか？」

「行きます——」

社から廻された自動車《くるま》の中で、川村はネクタイを結びながら、眼はもうすっかり冴えていた。しかし頭の中は、まるで混乱しているのだ。ゆうべ田澤検事と会う約束をしていた自分の名や、時間の場所まで書いたメモを持っていた、あのニュース劇場の美少女の横顔が、何かにつけて浮び上って来ては、頭の中を泳ぎまわるのだ。しかも、

（あの少女には悪い紐がついているようだと……。それは、一種ねたみに似た気持も、たしかにあった。

——間もなく自動車の着いた田澤検事邸は、中央沿線の小高い屋敷町にあった。あたりは、さすがに新市域《しんしいき》らしく、朝霜が早春の低い朝日に、さらさらと光っていた。既に到着していた警察関係の人達について、川村は記事に必要な材料を集めにかかった。

検事の死因は、一目瞭然のガス中毒だった。

田澤検事は、書斎兼寝室の洋館で、ベッドの上に斃《たお》れていたのである。そして、ガスストーヴの栓が一杯に開けられてあったのだ。

一部には、直ぐ自殺説が起った。その理由は、ガスス

トーヴを開っぱなしで気づかぬ訳がないし、それに、その部屋は、全部内側から錠が下りていて、どこにも他の者が忍び込むところがなかったからである。

しかし、自殺するような原因は、何一つ発見することが出来なかった。勿論遺書もなかったばかりでなく、

「明日は十五日で朝詣《あさまい》りをするから、早く起すように――」

と女中に吩咐《いいつけ》てあったことがわかった、そのために検事の死が、朝早く発見されたのである。

「……それで、今朝早くお起ししようと思って、いくらノックしても御返事がありませんし、その中、ひどいガスの匂いがいたしますので、それで驚きまして、書生の和泉さんに頼んで、やっとお庭の窓を破《こわ》して開けましたので……」

と女中がおろおろしながらいったし、書生の和泉もそれを、その通りです、と認めた。

念のため川村も、庭へ廻って、その洋館の周囲を、調べてはみたが、やはり怪しい足あと一つなかった。もし誰か、その洋館に外から近寄ったとすれば、丁度和泉がこじ開けた窓の下のように、朝霜が踏みくだかれていなければならないはずだけれどそんな様子は、全然ないのだ。

自殺でないとすれば、実に巧妙な殺人事件であった。

他殺と考えれば、まず考えられるのは、今田澤検事のかかっている疑獄事件に関係がありそうに思われた。しかも、他殺を裏書きするような事実が、女中の証言から現われた。

というのは、数日前に、乱暴な男文字の手紙が配達され、それを何気なく読み下した田澤検事は、サッと顔色をかえて手を震わし、いきなりその手紙を寸断してしまった、というのである。

しかし残念なのは、その脅迫状であったかも知れぬ、見知らぬ男からの手紙は、女中の手で、他の紙屑と一緒に燃されてしまった後であった。ただ田澤検事を、憤らすような手紙が来た、という記憶だけしか残っていないのだ。

事実それが脅迫状であったとしても、どうしてこの奇怪な殺人を行ったのか。――煙のような男が、寝ている田澤検事の部屋に忍込んで、ガスを放出させ、内側から鍵をかけて逃去った、としか考えられないのだが、果してそんな芸当が出来るであろうか。

もし、栓が開けられたのではなく、ガス管が外れてい

たのならば、或はうっかり蹴り外ずして、知らずに寝た過失死とも考えられるのだが、そのストーヴの栓は、自然に開くほどゆるいものではなかったのだ。

ぼんやり立っている川村の前を、刑事が急がしそうに歩いていた。だが、その刑事連の眼からは、まだ手がかり一つとれないでいるのを知った。しかも、その眼は、問題の人となっている検事の、突然の怪死に対して、未だ手がかり一つ摑めないということに、焦慮《あせ》りの色を浮べているのも、よく解った。

手がかり――、そういえば、川村はまた、ふとニュース劇場の女を思い出した。そして、どう見ても善良そうではない廊下の男をも。

勿論、まだ誰にもいってはないのだが、誤まって自分のポケットに入った奇怪なメモは、この怪死をめぐって重大な手がかりとなるのではなかろうか。

（まさかあんな初々しい美少女が――）

と、肩先きに覚えた、あの柔らかな温もりを思って打消すのだが、すると、あの不愉快な男の顔が、その上にオーバーラップされて来るのであった。

川村は、その男のことを思い出す度に、自分でも不思議に思うほど、虫酸のはしる不愉快さを覚えるのだ。嫉妬であろうか、すると自分は、あの少女に好意以上の、小さな声でいえば恋を、感じているのであろうか。彼は、触れてはならぬ自分の心に触れ、知らず、知らずポケットの中で握りしめていた彼女の革手袋を、びくっとして離した。と同時に、なぜかまた顔の赧らむのを覚えた。

倒れた男

川村は、捜査のはかどらぬ所在なさに、見晴しのいい二階に上り、午前の陽を一杯に受けて、暖かい手摺りに靠れ、見るともなく目新らしい周囲《あたり》を見廻していた。

やがて、その眼は、ギクリと一点に止ってしまった。

駅の方から、この小高い丘のだらだら坂を、少し足早に歩いて来る女の姿に、ふと気がついたのだ。

その女は、ラクダのオーバーを着ていた。

直感的に「ニュース劇場の女」だ、と思った。

彼女は、この見晴しのいい二階から、一心に見つめている男のことなど、全然気がつかぬように近づいて来る。

川村は、息もつけぬほど、昂奮していた。

近づいて来るにつれて、彼の直感に間違いでないことが確められた。慥かに、ゆうべの美少女なのだ。

彼女は、最後の生垣を曲った。そこからは、田澤邸の門口まで見通しなのだ。

曲って二三歩してから、なぜか彼女は、ぴくんと立止ってしまった。そして、門前に並んだ自動車の列を、訝かしそうに眺めていたようだが、すぐ、くるりと踵《くびす》をかえして、帰りはじめた。その足取りは、別に狼狽しているようには見えなかったけれど、せっかくそこまで来ながら、急に戻って行く彼女の後姿に、川村は、はっとして周章て下に下り、靴をつっかけて後を追った。

てっきり駅にかえると思って、一生懸命に追かけて行った彼は、もう少しで見失ってしまうところだった。

そこは、いかにも新市域らしく、だだっぴろい舗装道路が、縦横に通じているのだが、その四つ角まで来た川村が、何気なく四方《あたり》を見渡した時、駅とは別の方に、彼女の姿があったのだ。しかも、一人ではなく、いつの間にか男の姿が引ずるように寄りそって、歩いていた。

そのほかに、その蓊《まつし》ぐらな大幅道路には人影がなかった。

川村は、その後を追ったものかどうかと、しばらく躊躇《ためら》った。しかし、ポケットの中の革手袋に手が触れると、急に口実を見つけたように元気づき、二人のあとに続いて行った。

いつの間にか現われて、彼女と歩いている男は、どうやら劇場の廊下にいた男らしかった。と同時に、彼の心には、むらむらと反抗心が頭をもたげて来たのだ。

そして、次第に距離がせばまって来ると、いきなり先の二人は口論を始めたようだ。

口論ばかりではない、その男が、あっと思う間に、彼女を抱締めたかと思うと、彼女は悲鳴に似た声を上げ、必死にその腕を逃《のが》れようとしている。

川村は、一気にそこへかけつけた。

「おい、何をするんだ」

その男の肩を、思いきり引戻した。

「……」

無言で振向いた男は、さすがに手をはなしたが、

「他人は黙ってろ」

凄い眼で川村を睨上げた。

「たすけて……」

彼女は、それだけいうと、顫える手を胸のあたりに握りしめながら、川村のうしろに隠れた。

「美鳥《みどり》さん、いこう――」

男の伸した手を遮って、川村は、

「往来の真ン中でヘンな真似はよし給え、助けてといわれた以上、このまま渡せないよ」

「何、じゃどうするってんだ」

その男は、さっと身構えた。

「帰れ――」

「ナニッ」

いきなり飛びかかって来たその男を、川村は無我夢中で力一杯に突飛した。

「アッ！」

丁度、アスファルトを掘かえして、地下工事をしていたため、その赤土に辷《すべ》って機勢《はずみ》をつけたその男は、そこに出ていた瓦斯管《ガスかん》に、したたかに頭を打った。気取った洋服は赤土にまみれ、しばらくは立直る気力も失ってしまったらしい。

「どうも、えらい騒ぎでしたね」

彼女は、しばらく歩いてから、やっと、

「どうもありがとうございました。ほんとに助かりましたわ」

「どうしたんです一体」

「あの男は、はじめお友達から紹介されたんですけど、どこへでも私のあとをつけて来る不良なの……、私がたった一度手紙を出したことが悪かったんです、それを種にしてさも私がどうかしたように……、そして私の結婚は叔父様にまかせています、っていったら叔父様のところへまで変な手紙を出したそうで……」

「そうですか、これをお返ししましょう」

彼女は、川村の出した革手袋を見て、またぎくりとした。

「大丈夫です、ゆうべニュース劇場で拾ったんです、たぶん、隣りにいたあなたのだと思いますが……、それから、これも」

川村はメモを出した。

「まあ、それも……」

「僕は、ここに書いてある川村という者です、これはどういう意味なんでしょう？」

「あら、川村さんですの……」

彼女は、はじめてにっこり笑って、

「そのメモは叔父様のとこの電話のメモよ。色々名前が書いてあるでしょう、それ、叔父様が電話を聞いたときの心覚えよ――、ゆうべ叔父様が昔からのお友達の川村さんと銀座で会う約束をしたから、お前も連れていってやろう、と仰言《おっしゃ》ったの、けど私その前に用があったので時間を忘れないように、そのメモを頂いて来たのよ、それなのに叔父様ったら、一時間も伸した上、どうしても出られなくなったからなんていって」

「じゃ、田澤検事は叔父さんなんですか」

「ええ私、美鳥ですの、御存知？　川村さんはいい方だからお前にも紹介してやろう、なんて仰言ってたのに……」

美鳥は、円《つぶ》らな瞳を上げて、川村を眺めた。

彼は、それは僕の父のことです、というのを言いそびれて、思わず苦笑した。

「ゆうべニュース劇場で電話をかけられたでしょう？」

「ええ、かけたわ、叔父様が来られるかどうかを聞いたの」

「その隣りで僕も田澤さんを呼出したのですが、長いことお話中でね――」

「まあ、不思議ねえ、それで断られたのね、でも私が代ってお詫びするわ、叔父様本当にお忙しいのよ」

「よくわかっています、しかし……」

川村は、何も知らぬ気な彼女の様子にしばらく言い澱んだが、

「しかし、その田澤検事は、今朝亡くなられました――」

「エッ」

美鳥の顔は、さっと蒼褪《あおざ》めて蹣跚《よろ》めき、危うく川村の腕の中で、立ち直った。

歩きながら話していた二人は、もう田澤邸の間近まで来ていた。

「なぜ、どうして……」

彼女は、喘ぐようにいった。

「さっきはここまで来たのに、あんまり自動車があるので、お忙しいと思って戻ってしまったの、そしたら、またあの男に会ったりして」

「ガス中毒で亡くなられたのです……」

そこまで言った川村は、何を思いついたのか、いきなり田澤邸の門を潜り、電話室に飛込んでしまった。

電話をかけている川村の顔は、次第に紅潮し昂奮の色を見せて来た。

そして、顫える手で受話器を置いた彼は、唖気《あっけ》にとられている美鳥に囁いた。

「わかりました。検事が誰も這入れない部屋の中で、ガス中毒をした原因は、疑獄事件にあるのです。――と

いうのは田澤さんはゆうべは非常に寒かったし、遅くまで調べものがあったのでガスストーヴを点けたまま寝られたのです。ところが収賄事件を産むようなヤワな道路工事のせいか地盤がゆるんでガスが漏ることを発見したので会社の方では、ゆうべ真夜中に、さっきあの男の転んだ所を掘って瓦斯の本管を修繕したそうです、その時、真夜中だしするので、約五分ばかりガスを送ることを止めた、ということが、いまガス会社へ電話してハッキリしたんです、もっとも、その工事の監督をした玉井という男は、今日非番だそうですが、それで」

「あ、あの男、ガス会社に出ている玉井といったけど……」

「えっ、じゃ、偶然ではなかったのか、偶然でないとすれば、その、玉井が犯人です。玉井は検事がガスストーヴを夜通しつけていられるのを知ってやったのです――。恐らく、美鳥さんとのことを検事にこっぴどくやられた腹いせでしょう……」

「まあ、でも、ガスを止めるだけで……」

「そうです、ガスストーヴというのは、たとえ二三秒の間でもガスが止れば直ぐ火は消えてしまいます。そして次にガスが出れば改めて起きて点火するまで、今度は不燃焼のままでどんどんいつまでも、それこそ中毒させるどころか、気づかなければガスタンクが空になるまで出続けているんです、お解りでしょう、田澤検事は真夜中にガスの止ったことを、そしてまた出始めたことを、寝ていて気づかれなかったのです……」

「……」

「僕は、まさか玉井がその工事を監督したとは思わなかった。わざと、予告なしにガスを止めた意味が、これでハッキリ呑込めました。――あの男が、さっき瓦斯管で頭を打って、倒れた時に、ふっとガスストーヴのからくりだけは思いついたのですが……」

美鳥は、叔父の不幸を悼《いた》むように眼をしばたいていたが、軈て、川村の腕のなかに倒れて歔欷《すすりな》いた。

黄色いスヰトピー

1

　五月も月中を過ぎたというのに、ひどく不順な気候は、まるで三月末あたりの陽気のようにうそ寒かった。

　土曜日でも五時まである会社を、さっき退けたばかりの北村は、毎土曜日の習慣で、なんのあてもなかったけれど、銀座八丁を独りぶらぶらと人波にもまれていた。

「やあ――」

　今、すれちがった男が、北村の顔を覗きこむようにして、声をかけた。ぼんやりしていた彼は、思わず反射的に二三度瞬きして、その顔に視線を合せて見ると、それは珍らしくも、旧友の山上なのだ。

「しばらくだなあ――」

　と、思わず同時にいって、笑い合った。

　どちらからともなく先に立って、二三間先きの喫茶店に這入り、ボックスに向きあった二人は、また無意味ににっこりして、

「卒業《あれ》以来だ、三年になる」

「三年――？」

　北村はびっくりしたように聞きかえした。

「うん、足かけ三年だ、早いもんだなあ……」

「ふーん」

（そうか、三年か――）

　北村は眼をつぶって頷いた。

「僕は田舎にいるせいかグループの連中にもまるで会わないよ。ところで、いよいよ仕事を始めたぜ、どうやら緒《ちょ》についた、といったところだ――、君は？」

　山上は、そういって含んだような笑い顔を見せながら、北村の眼を覗込んだ。――この含んだような笑い顔は、以前からの山上の癖であった、とそう思い出した北村は、学生時代よりも陽焼けのした彼の顔を見ながら、もり上って来る懐しみを覚えてきた。

「僕か、僕は相変らず毎日ハンコを捺《お》しているよ――、なんだい、その緒についた仕事っていうのは」

「農園さ、農園をはじめたんだよ」

「農園を——？」

うん、しかし農園といっても温室専門の農園さ。切花が主で最近メロンも少し始めてみようと思ってるんだがね」

「道楽みたいなもんだろ」

「いや、道楽どころか立派な事業だよ、緒についたというのは足かけ三年でともかく黒字をを出して来た、ということさ、やってみるとなかなか面白いもんだぜ、……最近もう一棟拡張するんでその打合せに今日は東京に出て来たんさ。そうだ、今日は土曜だな、どうだ今夜一緒に来てみないか、明日一日遊んで行けよ」

「そうだな、しかし……」

「まあいいじゃないか、君に是非見せたいもんがあるんだよ。第一に『黄色いスイトピー』だ、それから僕の特別室、それからも一つ——これが一番気に入るかも知れんな」

「なんだい、その黄色いスイトピーというのは」

「僕の傑作さ、スイトピーの新種だよ、黄色いスイトピーなんて見たことあるまい、プレジデント・ハーディングという橙色の新種があるけど僕のは全然鮮黄色の大珍品なんだからな、あとの二つはちょっと説明出来ないね、まあ実際に見てくれよ」

「ばかに誘うなあ——」

といったものの北村も、予定のない明日一日を、どこに費そうかと、ついさっき山上に会うまで迷っていたのだし、

「うん、うん」

とすぐ頷いて、

「じゃ歓迎してくれよ」

と恩に着せて立ち上った。

「家《うち》の方は——」

「なあに、駅から電話しておけばいいよ、しかし遠いのかい」

「すぐだよ、小田原の先だ」

「そうか、で、何時の汽車で行くんだい」

行こうと決ると、こんどはすぐにも行ってみたくなった。久しぶりで学生時代のようなざっくばらんな気持が、わけもなく嬉しくなったのだ。

2

着いた時は、もう夜も更けていて、あたりの様子もわからなかったが、翌朝、いつにない早起きをして庭に出て見るとそこは南向きのゆるい傾斜をもった草地で、ところどころに疎《まば》らな雑木林と、北側に一段高くなって開けた畑地、西側には小丘《しょうきゅう》をもっていて、そのなかに百坪ばかりの温室が三棟並んでいた。

その消えたばかりの朝露に濡れて、キラキラと光っている温室に眼を近づけて見ると、暖かそうに曇ったガラスの内側には色とりどりのチューリップがずらりと咲き揃い、その向の床《とこ》には山上自慢のスイトピーが、これまた色とりどりに、乱麻《らんま》のように縺《もつ》れ咲いているのが見られた。

「早いね――」

振りかえって見ると、山上がカーキ色の仕事服を着て立っていた。

「どうだい、僕の特別室で朝飯にしようじゃないか」

彼はそういうと、よく篩《ふる》った黒い土をよけるようにして先に立ち、二つ目の温室の角を曲ると、一際大きく離れのように建てられた温室を指して、

「さあ――」

といいながらドアーを潜った。後に続いた北村は、サッと吹きかかって来る生温かい風の中で、思わず息を細めながら、それでも、物珍らしそうにあたりを見廻した。

まず房々と果《み》をつけたバナナが眼についた。続いて椰子が龍舌蘭《りゅうぜつらん》が、パパイヤが……その他名も知らぬ鮮やかな緑色をもった植物が逞ましげに繁茂《はんも》し、その上、凝ったことにはその植物の間を縫って温水の川をつくり、そこに平べったい、縞をもった熱帯魚を、悠々と群れ泳がせているのであった。

しばらくは、ただ見とれていた北村も、やっと重くるしい熱気を覚えて、山上に倣《なら》って上衣を脱《と》った。

「どうだい、相当苦労して造ったんだぜ、この熱帯室は」

「ふーん、素的だよ、なるほど自慢するだけの価値はあるね、まるで南洋にでもいったようだ」

ガラスは全く曇って、戸外は朦朧としていたし、それらの熱帯植物から発散するのか、空気までもが熱帯の香りをもってい、なおその上部屋の中央あたりに設けられ

た椅子にかけて見ると、四方のガラスは巧みに植えられた木や草のために視界から遮られ、ただ天井からの太陽が、ガラスを透して来るせいか、余計ギラギラと輝きわたるように感じ、ふと、南海の孤島にでも漂着したかのように錯覚させるほどであった。

北村は、初めての経験ではあったし、このガラス一枚に仕切られた世界の、肌なれぬ熱気と、熱帯植物から発散される強烈な香りとに、半ば酔い心地で呆然とあたりを見廻していた。そうしていても、何か果実の熟するような甘いかおりが鼻腔を擽《くすぐ》りながら沁みわたってくる――。

と、幽《かす》かにドアーの開いたような音がすると、軈て一人の少女がコーヒー茶碗とトーストを持って、椰子の繁みをわけて現われた。

あたりが、この熱帯の雰囲気に満たされていたせいか、その少女の、原色の赤と黄とを大胆に配合した薄いワンピースから浮出て来る豊かな曲線と、そして白粉《おしろい》気《け》のない小麦色の肌からは、まるで南国の情熱が彼を圧迫するように立騰《のぼ》って見えた。

その上、なんと見事な貌《かお》だちをもっているのだ――。

「はははは、ばかに見とれているじゃないか」

その少女が、コーヒーとトーストとを卓上に並べ、一揖《ゆう》するとまた椰子の繁みのなかに消えて行ったあとまで、一瞬きを忘れていた北村は、突然笑い出したその山上の声に、漸《ようや》く気づいたようなテレ隠くしのような笑いを浮べ、

「すごいなあ、誰だい、君に妹はなかったはずだが」

「いやあ、姪さ。叔父が死んだんでここに来ているんだよ。なかなかきかん坊でね」

「ふーん」

「どういう感じがした？」

「……参ったね、完全に」

「いや、そういう意味じゃないよ、僕はね、女性を、殊《こと》にまあ若い女性だが、を見るとまず直感的に色を感ずるね。例えば銀座通りで向うから来る少女がいる、とあれはクリーム色だ、或は薔薇色だ、或は紫色だ――といった風にね、何かしら第六感的に色分けする癖があるんだよ」

「いかにも温室屋らしくて面白いな、だが、たしかにそういう感じはあるね、赤い洋服を着ているのに、どこかしら紺碧色の感じをもった女――なるほど、そんな感じのことがある、もっと複雑な色彩感をもったのもいるぜ。例えば地色はたしかに陽気な暖色系統なのに、その

上にグレーのベールをかけたような色感の女……」

「そうだそうだ」

山上は、愉快そうに笑うと、つと立って傍に房々と成っているバナナを千切り、

「さあ、朝飯のデザートにやってくれよ、……ところで、じゃ今の比沙子をどう思う?」

「比沙子、というのか、ふーん、そうだな非常にハッキリしているんだが……、そうだこの部屋が熱帯室のせいか『原色』という感じがするね」

「原色――?」

「うん、非常に鮮やかな感じをもっているんだが、しかし赤か黄か青か、それが断言出来ない……」

「原色の女か、なるほどね、実感が出ているぜ」

山上がそういって、例の含んだような笑い顔をし、タバコに火をつけた時だった。

温室助手の米澤が、遽《あわ》だしく龍舌蘭の間から顔を出すと、北村への挨拶も忘れて、

「花を盗られました――」

と、吸鳴るようにいった。

「盗られた? 何を」

「スイトピーです、黄色い」

「えっ」

顔色をかえて椅子をはねのけた山上は、そのまま米澤のあとにつづいて行った。

3

熱帯室から上衣を抱えて飛出すと、戸外はぶるっとするような寒さだった。

大急ぎで第三温室のドアーを這入り、やっと暖くはなったが、ここはボイラー室から一番遠いせいか、熱帯室から比べると、よほど温度が低いようであった。

「ずいぶん寒いね、この部屋は」

「いや、これで丁度いいんだよ。部屋に這入った瞬間に感じた温度で、それがその温室の植物に適しているかどうかを直感するようでなくちゃね」

山上は、そういうのも上の空のように、スイトピーの床に行って見ると、なるほど二三十株が、まるで坊主刈といってもいいほどに花を失っているのだ。眼を近づけて見ると、茎の切口に浸み出た汁がまだ固まらずに鈍く光っていた。

「ふーん、ゆうべというよりも夜明け頃だな」

山上の蒼ざめた頬が、痙攣するようにそれだけを呟くと、がくりと跼《かが》みこんで一つ一つの茎を、労《いたわ》るように手にとって見ていたが、やがて立ち上っても、手を後手に組んだままやはり無言でそのスイトピーの床を見下していた。

「内海の奴じゃないかな……」

ぐるりと取りかこんでいた見習生の中から、そんな囁きが聞えた。

しかし山上は、それっきりなんとも言わずに温室を出ると、その温室の前面を開いて、広々と作られた花壇の間を、黙々と項垂《うなだ》れて歩いていた。

「君、内海というのはなんだい」

たまりかねたその北村の質問に、やっと気がついたように向き直った山上は、

「内海というのはこの二三町先きにある農園さ。やっぱり温室切花の専門で、まあここの競争相手だな」

「競争相手――？　じゃそこの奴等《やつら》の悪戯じゃないか、ってことは十分疑えるね、見習生もそんなことといってたぜ」

「ばかな、それは素人の見方さ」

「素人の見方？　まるで探偵のようなことをいうじゃないか」

「だが、あのスイトピーを切った奴は、内海あたりにいる玄人じゃないよ」

「……」

「とにかく、花の切り方というのは非常に六ヶ敷《し》いんだ。温室をやったものは、その茎の切り方で玄人か素人かはすぐ解るんだよ。つまりこの辺が所謂《いわゆる》年期を入れるところだろうが花のついている茎を、葉の上二三糎《センチ》のところで切るのにそこから上すぎても、下すぎても次の花が駄目になるんだ。これだけ苦心して育てた茎からタッタ一つの花しか取れないとしたら商売にならんからね。その『勘どころ』を切るのが玄人さ。どこの温室だって花を切るには相当の年期を入れた奴が切るんだし、また玄人になると無意識にでもそこを切る、それが温室屋の常識さ」

「ふーん、そういうものかな」

「そうさ、ところがさっきのスイトピーを見たまえ、まるで素人だ。葩《はなびら》一つ落さないほど悠々とやったらしいのに、あの切り方はなんだ、まるで目茶苦茶じゃないか、それだけでも僕は腹が立つんだ……」

話している中《うち》にも、山上の興奮した声は、そこでかすれてしまった。

「……しかも君、黄色いスイトピーを切ったんだぜ、僕はその意味がわからない、ここで初めてできた鮮やかな黄色は、まだ市にも出さないばかりか名もつけていないんだからね、そんなものを金にかえたら、すぐ解ってしまうはずなんだが……」

黙って頷いた北村は、苦悶に歪んでいる山上の顔から眼を外《そ》らして、彼の肩越しに温室を眺めていた。温室の屋根では細い枠の上を見習生が軽業師《かるわざし》のように渡りながら、せっせとガラスを拭いていた。

「たった一人、あんな切り方をする奴の心当りはあるんだが、最近入った奴で……」

そういいかけた山上の言葉に、北村は思わず彼の顔を見詰めた。しかし山上はそれっきり黙ってしまった。

丁度比沙子が、熱帯室の角を曲って、こちらに急ぎ足で来る姿が見えたためであった。

4

「僕はちょっと用をすまして来るから比沙子、北村君のお相手をしてろよ」

山上は、近づいて来た彼女に、待ち設けてそういうと、またさっきの温室の中にはいって行ってしまった。

比沙子は、

「あら、ずるいわ……」

と山上の後姿に言い掛けたけれど、すぐ北村の方に向きなおって、

「ずるいお兄様ね、せっかくおよびしたくせにほったらかしたりして」

「いや構いませんよ、用が出来たんですから……黄色いスイトピーを盗られたんだそうですよ」

「まあ、あれを——」

彼女は、なぜかハッとしたように、一瞬その美しい眉を曇らせたけれど、

「いやあね、盗られたなんて……、あっちに行きません？　ダリヤがもうこんな蕾をもってるのよ」

そういって、すぐ原色の明朗さを取り戻し、可愛らしい拳を握って見せると、先にたって歩いて行った。

北村は後に続きながら、比沙子の後姿の長目な断髪が、歩くたびに追いかけて来る風に吹かれて、柔らかそうな肩の上にぷかぷかと踊るのを、酔ったような眼で眺めていた。

「ほら、ごらんなさいよ」

そういわれてみると、なるほど腰囲いだけした花壇のなかには、もうダリヤが太い茎を伸べて、その先きには、真紅な葩《はなびら》を秘めた緑《あお》い蕾が、今、頭をもたげようとしているところであった。

「東京よかだいぶ暖かいですね」

「そうかしら、でもこんなもんでしょ、今年は不順だけど……、あの丘に上ってみましょうか、海が見えるわよ」

その丘は、山上農園の西側に、小高く盛上っていた。

「北村さん、この前一度お目にかかったことあるわね」

「さあ――」

「あら、学校にいらっしゃる時、お兄様のとこで会ったわ、一ど」

「そうだったかな、山上のとこへはちょいちょい行ったけど……」

「そうよ、眼中になかったわけね」

「いやそういうわけじゃ……、何しろ山上のとこにはよく人が来てたんでね」

「まあ、そうお。ほほほほ、いいこときいたわ、こんどお兄様にそういってやろう」

「しかし……、今日はだいぶ腐っていたようですよ。黄色いスイトピーを盗られたんで」

「そう……」

彼女は、また顔を曇らすと、

「お兄様とても大事にしてたんですもんね、あれが見せたくて北村さんを誘って来たんでしょ」

「そうなんです、ぜひ見せたいもんがある、ってね、第一が黄色いスイトピーで第二に熱帯室、第三に……」

そこまでいいかけて、北村は、あっと思った。山上の言葉を思い出したのであった。

（第三に、そうだな、これが一番気に入るかも知れないが、まあ実際に見てくれよ……）

その言葉が、どうやらこの眼の前の、美しい彼女を指しているのではないか、と気づいたからであった。

「どしたの、第三に――って何よ」

急に言葉の切れてしまった北村を、比沙子は、その円《つぶ》らな瞳《め》で不審そうに見上げた。

「それは、それを具体的にいわなかったので……」

熱帯室を、特別室などといって、突然彼に眼の覚めるような熱帯の雰囲気を味わせて嬉しがっていた山上の趣味からいえば、この想像は、間違いないようだけれど、そう思うと、彼女を前に置いて、余計適当な言葉が見あたらなくなってしまったのだ。

「なんだろうかなあ――」

比沙子は、男のような口調で呟いた。

「ともかく――」

北村は、周章《あわ》てて彼女に話しかけた。

「ともかく、黄色いスイトピーが第一なんですよ。よっぽど御自慢だとみえて、ゆうべここに来る汽車のなかじゃ、その話ばかりだったんですからね」

「そうでしょう……、けれど無理ないわ。山上農園の興亡《こうぼう》はこの黄色いスイトピーにあるんだ、なんていっていたんですもんね、二三日前にあたしが黙って一本切ってお部屋に飾ったのがわかった時なんて、お兄様、顔色が変ってしまったのよ、その一本から取れる種子《たね》で、次には何十本とれるのか知っているのか、今の一本は二三百円にも当るんだって……」

「そんなにかかるんですかね、新種を一つ作るだけで……」

「そうよ、今度やっと二三十株出来ただけで今までに六七千円位はかかっているわ。だって新種を作るという、条件で米澤なんかにとても高給を出して雇ったりしたんですもんね、それに一ヶ月や二ヶ月では眼だつほどの改良が出来るわけもないし……」

「その、せっかく出来たやつを全部やられてしまったんですね。山上も気が顛倒《てんとう》するわけだなあ……やっと花は咲いたのに、種子がとれなければ全然最初からやりなおしですからねえ」

「米澤もびっくりしてるわ、きっと、お兄さまは成功したら千円の賞金を出す、っていってたんですもん……」

「ほう、じゃあの男も千円の損をしたわけですか」

その時なんとなく、温室の方が、騒がしいように思って、伸び上って見ると、丁度スイトピーの温室の横あたりで、腕を組んでいる山上を前に、米澤とも一人の若い見習生とが、何か盛んに言い争っているのに気がついた。

「比沙子さん、あれ、誰ですか」

北村が指さすまでもなく、彼女も素早くそれを見つけ、「あれ、こないだ這入ったばかりの見習生で、栗本っていうの」

「なんかあったんでしょうかね」

「スイトピーのことかも知れないわ」

北村は、急にさっき言いかけた山上の言葉を思い出した。

（たった一人、あんな花の切り方をする奴の心当りはあるんだが、最近入った奴で……）

5

「あたしのお部屋にいらっしゃい、たった一輪あたしが切っておいたスイトピーを見せてあげるわ」

憤然とした恰好の米澤を先頭に、その三人が視界から去ってしまうと、そういった彼女の言葉に従って、北村も、見晴しはいいが、風あたりの強いこの丘から下ることにした。

「ほう、これですか――」

北村は、彼女の部屋に這入ると、すぐ飾棚の上の、切子ガラスの一輪差しに挿されたスイトピーに眼を近づけた。

そのスイトピーは、なるほど山上の自慢するように黄色であった。しかし、山上の話は嬉しまぎれの誇張も手伝っていたとみえて、彼の誇張通りを期待していた北村には、いささか期待はずれの感がしないでもなかった。というのはそのスイトピーは、白色から、漸く黄色を帯びて来たものの程度としか思われないからだ。

「駄目ねえ、切ってしまうと――。もっと黄色かったんだけど、褪《あ》せてしまったわ」

彼女も、北村の顔色を読んだようにそう呟いた。

北村は、静かにそのスイトピーを一輪差しから抜とって見ていると、比沙子は、

「ちょっと待っててね、お兄様どうしているか、見てくるわ」

と出て行ってしまった。だが間もなく浮かぬ顔をして帰って来て、

「皆んなの話では、お兄様とても悲観しているらしいわよ。熱帯室で考えこんでいるんですって……」

「あの二人は？」

「ひどく言いあった末、二人で警察に行ったんですっ

て……なんだか栗本の部屋のそばから切られたスイトピーがそっくり出て来たそうよ、まさか、と思うけど……」

「ほう――」

思わず立上った北村は、

「ともかく山上を見て来ましょう。比沙子さんは？」

「あたし、ちょっとご用すましてからゆくわ」

「そうですか、じゃ一足先に行ってますから――」

しかし部屋を出た北村は、何を思ったのか、そのまま真直に熱帯室には行かずに、黄色いスイトピーが発見されたという見習生たちの部屋の方に行ってみた。

切られたスイトピーは、すぐわかった。

温室の裏の小屋の中に、把《たば》ねたまま水盤に入れられてあった。

「綺麗なものだなあ――」

北村は、思わず独り呟いた。そこに把ねられたスイトピーは、比沙子の部屋で見たのとは違って、山上のいう通り鮮やかな黄色をしているのだ。全部が全部そうではなかったが、すくなくとも半分以上はこの世に、はじめて咲いたという疑いもない黄色なのであった。

その把をほどいて、一本々々叮嚀に見ていた北村は、こんどは、スイトピーの温室に這入ってみた、一本位は黄色いスイトピーが切りのこされてはいないか。と思ったのだが、それはやっぱり徒労であった。温室の中のスイトピーの床からは、黄色だけが、実に見事に一本残らず切りとられてあって、歯の抜けたように、その淋しい茎だけがひょろひょろと生え残っていた。

白色のが一番多かったが、そのほかに鮮紅色《せんこうしょく》のも、薄桃色のもあった。それらは既に莢豆《さやまめ》のような実をつけたのもあって、黄色いスイトピーもここ旬日のうちには、第一回の貴重な収穫をあげることが出来たのに相違ないのだ。

それなのに、もう一歩のところで、一本残らずかりとられてしまった。一つでも実を結ぶまで残されていたのなら、それをもとにして栽培出来るのだろうが、これでは、まるで最初から、長い時間をかけて改良を重ねていかなければならない――、北村は、今更ながら、山上の失望落胆の様が眼に見えて、しばらくはそこに、半ば呆然と突立っていた。

6

軈て北村は、熱帯室にいる山上のところへ這入って来た。

「どうしたい、元気を出せよ」

山上は、椰子の木の下の椅子に、崩れるような力ない様子をして、温水の中の熱帯魚を見つめ、北村が這入って来たのも気づかぬようであった。

「君ががっかりしたのは、よくわかるよ。しかし、なぜこんなことになったのか、っていうことを考えてみろよ。君や米澤は、栗本がやったのだ、と思っているらしいが、あの男がなぜこんなことをしたのか、その理由があるのかい」

「……それはね、入ったばかりでまごまごしているのを米澤がこっぴどく呶鳴ったことがあるんだ。それで、米澤が長い間、まるで人に手をふれさせないようにして苦心していたスイトピーをやったんじゃないか、と米澤はいうんだが……、比沙子は、栗本のことを時々慰めてやっていたようだが――」

「しかし、結果から見れば、そんなことされたために、米澤よか君の方が打撃を受けたわけだな、そのくらいは栗本にだってわかりそうなもんじゃないか。米澤にすれば、かえってこれからまた長い間、君から高給を保証されたようなもんだし」

「だが、米澤はも少しのところであいつのために、賞金を貰いそこなった、といって非常に憤慨していた、むしろ僕以上に血相をかえていた」

「じゃ君は、黄色いスイトピーが出来さえすれば、明日にでも千円を出すつもりだったんだね」

「……実を結べばね、約束だった」

「君、一週間あれば、僕がその賞金をとってみせるぜ」

「えっ！」

山上はぎくりとしたように、向き直って、

「……からかうのもいい加減にしろよ」

「からかっちゃいないよ。米澤と同じ方法ならば一週間で充分だというんだ」

山上の顔は、見る見るうちに紅潮して来た。

「君は栗本が切ったのだ、と思っているらしいが、新米でまだよく様子も知らないあの男が、夜明け頃の、鈍い光線のなかで、ただでさえ見分けにくい黄と白とのスイトピーを何故もあんなに、一本も間違わずに切ること が出来たのか、僕はそれが不思議だと思うんだ。薄暗い光線のなかで、しかもそこには出来そこないのような、殆んど白いスイトピーもあったのに、それをすら間違わずに切っている。こんな切り方の出来るのは、君の言い草じゃないが、たった一人の心当りがあるきりだ。君は切り方が素人だといったが、なるほど素人が玄人のように切ることは六ヶ敷いだろうが、しかし米澤のような玄人が素人のやったように見せかけることは、易しいじゃないか――」

「米澤、米澤がやったというのか」

「そうさ、全然人手をかけたがらなかった米澤以外にあんな芸当は出来ない」

「しかし……」

「なぜだ、というんだろう。莫大な賞金をなぜみすみす棒にふったのか、というんだろう……、あの黄色いスイトピーがインチキものだからさ！　比沙子さんは二三日前に切ったスイトピーが、今日になって色が褪《さ》めてしまったと不思議がっていた、それで僕も気づいたんだ。切ったから萎《しお》れることはあろうが、そんなに急に、しかもよく水を揚げて咲いているくせに、色だけが褪せるというのは可怪《おか》しいじゃないか！　結局、これさ」

北村は、ポケットから一本の注射器を出すと、あっけにとられている山上の前に押しやって、

「これが米澤の部屋に隠くしてあったよ。透かして見たまえ、まだ黄色い色素がついているだろう。これで白いスイトピーに色素を注射していたんだ。花が枯れないように、色素を吸上げるように――ね。この辺はさすが、玄人じゃないか、ところが、その千円を摑んで姿をくらますつもりだった米澤が、最近この山上農園に、もっと長く居たくなるようなことが起ったんだ。それでインチキがバレないうちに自分で刈取って、何も知らない栗本になすりつけようとした――それは栗本が比沙子さんに可愛がられていたし、その上米澤が最近来た比沙子さんに千円の賞金よりも、もっと大きな魅力を感じて来たからに違いない……」

北村はそういって、彼もまたこの室の熱気のためか、顔を赧《あか》らめた。

「インキだったのか……」

急に山上の片頬が歪むと、それが痙攣するように震えた。そして苦しげに眼をつぶると、

「君、嗤《わら》ってくれ、あのスイトピーを切ったのは、こ

の、僕なんだ……」

「え！」

こんどは北村自身が愕然として、眼の前に項垂た山上の頸筋《くびすじ》に見入った。

「……黄色いスイトピーに、千円の賞金を約束したが、なかなか出来そうもないんだ。相当金も使っていたし、あせっていた僕は、つい冗談半分に、もし今年の夏までに出来たら比沙子を——といってしまった、ところが君、それが急に咲いてしまったんだ。咲いてみると僕は喜びよりも狼狽した。ゆうべ、君を無理矢理にひっぱって来たのも、それが苦しかったからだ。比沙子が米澤を好かぬらしいのは、僕もよく知っている。あの屈託のない、君のいう原色の明朗をもった比沙子に、トテモ僕の冗談を強いることは出来なかったからね。……しかし、君のお蔭で、あのスイトピーがインチキだったとすれば、僕は救われたような気がする……」

北村は、啞然として、（ばかな、ばかな——）と呟きながら、山上を見下していた。

その時、熱帯室のそとで、朗らかな笑い声がしたかと思うと、比沙子が、歩くたびに爽やかな音をたてる氷の浮いた飲み物をもって、椰子の向うを歩いて来た。

そして、ふと、北村の挙た眼と合った彼女は、なぜか耳朶《みみたぶ》を染めて近づいて来る——。

北村は、まだ無意識に、（ばかな、ばかな！）と口の中でくりかえしながら、その頰は、笑っているのであった。

寝言レコード

1

「どうだい――その後」

「まあ、やってるよ、しかし新米だからパッとしない」

「そうさ、はじめっからパッとする仕事なんてあるもんか……、小生を見ろよ、未だに警察廻りだ」

同級生のくせに、職業戦線の方では先輩だといわぬばかりの顔をした木村が、そういって河上の、まだぴったり板につかぬサラリーマン姿を、ニヤニヤしながら見つめた。

「どうも時勢が悪いよ、華々しき特種《スクープ》をやって、支那特派員になりたいと思っているんだが……、しかし、ここは、なかなかいい応接間があるね」


木村は、物珍らしそうに二坪ばかりの応接室を見廻し、弾みのいいクッションの上でわざとお尻を弾ませてから長椅子の腕木《アーム》に、どさりと片足を上げ、

「やっぱり外人のいる会社らしい」と頷いた。

ドアーの摺硝子《すりガラス》には外資会社と割り書きして、その下に「太洋商事」と金文字が貼ってあるのが、透けて見えていた。

「あの合資《ワリカン》ってのは、外人もはいっているのか」

「いーや、資本関係はないらしいね、ただ商売上、顧問格といった奴がいる、ひどく日本語の達者な奴で銀座尾張町といえばいいえるくせに、わざとオワイ町なんてバスの中で呶鳴るんだ、ふざけてるよ――、こないだなんて、ナニ古本？　神保町《ビンボーちょう》よろしい。とやったぜ」

「へえ、――しゃれたもんだね――で、どうだい就職の感想は？」

「インタービューされてるみたいだナ。しかし悪くはないね」

新聞記者である木村は、インタービューといわれて、ちょっと照れたような顔をしたが、

「悪くなければ結構さ、だがここでは来客にお茶も出さん主義かい？」と、その木村の声に応ずるようにドア

ーをノックし、ぴったり身についたワンピースを粧《よそお》った、断髪の美少女が、静かにお茶を運んで来た。

木村は、急いで泥靴の足を下してちょこんと揃えると、彼女が、その滑らかな指をもった手で、お茶をすすめ、一揖《いちゆう》して去った後を吸われるように見送っていたが、

「おい……」

「同僚だよ、机を並べている――」

「ふーん、道理で君がこの会社が気に入ったはずだよ」

「まさに、その通り――」

「はっきりしてやがる！」

河上と木村は、学生時代のように笑い合った。そして、

「じゃ、時々来るぜ……」

と、冗談をいいながら帰った木村を、戸口まで送った河上は、彼女を思い出し、

（わざわざお茶をもって来てくれたりしたんだから好意をもっていてくれるに違いない）

と、知らず知らず微笑のこみ上って来るのを覚えた。

――が、部屋へ帰って見ると、珍らしく小村美知子の席が空いていた。彼女が勤務時間中に席を空けるなんて、実に珍らしいことである。しかも、随分しばらくたってから、帰って来た彼女の足取りは、まるで蹌踉《そうろう》としていたのである。気のせいか、つい先刻《さっき》までは艶やかな赤味をもっていた両の頬が、どうしたことか血の気を失っているばかりか、その黒い大きな瞳まで、涸《か》れたように鈍い色を見せていた。

「あ、さっきは済みません、わざわざお茶など……、給仕がいなかったんですか」

彼女は、その河上の声に、びっくりしたように視線を合せたが、

「あら、いいのよ……」

と呟くようにいって、俯向《うつむ》いた。

「どうかしたんですか」

「……」

「顔色が悪いようだけど……」

「……」

「あ、頭が埃りだらけですよ……」

「……」

彼女は、懶《ものう》さそうに手許のメモを取ると、何事か駛《はし》り書きにして寄来《よこ》した。河上が引よせて見ると、

――執務中の私用は御遠慮下さい。（今日は特に）

――

と書いてあった。

途端に、一日置き出勤のオワイ町先生が、つい今しがた出勤し、自分の真後に厳然といること、そして時間から時間までは、この会社という機械の、一つの歯車であれ、というのが先生の予《かね》てからの説であったことを思い出し、河上は、憂鬱な顔をして帳簿を広げにかかった。

2

「河上さん、荷物を開けたいそうですが……」

給仕が呼びに来た。

さっきから悒《ふさ》いでいる彼女と向き合って、失恋に似た気持を味わっていた河上は、それをいいことにして伝票を摑み、わざと勢いよく階段を倉庫の方に馳下りて行った。

陽あたりの悪い倉庫には、いつものようにパッキングや木箱から立騰《たちのぼ》る倉庫独特の匂いが、むーんと罩《こも》っていた。この社は輸入が商売なので、それらの鉄の帯で締められ、横文字のべたべた書かれた木箱の匂いこそ、「異国の香」であるなどと初めは感傷的なことを思ったのであるが、近頃はもうただ噎《むせ》っぽいばかりであった。


河上の仕事は、この送られて来た商品の開封に立合って、伝票と商品個数とを照合《チェック》し、それを帳簿につけ上げて整理する、というのが主なものであった。

「じゃ、これからやりますからね」

倉庫係は、そういうと手前の一箱から手際よく開けはじめた。

「昨日あたり船がついたのかね」

「いや、これは船の都合で香港上海を廻って来たんですよ、こんなに角がやられて……」

そういっている中《うち》に蓋がはねられ、パッキングが除かれ、雑多な品物が並べられていった。それは主に機械の部分品であった。

河上は、片ッ端から商品を睨み合せて伝票にチェックしていった。

「よし、OK——、これで全部だね、じゃあと頼んだよ」

ズボンの塵を払いながら、二三歩かえりかけた時だった。

「あ、ちょっとちょっとこんなとこに、も一つ」

「え、まだあったのかい」

「もう少しで見落すところだった、こんなところに転がってましたよ」

倉庫係は、薄い四角な木箱を拾い出すと、塵を払いながら河上の前に差出した。

「何んだろう――」

思ったより軽いものだった。河上は、それを小脇に抱えると、不審そうに伝票を初めから見直した。

(全部照合したはずだが――)

もう一度品物と引合せてみたが、送品書と品物とはぴったり合っている。するとこれだけ余分なものが出て来たわけだ。

「補助かな……開けてみてくれよ」

今までも壊れやすいもので、途中の破損を見越して余分に送って来るものもあったのである。しかしひどく薄い軽いもので見当がつかなかった。

「あれッ、レコードが二枚――」

封を切った倉庫係が珍らしそうにいった。

「レコード? そんなもん註文したはずないぜ――変だね――」

伝票にないレコードが、なぜ送られて来たのであろう。しかもその真中の貼紙《ラベル》にはあんまり見かけない「赤い鴉《からす》」のマークがゴム印か何かでペタンと捺《お》され、そしてその下に一方には「I」、も一つには「II」と、たったそれだけしか書かれていなかった。その上二枚とも裏がえして見ると、のっぺりとした片盤なのである。

「妙なレコードだなア、曲目ぐらい書いてありそうなもんだのに……」

倉庫係が不思議そうにいうのを聞きながら、

(テスト盤、という奴かな)

河上は、ふとそう思った。

それにしても、赤い鴉のマークと番号だけというのは変である。

「……こんなもんを註文したのかどうか、持って行って聞いてみよう」

有り合せのハトロン紙に包んで、その二枚のレコードを事務室に持ってかえった。

しかし、美知子は、どうしたことか相変らず誰からの眼もさけるように、白々しい、横顔をしていたし、そうかといって、他の者に聞いてみるのも億劫であった。

3

午後五時が打つと、ものの十分とたたないうちに、社内はひっそりとしてしまうのが例であった。この点は甚《はなは》だハッキリしていて気持がよろしい。歯車共は一斉に開放されてしまうのである。

河上は、ハトロン紙包みを抱えて、傍目もふらずに歩いていた。実はアパートに帰っても蓄音器がないので、この奇妙な貼紙のついているレコードを試聴することが出来ず、ふと昼間寄って行った木村のことを思い出し、彼ならポータブルを持っていたはずだと思いついたので、勤務先の東洋毎日に急いだのだ。受付を通じてみると、幸い木村はすぐ出て来た。

「まだ帰れないのか――」

「うん、これからなんだ、しかし三十分位だったらいいぜ」

「実はレコードの珍品を手に入れたんだが、君のところへ行って試聴してみたいと思ってね」

「レコード? どれ――」

包みから出して、

「変なマークだね、一体なんだいこれは?」

「なんだか判らんよ、とにかく一遍聴いてみなけりゃね」

「ふーん、そうそうそこに行きつけの家があるからちょっとかけさせてもらおうか――」

「それでもいい……」

木村が行きつけだという喫茶店はすぐ傍の露地《ろじ》にあった。

「やあ――」

木村は馴れた挨拶をすると、

「珍らしいレコードなんだがねちょっとかけさせてくれないか」

「あら、片盤なの、贅沢なもんね」

三坪ばかりの店には、時間のせいか一人も客がなくて、ぼんやりしていた少女が、だるそうに立って来た。

「まあ聴いてろよ、僕がかけてやる」

木村は、自分でレコードをかけると、

「はじまるぜ……」

レコードは廻り出した。しかし、一向に音がしないのである。サーッという針の溝の中を走る音ばかりだ。

と、しばらくたって、カチッ、カチッ、という音が、ほぼ一廻転位を置いて鳴り出した。

「へんだね、鋳《ひび》が入っているのかね」

河上がいった。

「それにしても鋳の音だけとは情ない――、どこでこんなもんを手に入れたんだ」

そういっている中に、針は、溝を半分以上も廻ってしまった。それなのに、相変らずカッチ、カチッというたよりない音が一と廻りごとに響いて来るばかりなのだ。

「駄目だ駄目だ、もう一枚の方をかけてみよう……」

ところが、あとの一枚も、カチッ、カチッという音きりなのである。

「おーい、揶揄《からか》うなよこんなのを珍品だなんて――誰もいないからいいようなもんの、いい恥をかくぜ」

木村は、腐ったような顔をして蓄音器の傍に立ったまま、弱った河上を見下した。

「ばかばかしい、もうよそう――」

そういった木村が、レコードを止めようとした時だった。

溝の後半を廻っていた針先が、ポーンという音を捉えると、それにちょっと間を置いて、やっと何かの録音を再生しはじめた。

思わず二人は、息を殺してそれに聴き入った――が、しかし、それは実に奇妙奇天烈な歌とも読経ともつかぬ変に間伸びのした意味の摑めぬ音なのだ。音というよりは、言葉なのであろうが、どこの言葉ともわからぬ、いやあな感じのする響きなのだ。

それが、僅か三十秒ばかりつづくと、あとはまた、サーッ、サーッという人を馬鹿にしたような無音地帯がしばらく続いて、終ってしまった。

「なんだい、こりゃ？」

「うーん……」

「初めのもそうかナ」

木村は、そういって先刻途中で止めてしまったレコードをかけた。そしてカチッ、カチッを我慢して聞いていると、やがてポーンと鳴って、同じような抑揚の、同じように訳のわからぬ寝言が続いて響き出した。もう一方のと違うことはたしかに違うのだが、訳がわからぬという点では同様であった。

「日本語らしいね」聴き終った木村は、それだけ言葉短かにいうと、二枚のレコードを静かに包みかえした。

そして、はじめて思い出したようにコーヒーを頼み、

「どこで手に入れたんだい、こんなもん？」

「どこでって、それが可怪《おか》しいんだ。うちの荷物が長い旅をしているうちに、こんなもんが迷いこんで来たらしいんだよ、何しろ注文もしなければ送品書にもないもんが這入っていたんだからね……」

河上は、

（名曲かな――）

と思っていた期待外れに、がっかりしながらぽつぽつ説明した。

「ふーん、すると」

木村は、なぜかちょっと声をひそめ、

「もしかすると面白いことになるかも知れないぜ、ここじゃまずい。僕のアパートに来ないか、ゆっくりこのレコードを研究してみよう」

「しかし、社の方があるんだろう……」

「……いいさ、ちょっと電話して、腹が痛いことにしておこう」

木村は何を思いついたのか、自分でレコードの包みをもって先に立った。

4

翌日。河上は寝不足の眼をして時間ぎりぎりに出勤した。昨夜あれから木村のアパートで夜も遅くまで、それも隣室から呶鳴られなかったら、それこそ徹夜もしかねまじい熱心さで、あの「寝言レコード」をかけ続ける木村の傍に、不承不承《ふしょうぶしょう》お附合いをしていたのである。――どうもまだ瞼《まぶた》が腫れぼったい。

が、彼は、間もなくその眠気を忘れてしまった。というのは、いつもならハリのある美しい声で「オハヨウー」といってくれる向いの美知子が、珍らしく二十分ばかりも遅刻して来たばかりか、昨日にもましてその顔色が冴えない。いつもの新鮮な赤味はまったくなく、むしろ蒼味がかってさえ見えるのだ。

（どうしたんですか――）

と問いかけようとしたが、昨日のメモのことを思い出してやめてしまった。ただ、今日は幸い、喧《やかま》しいオワイ町先生の来ない日なので、彼女の遅刻が左程目だたなかったのを、河上は、自分のことのように安心したきりであった。

長い午前が過ぎて、サイレンが鳴ったけれど、彼女は一向食事に立つ気配もなかった。

「お昼、行かないんですか」

「ええ」

「何か心配ごとですか――」

「なんでもないのよ……」

美知子は、やっと河上の顔を見たが、

「どうぞお先きに――」

そういったまま、向うを向いてしまった。まるで取りつく島もない様子だった。しかしそれは彼女も気がついたとみえて、やはり向うを向いたままだったが、

「いいのよ、心配しないでね、ちょっと頭が痛いだけなの……かえりのおついでにミグレニン買って来て下さらない?」

「そりゃいけませんね、すぐ買って来ますよ――」

河上は、大急ぎで昼飯をし、ミグレニンを買って来ると、入口のところでぱったり木村に会った。

「やあ、いいとこだ。話があるんだ、その辺で――」

木村も、急いで来たとみえ、息を弾ませていた。

「うん、けどちょっと部屋に用があるんだ、社の応接じゃまずいかい」

「でもいいが……人に聞かれると困るんだ」

「大丈夫さ、一時過ぎまで誰もいない」

「そうか、そんならかえっていい」

木村を応接に待たせて部屋に這入ると、美知子はさっきのままの姿で、椅子に埋《うず》もれていた。

「美知子さん、薬――」

「まあ、ありがと」

「おや?」

(美知子は泣いていたのであろうか)

薬を受取ると、顔を外向《そむ》けたまま洗面所の方に行ってしまったが、その横顔には見なれぬ固い線が浮んでいた。

「ところで――」

河上の顔を見ると、木村は待ちうけていて話しだした。

「ところで君、遂にあのレコードの謎を解いたよ」

「謎、を――」

「そうさ、容易ならん『謎』だ。どうも臭いとは思っていたんだが、こんな大ものとは思わなかった」

「一体なんだい?」

「何って君あれは蔭にスパイがあるぞ、スパイの命令書だ」

「え——」

「驚いたろう、実に巧妙に出来ているんだ、僕も解読した途端に愕然としたからね……、とにかくあれは暗号レコードなんだぜ」

「しかしあんな寝言からよく判ったね、そうか逆に廻すのか？」

「違う違う——ⅠとⅡと二枚あったろう、そこがクセ者なんだ、そして二枚とも中ほどまでは例のカチッカチッと鳴るだけだ、それをよく観察すると、二枚とも同じ所からポーンと鳴って始まるんだ……苦心談は割愛するが、そこにヒントがあるんだよ。つまり二台の蓄音器で二枚を一度に掛けたらどうか、ってことだ、二枚のレコードを同じ速さで廻すんだ、とすれば例のカチッ、カチッが回転数を調整する目印になるわけで、無意味などころか、非常に重大な音であるわけだろう、デ、そうやってみた、ところがやっぱり想像通りでぴったり合うと二つの蓄音器をかけながらカチッ、カチッが一つの音に聴えるんだ、そして、ポーンもぴったり合う」

「ふーん、寝言は——？」

「それだよ、君。あの寝言みたいなのは、一つの言葉が二つのレコードに分割して記録されているから一枚ずつ聞いたんでは、まるで寝言なんだぜ、それを二枚一緒に、ぴったり速さを合せてかけると、俄然二つのレコードの寝言が調和して一つの言葉になるんだ……」

「しかし……」

「本当か？　というんだろう。本当さ、現に事実なんだからね……考えようによっちゃこう考えられるよ、つまりシンフォニーは各種の楽器の一大ハーモニイだろう、それを一枚のレコードではなく、例えばピアノはピアノ、ヴァイオリンはヴァイオリン、チェロはチェロ、という風に、別々にレコードして、こんどはそれを一勢に夫々《それぞれ》蓄音器にかけてみたらどうなると思う——。シンフォニーのチェロならチェロだけのレコードを一枚だけ聞いたんなら、随分妙なもんになるだろうけど、いまいったように、一斉に同じ速さでかけたらそこにまたシンフォニーが再生出来るだろうじゃないか——」

「……ふーん、そういえばそうだ、であのレコードはどんなことをいうんだ」

「それだ。あの寝言レコードを調和させてみると」

木村は、急に声をひそめた。

5

木村は仔細《しさい》らしくあたりを見廻すと、

「いいかね、これはあのレコードの言葉を何度もかけて筆記したもんだ——」

と内ポケットから小さく畳んだ紙片《かみきれ》を出した。拡げて見ると、

——命令。かねての指令にもとづき、東京市及び大阪市における赤外灯の整備を至急完了すべし。但しその各灯を結ぶ対角線の交点を目的とし誤差五十米以内とす——

とあった。

「なんだい、これは？——」

河上が読み終った眼を挙げると、

「ニブイね——」

木村は、いかにも慨歎《がいたん》に堪えぬもののような顔をし、

「恐るべき機密指令だよ、つまり東京及び大阪を敵機が爆撃するらしいナ、それで灯火管制中でも重要目的物に爆撃出来るように、その目的物を中心にして肉眼には見えない赤外線灯をビルか何かにつけておけ、という意味だよ——だから参謀本部なら参謀本部を中心にしてＡＢＣＤの四つの赤外線灯を上空に向けて備えろ、というんだろう、そしたらＡとＣ、ＢとＤとを直線で結ぶその線の交叉が目的の参謀本部、という寸法じゃないか、そんなことをされたなら、君、大変なことになるぞ、赤外線は肉眼では識別出来ないくせに、設備をもっていれば少々の霞や霧を透しても上空からちゃんとわかるんだからなア」

「ふーん」

「ふーんなんていっている時じゃないぜ、君、あのレコードどこで手に入れたんだ」

「だからさ、昨日もいったように、う、うちの品物の中にまぎれこんでいたんだが……」

「——すると、その荷物はどこから来たんだ」

木村は、まるで訊問《じんもん》するような激しい調子だ。

「あれは……、そうそう独逸から香港上海を廻って来た球式軸承《ボールベヤリング》の箱だったかナ」

「え？　香港上海廻り——？」

「うん、そんな事を云っていた」

「それだ！　途中で開封されたような形跡はなかった

かい」

「別に——、もっとも角はだいぶやられていたし、日本の税関でも開けたかも知れないが」

「ふーん……」

河上自身も、いつか木村の語気に引こまれて額には堅皺をよせ、頸をすくめて木村を見上げていた。

「あの荷物が南支を廻って来る途中で何者かがこっそりレコードを入れ、密輸入したというわけだね」

「そうさ、ところが荷物を間違えて君の所の箱に入れたんじゃないかナ、いや、もしかすると故意にやってあとで盗出すつもりかも知れない、君の所の倉庫、注意する必要があるぜ」

「なるほど、——要心しておこう」

河上も、強張った顔で頷いた。

「二枚のレコードを合成すると一つの言葉になる——とは考えたね、この道でも斬新な方法に違いない、ところどころ不明瞭な点はあったが、これが一枚だったらテンデ見当もつかんからね」

「二枚一緒にあった、というのは敵の大失敗だったな」

「と同時に、こっちにとっては天佑《てんゆう》でもあったたよ、……あのマーク『赤い鴉』とはなんの意味か、これから手繰っていかなきゃならん——いよいよ、君、待望の特種だ……」

木村は、はじめてにやりとした——彼がはりきる訳である。

「ううん、『赤い鴉』……ネ」

と同時に、突然河上の両頬にポーッと血が上った、が、次の瞬間、こんどは一時に血の気が引いて、紙のように白けてしまった。

「おい、どうした」

「……いいや、なんでも……」

丁度その時、昼休みが終ったとみえて、急に廊下が騒がしくなってきた。

「……新事実があったら電話してくれたまえ、あ、そうだ、今晩念のためあのレコードを聴きに来ないか」

木村のかえるのを、ドアーのところまで送った河上は、まるでよろめくような足取りであった。

6

河上は、席に戻っても、眼の眩暈《くら》む思いだった。はじめから、どうも見たような――という気がしていた「赤い鴉」が木村と話している中に、フト思い当ったのだ。いつであったか暑い日、上衣を脱いでワイシャツ姿だったオワイ町先生の胸ポケットに、そういえば「赤い鴉」が刺繍《ぬいとり》してあったようである。

喧し屋で、お天気屋で猶太《ゆだや》系の鷲鼻が目障りなオツレル。それと謎のレコードを結ぶ、「赤い鴉」……。

――河上は、息苦しさを覚えて眼を挙げた、と、その視線の中に、向う側の美知子が、不審そうな顔を向けているのに気がついた。

彼女の顔色も相変らずだが、河上のはもっと悪かったのかも知れない。彼女はミグレニンを（嚥《の》みますか?）というように示した。

河上は、（いや――）と首を振り、彼女ならオツレルのワイシャツの刺繍もよく観察しているであろうと気づいて、

「オツレルのワイシャツに刺繍がありましたね、何でしたかね」

「あら、どうしたの――」

今日はオツレルが来ない日である。彼女はメモではなく口で返事をしてくれた。

「ちょっと、聞きたいんです」

「あれ……『赤い鴉』よ」

「やっぱり――」

河上は、深く頷いた。

「まあ、それがどうか……」

「いや、なんでもありません」

「あの……、あの、もしレコードのことじゃ……」

「えッ――」

河上は、急所を突かれたように美知子の瞳を見詰めた。彼女は笑ったつもりなのか、片頬を歪めると、

「……さっき来られた方とレコードの話をされているのが聞えたものですから……」

と眼を伏せた。河上は乾いた脣を二三度動かしていたが、

「そうですよ、そうです『赤い鴉』のレコードのことです」

「……！」

声はなかったけれど、その時挙げた、真正面《まとも》に河上に向けられた瞳には、きのうからの彼女の憂わし気な色は全く消えて、沁み透るような生気が光っていた。

「そのレコード、どこにありまして？」

「――僕が、持っています」

「まあ、よかった。心配したわ……ありがとう、ずいぶん探しましたわ、たしかに倉庫の棚に置いたんですのに、塵《ごみ》と一緒に捨てられたかと思って……」

「……」

「きのうオツレルさんが明後日来るまでに出しておいて下さい、っていうんでしょ、すぐ倉庫に行ったのにないの、それから心配で心配で……今朝も探したんですけど」

「そうですか、それで顔色が悪かったんですね、で、あのレコードの意味、知ってますか」

「意味――？」

「そうですよ、――ただのレコードじゃありませんよ」

（恐ろしいレコードですよ）

といいかけて河上は、彼女の顔を注視した。

「ただのじゃない――って」

美知子は小首をかしげたが、やがて、くッくッと笑って、

「そうそう、河上さんは入社《はい》られたばかりでまだご存知ないのね、あのレコードの騒ぎ――」

彼女は、もうすっかり顔色を取戻していた。

「……あれが有名なオツレルさんの発明試作品よ、なんでも今までの録音機は一枚の原盤しか取れないので色々不自由だったけど「こんど私は二枚の原盤に一時に吹込めるのを考えました」なんてご自慢だったのに、出来たのはあれでしょう、なんでもマイクロホンの故障とかで二枚の盤に、半分ずつ分れてレコーディングされてしまったらしいのよ」

「……」

「でもねえラヂオの放送を吹込んでみせたんですけど、カチッ、カチッ、ポーンという『時報』はまあいいんですけど、その後のラヂオドラマは」

「え、ラヂオドラマ？」

「ええ、ずいぶん前に放送したでしょう、防空ドラマで敵機が空襲に来たり、スパイが出たりするドラマ――、あの一節を録音したんですけど、そら、機械の故障で二枚のレコードに半分ずつですもん……、聴いてご覧なさ

い、おかしいわよ。河上さんの来られるまで、しばらくあのレコードのことで持ちきりだったわ……」

（そういえば、そんなラヂオを聞いたような気がする――）

「でも、オツレルさんらしいわ、あんなレコードでも自分のマーク（日本でいえば紋かしら）を捺してラベルを貼って、私に仕舞っておけだの、急に出しておけだのって……。倉庫に行ったらそんな箱は知らんだの、掃き捨てたらしいな、なんていうんですもの、心配で心配で……」

「……」

思わず眼をつぶって頭を振り、溜息をついた河上は、無言でメモを引よせると、

――私用は御遠慮下さい。

と書きなぐってから、ちょっと考えてそれを丹念に消し、

――差支えなかったら退社後ゆっくりと伺いたいと思いますが――

一瞥《べつ》した美知子は、すぐ何かそれに書き添え、美しい手をさし伸べて、かえして寄来した。

――差支えなど、ずーっとありません――

恥かしそうに横を向いた美知子の、すっきりと伸べられ、刈上げられた襟足は、青々として幼ない皮膚のように透きとおって見えた。

河上は、木村へ早く電話しなければ、とそれだけが、今、気がかりであった。

死後の眼《まなこ》

春の浅い日であったが、太陽は輝いていたし、窓は閉じてあったので、部屋の中は暖かであった。

この外科の病室は、大学附属病院の南棟にあって、その病室に隣りあった医務室では、大きな机をはさみ、白衣を着た医員と学生とが向きあっていた。学生でも、ここに来る時は白衣を着、カラーをつけることになっているので、学生とは見えない。

話題は、つい二日前のこと、自動車の事故で膝下の骨折をし、ここに担ぎ込まれた少女についてであった。この患者《クランケ》がは森川美代といって十七歳であった。

この少女の予後はどうもよろしくなく、化膿してきたので、或いは切断しなければならぬかも知れぬ。

「それにしても、彼女の保護者だという大村台助《だいすけ》というのは、何者だろうか」

助手の上田は、白衣の両肘を机に突いて、その組合せた手の上に顎を置き、薄眼をして喋っていたが、その語気には憤おろしさがあった。学生の青木も、

「まったくです、あの少女には罪もないし、担ぎこまれて受取らぬ訳にもいきませんが、あの台助というのはひどい。不具《かたわ》になる位なら助からんでもいい、手術もせんでもいいとの口ぶりですからね――それに、費用はすべて運転手の方にもたせた上、相当の慰藉料を取らなければ、元も子もなくなってしまうと事務室へ行って言っていたそうですよ」

「ふふん。しかし運転手というのは、死んでしまったそうではないか」

「だから、その雇主にいっているそうです。それも、あんな色盲の運転手を使っていただけでも、普通の慰藉料では我慢が出来ぬ、といって――」

「色盲だって――。まさか運転手は色盲では免許証が下りまい」

「ですが色盲も弱色盲《じゃくしきもう》などだと、それに離職を惧《おそ》れて

練習をされていると、ちょっとわからんということではないですか。免許証の試験の時でもゼーベックホルムグリーンの毛糸検査帖を使う位で、これはすぐ手にはいるし、練習も出来ますからね」

「併用すればいいのだ、スチルリングの仮性同色表と か、石原氏の色盲検査表などをね――」

と、も一人の学生が、眼科の講義を思い出すようにいったが、青木は、

「しかし、そんなに丁寧にやっている暇はないのだろう――第一あの美代という少女も色盲だそうで、自動車に乗りながらその話が出ると、運転手は、なあに色盲なんて気にすることはないですよ、自分だって色盲なんだが、こうやって試験も通ったし、信号だって馴れるとカンで行きますからね、と現にいったというのだ」

「そんなことがあるだろうか。離職を惧れて練習することは聞いたが――、それもその日に限って事故をおこし、しかも本人は死んでしまった」

「死後に、はたして色盲であったかどうかを調べる方法は、まるでないね……」

この時、親戚の手術後を見舞いに来られて、この部屋に寄っていられた神経科の大心地《おおころち》先生が、口をはさんだ。

「その事故をおこしたという場所は、どこなのだね」

「はい、ついこの先き、環状線の交叉点です」

「時間は――」

「午後八時半頃だったそうで。すぐ担ぎ込まれたといってもここに来たのは九時を廻っていました」

と上田助手が、かつて講義を受けた先生を、まぶしそうに見上げた。

「ふむ――」

先生が、大きく頷いた時に、この部屋の外を、病室に行くらしい台助の姿が見えた。

台助は、すぐ先生の命《めい》で、この部屋に招《しょう》じ入れられた。

「美代はどうでしょうかな、どうもえらい疵ものにされましては商売になりませんで、へっへ。いずれにしても早く慰藉料を取らんことには……」

先生は、その脂の浮いた台助の顔を、怒ったような、鋭い眼で見ていられたが、

「運転手が色盲だったそうですな」

「さ、左様。どうもとんだことで、なあに、まともな運転手なら先方《さき》は死んでいることだし、これはまあお互様とあきらめますが、どうもこういう物騒な運転手では雇主にも責任がありましょうからな」

「ほう、運転手が色盲でもなんでもなかったら、あなたはお互様とあきらめる、慰藉料もとらんというのですね」

「えっ、――さ、左様」

台助は、荐《しき》りに汗を拭った。

「よろしい、では色盲であったかどうか調べてもらいましょう。幸い、あの死体は友人で法医学をやっている志賀博士のところに行っているはずだから、網膜を抜取ってちょっとした化学試験をしてもらえばいいのだ」

先生は、医員たち一同の、訝《いぶ》かしそうな視線の中を、平然として自からその隣室で電話をかけられていたが、やがて、また、静かに戻って、

「君、あの運転手は色盲ではありませんぞ、むしろ信号ではなく、車内のライトを最後に感じているらしい、ということは車内の君の挙動に、何か注意を奪われて事故をおこしたといえるね」

そこまでいった時に、台助は、急に何か用事を思い出して蒼惶《そうこう》と帰って行った。それは、美代を見舞いに来たのであろうに、もう病室にも行かず、容体も聞かずに戻って行く姿が、閉じた窓の外に見られた。

先生は、助手や学生の不審な眼に答えるように、

「美代という少女が色盲であったことから、台助が思いついたのだろうね。勿論死後の眼の色盲を知る方法はない。視神経についてヨング・ヘルムホルツの三原色説とヘーリングの四原色説とがいまだに対立しているほどだからね。しかし、あの環状線の交叉点は午後七時過ぎには信号が停止されるのは、僕の家の近くだからよく知っている。従って台助のいうように赤信号無視の主張はあり得ない。――それに、あの少女の隣室が、丁度僕の見舞いに行っていたところなのだが、漏れ聞えていた彼女の譫言《うわごと》が、もっともよく事故の原因を語っていたよ」

先生は、そういってポツンと口を切った。

黒い東京地図

尾行する二人

初秋の高い青空が、いま、茜《あかね》に染まりかけていた。

あんなに、しのぎがたく思われた暑さも、九月の声を聞く夕暮ともなると、さすがにいずこからともない涼風《すずかぜ》が薄い夏服を透して、快よく身に沁みてくる。それに、その日は丁度土曜日であったせいか、黄昏の銀座はなかなかの人出だった。よくもまあこんなに沢山な人間が——、とおもわれるほど、どこから来てどこへ行くのか、引切無しの人通りが続いていていた。

その中で、大村柾夫《まさお》はさっきから指定通りの松屋の前に突立ったまま、腐り切っていたのである。

（だいたい、『松屋の前で六時に』などとあっさり指定した所長《おやじ》がけしからん……）

と口の中で、もう一遍憤慨した。

いずれにしても、人と待合せるのに、どこどこの前で、などというのはまずい。突発的な支障が起っても、電話は駄目だし、知らせる方法はなし、それじゃ相手を何時までもそこに立ン坊にさせておかなければならないではないか。幾分せっかちな大村は、今日もちゃんと六時十分前にここに来た。それから、もうそろそろ六時半になろうとしているのだから、四十分も待ったわけだ。もっともその中六時までの十分間は、まあいいとしてもそのあとの三十分間は全然所長の責任である——、面白くもない。

が、大村をそんなに憤慨させたのは、時間のせいばかりではなかった。その引切無しの人通りの連中が、大抵一度はそこで、木偶《でく》の棒のように突立っている大村の顔を、流し見て行くのである。なかには御叮嚀にジロリと見たりニタリと笑ったりして行く奴があったりして、全くもっていい見世物である。それが不愉快だった。六時十五分過ぎ位の頃は、そいつ等《ら》を一々睨みかえしてやったのだが、とても多勢に無勢で、眼が疲れてやりきれない。

――だから、六時半をすぎた大村柾夫は、げんなりとして腐り切っていたのである。

（バカにしてやがる――）

もう帰ろうか、と思った時だった。

また、あの奇妙な二人が、人混みのなかに混って、歩いて来た。

それは、この松屋の前に大村がぼんやりと立ちはじめてから、つまりそれからの四十分の間にこれで三度目のお通りであった。時間から考えると、この東側の通りを尾張町の交叉点を越えて七丁目あたりまで行き、それからまた西側を戻って一と廻りして来るものらしかった。――としても何故また小一時間にもわたって銀座通りをぐるぐる、ぐるぐると行ったり来たりしているのであろう。

また、それにもまして奇妙なのは、その二人の様子であった。

先きに立って歩いているのは、十八九の少女――、それがまたなみなみならぬ美少女なのだ。この激しい人通りの中で、二度目に廻って来た時に、直ぐおや？　っと気づいたくらいなのだから、最初の印象が相当ハッキリしていた訳である。その細かい花の散らし模様のワンピースを着、すらりと伸びた恰好のいい絹の脚で、宵のペーヴメントを辷って行く後姿は、若い大村柾夫の眼を、十二分に引く美しさを持っていた。

しかもその美少女だけでも充分印象的なのに、そのまたうしろから二間ぐらいの間を置いて、中年の頰骨の出た男が影のように追《つ》いているのである。

二間ぐらいの間を置いて、それ以上近寄ろうとするでもなし、また離れようともしないのである。最初の時は連れかどうかわからなかったけれど、二回目の時もそのままであり、第三回目に廻って来た今も、まだそのままであった。

この妙な追いかけっこで銀座通りをぐるぐる廻っているらしい。

男の方は、時々鋭い視線で彼女の後姿をたしかめては、また首をすくめて人混みのなかを分けて行く、どうやら尾行をしている様子である。大村が気づいてからも、既に三回目なのだから或いはその前からぐるぐるやっているのかも知れない。

そう思っているうちに、第三回目の彼女がぼんやりしている大村を、グイと押しのけるようにして行き過ぎた。思わずよろめいた大村が、

（ほほう……）

と呟いたが、その時、例の男が額と鼻頭に粟粒のような汗を浮べ傍目もふらずに行き過ぎた。この男は尾行《つけ》るのが下手なのか、それともぐるぐる廻ったせいか、相当息ぎれがしていたようである。

「……ふーん」

奇妙な二人を見送った大村が、タバコを点けようと、ポケットに手を入れた時だった。何か思いがけないものが手に触れた。

（おやっ？）

と思って引張り出してみると、一体いつ入れられたのか、真白い角封筒が、しかも宛名もないかわり、相当部厚なものがちゃんとポケットに這入《はい》っていた。

ぎょっ、とした大村は、あわててあたりを見廻したけれど、すぐ思い当ったように、例の妙な男のあとを、見えかくれに追けて行ったのである。

まかれた男

真先きに軽いシルクのワンピースを装った美少女、そのあとから中年の頬骨の出た、痩ぎすの男、そのまたあとから薄茶色のポーラー服を着た大村柾夫——と、この奇妙な三人尾行が、宵の電飾まばゆい人混みの銀座通りを、まるで何か見えない糸に結ばれたもののようにつながって行った。ちょっと見ると三人とも全然別々に日暮時の散歩を楽しんでいる漫歩者のように見えたかも知れないが、しかし、すくなくとも真中の男と、いま加わった大村とは少しの油断もなく、ともすれば人混みの中に見失いそうな先きの人影に、絶えず注意を払って歩いていた。

——やがて先頭の少女は、尾張町の交叉点まで来ると、急にそれを横切って、日比谷の方に向い出した。あとの二人がそれに従ったのは勿論である。が、この時例の中年の男が、ちょっとあわてたような恰好を見せたことから想像すると、きっと彼女の行動がこの男の予想を裏切ったからに違いない。つまり今までは何回となくぐるぐる銀座通りを廻っていたのに突然今度は日比谷の方に歩き出したからであろう。

（何故彼女は今度に限って道を変えたのか）

それは、大村柾夫には、おぼろげながら想像が出来た。彼女は用事が済んだからなのだ。つまり、大村柾夫に手紙を渡してしまったからなのだ。

大村は、タバコを点けようとしてポケットの中から思いがけない手紙を引張り出した途端に、さっき彼女が、グイとばかり、必要以上に彼を押しのけて行ったことを思い出した。その時に、この手紙がポケットに押し込められたのに違いない。

（とすると……）

しかし、大村にはこんな妙な、ややっこしいことをして手紙を渡される憶えはないし、第一全然見知らぬ顔である。

ただ彼は、湧きあがるような好奇心を覚えて、引かれるように後を尾行はじめた訳なのだ。

そう思って追いて行くうちに、彼女はさも用事を済ましてほっとした、とでもいうように、向う側に渡ってすたすたと歩いていたが、数寄屋橋《すきやばし》まで来ると、何を思ったのか、ちょうど発車しかけていた新宿行のバスに、あっという間に飛乗ってしまったのだ。

アッ、と思ったのは大村ばかりではない。例の中年の男は、大村以上に慌てて馳け出したけれど、一と足違いでバスはばあっと濃い排気《エキゾースト》を吐いて、出てしまった——、と見た大村は、幸い身近にいたタクシーの扉を叩くと、

「あのバスを追けてくれ——」

バスの停車場に、ぽかんとしている男の姿が、後の窓からちらりと見えた。俗にいう鳶《とび》に油揚をさらわれた——そのままの恰好であった。

大村は、にやりと笑うと、改めてクッションに腰をかけ直し、先方のバスの窓越しに彼女の後姿を確めながら、ポケットから白い角封筒を出してもう一度ゆっくり見直した。やはりいくら見ても宛名も差出人の名も、まるでない真白い角封筒で、ただ、しっとりした重みだけがある。

彼は、注意深くその封を切りにかかった。

疑問の手紙

大村柾夫は、東洋探偵事務所の所員だった。東洋探偵事務所というと、いかにももっともらしく聞えるけど、そこは所長の竹川舟峰《しゅうほう》とたった二人きりの事務所なのだ。同期に卒業した連中は皆んな銀行会社に就職して落着いてしまったのに、大村一人は別に勤めようとするでもなく、二三年ぶらぶらしていたかと思うと、突然探偵事務所に入所したという通知状を出して同級生たちを啞然とさせたものだけれど、大村にしてみれば、それはそれだけの理由のあることで、素晴らしい探偵小説を書こうと決心した彼は、まず実際の事件に、一つや二つは触れてみなくては、と考えたからであった。

実際の事件に触れるのも、警察官となる手や、新聞の社会部記者となる手や色々とあるだろうけど、どうせ腰かけのつもりなのだし、一番手っとり早く事件にぶつかれる、という点からわざと小さい探偵事務所を選んだわけだった。ところがいざ這入ってみると、探偵事務所というものは話に聞くそれとは違って、事件よりも家出人の捜索とか縁談の身元しらべのようなつまらん仕事の方が、むしろ主なもので、センセイショナルな殺人事件などにはなかなかぶつかりそうもなかった。

が、昨日になって、やっと事件らしい事件の手配があった。

それは、殺人事件ではないが、今東京上野の博物館で特別陳列しているZ国美術展で、そのうちでもピカ一といわれているZ国の国宝名画『夕《ゆう》の祈《べ》り』がいつの間にか巧妙極まる模写品《イミテーション》と擦替えられている――ことが発見された事件なのである。勿論新聞記事は差止めにされているし、その模写があまり巧妙なのと、厚い硝子板越しに陳列されてあるのとで普通の入場者にはちょっとわからぬのを幸いに却ってその呼ものの名画を撤回して疑問を起させない用心に、今まで通り偽物を展観はしてあるものの、当局者の方では狼狽その極に達している有様だった。

もともとZ国でも国外持出しを渋っていたのを、無理に借用したもので、海を渡るについての保険料だけが数百万円という話題を産んだ名画だけに、それがいかに似ているとはいえ、愚にもつかない模写品と擦替えられたとあっては、面目どころか面倒な国際問題を惹き起こさないとは誰一人として断言することが出来ない困った事件なのだ。

たった一つ、残された方法は、あと五日間ある会期中に、なんとかして本物を取もどし偽物と置替えておくより仕方がなかった。五日間の会期がすぎれば、出品物は全部Z国の大使館に保管されることになっている——、そうなれば偽物が発見されないはずはない。

昨日から全警察力は、この問題に集中されているといってよかった。

東洋探偵事務所でも、所長《おやじ》の竹川舟峰は昨日からその事件で事務所を飛び出したきり、まるで音沙汰がなかったのだけれど、それがやっと電話で大村に「六時に銀座の松屋まで来てくれ」という連絡がついさっきあったばかりで、それで大村は四十分にも亙《わた》って銀座通りで立ン坊をし、腐っていたわけであった。

しかも、その所長の電話の語調から推せば、どうせ碌《ろく》な結果ではないらしく、まあ飯でも食おう、といった調子であったし、それに、奇妙な美少女から投込まれた角封筒の方に、一層の好奇心を惹かれ、躊躇なく尾行をはじめた訳なのである。

——彼女をのせたバスは、お濠《ほり》ばたの坦々たる道を、半蔵門の方に駛《はし》っていた。

大村は追行するタクシーの中で、思切って角封筒の封を切った。

「……！」

注意深く中味を引っぱり出した大村は、背負投を食ったように唖然としてしまったのだ。

奇怪な文字の一杯に書かれた手紙を想像していた彼は、思わず眼をこすって、もう一度それを見直した。しかしそれは、どう見ても、いかに裏がえして見ても、なんの変てつもない今日の帝都新報の朝刊なのだ。

疑問の封筒から出たのは、何のお呪《まじな》いか新聞紙が一枚、たったそれっきりだった。

そのほかには髪の毛一本這入っていない。

「うーん」

彼は、砂糖と間違えて鳥を舐めたような、複雑な顔をしてバスの尻を睨んだ。

が間もなくバスが麴町通りに止ると、彼女が降りたのに気づいて、ちょっとやりすごしてから彼も車を棄《す》てた。（ただの悪戯にしては、あまりに念が入りすぎている）

だらだら坂を、屋敷町の方に降りて行く彼女のあとを、見えかくれてついて行きながら、大村はもう一遍、胸の中でそう呟いた。だが、彼女は自分が尾行されていようとは全く知らないらしく、一度も振りかえろうともしない。

そして、五分ばかりも歩いたであろうか、左右とも宏《こう》壮《そう》な屋敷をかこむ、コンクリートの塀の蜿蜒《えんえん》と続く路に、ハイヒールの音を響かせて歩いていたが、やがてその一劃が切れて、石の門の所まで来ると、そこに、吸込まれるように姿を消した。

暮れだすと早い陽は、もうとっぷりと落ちて、白々とした外灯の光の中に、その石の門の表札が『古田』と辛うじて読めた。

大村は、しばらくその門の所で、耳を澄ましていたが、遂に意を決して、音のしないように注意しながら植込みの間を縫っている敷石づたいに、忍んで行った。

椅子の中の男

仄暗《ほのぐら》い光りのなかに、突当りの玄関が見えた。

そこで大村は、もう一度立止って、よく耳を澄ましてみたが、相変らずあたりは森閑《しんかん》として、もの音一つ聴えなかった。時折、麴町通りを駛る自動車の警笛が、かすかな風に乗って漂うばかりであった。東京の市《まち》の中心に在りながら、典型的な屋敷町であるこのあたりは、真夜中のように静まりかえっているのである。

たった今しがたこの門を潜った彼女は一体どこへ行ってしまったのか、カタリとも音をさせないのだ。

大村は、しばらくそこでためらっていたが、

（どうせ、ここまで来たついでだ）

というように、その玄関の右手に廻って、光りを投げている洋館の窓の下に行ってみた。せいの低い植込みを、音のしないように跨《また》いで、そーっと覗きこんでみると、その部屋は八畳ばかりの、応接間兼書斎といったものらしく、左手の、つまり玄関に通ずる方の壁は、出入りのドアーの所だけを残して造りつけの書架《しょか》になってい、ぎっしりと並んだ書物の背が明るい電灯の光りをなかに、艶々しく照り映っているのが、まず眼を魅いた。

そして、つきあたりの壁にも、母屋の方に通ずるらしいドアーが見え、その他の壁には二三点の油絵が吊ってあった。部屋の真ん中にはテーブルと数脚の椅子、左手の片隅には大型のデスクと、廻転椅子――ここまで見て来た大村の眼は、ぎょっ、としてそこに固定してしまっ

た。

　そのデスクの前の廻転椅子の中に、一人の男がいるのだ。

　まったく思いがけない人影を見て大村はどきっとした。が、どうやらその男は居眠りをしているらしい。まるで身動きもしないのだ。

（それで今まで気づかなかったのだ――）

と、思いあたった。

　あわてて窓から首を引込めた大村は、またそーっと頭を上げて、もう一遍その男を観察した。黒っぽい着物を着て、なかなか恰幅《かっぷく》のいいその男は、この家の主人かも知れない。右手を胸のあたりに置いて、左手は廻転椅子の外にだらんと垂れ、肉のついた顎を無理に頸筋に折込むようにして……、左のスリッパは足もとにあったが右のスリッパは、遠くデスクの下に飛んでいた。

　なんかこう、居眠りにしては、あまりにぎこちない寝方のようであった。体中の力が抜けて、くしゃくしゃになったような、まるで死んでいるような……。

（まるで死んでいるような……）

と思いあたった時に、こんどこそ大村は、

「あっ――」

と思わず声を漏らしてしまったのだ。

　確かに、その男は死んでいるのだ。そういえば、あんなに頸を折曲げては、息も出来ないはずだし、第一いくらじーっと眼をこらしてみても、そのぺこんとなった胸は、一向に波打たないではないか。

　いやそればかりか、胸に置かれた（或いは胸を押えた）右手の指の股からは、赤黒い液が流れ出て、それが肘のあたりまで絡みつくようにうねうねと駛りくだっている。それが、変に印象的な艶をもって、眼の底に沁みとおった。

　大村は、窓の外に立ちすくんでしまった。

（殺人――？）

　いかにもその男の様子は、普通の死に方ではない――。

捕えられた大村

　と、その時だった。急に間近に自動車《くるま》の止った気配がしたかと思うと、少くとも五六人の入りみだれた足音がした。しかもその中には、ガチャガチャという佩剣《はいけん》の音と、

「ここだここだ」

「気をつけろ」

という低い声がし、あっけにとられている彼の前の、暗がりのなかに現われたのは、制服をつけた一団の警官だった。

その警官たちが、案内もこわずに玄関から這入ったのを見送りながら、大村はふと、妙な気持に襲われて来た。

というのは、尠くとも彼は、たった今この男の変死しているのを、それも窓越しに発見したばかりである。それなのになぜもう警察ではこの家に事件が起ったことを知っているのであろう。

またもしこの家の誰かが、すでにこの変死を発見して、警察へ知らせたものならば、こんなに取りすまして、静まりかえっているのが不思議だし、それに、さっき確かにこの家の門を這入った美少女が、こんな事件が起っているというのに、一度も、この部屋に顔さえ見せないというのが飲込めなかった。

（あの少女からして、変だ……）

大村は、初めからもう一遍思い出してみた。あの少女は、銀座通りを、ぐるぐる廻っていた。そして、見ず知らずの男のポケットに、封筒入りの新聞紙を押込んで、あとをも見ずにこの家へ来た。

封筒をポケットに入れられた男の大村が、その少女のあとをつけてこの家へ来ると、そこに変死体があって、呆っ気にとられている所へ警官隊がかけつけて来る――。

こうして、のっけから奇妙の連続なのだけれど、しかしこれを逆に考えてみると、彼はそこに容易ならん「意味」があるのに気づいた。

巧妙な、からくりが仕組まれてあったのだ――、つまり何かの理由で、この男が殺されたとする、殺人が行われた以上加害者が絶対必要なので、犯人は色々考えた末、自分の身代りを銀座に探しに行ったのではなかろうか。

そして物好きそうな男のポケットに、封筒入りの新聞紙を押込んでやれば、きっと不思議がって後をついて来るに違いない、その男が、丁度この屋敷に這入って、うろうろしている頃を見はからって、電話で警察に殺人事件が起ったことを知らせれば、たちまちその男は捕まってしまう――、その上、なぜ他人の屋敷の中をうろうろしていたか、という説明が、甚だ曖昧である。新聞紙を渡されたので追いて来た、などといっても、警察ではそんな説明はなかなか信用しまいし、問題の少女などは、遠《と》うの昔に、この屋敷を通り抜けて、姿をくらましているに相違ないのだ。

（しまった――）大村は、まんまと殺人犯人の陥穽《かんせい》に落込んでいる自分自身を発見して、愕然とした。

（えらいことになったぞ――）

その上、おそらく殺人の行われたであろう時刻には、四十分にも亙って、ぽかんと独りぼっちで銀座に突立っていたのだし、運の悪いことには、誰一人知った人にも会わなかったのだから、全然アリバイがないわけである――となると、いよいよ捕まったらえらいことになる。

タッタ先刻《さっき》までは、殺人事件をめぐって、探偵小説の中の探偵の如く活躍する自分を想像し、腕をさすっていた彼だったのだが、今はその自分が、とんでもない立場に置かれてしまっているのに気がついたのだ。

（そうだ、今のうちに……）

大村は、警官たちが、全部玄関に吸込まれたのを見届けると、この隙に、

（遁《にげ》よう――）と決心した。

決心すると、すぐ窓の下をはなれた。

部屋のなかからは、急にがやがや人声がした、検死でもしている様子なのだが、彼には、もう窓を覗きこむ余裕がなかった。

来る時以上に音をさせないため、靴を脱いで両手に吊げると、猫のように敷石の上を渡って行った。

門の処まで来て、ホッとした。

がそれも一瞬だった。

「待て！」

耳元でガアンと怒鳴られたかと思うと、

「あっ……」

と思う間に、手が逆に取られていた。

――あとから考えれば、随分迂闊《うかつ》な話で、わざわざ門の方に出て来たのでは、まるでそこに待機していた警官に、捕まえられに行ったようなものであった。

大村は、靴を脱いだ靴下だけという、あまり見っともよくない姿で、捕えられてしまったのである。

「なんだなんだ……」

物音を聴いて、奥の方からもばらばらっと人影が出て来た。

「あ、怪しい奴が出て来たので……」

力一杯に大村の腕を取っている警官がいうと、

「どれどれ――、おや、裸足じゃないか……」

そういった声が、聞きおぼえのある声だったので、大村が、はっと顔を挙げて見ると、

「あ……」

外灯の光りの中に見える背広姿の男はなんと現在彼が勤めている探偵事務所の所長《おやじ》で、さっきはさんざん待ち呆けを食わした竹川舟峰ではないか。――いくら銀座で待っていても来ないはずである。竹川所長は、こんなところで警官隊と一緒に、活動中だったのである。

と同時に、竹川所長も驚いたらしく、

「な、なんだ……、大村君じゃないか、どうしたんだいこりゃ――」

「……どうしたもこうしたも、何がなんだかわけがかわらんです……、とにかく銀座で待ち呆けをくわされたのが、ことの起りで――」

大村が顔をしかめると、

「あっ、そうか。すまんすまん……」

竹川所長が、やっと思い出したようにちょっと頭に手をやった。

「知り合いですか」

警官もやっと手を少しゆるめてくれた。

現場にて

やっと警官が手をゆるめてくれたので、大村は、ほっとしながら、

「どうもえらい目にあっちゃいましたね……」

「まったく……こんなところで君に逢うとは思わなかった」

竹川所長は、裸足になって、両手に靴をぶら下げている珍妙な大村の姿を、笑う訳にもいかず――といった顔つきで、見下していた。

「さんざん銀座で待たされた揚句、妙なことからここへ来てしまったんですよ、そしたら、途端に捕まってしまって……」

「いやー、僕の方に急に差支えが起っちまったんでね。早く知らせなきゃならんと思いながらも……何しろ電話で知らせるという訳にもいかんし……、まったくどうもすまんすまん」

所長が思ったより素直に、待ち呆けを喰わせたことを謝まったし、それにこれから、先刻ちらりと見たあの怪

死事件の捜索が、始まろうとしているのだ、ということの方に、大村は余計に気をとられていたので、

「なあに、いいんですよ、解ればいいんです」

と、あんなに憤慨していたのも忘れて、あっさり頷くと、

「ところで、あの変死体は誰ですか?」

すぐ、聞きかえした。

「ここの主人の古田三郎氏だよ」

その所長の返事につづいて、

「それにしても、妙な恰好だな……」

大村の様子を咎めるような声がした。

(おやっ)と思ってその声の方を、暗がりの中に見すかすと、それは所長の後《うしろ》に立って、先刻から彼の様子を見ていたらしい大村と同じ年齢《とし》恰好の、引きしまった顔だちをもった青年だった。

大村が思わずムッとしてその青年の方を睨みかえすと、

「あ、そうそう、ご紹介しておこう……」

と竹川所長が間をとりなすように、

「こちらはうちの大村柾夫君、こちらは帝都新報の社会部の戸澤さん——」

二人は仕方がないように、ぺこりと頭を下げた。

この戸澤記者が、変に疑ったような言葉をかけて来たのが、大村は気に入らなかった。しかし考えてもみれば、かりにも殺人のあった他人の屋敷の中から、裸足になって跫音を忍ばせながら出て来たところを、物の見事に捕まってしまったのだから、一応は——いや幸い所長がいたからいいようなものの、さもなくばこのまま検束《けんそく》されて仕方のないような立場であることは充分にわかっていた。

だからこそ、こっそり脱け出そうとしたのだ、その気持の弱点に、遠慮なく切込んで来た戸澤記者の一言が、余計、身に沁みたのである。

大村は、ぶら下げていた靴を、ばたんばたんと敷石の上に落すと、余裕をつけるために、わざとゆっくり穿きなおした。

と、その時だった。

先刻、大村が窺った応接間と思われるあたりに、突然、遽《あわ》だしい足音がしたかと思うと、

「!……」

呀《あ》ッとも、あれ——ともつかぬ女の驚きの声が聴えた。

「おやっ、何んだろう……」

三人とも、一勢にきき耳をたてた。

「行ってみよう」

警戒の警官だけを残すと、すぐにとってかえした。

しばらく、暗がりにいたので、その部屋の電灯が、煌《こう》煌《こう》と眼に沁みた。

その明るい電灯の下に、椅子の中の男はさっきと同じ姿勢で蹲《うずく》まっていたが、それよりもまず大村の眼を、はげしく射たのはデスクの傍らに私服の刑事に支えられるような恰好をして、辛うじて立っている色蒼褪《あおざ》めた美少女の姿だった。

それは間違いもなく、銀座通りをぐるぐる歩き廻った末、大村のポケットに奇妙な手紙を押込んで行った、あの美少女なのだ。

しかし今は、まるで別人のように、強張った蒼褪めた顔を力なく、明るい電灯に曝《さら》していた。

――それでも、どやどやっと這入って来た三人の方を、視線のない眼で見廻していたが、それが大村のところにまで来ると、彼女の方でも大村の顔を覚えていたのか、ぎくりと止って、

「あ……」

薄く口を開いて、その白い歯をのぞかせた。それきり言葉は何もいわなかったけれど、その長い睫毛《まつげ》をもった眼には恐怖と困惑の色をありありと漂わせていた。

六時十五分

検死は、型通りにすすんでいった。写真を撮るためのフラッシュが、幾度も眩ゆい光りをなげた。

死因はピストル弾の心臓部貫通で一発で即死したらしく、時刻はまだあまり時間もたっていない六時十五分過ぎだった。

それは、丁度うしろの壁にかけられていた電気時計が、六時十五分過ぎで撃ちぬかれて止っていることからすぐわかった。

ピストルの弾丸は、この家の主人、古田三郎の心臓を突抜けて、電気時計の機関部に止っていた。

古田三郎は、あきらかに六時十五分過ぎに殺されたのである。丁度、大村がぽかんと銀座に立っていた頃に――。

その電気時計の位置などから考えると古田三郎が椅子のところに立ち上ったところを、ずどんと一発やられたらしく、そうすればこの部屋のほぼ中央にいたと思われ

る犯人のピストルからは古田の左胸《さきょう》を通して、後の壁の電気時計が丁度一直線になっているのだった。

撃たれた古田が、そのまま崩れるように椅子にかけたとすれば、その不自然な椅子のかけ方も頷かれるし、右のスリッパがデスクの下に飛んでいたことも、自然であった。

——いざ事件にぶつかってみると、何しろ最初の事件であったし、大村はただ呆然と突立っているばかりだった。

しかし、さすがに竹川所長や戸澤記者などは手なれたもので、刑事連の死体検死や現場検索を、邪魔にならぬ程度に覗込んだり、手帳にノートしたりしている様子だった。大村も、しばらくたってからそれに気づいて、あわててそれを真似てはみたが、結局部屋のなかを迂路々々《うろうろ》しただけで、残念ながら何一つ得るところもなかった。

それというのも、実は注意力の半分以上も、先程から部屋の片隅に佇んでいる美少女の方に、奪われていたからであったし、彼女の方でも、あんな経緯《いきさつ》のあった大村を、特に注意しているらしく、そんな視線を、ふと背後《うしろ》に感じては、若い大村としてとても虚心坦懐《きょしんたんかい》に一本の塵をも見のがさぬような探索は出来そうもなかった。

「君……」

うっかり横目で、彼女の方に気をとられていた大村が、突然肩をたたかれてびくんとふりむくと、それはつい今しがたまで電気時計を夢中になって調べていた戸澤記者だった。

「……」

「君、知っているのかい?」

戸澤記者は、小さく笑うと、ちらりと彼女の方を眼で指した。

「なぜ——」

「だって、……さっきお互いに知っているような素振りをしたじゃないか」

「ふふん……」

大村も小さい声で、

「まあ、ね」

と、不得要領な相手を焦らすような返事をした。それは、さっきの戸澤記者の痛い言葉に対する、わずかな仇討ちだった。そして、

「あとで話そう……」

とつけ加えた。あの時はムッとして一途に憤慨したの

だが、その後の戸澤記者の様子から見れば、それは彼としても別に悪気があっていったのではない、ただ彼の率直性がそういわせたのだとわかって来たからだ。戸澤記者は、だんだんわかって来たのだが、思ったよりも信頼の出来る好青年のようであった。

「ところで――」

私服の一人が、彼女の方をふりかえって、

「早河さんといいましたね」

と声をかけた。検死の方は一段落がついたらしい。

「はい――」

彼女が顔を挙げた。大村も戸澤記者もその方に近づいて行った。

「この亡くなった古田さんの秘書ですね」

「はい」

「いつ頃から――?」

「二月ほどになりますわ」

「そうですか、それで最後に古田さんを見たのはいつでした?」

「あの――、五時半ごろでしたかしら……この部屋で……手紙を届けてくれと頼まれましたの」

「古田さんからですね」

「ええその時は、笑いながらいわれたのですのに……、ど、どうしてこんなことに……」

彼女は、泣き出しそうに蒼い顔を歪めた。

「とにかく、飛んだことになりました……、で、その手紙をもって出かけたんですね、それはいつ頃です? 帰ってからも気づかなかったんですか?」

「……五時半ごろで、それからちょっと支度をして出ましたから家を出ましたのは六時ちょっと前かも知れません……、戻りましても、いつもならすぐご挨拶するのですが、手紙を渡された時に自分もすぐ出かけて今夜は少し遅くなるから……と仰言ってましたのでそのまま自分の部屋で仕事をしておりました、それで皆さんの足音で気がつくまで少しも知りませんでしたの、五東《ごとう》さんがいられるとばかり思っていましたものですから……」

「五東というのは――」

「……なんて申しますかしら、番頭格とでも申しますかしら、実際の仕事を殆んど古田さんに代ってやっていられます」

「その人がいないね」

「はあー、私が出る時は、たしかにいられたのですが」

「それで、あなたがここへ帰ったのは何時頃ですか」

「……あれは……七時すこし前、でしたかしら」

「すると、我々と殆んど一緒ですね、そうなると五束というのがいつ出かけたか知らんが暫くは古田さんが一人でいたというわけになるね、あなたのその手紙を届けたというのはどこですか」

「それが……」

彼女は、ちらりと大村を見た、大村は、何か体の強張るような感じを覚えて、彼女の紅い口元に見入った。

松屋と松坂屋

「こんなことになって考えてみますと、その手紙からして変でございました……」

彼女は、薄く眼をつぶって話しだした。

「五時半ごろに古田さんから呼ばれまして、この手紙を届けてくれ、と頼まれましたのが宛名も何も書いてない、真白い角封筒で、こちらの名も書いてございません、そして、私が妙な顔をしておりますと古田さんが笑いながら、ちょっと大事な秘密の用件なんだからね、と仰言って、これから出掛けて六時ちょっと過ぎに銀座の松坂屋の前に立っている、これこれこういう人に渡して来てくれ、出来れば先方の気づかないように、ポケットにでも入れてくれればなお結構だ……ということで」

「へーえ、妙な注文だね、それで」

「それで参りましたが、松坂屋の前にはそんな恰好の人がおられません、仕方がございませんから銀座通りを一と廻りしてみましたが、それでも来ておられません……そうして、三回もぐるぐる廻っておりますうちに、松屋の前に丁度そういった様子の方が。……そういって見れば随分さっきからその方もそこに立っていられるのに気づきましたので、これはきっと松屋の前と聞き違えたのだ、と思いましてその方のポケットに手紙を入れて戻ってまいりました」

「ふふん、その手紙を渡して来てしまったんだね……その手紙があれば何んか手がかりになったかも知れんのだが……、で、その人というのは男だね？　どんな様子の——？」

「……この方ですわ」

彼女は、小さい声ではあったが、そういうと、大村の方を真正面《まとも》に見た。

途端に、かねて期してはいたものの、この部屋中の視線を一身に浴びて、大村は思わず耳朶《みみたぶ》が熱くなっていくのを覚えた。

しばらく、あたりがシーンと静かになった。

「君は、たしかに受取ったのかね」

刑事の声が、耳元でした。

「ええ……知らないうちにポケットに入れられていました、もっとも僕はこの古田さんも、早河さんも全然しらない人です。……恐らく早河さんがいったように、松坂屋の前にいた人に渡されるものだったんでしょう……、それで好奇心につられてふらふらっとここまで来てしまったんです」

「まあいい、その手紙を見せてくれたまえ」

刑事の声は、変に冷めたくなっていた。

「これです」

大村はポケットから例の封筒を出した。

「封は君が切ったのだね」

「ええ」

刑事は、封筒を二三度裏がえして、なかから新聞紙を引ぱり出した。

「……なんだこりゃ、新聞じゃないか」

「ほう帝都新報だね……」

皆んなも呆ッ気にとられたような顔をした。

「まあ――」

持って行った本人の早河錫子《すずこ》までが、びっくりした。

そして、小さい声ではあったが、

「でも――うちでは帝都新報はとっていませんのに……」

と呟いていた。

「ちょっと、見せて下さい……」

戸澤記者は、その自分の社の新聞を受取ると、すぐ、

「こりゃ変だ、この新聞は地方版だから市内では売っていないはずだが……」

「えっ、どれどれ」

皆んなはあらためて覗込んで、「なるほど、神奈川版だ」と気がついた。

「そういえば五東了助さんが藤沢から今朝かえられた、なんていってらしたようですわ」

早河錫子が、思い出したようにいうと刑事は大きく頷いて、

「参考になるね、しかし、その五東という男はどこに行ったんだろう……」

「あの――」

大村は、思い切ったように、彼女に話しかけた。

「その五束という人は、痩ぎすの頬骨の出た中年の人じゃないですか?」

「まあ、ご存知ですの?」

錫子は、その円《つぶ》らな瞳《め》をあげた。

「いやいや」

大村は急いで打消して、

「そうじゃないんですよ、ただ、さっき銀座で、そんな男があなたの後をぐるぐる追けていましたから……」

「まあ――」

彼女は無気味そうに眉を寄せて、そっとあたりを見廻した。

「本当ですの」

「その様子があんまり可怪《おか》しいので僕も追いて行く気になったんです、もっとも、その男は数寄屋橋の所でバスに乗りそこなってぽかんとしてましたがね」

「それならそれで、もう帰って来そうなもんじゃないか……、それとも門のところの警官を見てずらかったかな?」

腕を組んでいた竹川所長が、呟いた。

不在証明《アリバイ》

夜が更けてから、心細がっている早河錫子のためと、或いは帰って来るかも知れない五束了助のために、数人の警官が残されて、大村達は一応引上げることになった。

昼間でさえ物静かな麴町の屋敷町の夜ふけに大村と竹川所長と戸澤記者の三人が、妙に反響する足音を響かせながら歩いていた。

「どこへ行こう?」

「とにかく銀座へ出ようじゃないか」

「僕は、さっきいったような塩梅で偶然にあの家へ飛び込んじゃったんですが、竹川さんはどうしてわかったんです?」

大村がききかけた。

「いやあ、まさか人殺しがあるとは思わなかったよ、丁度僕と戸澤君なんかが警察で落合っててね、僕はもう君との約束があるから出かけなきゃならん、と思っているところに、速達の投書が来たんだよ、それがなかなか意味重大でね、それによるとあの古田三郎というのは相当にその方では名の知られた洋画のブローカーなんだが、その手に例の問題の『夕べの祈り』が渡っていて今夜にも取引きがあるらしい——というわけさ、はじめ署長もどうかと思っていたらしいんだが、考えてみると『夕べの祈り』が盗難にあっている、今飾ってあるのはニセ物だ、なんぞということは誰も知らんはずなのに、それを百も承知のように書いてあるのが重大でね、ともかく行ってみようということになって馳つけたのさ、ところがあの騒ぎだ」

「それは何時頃でした?」

「投書がついたのが、ほとんど六時頃、それからああだこうだと相談しあって出かけたのが……そろそろ七時ちょっと前、といった頃だったかな」

「うんそうだ」

戸澤記者も、頷いた。

「すると竹川さんも戸澤さんも問題の六時十五分には完全なアリバイがある訳ですね」

「そうだね、署長と一緒にいたんだから。……はっははは、まあ完全だろうね」

丁度、麴町通りに出ていた。三人はタクシーを拾って銀座に駛らせた。

自動車《くるま》のなかでは、三人とも口をきかなかった。跡々に、事件の底を見極めようとするように黙りつづけていた。

自動車を七丁目に止めると、表通りの雑沓をさけて裏通りの茶房に腰を落着けた。

静かな、落着いた店であった。

註文したコーヒーが運ばれ、それに入れられたミルクが、縞をつくって浮み沈みしているのをじっと見つめていた大村が、やっと口を切った。

「とにかく、僕の現場不在証明《アリバイ》は甚だ薄弱だな……第三者から見ると非常に損な立場にいるわけだ、何しろ丁度その時間にぼんやり銀座に立っていたんだし、その後で古田の家に忍込んでいたような恰好になっているし……」

「大丈夫だよ——」

戸澤記者が、ぶっきら棒に、

「君はこの竹川さんにいわれたように待っていたんだし、六時前から六時半頃まで、あの早河錫子がぐるぐる歩いているのを見ていたんだろう……」

「それはそうだが……、すると僕と彼女とはお互いにアリバイを証明し合っている訳だね?」

「まあ、そうなるね」

「——すると、あの五束という男にも六時十五分のアリバイがあるわけだぜ……、あの男も、ずっと彼女のあとを追け廻していたんだから」

「ふむ」

「となると、尠くともこの事件に今まで顔を出した連中には、全部アリバイがある、ってことになるし」

「なるほど——、しかしちょっと待ってくれ、君は彼女たちを三回見たんだね、するとそれは大体何分置き位の間隔だった?」

「ええと……六時前に最初に見て、つぎに十分すぎ位にまた見て、第三回目がもう六時半を廻っていたからね、その第三回目の時に僕も附《くっ》ついて行ったんだが……まあ二十分置き位の間隔かな」

「二十分——? 松屋と松坂屋の間を往復するのにそんなにかかるかしら?」

「それはどういうわけだい?」

大村は、戸澤記者の顔を注視した。

「つまり……、君と二回目に十分すぎに逢って、それから自動車を飛ばせば古田氏にピストルを打込んで来る暇があったとも考えられるのさ」


「じゃ、彼女が犯人だ、というのか」

大村は思わず乗出した。

「いいや、そんなことをいいやしないよ、ただ、そんなことも考えられる、というのさ」

戸澤記者は、冷めたいまでに冷静な顔をして、大村の意気込んだ顔を見かえした。

「そ、そんな、バカなことは考えられない……」

大村は、早河錫子のあの困惑に歪められていた美しい顔を思い浮べながら、

「絶対に彼女じゃない……彼女なら何も僕のポケットに妙な手紙を押込んで行くはずがない」

「はっははは、バカに熱心に弁護するね……、しかし、そんなことをすれば必ず君の注意を引くに違いないから、却ってそこにアリバイを作る効果をねらったのかも知れない」

「バカバカしい。そんな妙なことをする位なら、丁度その時間に買物をするとかなんとかもっと安全なアリバ

イの作り方がいくらもあるじゃないか」

「まったくだ」

竹川所長も、大きく頷いてコーヒーカップを取上げた。

「はっははは、彼女の疑問は多数決で葬られてしまったね」

戸澤記者はあっさりいうと、

「じゃ五束だ……、この男は地方版の新聞を持って来た可能性があるし、銀座からちょっと引きかえす余裕もあったはずだ、その上、こういうことも考えられるね、つまり、彼女が古田氏から受取ったのは本当の手紙だったのだが、それを五束が彼女の後をつけ廻して、丁度自分が持っていた新聞を入れた封筒と掏りかえてしまった、とね」

「なぜだろう――」

「そんな理由はまだわからんさ、これから調べなきゃならんが、第一、本人が姿を消してしまったのからして可怪しいよ」

「……それから、その投書をして来たという男も怪しいな」

大村が言った。

「無論、それが第一に怪しい」

戸澤記者が、急に断定的にいったので、あとの二人は、びっくりしてその顔を見た。

「古田氏があの『夕の祈り』に関係があるかも知れない、というのは一応もっとも至極なことだからね、彼はその方の専門のブローカーだし、以前《まえ》にもちょっとそんな風な盗難品を扱って問題になったこともある男だからな……、さっきはあんな騒ぎで調べるわけにいかなかったが、あの家は、もう一度よく調べてみる必要があるね」

「そんなことなら早い方がいいんじゃないかな」

大村がいうと、

「そうだね、もう一度見せてくれるかどうか電話してみようか?」

竹川所長が立ち上った。

「たぶん、今夜は駄目だろう……」

戸澤記者がいうのに、ちょっとくびをかしげたが、

「まあ聞いてみよう――」

が、その竹川所長が、すぐ顔色をかえて電話から帰って来た。

「た、大変だぜ、また古田の家で殺人があった――」

「えっ、また!」

戸澤記者も大村も、びくんと椅子から立上った。

「だ、誰だ?」

「もしや、あの早河錫子では――?」

大村は、ぎょっとしたまま胸が高鳴るのを覚えた。

意外な被害者

「だ、誰が殺《や》られたんですか?」

大村は、そればかりが気がかりであった。

「誰だかわからん、聞いているうちに電話を切ってしまったよ……、よっぽど警戒の連中も慌てているらしいな……」

竹川所長は、そう早口でいうと、飲みかけのコーヒーもそのままに、もう出口の方に急いでいた。戸澤記者も大村柾夫も、すぐ続いて行った。

つい一時間ほど前に辞したばかりの古田邸に、三人はまた自動車を急がせた。

懐中時計の短針は、すでに10の字の上を滑っていた。秋の夜も漸く更けて、フロントグラスの間から流れ込む風は、ふと肌寒さを覚える位である。


座席からのり出すようにして、道順を指示している竹川所長の洋服の襟が、薄暗い、車内灯《ルームライト》のなかに、うっすらと浮かんでいた。その垢じみたワイシャツのカラーは、ここ数日来の竹川舟峰の奮闘を物語っているようだった。

「ストップ!」

その声とともに自動車の急停車したのは、丁度古田邸の門前だった。物静かな屋敷町のここばかりは、煌々と点けられた電灯の光りが植込み越しにこの道にまで洩れ落ちてい、その光のなかに、何か昆虫の甲を思わせるような黒光りのした自動車が数台並んで止っていた。

「ちぇッ、も少し居ればよかった――」

竹川所長が、小さく舌打ちしながら、門を潜って行った。その気持は、戸澤記者や大村にも全く同感であった。

今度の事件は、大村たちが、先刻この古田邸を出て行ってから、間もなく起ったものらしい。――だから、もう少しここにいれば、事件の突発に居合せることが出来、或いはこんな事件を未然に防ぐことが出来たかも知れないのだ。殊に、この災難を、あの好もしい美少女早河錫子が受けたものならば、大村は身を以って防ぐぐらいの意気込みを、今でも持っているのだが……。

そう思いながら、自動車を乗り棄てると、敷石の上を

駈けるように行き、案内も乞わずに玄関を開けた途端、

「……」

思わずぎくりとして足が止った。そうしてから、ほっとした。

そこに、喪心《そうしん》したように、早河錫子が立っていたのである。

思いがけない人影――、しかも警官ではなく少女が、ぼんやり立っていたので却って驚いたのだけれど、次の瞬間にそれが錫子だとわかって、吻《ほ》っとしたのだった。と同時に、

「錫子さん――、ああよかった、あなたは無事だったのですね」

大村の口からは、ついそんな親しげな言葉が流れ出てしまっていた。だが口の悪いことでは誰にもひけをとらぬ戸澤記者や竹川所長も、大村の顔を見かえろうともしなかった。誰だって、吻っとしたのに違いはないのだから。

それに、そこに悄然《しょうぜん》と立った錫子の様子が、あまりにも痛々しかった。打続く精神的打撃や怖れのためか、彼女の顔は壁紙のように艶を失い、まるで見えない力にやっと支えられているかのようであった。


「また、誰かが殺られたそうですね」

竹川所長は、わざとゆっくり聞きかけた。突然強い言葉をかければ、それだけで彼女は倒れてしまいそうにさえ見えたのだ。

「誰ですか、一体――」

彼女は、二三度口を動かしてから、呟くように、

「五東さん、五東さんですわ……」

「えっ、五東さんですって――？」

三人ともに、実に意外だった。

「じゃ五東は僕たちがここを出てから帰って来たんですね、そして殺られたんだ……とすると」

あとには、彼女とともに少くとも二三人は警官が残っていたはずである。

五東了助は、なぜその中にわざわざ潜りこんで来て殺られたのか――。

とにかく不可解至極なことであった。

死体と鍵

――だいたい古田三郎は、画商といっても別に「店」というものを持っているのではなくて、彼は、その書斎兼用の応接間ですべての取引きをするのが習慣であった。場末の古道具屋のように、ごたごた並べてるのとはことちがい、いたって小綺麗に、しかも五十円などという絵は相手にせず数百数千級のものばかりを、求めに応じて扱っていたのだから、一と月に二三点も扱えばこれだけの生活が裕に立って行くものらしかった。

だがしかし、数千数万という値の付られる絵は、一度納まるところに納まれば、そうそうは動かぬものだ……とすれば、あとからあとからと、客の求めるままに高価な絵を動かしていた古田は、ブローカーとして天才的な手腕があったのか、またはそこに何かからくりがあったのかも知れぬ。そしてそれが今度の事件の原因であるかも知れない。

大村は、現実にぶつかったためまぐるしい事件のなかで、とにかく、ぼんやりではあったが、そんな風に考えていた。

もし、その考え方が、いくらかでも正しい見方であり、また先刻、銀座の茶房で戸澤記者が言ったように、古田が以前に盗品とわかっているものを扱って問題になったことのある男だとすれば、こんどの事件も、そのようなことが一つの原因となっているのではないか――、それならば錫子のいうように、実際の仕事は、殆んど五東了助がやっていたのだから、彼さえ視野の中に登場して来れば尠くともこの古田三郎殺害事件だけは、一歩前進するであろう、と考えていたのである。

ところが、あの数寄屋橋で、バスに置いてきぼりを食わされてぽかんとしていた五東了助が、今度は、物いわぬ死骸となって登場したというのだ。大切な参考人であると同時に、或いは古田三郎の殺害犯人かも知れぬと思われていた五東自身が、またもや殺られてしまった、というのである。

大村は、早河錫子から、五東了助が殺られたのだと聞いた瞬間から、この事件がいよいよ深く昏冥の底に引ずりこまれて行くのを意識した。

五東了助は、古田邸内の私室で息絶えていた。

錫子に案内されて、竹川所長、戸澤記者、大村の順で続いて行くと、さっき古田氏の死体の発見された書斎兼応接間につづいて古田氏の私室、その次の六畳ぐらいの広さの洋室が五東了助の私室だった。

五東は、その部屋の窓際の床に、海老のように体を曲げて倒れていた。彼の痩せて頬骨の出た顔は、見るも無《む》慙《ざん》な苦悶に歪んで、筋ばった手の指が、床の絨氈《じゅうたん》を掻きむしるように食入っていた。そして、よく見ると紫色に変色した唇のあたりに、泡沫《あぶく》のようなものが光っている。

（毒殺――）

三人とも、一瞬にそう思った。

瞭《あき》らかにそれは、毒死の表情だった。

「自殺かな……」

戸澤記者が呟いたが、すぐ、

「いやいや、自殺という様子じゃないいな」

と呟きなおした。

考えようによっては、或いはこの五東が何らかの理由で古田氏を殺害し、そのために彼もまた自殺して果てたのだと、いえないでもないが、しかしこの場の有様は、覚悟の自殺とはどうしても受取れなかった。五東の様子があまりに取乱しているばかりか、その顔に苦悶とともに刻込まれた恐怖の色は、覚悟の自殺などというものかららは、実に程遠いものだったのだ。

「あら、あそこに鍵が……」

強いて五東の死骸から眼を離そうとしていたらしい錫子が、死体の手の先の方に落ちていた鍵を見つけた。

「え……」

三人が、一斉に蹈《かが》んで取ろうとすると、傍らにいた警官が、

「ちょ、ちょっと、死体には触らんようにして下さい」

しかし戸澤記者は、ちらりとその警官の方を振りかえると、

「大丈夫、死体には触らんです……」

そういいながら、素早く鍵は拾い上げてしまった。

「何んの鍵ですかね」

錫子は、戸澤記者の掌《てのひら》にのっている、黒っぽい鍵を覗込んでいたが、

「倉庫――の鍵らしいですわ」

「倉庫っていうと……、ああ、これですか」

眼の前の壁に、嵌込《はめこ》みの金庫のような大きなドアーがついていた。

「ははあ、これを開けようとしていたんですな、ところが開ける一歩手前で薬が効いて来て倒れてしまった、

といった恰好ですね、するとこの中にはよっぽど五東の出したいものがはいっているわけだ、警戒の警察の眼をしのんで、こっそり忍びこんでまで持って行きたいものが這入っている……、ちょっと、気になりますね」

戸澤記者は、白い歯を見せて笑うと、

「何しろ五東自身が天地神明に恥ない自信があるんなら、いくらこの家《うち》が警官に警戒されていたって、堂々と帰って来ればいいんだ、それをこっそり帰って来たのかからして何か曰くがあるに違いないね」

そんなことをいっていたが、警官が制するより前に、素早く鍵をさし込んで倉庫のドアーを開けてしまっていた。

それは、倉庫というよりも、造りつけの金庫といった方が、しっくりする位に、厳重なコンクリート造りの倉庫だった。広さは三坪ぐらいであろうが、出口はここ一ヶ所だけで、開けると同時に射しこんだ電灯の光りのなかに、さすがは画商の倉庫らしく、額縁とカンヴァスばかりが行儀よく並べて詰込まれてあるのが見えた。

奇蹟の名画

「主人が殺されてしまったという騒ぎのなかで、この五東という奴はこっそり絵などを持出そうとしていたのかね」

ドアーをあけた戸澤記者が、じろりとその倉庫のなかを見廻しながら、いくらか拍子抜けした様子だった。

「ふーん……」

大村も竹川所長も、同じような気持だった。

「しかし、絵だけは相当あるね……」

ドアーを開けたついでとばかりに、戸澤記者は、きちんと棚をつくって並べられてある、カンヴァスの二三を引出して見ていたが、そのうち、何に眼がついたのか、

「あっ、これは——」

と、手を止めた。

「こ、これを見たまえ……」

彼が、少し強張った顔で突出したのを見ると、

「……」

大村たちも、思わず眼を見張ってしまったのだ。

その絵は、カンヴァスだけで額縁のない、謂わば裸かのままではあったが、間違もなく問題の名画『夕の祈り』ではないか――。

いま全市の警察力が、必死になって追跡しているZ国の国宝名画、そのために面倒な国と国との感情問題までも起しはせぬか、とまで危惧されていた『夕の祈り』を見ても錫子は別にそう愕いた様子も見せていなかった。

彼女は、この絵が問題の絵なのだということも知らないらしく、ただその倉庫のなかに、見知らぬ絵があった、そして一同が何故か非常に愕《おどろ》いている、ということに、莫然とした不安を感じている程度らしかった。

(彼女は、本当に何も知らぬのであろうか)

大村は、もう一度彼女の横顔を流し見た。しかし、その純心らしい横顔からは、何も読みとることは出来なかった。錫子は、本当に何も知らぬ様子だった。

が、それよりも、なお一層おどろくべきことが起ったのだ。

というのは、戸澤記者が、その倉庫のなかのカンヴァスの山のなかから、もう一枚の『夕の祈り』を続いて見つけ出したのである。

これには、さすがの竹川所長も、大村も、唖然として言葉を失ってしまったぐらいであった。

血眼になって探し求めている『夕の祈り』が、しかも二枚も一遍にあらわれたのを見て、竹川所長は却って拍子抜けのしたような顔さえ見せていた。一枚発見された時には、

(ああ、やっとあったか……)

という喜びをともなった愕きを覚えたのだけれど、続いてもう一枚の、そっくり同じものが出て来たとなると、むしろ不安になって来たのだった。

そっくり、寸分の違いもない『夕の祈り』が、ここに二枚あるということは、すくなくともこの中の一枚は模写品であるということであり、或いはこの二枚がともに真赤な偽物であるかも知れないのだ。

「えらいことになってしまったな……」

戸澤記者は、その両手にぶら下げた双生児《ふたご》のような二枚の名画を、いかにも困ったように額に堅皺を寄せて、代る代る見下していた。

「まさか、もうないだろうね――」

竹川所長が、腐ったようにいった。

「もうないとは思うが……」

戸澤記者は、その二枚を傍らのデスクの上に置くと、

「とにかく、探してみようじゃないか」

「うん」

三人は、埃だらけになって倉庫のなかのカンヴァスを、一枚一枚しらべあげた。

しかし、それ以上は、もう出て来なかった。

二人の話題

埃だらけになった倉庫を出、洋服をはらっていると、丁度そこに見張りの警官が知らせたと見せて、向うの部屋で一服していた署の連中が、どやどやっと這入って来た。

「どうだい『夕の祈り』があったよ、——しかも二枚、ね」

竹川所長が、不機嫌そうにいって、口をへの字に曲げた。

「ナニ、二枚だって、あ、これかい」

「なるほどね、ふーん」

署の連中も、デスクの上に並べられている二枚の名画を見て、思わず唸った。

「しかし、そっくりだねえ」

「なかなかうまく出来てるな、二枚あるからどっちかは偽物だということがわかるけど、一枚だけ見せられたんじゃわれわれ素人にはちょっとわからんね」

「お説の通り——。或いはこの二枚とも、上野に今飾ってあるのと都合三枚ともに全部偽物かも知れんしね、まあ、とにかくよく出来てるさ、どうです、一枚いかがです、お安くしますぜ」

竹川所長は、まるで自分自身を嘲笑《ちょうしょう》するような調子でいって、部屋のなかを見廻した。しかし誰も黙っていた。

「明日にでもその道の専門家に鑑定してもらおう……」

私服の刑事がいったのを、竹川所長はキッと向き直って、

「明日だって……、冗談じゃない、そんな暢気《のんき》なことをいっている場合じゃないでしょう、そのために手配があってから我々は不眠不休でやっているのだし、恐らくそれを原因とする血腥さい事件が、ついここで二つも起っているんだ、今夜、いまから直ぐ行って鑑定させたらどうです、無論僕も行きますよ、鑑定の専門家を叩き起すぐらいなんでもないじゃないか」

竹川所長が、あまりに気負いこんでいったのと、いかにももっともなその言葉に、若い私服の刑事は、顔を赧《あか》らめてしまった。

「いや失敬、僕も寝不足のせいか、少し興奮しているようだな……とにかく直ぐ行こうじゃありませんか、僕も一緒に連れて行って下さい、早く結果を知りたいですからね……」

と竹川所長は軽く頭に手をやると、二人の刑事に二枚の『夕の祈り』を待たせ、一同に送られるようにして部屋を出ると、自分も警察自動車の助手台に乗りこんで、闇のなかに駛り去って行った。

「なあんだ、僕が見つけ出したのに、横どりして行っちまったぞ、心臓の強い男だな……」

駛り去っていく自動車を見送りながら、戸澤記者は苦っぽく笑っていた。

そして、思い出したように腕時計を見ると、

「おっ、もうそろそろ締切の時間だぞ、これを落とすとまた部長に睨まれるからな……」

「いまの絵のことはどうするんです、本物が発見されたかどうか、行ってみなくともいいんですか……」

大村がいうと、

「いやあ、『夕の祈り』の方はもともと記事差止めですからね、いまのやつのどっちかが本物で無事に戻ってもあたりまえですよ、記事にならんものはついて行っても仕様がないです、それよりもこの続発した怪殺人事件の方がうんと書けますからね、……じゃ、お先きに」

戸澤記者もまた、つづいて闇のなかに帰って行った。

大村も、仕方なしに帰ろうとすると、コツコツとハイヒールの音を、いくらか重たげに敷石に響かせて早河錫子が出て来た。

「おや、お帰りですか」

「ええ、一応帰ってもよろしいとお許しが出ましたので」

「そうですか、そりゃよかった……もっともあなたとしては最初から迷惑の仕続けだったんですからね……」

大村と錫子とは、いつしか闇のなかに、肩を並べて歩いていた。三十米置きぐらいに、鈍い街灯の光りがあって、そこに来るたびに、白い整のった彼女の横顔がほのぼのと浮出して見えた。

しかし話題は、残念ながらこの若い二人の間に似合わしからず、こんどの事件に関係したことばかりだった。

「五東了助は、やっぱり毒殺でしょうね、警察の方で

はどうしていました?」

「そうでしたわ、五東さんのは間違いもない毒殺でしたわ、調べられたところでは、なんでも五東さんのデスクの上にあった持薬のなかに、強い薬が入れられてあったそうですの、ですから古田さんを撃った犯人が、その時、五東さんの部屋にも行って、薬の中に毒を入れて逃げたのだろう、そこへ五東さんがこっそり帰って来て、まずいつもの習慣で持薬を飲んでから——あの人は痩ている体つきからもおわかりでしょうけど、ちょっと、こがわるいらしいのよ」

彼女は、そういって、自分の二つの膨みを持った胸を、軽くたたいてみせ、

「それで、いつも薬の中毒のように飲んでいたり、空気のいい湘南の藤沢にちょいちょい行っていたりしていたようですわ」

「ははあ、それで銀座では息を切らしてあなたのあとをつけていたんですね」

「ええ、いやだわ……」

錫子は、気味悪そうにそういうと、そっと後をふりかえって見たりした。

大村は、出来ることなら、その小さい不安そうな肩を、抱き労《いたわ》ってやりたい気持だった。

夜

大村はその夜、自分のアパートに帰って、さてベッドに潜りこんでからも、その夕方から捲き起されためまぐるしい、しかも刺激的な事件の一齣《こま》一齣がつぎから次へと眼の前に浮び出て、眼はつぶってもなかなか睡《ねむ》ることは出来なかった。

第一、古田三郎をピストルで射殺した犯人と、五東了助の薬瓶に劇毒を投じて、彼を毒殺した犯人とは、同一人である。

第二、古田三郎の金庫に、問題の名画『夕の祈り』が真偽はともあれ二枚もあった奇蹟は何を物語るか?

第三、兇行時間の六時十五分における現場不在証明《アリバイ》の再検討——、しかし、この時間がやや不確実なのは、銀座にうろうろしていた大村自身と早河錫子、五東了助の三人である。しかし五東は被害者であるから除くとなれば大村と錫子が残される。大村は、自分自身が潔白である如く錫子の潔白も信じていた。

第四、錫子のいうのを信じれば古田はなぜあんな新聞紙一枚を大切そうに彼女に托したのか。その前後の様子が考えようによっては甚だ曖昧である。

第五、五東了助はなぜ彼女のあとをつけ廻していたのか。

第六、そして、なぜ『夕の祈り』をこっそりと持出そうとしていたのか？

第七、なぜ古田と五東とは殺されなければならなかったのか？

第八、奇怪な投書をした者は誰だ？　また、なぜそのような投書をしたのか？

……なぜ、なぜ、なぜ、その疑問符の連続に、大村の頭は熱っぽく廻転して、考えれば考えるほど睡るどころか、却って眼は冴え冴えとして来るのだった。

（それにしても、所長が持って行った、『夕の祈り』は本物だったろうか――）

と思った瞬間、まるでそれが合図でもあったかのように、枕元の電話がけたたましく鳴ると、いそいで取上げた受話器は、飛んでもないことを、彼の耳につたえて来た。

それは、交換手の声につづいて戸澤記者の声であった。

「ああ、大村さんだね、事務所かと思っていくら電話をかけても出ないからそっちへ掛けたわけだよ、ところで、すぐ来てもらいたいな……」

「なんです、どこへ行くんです」

「なんですって君、君のところの所長《おやじ》がやられたんだよ」

「やられたっ？」

「うん、怪我だ、しかし命の方は大丈夫らしいが、とにかくさっきの自動車《くるま》が事故を起してね、運転手も刑事も重傷だよ」

「……」

「おまけに、『夕の祈り』がそっくり二枚とも姿を消してしまったという騒ぎだ――、すぐ来てくれたまえ、僕のところへ……」

戸澤記者の忙しそうな電話は、そこで切れてしまった。だが、大村は、しばらくは受話器を置くのも忘れて呆然としてしまっていた。

所長をのせていた警察自動車が事故を起した刑事もろともに重傷――、しかも、やっと発見して、まだ真偽の区別もつかぬ『夕の祈り』が二枚ともにそっくり姿を消してしまったとは……。

ぬくぬくとベッドに潜りこんでいた大村は、慌ててベッドを飛下りた。そして洋服の袖の手を通すのももどかしくまだ暁もほど遠い深夜の町に飛出した。そして拾った自動車を戸澤記者の待つ帝都新報に急がせながら、何か、兇悪無慙な犯人が身近に迫って来たような惧《おそ》れに、胸を搏《う》たれていたのである。

泥んこ名画

夜のない国――帝都新報の表玄関は、深夜の今も開けはなたれて、暗いアスファルトの上に、煌々とした電灯の光りを投げていた。

輪転機は、もう最後の市内版を刷り上げているらしく、轟々という音を寝静まった街に響かせていた。

「社会部の戸澤さん、いらっしゃいますか――」

大村が、受付に刺を通じると、すぐ応接室に通された。と待っていたとばかりに殆んど案内の給仕と入れちがいに戸澤記者がはいって来た。

「やあ、先刻は失敬――」

「いやいや、忙しいところを却って」

「なあに。ところで早速だが、君んとこの所長は、わりに元気らしいから安心したまえ、ちょっと頭を打ったらしく、ふらふら歩いているところを見つかったそうだ……が、それよりも問題の『夕の祈り』が二枚とも消えてなくなった事件だが」

「ふーん、とにかく後から後からと訳のわからんことが持ち上って来るんで」

大村が思わず本音を吐くと、

「弱気だなあ――。かりにも探偵事務所の所員たる大村君じゃないか」

「いやあ、それがね、探偵事務所の所員とは名ばかりで、何しろ今度の事件が駈け出しの開業式と来ているんだから、何が何んだかサッパリ見当もつかんという有様で……」

「おやおや、君にせめて所長の半分ぐらいの心臓でもあればねェ……、いやこれは冗談だが、とにかく君のようにアッサリ兜を脱いでしまっては駄目だよ。俺が犯人をふん捕まえてやる、といったような、たとえ虚勢でもいいから肩を張っていないと犯人に舐められてしまうぜ」

「しかし、そんなに身近かに犯人がいるというのかい」

「――いない、という証拠はないじゃないか、たとえばこの僕が、或いは犯人かも知れない、もしそうだとしたら今の君の弱音を聞いて、この胸のなかでは赤い舌を出しているかも知れない」

戸澤記者はそういって、すっかり頭の混乱しきっているらしい大村の顔を、何か言葉を待つように黙って見た。

「まさかね。あんたが犯人じゃないというぐらい直感でわかっているさ……」

「直感――? それがいけないんだ、複雑怪奇な殺人事件を直感で解決しようなんていうのは絶対にいけない……、僕自身がまさか犯人でないことは無論だけれど……」

「どうも、すっかり意見されているようだな、けど、あんたにはアリバイがあるじゃないか、兇行の行われた六時十五分に……」

「ふん……」

戸澤記者が、そう鼻を鳴らした時に、この応接室の片隅に設けられた電話が、急にけたたましい音をたてた。

受話器をとりあげた戸澤記者は、

「ああ、戸澤だが、御苦労さん……え、『夕の祈り』があったって、どこに? ふん、ふん」

そんな返事をしていたが、やがてその受話器をがちゃりと置いて大村の方へ向き直ると、

「――『夕の祈り』があったそうだぜ」

「二枚とも?」

「うん。しかし池の端で自動車が事故を起して、池の中に飛び込んでしまったというんだから、あの絵も泥んこになっちまってぷかぷか浮んでいた、どうにも仕様がなくなってしまったらしいね、二枚とも……」

「ふーん、もしそのどっちかが本物だとしたらえらいことになるね――、誰からの電話だい? いまのは」

「うちの若い記者さ、僕のかわりに行ってもらったんだ」

「……」

大村は黙りこんで戸澤記者の顔を見上げていた。戸澤記者も、何か考えこんでいるらしく、タバコの煙りばかりをいそがしく吐き出していた。

大村は、しばらくたって、呟くようにいった。

「僕はね、ここに来るまでのうちに八つの疑問を考えたんだよ、……その八つの疑問のどれかが解ければ、あとの疑問は芋蔓式に解けて来ると思うのだけど」

「とにかく……」

戸澤記者が口は挿んだ。

「とにかくその泥んこになった『夕の祈り』を見てみようじゃないか、多分もう警察に戻っているだろうから……」

いつの間にか輪転機の音はやんで、夜は、ようやく明けそめていた。

投書の用箋

警察に着いてみると、その問題の絵はやっと今しがた届けて来られたらしく、署長室の片隅に新聞紙を敷いて置かれてあった。

が、それは、まったく見るかげもなく蹴っとばされて泥沼に叩き込まれたような、惨憺《さんたん》たる有様だった。ぐしょぐしょに濡れて張り枠の鋲のはずれたカンヴァスは、態《てい》のいい雑巾のようであった。

「ひどく痛められちまったもんだね、こりゃ……」

戸澤記者も眉をひそめて大村を見かえった。……この有様を、血眼になって探しているZ国美術展の連中に見せたら、或いは卒倒するような騒ぎを起すかも知れない。

「まったくどうも——これじゃこのどっちかが本物だとしてもとても会期中に手入れをして解らぬように戻して置く、というわけには行かんだろうな」

大村も、そういいながら跼みこんで、ところどころ油絵具の剝げ落ちた二枚のカンヴァスを拡げて見ていたが、

(おやっ?)

と思うことがあった。

「戸澤君、ちょっと見てくれたまえ、この二枚はそっくり同じようだと思っていたけど、少し違っているぜ」

「違っている——? どこが」

「どこが、って、なんとなく色の調子が可怪しいじゃないか、このひどくやられている方が……そういえばカンヴァスも新らしいような……」

「気のせいだろう」

戸澤記者は、こともなげにいった。

「泥水につかっていたんでそんなに見えるんじゃないかい」

「けど……」

大村は、油絵具が果して泥水につかっていたからといって、そうそう変るわけもあるまい——とは思ったのだけれどその時は、そのまま黙って立ち上った。

そして、思い出したように、

「そうそう、きのう投書があったというけどそれがここにあるかしら、あったらちょっと見たいが」

「あるだろう、その署長の机の上に」

「ああ、これか」

ありふれた封筒で、「××警察署長殿、親展」という速達便が、置かれてあった。

注意深く取り上げて、最初に裏をかえして見た。しかしそこには発信者の名前も何もなくて、ただ真白だった。中味を抜いて見ると、便箋一枚の走り書きで、きのう聞いたような、意味のことが書かれてある。

その短かい投書を、叮嚀に読み終ってから大村はちょっとくびをかしげた。その投書の文字は、走り書きとはいいながら変に作ったような字体で見憶えなかったけれど、その書かれている便箋の用紙が、どこかで見たことのあるような気がしたのだった。勿論、探偵事務所ではこんな上等な紙は使わない。新聞社等で使うような便箋でもなさそうだ……と考えて来ると、この便箋は、どうやら古田三郎のところのものではなかろうか、と思いあたった。

（そうだ、それに違いない……）

その便箋には、目印になるような印刷は一つもなかった。しかし、そう疑って見ると、紙の左の方が少しつまっているような気のするのは、或いはそこに、画商古田三郎といったような文字があったのかも知れない。古田三郎と、すると、いよいよ奇怪至極なことになる。古田三郎は、自分で『夕の祈り』を持っていることを、警察へ投書したのであろうか――。そんなバカなことが。

大村が顔を上げると、戸澤記者は彼の真剣な顔つきに、にやにやと笑いかけた。

「どうしたい、ばかにこわい顔をしているじゃないか」

「ううん……」

「何かあったのかい?」

「いやあ――」

「とにかく朝飯でも食おうじゃないか、朝飯前に片づける事件にしちゃ、ちと手ごわいぜ、はっははは」

「うん」

「まず腹をこしらえてから大活動ということにして……」

大村は、戸澤記者につづいて署を出ると、すぐそばの飯屋の熱い味噌汁を啜《すす》った。

体がぽかぽかと暖まって来た。そして新しい元気がわき上って来るような気がした。

戸澤記者は飯屋を出ると、啣《くわ》えている楊子を舌の先きで動かしながら、

「君はどうする？　所長は池の端の黒板病院で手当を受けているらしいが……、見舞いにでも行ってみるかい」

「そうだね、まあ一度行ってみよう」

「じゃ、僕は僕で活動することにする、一緒に歩いていても仕様がないからね、あとで電話で連絡をとって会うことにしよう……」

大村は、そこで戸澤記者に別れると、教えられた所長のいる黒板病院へも行かずに、反対の方に自動車を走らせた。

所長に会うことは、いつでも出来る。

それよりもこの事件を解決することだ。所長が負傷してしまった今はなおさらのこと――と、彼には珍らしくハリキッていた。

それというのも、実はさっきの疑問の投書を、彼はこっそりポケットにしのばせて来ていたからだった。これを早河錫子に見せれば、この便箋が古田のものか、もしそうだとすればこの投書の筆蹟も古田のものか、或いは五東のものかがわかるかも知れない……、と見当をつけていたのである。

弾痕

古田邸に来た大村は、やはり来てよかったと思った。

警戒のために派遣されて来ている一人の老巡査とはなれて、早河錫子は独りぼっちで、ぽつんと椅子にかけていた。そして大村の訪問を、いかにも嬉しそうに迎えてくれたのである。

美しい彼女も、さすがに寝不足らしい腫ぼったい瞼をしていた。

「やあ、きのうは……」

大村は挨拶すると、

「早速ですがね、この便箋に見憶えがありませんか？」

「どれですの？　まあ、これうちの便箋――のようですけど」

彼女は、デスクの抽斗《ひきだし》から便箋を取出して比べて見て、

「あら、やっぱりそうですわ、けど端の方が切れてますのね」

「え、そうですか、どれどれ」

なるほど紙質も同じものだった。その上、大村の想像通り、左の端の古田三郎用箋という文字のところが、投書の方のは切り取られている。

「この筆蹟に見憶えがありませんか」

大村は、意気込んで聞いた。

「さあ……」

錫子は、その細い眉を寄せていたが、すぐ小首をかしげて、

「……わかりませんわ、知らない字ですわよ」

「古田さんや五東のとも違いますか?」

「違いますわ、それはハッキリ違うと申せますわ」

「……ははあ」

大村も、意気込んでいた力がすうっと抜けて行くような気がした。

しかし、そう簡単には思い切れなかった。この便箋が古田のうちのものであるということだけでも、大発見には違いないのだ。

この投書用紙が古田の所のものであり、しかも古田や五東の筆蹟ではないとすると、古田を射殺し、五東の持薬に毒を盛った犯人が、その場の便箋を取って警察へ投書を書いたのだ、としか考えられない。

(なぜそんな妙なことをしたのか)

そのことが、犯人にとっては何んかの利益になることには相違ないのだが、残念ながら、今この場で指摘することは出来なかった。

大村の思い迷った眼に、心配そうな顔をして傍に立っている錫子の眼が、ふと逢った。

大村は、思い出したように薄く笑って、

「とにかく込みいった事件ですからね」

「ほんとに。でも不思議なご縁でしたわね、私が撰《よ》りに撰ってあなたのポケットに手紙を入れるなんて……」

「まったくですよ、しかもあの手紙は誰かに途中で掏りかえられたらしいんですが……、気がつきませんでしたか」

「私も、ずいぶんうっかりしていましたけど……ほかで掏りかえられるはずはありませんからもし掏りかえられたとすればバスのなかで、ですわね」

彼女は一《ひ》と息して、

「そういえば、あとでなんだか少し手紙が厚ぼったくなったような気もいたしましたが、……でもその時はまさか、と気にもしませんでしたの」

「そうでしょう、あんな手紙が掏りかえられるとは思いませんからね……、それはそうと、なんかこの家で変ったことがありませんでしたか。例えば書斎にかかっていた額がなくなっている、とか、貴重品がなくなっている、とかいったような、僕は何しろ初めての家なので、そんなことの見当がまるでつかないんですが、……あなたなら毎日見馴れているからちょっとした品物の変動でも気がつかれるでしょう」

「そう――ですわねえ」

彼女はちょっと考えていた様子だったが、

「別に何も失くなったものはございませんわ、五東さんの部屋の手提金庫だって鍵はかかっていませんでしたのに……なかは相当にいじったらしく、ごちゃごちゃになっていましたけど……」

「ほう、するとこの犯人は金が目あてじゃないことは確実ですね……、それから？」

「それから――、あの金庫も相当にいじって開けようとしたらしいですわ、錠《じょう》のところが引掻いたようになっておりますから」

「ふん、すると――」

「あ、そうだったわ」

彼女は急に何か思い出したらしく、眼を挙げると、

「ちょっと、こちらに来てくださいません」

そういいながら先きに立って、昨夜古田三郎の死体のあった書斎兼用の応接間に行くと、

「こんな、痕《あと》があるんですのよ、いままでなかったのに……」

それは、電気時計のかけられている壁の、それから一米ぐらいもはなれた、静物の額のかかった下の小さい痕だった。

「これ、ピストルの弾丸《たま》の痕じゃありません」

古田三郎を射ち抜いたピストルの弾丸なら、電気時計をも一直線に射ち抜いたはずだが……と大村は思ったのだが、それでも彼女の細い白い指の先きの孔を注意して見ると、なるほど錫子のいう通りピストル弾のあとのようにも思われた。

トリック

「ほほう、こりゃ変ですね……、ナイフかなんかありませんか」

大村は、彼女からペン皿のなかにあったナイフをかりると、丹念にその孔《あな》を探ってみた。何か先きにあたるような気もする。

注意深く掘り出してみると、それはぐしゃぐしゃになった鉛――間違いもなくピストルの弾丸なのであった。

「……」

大村と錫子とは無言で顔を見合せた。

窓の向うには、暖かそうに日向ぼっこをしている老巡査の姿が見える。

「これは――、いよいよ……」

大村は、そんな無意味なことを呟くといそいで電気時計の前に立った。

電気時計も、たしかにピストルで射ち抜かれている。

(これは一体、どうしたわけなのか?)

呆然とその前に立っている大村の後に来た彼女の姿が、電気時計の破れた硝子に写った。と同時に、

(おやっ?)

その破れたガラスには煤《すす》のようなものが見える。

「こんなところに煤のようなものがついていますね」

「あら、そんなところに? つい昨日の朝ふいたばかりですのに……」

「……」

大村は、ハッと向き直った。

「大発見ですよ、こりゃ」

「あら、どうしたんですの」

「どうしたもこうしたも……、あなたのお蔭で、犯人の奴の素晴らしいトリックを見破ったんですよ」

「まあ……」

「つまり、犯人は二発のピストルを撃っているんです。僕たちは今まで一発の弾丸が古田氏の胸を貫ぬいてこの電気時計をも破《こわ》した、と思っていたんですが、これはまんまと犯人のトリックにひっかかる所でした。犯人はまず古田氏を射ち殺してしまってから自分の犯跡《はんせき》をくらますために自分の現場不在証明《アリバイ》を造るために、電気時計の針を六時十五分にして改めてこの電気時計を射ち抜いたんです」

大村は、興奮して一気に喋りつづけた。

「それはこの二つの弾痕と、時計のガラスの煤とが何よりも確かに物語っていますよ、もし古田氏の体を貫きぬけた弾丸なら、時計のガラスにこんな煤をつけるはずはありません。この煤は、電気時計が、極めて近距離から直接に射ちぬかれた証拠です――。逆に、なぜわざわ

ざこんな時計を射ちぬかねばならなかったのか、と考えれば、それは六時十五分という時間のアリバイをつくるためなのだ、としか考えられませんね……」

「まあ、ほんとに……」

錫子は、感嘆の色を漂わせた瞳で、大村を見上げた。

美しい錫子を感嘆せしめた大村は、なおも昂然《こうぜん》として、

「どうやら戸澤君もこの電気時計のことは気にしていたようですね。最初に僕たちが来た時に、しきりに時計の方を気にしていたようでしたから……」

「そうでしたわね、とても注意ぶかく見ていられましたわ、けど、そんな、今あなたが仰言ったようなことは……」

「そこまでは気がつかなかったのかも知れませんよ、……いずれにしても、ですね。今までの考えとは全然逆に、六時十五分という時間がトリックだったとすればその時間に完全なアリバイを持っている者こそ、却って怪しいのだ、ということが出来ますよ」

「ほんとに、そうですわね、そうすると……」

「そうすると――」

いいかけた大村は、思わず口の中でアッと叫んだ。

その問題の六時十五分に、完全な、警察にいたというアリバイを持ったものは外ならぬ所長の竹川舟峰と、帝都新報の戸澤記者の二人ではなかったか。

まてまて、第三者から見れば、この大村自身も早河錫子も五東了助も、丁度その頃には銀座にいたのである。

大村も錫子も、ふと黙りこんでしまった。

淡い午前の陽が、もの音一つしないあたりを照らしていた。

――と、門前に自動車の止った気配がし、続いて急ぎ足の跫音が、敷石の上を伝って来た。

大村が、何気ない眼を窓にやると、丁度そこには、さっき朝飯を食って別れたばかりの戸澤記者の姿が近づいて来るところだった。

戸澤記者の方でも、窓越しに大村の姿を見つけ、

「おや？　君もここにいたのかい？」

と思いがけなかったように、ちょっと立ち止って見上げた。

照れた二人

その思いがけなかったような戸澤記者の顔からは、

（大村は今頃、黒板病院に行っているはずなのに――）

という不審の色がありありと見てとれた。

それで大村は、先手を打つように、

「やあ先刻は失敬――。あれからすぐ所長のところに見舞いに行ってやろうと思ったんだけど、ちょっと気になることがあったもんだからね、こっちに来てしまったわけさ……」

「なるほど――」

その窓の下に立止っていた戸澤記者は大村と、肩をならべている早河錫子の顔とを、代る代る見くらべてから、もう一度、

「なるほど……」

といって、にたりとした。

「じょ、冗談じゃない、誤解しちゃいかんよ――」

大村があわてて手を振ると、錫子も、ちょっと耳朶を染めて、くるりと横を向いてしまった。

しかし、その錫子の横顔には、別に不快らしい色は浮んでいなかった。むしろ大村の己惚《うぬぼ》れかも知れないが、かすかに笑っているような感じすらする――。

大村は、それを知ると、相変らずニタリニタリとしている戸澤記者の眼を、照れたように手で遮って、

「まあ、そんなとこに立っていないで上って来たまえよ……」

「そうかい、じゃせっかく来たんだから、お邪魔するかな――」

戸澤記者は、からかうように「お邪魔」に力を入れていい残すと、静かに玄関の方へ廻って行った。

「ところで大村君がここにいたのは、却って好都合だったよ」

部屋にはいって来た戸澤記者は、もう真顔になっていた。

「ほう――？」

「素晴らしいニュースがあるんだぜ」

「僕にもある、そのためにわざわざここに来ていたんだ」

大村は、そこでもまたちょっと弁解じみたことをいった、そして直ぐ、追っかぶせるように、

「例の投書のことだがね、あの投書の用紙というのが、こともあろうに、ここの古田の便箋だ――ってことがわかったんだ」

「ほう、そいつあ大発見だ、で、誰の筆蹟《て》だね、まさか錫子さんが書いたんじゃあるまいね」

「まさか――。あれは男の筆蹟《て》だよ。しかも非常に作った字だけれど、誰のものかってことはまだわからない」

「ふうん……、もう少しだな」

「が、もう一つある、もう一つの方が余計に大発見なんだ、こりゃ錫子さんのお蔭だといってもいいんだが……」

大村はちょっと口を切って、

「というのは、兇行時間の六時十五分というのは真赤な嘘だ、これこそ犯人の拵《こし》らえたトリックだ、ってことがわかったんだ」

そういいながら、ジッと戸澤記者の顔色を見つめた。

しかし、戸澤記者は、眉一つ動かさなかった。もし彼が犯人であり、このトリックを拵らえたものならば、いくら平然としていてもその眼には動揺の色が流れてもいいはずなのだ。だが、戸澤記者は、びくりともしなかった。

そして、低く、

「なるほど、やっぱりそうだったんだね」

と頷いたきりだった。

「やっぱり――というと君はそれを知っていたのかい？」

逆に大村と錫子の方が、愕いたくらいだった。

「いや、知っていた訳じゃないよ、しかしどうもそんなことじゃないか、っていう気がしていたんだ、それで、昨夜も相当よく調べたつもりなんだが、電灯の光りだけじゃハッキリわからなかった――それで今また出直して来たわけなんだがね」

「ふーん……」

戸澤記者が、突然ここにやって来たわけもそれで解った。大村は壁の弾痕を示して、トリックを見破った経緯を話してやった。

「しかし、君は今までどこにいたんだい」

「僕か――。僕の方にも大発見があるんだぜ、君たちを愕かすような……」

戸澤記者は、椅子に腰をおろして、口を切った。

現れた本物

「僕は大村君と別れてから上野に行ったんだ、そして、Z美術展を見た――というのは『夕の祈り』がまたなくなっているといかんし、あの二枚の奴が目茶々々になってしまったんで余計心配になったりしてね、すると丁度いい具合に最初に偽物と掏りかえられている、ってことを知って騒ぎ出した僕の友人がいたのでこの男に案内してもらって硝子戸のなかの問題の名画を見ると」

「うん、どうかしたのかい?」

「どうしたもこうしたも、いつの間にか『夕の祈り』の奴が一点の間違いもない本物になってるという騒ぎなんだ、まるで狐にでもバカされたような有様さ」

「……、もともと本物だったんじゃないのかな、それを偽物だなんて騒いでしまったんで具合が悪くなって、こんどは本物になっているなんて言いなおしているんじゃないのかね」

「いや、絶対にそんなことはない、その点は鑑定した僕の友人を信用してくれたまえ、また、それだけの証拠があるんだ」

「証拠――?」

「そうだ、『夕の祈り』はたしかに一度持ち出されていたんだ、それはこの家の倉庫に、ほとんど実物と見わけのつかぬくらいの優秀な模写品《イミテーション》があった、ということからもわかる」

「どうして――?」

「どうしてって、つまりだね、古田三郎は『夕の祈り』を是非手に入れてもらいたい、という註文を受けていたに違いない。これはちょっと聞くといかにも馬鹿々々しいようだけれど、こういう美術品の蒐集家というのは殆んど我々の想像もつかない熱狂的な蒐集慾のために、欲しいとなるとどんな無理なことでもいい出すらしいね、またそれだけに金に糸目はつけず、充分この危険を償うだけの金は出すというのだろう――、また、それが前からのいいお華客《とくい》だったとすれば、古田にしても無碍《むげ》には断れない」

「しかし、いかに古田でもそんな……」

「まあ待ちたまえ、そこに、だね、お華客からこんな話のあったところに、『夕の祈り』を必らず持ち出してみせる、用が済んだら返してくれるというのならやってもいいという男があらわれたとしたらどうする――。古田ならずとも是非持ち出して来てくれ、お礼は充分にするからと頼むだろうと思うね」

「ふーん、じゃあ、その男というのは?」

「まあ順に話すよ、そして、その男がなんかの手段で展覧会の本物を持ち出して来て、それを手本にしてそっくり同じような模写品を造った、それが昨日この倉庫にあった絵なんだ、古田にしてみればこの模写品をお華客《とくい》には本物だといって法外な金をせしめ、その実、本物の方は返して知らん顔していようと思っていたのかも知れないがね……」

「ふーん、すると本物が持ち出されている間、あの展覧会に掲っていた奴は?」

「あれこそ真赤な偽物さ、あれは一と眼で偽物だってことがわかったくらいだから、この倉庫にあった奴とは比べものにならんひどいものだった、つまりこれは本物を見ずに、かねて市場に出ている写真帳か何かの絵によって描いたものだから色の調子なんかもまるで問題にならんものだったそうだ」

「ふーん、しかしせっかく盗み出しながら何故かえしたんだろうかね」

「そうさ、そこだよ疑問の点は——。とにかく昨日閉場するまでは例の通り真赤なニセ物が厚い硝子戸のなかにぶら下っていたのに、それが今朝になって僕が見せてくれというので行って見るといつの間にか本物になっていたというんだからね」

「じゃ尠くとも古田や五東の仕業ではないね、その時間には二人とも殺られてしまっていたんだから……」

「そうだ、犯人は勿論ほかにある、その画を盗み出し、またこっそり戻して置いた男だ——しかももう一つえらいことを発見したんだぜ」

戸澤記者は一と息して大村と錫子の顔を見廻した。

黒い東京地図

大村は黙って、その話をせかすように、錫子の淹《い》れてくれた熱い番茶を手のひらの上で廻していた。

「——それはね、おや本物が帰っているぞ、というわけで、念のために下して見たんだ、友人の奴は本物が帰って来たというんで理由なんかどうでもいい、もう大喜びなんだけれど、でもまあ念のためにその画をくらべて見ると、だね、カンヴァスと額縁との間の、ちょっと気づかないところに、こんな紙片《かみきれ》が隠し込まれていた……」

戸澤記者は、細く畳まれた白い紙片をポケットをさぐって出して見せた。

「なんだい? そりゃ——、暫時拝借したという詫状かい」

「とんでもない、そんな酔狂なもんじゃないよ、二つの殺人を起すほどの事件だ、恐ろしい紙片だよ、――見たまえ、東京地図だ、しかも軍事上の重要建築物が黒で印《マーク》された地図だよ、これは明らかにスパイ地図さ、敵機の爆撃目標を精密にマークされた黒い『東京地図』なんだ……」

「まあ、スパイ地図！」

そばで、今まで黙っていた錫子が、愕きの声をもらした。そして、

「では、こんどのことにもスパイが働らいているのね?」

「そうですよ、そしてあの名画にこの黒い東京地図を忍ばせておけば、悠々と税関なども突破して、次の美術展の開催国であるR国に行くことが出来る、そこではまたかねて打合せてあるだろうからこの地図がこっそり抜かれるという仕組みなんだ、つまりこの国宝名画が同時にスパイ地図の運搬器をも兼ねていた――、すばらしい名案じゃないか……」

「……」

大村と錫子とは、ただ眼を見張っていた。そして、しばらくしてから大村が、

「そうか、古田に、必ず『夕の祈り』を盗み出してみせる、といったのがそのスパイなのだね、それはこんな紙片を入れるくらいだからあの画に自由に触れることの出来る自信があったわけなんだろうし、そのついでに金儲けもしてやろうと思って古田にいわれたように持ち出して来た、というわけなんだね」

「いかにも……」

「しかし、それならなぜ古田と五東を殺らなければならなかったんだろう……」

「つまりそれは持ち出す約束の日数よりも伸びてしまったし代りにかけて置いたのが偽物だということが直ぐわかって五月蠅《うるさ》くなったものだから早く返せと催促した、ところが古田の方ではこれだけの絵を精密に模写するんだから一日や二日で出来るはずがない、それで言葉を濁してなかなか返さないので気が気でなくなったその男は、遂に暴力に訴えた――と見るのが妥当だろうね」

「……なるほど」

「その男が来ることはわかっていた、それで古田は錫子さんに手紙を持たせて使いに行ってもらった――これは、まさか自分が殺られるとは思わなくとも、相当激し

い談判になることは覚悟していたので、それをこの錫子さんに聞かれたくないためだったと思うね、だからあの手紙は最初から手許に有りあわせた五東の読み古した新聞紙だったし、宛名も書かずに、銀座に行ってこんな恰好の人に渡してくれなどと出まかせをいったに違いない――、結局は錫子さんに居てもらいたくない、聞かれたくない話だったからだ、そういったいい加減なことをいっておけば錫子さんは本気にして探すだろうから手間どるに違いない、と先きを見越していたんだろう……」

「いかにも、そういわれればその通りだ、しかし五東がなぜ錫子さんの跡をつけていたんだ、これはどういう風に説明する――?」

「その前に五東の仕事を言おうか、五東は僕のしらべたところでは、あれでも古い美術学校の卒業生なんだぜ、そして今の仕事は古田に雇われて模写品《イミテーション》をつくるのが仕事だった、つまり彼は実に巧みな偽画師《ぎがし》、名人芸といってもいい技術をもった偽物つくりだったんだ、それが『夕の祈り』を必死に模写しただけに、この絵がどこに売られるのかが気になっていたんだろう、しかしいくら聞いても古田はいわない、古田は五東を安い月給で雇っておいて、その描せた画を、法外な値で売るつもりだからお華客《とくい》は知らせなかったんだ――、そこに錫子さんが古田の使いで出かけるというので、或いは追いて行けば先方の買手がわかると思っていたのかも知れない、だから夢中になって追いかけていたのさ」

戸澤記者はまるで、すべてを見て来たように、明快に説明した。

「どうも、君のハッキリした説明を聞いていると、まるで犯人がわかっているようだね」

大村が感心したようにいった。すると戸澤記者は、にこりとして、

「――わかっている、もう犯人はわかっているよ」

「えッ」

大村と錫子が、思わず眼を見張った。

真犯人

「だ、誰だい犯人は――?」

「大村君だって、大体の見当はつくだろう? 六時十五分という時間が嘘だとなると――、その時間にハッキリしたアリバイのある者こそ怪しいわけだが……」

「すると、まさか戸澤さんじゃなし、所長というのもへんだし……」

「変じゃないよ」

「えっ?」

「少しも変じゃないさ、探偵事務所長竹川舟峰こそ第一に怪しいのだ」

「し、しかし……」

「君には悪いがね、けど君だって最近に竹川舟峰の事務所に入所《はい》ったばかりだからよく様子も知らんだろうが、彼は自分の地位を悪用していたんだ、というよりも探偵事務所長だという絶好の隠れ蓑を着ていたんだよ、職業柄、警察方面の消息にも通じているし、その動きによって巧みに立ち廻っていた――つまり始終警察の裏をかいていた――、まあ、今日までは、ね……」

「……」

大村は、現在の自分の勤めているところの所長が、犯人なのだ、といわれてちょっと二の句がつかなかった。

戸澤記者は、薄く眼をつぶるようにして、

「竹川所長が古田を尋ねて来たのが錫子さんの出かけたのと入れ違いぐらい、それから談判が遂に決裂して――古田にしてみれば、『夕の祈り』が盗まれたということが世の中に知られた方がこれが本物ですよといってお華客《とくい》に高く売りつけるのに好都合だったし、竹川にしてみれば段々騒ぎが大きくなってしまうとスパイ地図を忍ばせるのに都合が悪くなる――この悪人同志の利害が衝突して、遂に血腥さい事件になったんだ。竹川にしても思いがけないことをしてしまったんで、あわてて電気時計のトリックをし、こんどは五東の持薬に毒を入れた――これは五東だけは竹川が『夕の祈り』を持って来たのを知っているので、古田が殺られたとなると直ぐ竹川が怪しいと気づかれるからだ、そして、倉庫を開けようとしたが開かない、といって愚図々々しているわけにも行かないから、もう一度こんどは大っぴらに来られるように、妙な投書を偽筆で書いて警察のすぐ近くから出した、同じ局の区内だったら一時間もすれば配達されることを、竹川はよく知っていたのだろうからね、……そして大村君と六時に銀座で逢う約束をしていたのも破って『おやもう六時十五分すぎか』とかなんとかいいながらアリバイをつくるために警察でうろうろしていた、そして速達が来ると、自分が真先になって騒ぎ出したりしてね、とにかく大した名優ぶりさ」

「ふーん、するとうちの所長が実は兇悪な殺人犯人であり、憎むべきスパイだというのだね」

大村は、この戸澤記者の玄人の探偵にもまさるような、鮮やかな解決に胸の中ではさっきから舌を巻いていた。新聞記者として場数を踏んでいる彼の経験と、ちゃちな探偵事務所など及びもつかぬ調査機関をもった新聞社の強味は、とても馳出しの大村などとは段違いであった。

今考えてみると、その段違いの活躍をする戸澤記者の姿が、口にこそ出してはいなかったけれど、時にはふと怪しくさえ思われることもあったくらいだったのだ。

「……すると、竹川所長が負傷したというのは？」

「あれは無論カムフラーヂだよ、彼が自動車の助手台に坐っていて、ちょっと悪戯をやればあんな事故はすぐ起るからね、そしてその騒ぎの隙に本物の画を攫《さら》って行って美術展のとかけかえて来た……というわけさ、ここで一つ大村君のために大いに敬意を払うと同時に僕の不明をお詫びしなけりゃならんことがあるんだが……」

「へえ……なんだろう」

「なんだろうって、そら、あの警察に届けられていたぐしゃぐしゃになった二枚の『夕の祈り』のうち一枚が、君はどうも可怪しいといっていたろう……」

「うんうん」

「あれはいかにも君のいった通り可怪しかったんだ……というのは、あれが本物の持ち出されている間、かわりにかけられていた偽物なんだよ、本格的な模写品《イミテーション》になると、カンヴァスなんぞは本当に古いものを使って描くらしいからね」

「そうすると昨夜ここの倉庫から出された二枚のうち一枚は本物だったんだね、その本物の方を所長が事故を起したどさくさまぎれに元にかえして、今までかけておいた奴をもって来た、そしてたしかに二枚あるってことだけがわかるようにわざとぐしゃぐしゃにしてしまった、というわけか」

「いかにもその通り、――彼はその表て向きの職業を利用して美術展の抜け道をよく知っているし、万一、見つかっても咎められないような立場にいるんだからね、非常に楽な仕事だったろうさ――、余計な慾を出して古田に利用されなかったならば、ね」

「探偵事務所長即ちスパイ――か」

大村は、知らぬこととはいいながら、しばらくでもそんな男の下《もと》に働らいたのかと思うと、自分自身がなさけなくなってしまった。

「まあ、いい経験さ――。ところで、これから直ぐ病院にいる竹川のところに行ってみないか、どうせ彼は怪我だって大してしていないに違いないし、愚図々々していて感づかれるとまずい」

「行こう!」

大村は、すぐ立ち上った。

戸澤記者は、電話をどこかへかけるとすぐ錫子もつれて黒板病院へ自動車をいそがせた。

×

大村たちが病室に這入ると、竹川所長はベッドのなかに深々と潜っていた。

「やあ、大変でしたね、ところでこの手帳はあなたのじゃないですか、ちょっと思いがけないところで拾ったんですが……」

戸澤記者が、大村たちにも見せなかった小さい黒い手帳を取り出した。

それを見た大村は、あっ、と思った。それは確かに見覚えのある所長の手帳である。

(どこで戸澤記者の手に——?)

と思うより先きに、

(うーむ、それで戸澤記者があんなに明快に事件を解決したわけだ……)

と、飲みこめた。

が、それよりも、

「エッ!」

ぎょっとしたらしい竹川所長は、いきなりむっくりと起き直ると、急いで戸澤記者の手からその手帳をひったくった。

「はっははは、そう慌てなくともいいですよ、もうすっかり拝見してしまいましたからね、その手帳は今朝がた上野の美術展の『夕の祈り』の前に落ちていたんです……」

「ち、畜生!」

竹川所長は、怪我人とは思えぬ元気でぱっとベッドから飛び下りた。あっと思うと、その竹川は、もうベッドのなかでいつでも逃げられるように、ネクタイをちゃんとつけた背広姿になって毛布を被っていたのだった。もう一と足大村たちの来るのが遅かったら……。

竹川は、隙を見てパッと病室から飛び出そうとした。が、ドアーを開けた彼は、そのままそこに、がっくりと肩を落してしまったのである。

その、ドアーの外には、さっきの戸澤記者の電話を受けて、制服の警官がずらりと待ち構えているのが、大村や錫子のところからもよく見えたのであった。

設計室の殺人

一

澄み切った秋空に、サイレンが気持よく響く。

と同時に、たった今までブンブン廻っていたベルトがぴたりと止ると、急にこんどは人声が、ざわざわと起って来た。

K製作所の午前十一時五十五分だった。

ここでは支那事変までは電気扇《でんきおうぎ》の製作を主としていたのだが、事変が進展するにつれ、何か源三や了吉にはわからないが、大きな機械の部分品らしいものの製作の方が、いつの間にか主な仕事になってしまっていた。

そしてまた、門鑑などを渡されたのでもわかるように、出退も非常に面倒になったし、午休《ひる》みは午休みでサイレンの鳴るのと同時に、ぴたりと止めて五分間以内に一人残らず部屋から出なければならない。そして部屋には鍵がかけられ、誰も這入ることが出来ないようにされる。それから四十分間の休みが終ると、また一勢に仕事にとりかかる——つまり非常に規則的に仕事をするようになっていた。

今、その午休みのサイレンが鳴り終ったところである。

了吉と机をならべている源三はすぐ烏口《からすぐち》のインクを拭うと、半分ばかりトレーシングの出来ている図面を、もう一遍ちらりと見て、

「了ちゃん、行こうじゃないか」

「うん……」

了吉は、まだ製図板の上に、かがみ込んでいた。

「ああ……」

源三は、手を後《うしろ》に廻して伸びをすると、

「じゃ、一と足さきに出てるぜ」

「う……」

源三は、気にもとめずに部屋を出た。

源三たちは技師が鉛筆でサーッと書いた設計図を、青写真に撮るようにトレースするのが仕事だった。肉体的な労働という訳ではないが、一日中、俯伏《うつぶ》せになって、

微細な線を、しかも正確に綺麗に写し上るというのは、思いのほか疲れる、根のいる仕事だった。馴れぬうちは、夕方、終業のサイレンにほっとして顔を上げると、あたりがぼーっと霞んで見える位で、眼もつかれ切ってしまうことがよくあった、建築図面のように、全部が殆んど直線ばかりならばいいのだが、この機械の図面は雲形定規を削らなければ合わないような曲線もあって、これが相当に悩まされる点である。

しかし、その苦しみのコツも呑込んでしまったし、前線を思えば――と張切って仕事をした甲斐《かい》もあって、十五六人からいる同じ係りの中でも、一二を争う腕になっていた。

（遅いなあ――）

源三は、廊下をぶらぶら歩きながら待っているのに、了吉はなかなか出て来なかった。

「了さんを待っているの……」

同じ部屋の真佐江が、通りがかりにちょっと声をかけた。

「うん、まだ居たかい？」

「居たわよ。もう来るでしょ、……お先きに」

綺麗な瞳《め》を、クリッと部屋の方に向けて、歩いて行った。ぴったりしたスカートが、歩くたびに、ゆれていた。

その後姿を、ぼんやり見送っていた源三は、すぐ真佐江のあとからニキビの正公《まさこう》が、追いかけるようについて行くのに気づいて、

「ちぇッ」

と口の中で、舌打ちした。

いつか了吉も、「正公の奴、一番可愛い真佐江を独占しようとしてやがる――」と苦々しそうにいっていたけれど、そういわれてみると、なるほど思いあたるような素振を、時々正公がするようである。

「や、おまち遠《どお》――」

了吉が出て来た。

「どうしたんだい」

「……うん」

「顔色もよくないぞ」

「そうかい」

「元気がないね」

ぞろぞろ人の続く廊下を通って、このK製作所自慢の大食堂の方に近づくと、ぷーんと食堂特有の匂いがして来た。

「今日は、魚のフライかな……」

源三が、小鼻を動かして、ちょっと了吉を顧《かえり》み見た。

しかし了吉は、相変らずの無言で、わずかに片頬を歪めたきりだった。

二

けたたましい騒ぎが起ったのは、ちょうど、午休みが終った時だった。

いつものようにサイレンが鳴るのを合図に、各部屋の鍵が外され一勢にどやどやと仕事にとりかかるのだが、その時、源三たちの設計課では、大変な事件が起ってしまったのである。

一番さきにそれを発見したのは、真佐江だった。

元気よく自分の机の所へ進んで行った真佐江が、いきなり飛上るような声をたてると、真蒼《まっさお》になって机に靠《もた》れかかってしまった。

「どうしたどうした」

「なんだい、一体――」

源三たちも、びっくりして馳けよって、

「うーむ」

思わず唸ったのである。

この設計課では一番新らしく、入社《はい》ったばかりの譲二という男が物凄い苦悩に歪んだ顔をして机と机の間に打ち倒れているのだ。

慌てて抱え起してみたが、もうぐったりとして息がたえている。

（どうしたんだろう？）

みんなは、思わず顔を見合せた。だいたい午休み中のこの部屋にしかも鍵のかかっているこの部屋に、譲二がいたというのからして奇妙なことだった。

鍵をかけられるのを承知で、譲二はこの部屋に残っていたのだろうか――。なんのために。午飯も食べず、もし発見されたら大変なことになるのを承知で残ったのであろう。

その上、自殺とは考えられぬこの有様からいえば、譲二を殺した犯人は、一体どこから出て行ったのであろうか。

鍵は全部この部屋の外側から、キチンとかけられて、いま開ける時も、少しも異状はなかったとすれば、犯人は煙のように、小さい鍵穴から脱けだす以外に方法がない、だが、それは不可能なことである。

つまり、全く密閉された、箱の中のようなこの部屋で、譲二が殺されてしまったのであった。

巡視の者が飛んで来て、改めて部屋の内外が叮嚀に調べられた。しかし、やはりどこにも変ったところはなかった。

医者も呼ばれて来た。けれど一と眼見て、もう施すべがないのがわかっていた。ただ、ピストルとか短刀とか、そういったものの外傷は一つもないし、首をしめられた様子もなく、何か激しい毒物の中毒だということだけがわかった。

しかし、そんな毒物は、この部屋のどこにも置かれてなかったはずである。

ただ眼の前に、譲二が打ち斃《たお》れているのが事実だけで、そのほかはまるで雲をつかむような、まるで手がかりというもののない怪事件なのだ。

「えらいことになったネ」

源三は、ホッ、と無意味な溜息をもらしながら、傍らの了吉を顧みた。

と、いままで一緒に肩を並べて、譲二を見おろしていたはずの了吉がいない。

(おやっ――?)

ふりかえって席の方を見ると、いつの間にそこへ行ったのか、了吉が、何かあわてて机の上のものを、抽斗《ひきだし》に仕舞っているところだった。ちらっと見えたきりだったが、どうやら、それは薬瓶のようなものらしかった。

源三は、見てはならぬものを見てしまったように、思わずギョッとして、あたりを見廻した。

しかし誰もその了吉の妙な素振りには気づいていなかったようである。

了吉の顔色は、さっきよりも、一層蒼くなっていた。

源三は、自分の顔が蒼くなって行くような気がした。

(了吉は、なぜ先刻《さっき》あんなに遅くまでこの部屋にいたのだろう……)

そう考えると、また残っていた理由も言わなかったのを考えると、まさか、とは思うのだが、何かしら不安な気持に襲われて来るのであった。

三

知らせがあったとみえて、間もなく私服を交えた警察の者がかけつけて来た。

そして、調べがすすむにつれて、殺された譲二の内ポケットの奥ふかくから、絶対秘密にされているはずの、機械の青写真が出て来たのである。

これには一同も、再びアッと驚いてしまった。明らかにこれはスパイ行為である。

（殺された譲二はスパイだ――）

その青写真はついさっきまで、課長の机の中に仕舞われてあったものである。

それから想像すると、譲二は、この青写真を盗むために、わざと午休みにも外に出ないで、この部屋のどこかに隠れていて、一人もいなくなった隙に方々の机をかき廻し、一番重要らしいその青写真の設計図を盗み出して内ポケットに仕舞った――のだ、ということまでは考えられた。しかしわからないのは、そのようにまんまと盗んでおりながら、今、死骸になって発見されたということである。

これには刑事たちも、すっかり弱ってしまったらしかった。

勿論、譲二のポケットや、その倒れていたあたりを、いくら探してみても、毒薬などを持っていたらしい様子はない。

スパイは成功の一歩前で、まんまと暗殺されてしまったのである。誰に――？

それが、わからなかった。

「困ったね、……或いは、もっと何か盗まれているかも知れないんだが……」

「うん、一つ、この部屋全体の家捜しをしてみようか」

刑事たちは、ひそひそと相談していたが、やがて話がそう決ったらしく、

「皆さん、その席を動かないで下さい、迷惑でもちょっと調べさせてもらいますから……」

そういうと、はじの方から一人々々身体検査から、机の中まで調べはじめた。

そうして見ると、譲二の奴は、よほど念入りに机の中をかき廻したらしく、皆んな、なんだか机の中の品物の位置が変っているといい出した。

源三の抽斗の中でも、ちゃんと右側に揃えてあったはずのノートがばらばらになっていた。しかし、幸い無くなっているものはなかった。

「おやっ？　これは――」

源三をすませて、隣りの了吉の机をしらべていた刑事が、薬瓶をつまみ出した。

「ぶ、葡萄酒です……」

了吉の返事の声は、気のせいか少し震えていた。

「こんなものを呑むのかね」

「ええ……、体がつかれるので医者に聞いたら、これをくれたのです」

なるほどそれには局方葡萄酒と書いた貼紙がしてあった。

「ずいぶん飲んだね」

「いえ、けさ貰ったばかりでまだ一度も飲まないんですが、それがさっき午休みから帰って見ると、机の上に出ていて、半分位になってしまっていたんです……、妙だと思って抽斗に仕舞っておいたんですが……」

「そりゃ可怪《おか》しい、なぜこういうことを早くいわないんだ、この会社には分析室があったね、うん丁度いい、すぐこの葡萄酒を分析してみてくれたまえ」

給仕にそう命ずると、また了吉の方を振りかえって、

「君は、さっき遅くまでこの部屋に残っていたそうだね、なんか用があったのかね」

「いえ、べ、別に用なんかありません、ちょっと仕事が途中だったもんですから……」

「本当だろうネ」

刑事は、蒼褪めた顔の、額に汗すら浮べている了吉を、横眼で見下しながら、

「まあ、もうすぐ判ることだ……」

四

給仕が葡萄酒の残りと分析表をもって帰って来た。刑事は一瞥《べつ》すると、

「ふふん、やっぱりそうか、多量の××加里《カリ》を含んでいるな」

そういってじろりと了吉を流し目に見た時だった。

小使が、急ぎ足で這入って来ると、ニキビの正公のところへ行き、

「もったいないじゃないか、まだこんなに沢山ある薬を……なんの薬かしらんが棄てるなんてもってのほかな」

そういって、何か白い粉の這入った小さい薬瓶を、とんと正公の机の上に置いた。

途端に、正公の顔色は、スーッと土のようになってしまった。慌てて隠くそうとしたが、刑事の眼の方が早か

った。

「ちょっと、見せたまえ……、あッ、××加里じゃないか、どうしたんだ」

「……、す、すみません」

一言もなく死人のような顔をして、頂垂《うなだ》れてしまった。そして、正公のぼつぼつ白状したところによると、正公は真佐江のことで了吉に、ひどく意見されたのを根にもって、幸い手に入れた××加里を、その朝、了吉が医者からもらって来た強壮剤の局方葡萄酒の中に入れ、その余りをさっき誰も見ていないと思って、工場の裏庭に棄てて来たのだが、悪いことは出来ないもので、偶然見ていた小使がわざわざ届けてくれたのが、運のつきになったということだった。

またそれを、肝心の了吉が飲む前に、譲二が机をかき廻して見つけたついでに、葡萄酒という名につられて、半分以上も失敬したというのは天罰覿面《てんばつてきめん》といってもよいであろう。

とにかく、譲二は、あとから調べられたところによると、L・ジョージという外国名をもっている混血児《あいのこ》だったということもわかったし、正公の悪事も、思わぬことからスパイの計画を叩きこわしたという点だけは情状を酌量されることだろう。

×

ただも一つ、了吉が一人部屋に残っていた、その理由を、刑事にまで秘していたわけを、源三がたずねたところが、

「……実は、それはこういう訳なんだ、いい憎いが笑わないでくれたまえ……、その――、あの日、出勤して来て、ふと自分の机をあけてみると、真佐江からの、非常に好意をもった手紙の返事が入れられてあったんだ、途端に嬉《うれ》しくなってしまって、神経衰弱の薬の葡萄酒をのむことも忘れてしまったんだが、さて、そのまた返事を書いたものの、どうも皆んながいては渡しにくいし仕方がないから午休みに皆んな出た時に、またそっと真佐江の机に入れて置いたわけなんだよ、それでぐずぐずしていたんだし、いい憎くかったのさ……」

と、間もなく真佐江と結婚することになった了吉が、いとも嬉しそうに言ったものである。

匂ひの事件

1

太陽が、葉の薄くなった街路樹を透して、暖かく輝いていた。

銀座のペーヴメントには、影がくっきりと落ちて、往き交う人々の足どりも軽やかである。

「まあ――」

そんな声に、ひょいと前を見ると、すらりとした洋装の甲斐波奈子が、白い手を口のあたりに挙げながら、立止っていた。

「あ、波奈ちゃん、……しばらく」

そういってから藤岡は、ちょっと照れたように頬を歪めて、すぐ、

「ほんとに、しばらくでしたね」

と、急いで附け加えた。

本当に、三年ぶり位だった。しかし、その三年位前には、同じ事務所に働く社員と女事務員としての、ほんの偶に、一緒にお茶を喫むぐらいの交際《つきあい》であったし、いつも「甲斐さん、甲斐さん」と呼んでいて、「波奈ちゃん」などと呼んだことは一度もなかった。

それが、数年ぶりに銀座でぱったり逢って、途端に馴れ馴れしい言葉を、無意識に吐いた自分自身に、藤岡は照れてしまったのである。

しかもこの前には、一向にぱっとしなかった彼女で、いつ退社《やめ》たのかも気にとめなかった波奈子なのに、今、そこに立って、彼を思い出してくれた女性は、仕立てのいいブラウスとスカートを、ぴったりと着こなし、往きずりの眼を欹《そばだ》たせるほどに、美しかった。

「やっぱり、藤岡さんでしたのね」

彼女は、もし人違いだったら、急いで口を押さえようとしていたかのように、その挙げていた白い手を、にっこりと下した。

「ずーっと元気で……」

「ええ、ありがと、お蔭さまで。藤岡さんもお変りな

くて」

「相変らずですよ、一向うだつが上んないで……」

「まあ」

「しかし波奈子さんは、まるで見違えるようだな」

「あら、なぜ――」

「とても、スマートになっちゃった」

「あら大変……、でも、やっぱり勤めてるのよ」

「ほう、どこへ?」

「いいとこ……」

「そうだろうなあ、勤めているようには見えないもん」

「秘書してるのよ、ちょっと妙な仕事なの……、あの――、お閑あって?」

彼女は、のぞきこむような眼をすると、

「ちょっとこの先で待ち合せる約束があるの、お差支えなかったら、どおう」

「差支えはないけど……、しかしお待ち合せの邪魔じゃないですか、すすまんなあ」

「あーら、波奈子そんな悪いことしないわ、丁度お眼にかかったのも幸い、お願いしたいことがあんの……」

波奈子は、昔よりも、その容貌とともに、明るさも増していたようである。屈託のない足どりで先に立って行った。

2

通りに面した二階のボックスに腰をかけ、コーヒーが二つ運ばれて来ると、それを一と啜りした波奈子は、いま流行っているらしい、その大型な四角いハンドバッグを開け、コンパクトと棒紅《ルージュ》の間から一枚の名刺を抜取って、

「こういう仕事なの……」

藤岡が受取って見ると、甲斐波奈子という名の肩に、「日本香学研究所」と刷込まれてあった。

「なんですか、この香学というのは」

「匂いの学よ、つまり匂いに関することを研究してるところなの……」

「匂いに関する、っていうと……」

藤岡は、さっき波奈子が、妙な仕事の秘書をしているといった、その妙な仕事という意味が、少し飲込めたような気がした。

「……なんていったらいいかしら、ちょっと、一と口

にはいえないのよ。……けど、その一つに、匂いに『名前』をつける、ってことやってるわ」

「名前をつける？」

「ええ、だって、匂いには名前がないでしょ、色には赤とか、黄とか、紫とかいろんな名があるのに、匂いの方にはアルコールのような匂いとか、コーヒーのような匂いとか、のようなというぼんやりした分け方しかないじゃないの、そうでしょ、それでハッキリした名をつける必要がある、というわけなの……」

「ははあ、なるほど」

「それでこんど……、あら」

波奈子が、急に腰を浮かしたので、藤岡もハッとそちらを見ると、半白の髪の毛を綺麗にわけた、黒っぽい洋服の老紳士が腰を浮かせた二人を制するように手を振って近づいて来た。

「所長さんよ」

と、波奈子。

その老紳士は、柔らかい物腰で一揖しながら、彼女の隣りに腰を下した。

「……」

藤岡も目礼して、

「じゃ、御邪魔しました、また」

と立ちかけると、

「あら、いいのよいいのよ、お差支えなかったらもう少しいて下さらない？」

波奈子は手を振って止め、所長の方をふりかえると、

「あの、いつかお話しした藤岡さんですの、丁度ぱったりお逢いしたもんですから……」

「ああ、そうでしたか、お話はかねて伺っていました……」

老紳士は、波奈子の言葉をすぐ引取って、

「よろしかったら、ちょっと、お願いがあるのですが──、私、こういうものです」

出された名刺には、所長の肩書と、池村正二郎という名が刷ってあった。

藤岡は、慌て気味な手つきで、自分も名刺を引ッ張り出して、その池村氏の前に押しやりながら、

「どうぞよろしく……。しかしお願いといわれても一向微力な僕では──」

「いやいや」

池村氏は、大業に手を振って、

「広告の方ではエキスパートでいられるそうで、──

そういうお方に、是非お力添えが願いたいのです」

「広告——?」

藤岡は、ちらりと波奈子の方を見た。波奈子は、指先きでつついたような笑靨《えくぼ》を見せながら、眼をぱちぱちさせていた。

(こいつ——)

と思いながら、

「なるほど、勤めの方では広告をやっていますが、別にエキスパートというほどの……」

「いや、そう謙遜には及びませんよ、この甲斐さんから伺っています、××の広告は、いつも感心して拝見しています」

「そんなことを——」

藤岡は、また、波奈子の方を見た。彼女は、知らん顔をしてわざとそっぽを向いていた。けれどその片頬には、相変らず笑靨が鏤められていた。

「みんな、いっちまったんですねえ」

波奈子の横顔を見ていると、思わず苦笑がこみ上って来た。

事実、××の製品の薬品広告は、ほとんど藤岡一人がやっていた。しかも藤岡の手にかかると、ありふれた愚にもつかない胃腸薬が、天来の特効薬の如くに光彩を放つのである。胃腸がよくなれば栄養がよくなる、栄養がよくなれば他の病気もよくなるという三段論法で、胃腸薬はすべて肺病の薬になるわけであり、広告も腕を振う余地があるのだけれど、さてこの池村氏は、どんな広告を頼むつもりであろうか。

「実は私共でお願いしようという広告薬は、これから発表する最新式医療法なんでして、つまり、熱が出たからピラミドンを服むとか、飯が咽喉を通らないから葡萄糖を注射して栄養をもたすとか、そういった旧来の医療法とは全然別の方法なんです、はやく申せば医療法の一大革命という訳なんで、それだけに最初の宣伝をうまくやらんといかんですからね、——支那の宋時代や朝鮮の高麗時代に使われていた陶枕が、宣伝すれば今日どんどん売れるという、つまりソレですよ」

「ははあ、すると、どういう療法なんです、肺病に効くんならきっと出ますよ」

「効くんです、それが確実に効くんだから愉快じゃありませんか……そうだ、ここであんまり長話もなんですから、よろしかったらちょっと一緒に来て頂けませんか、実際を見て頂いた方がお互いに話しいいし、実験してあげますから」

「実験って、僕は肺病じゃありませんよ」

「ほっほほほほ、そういう訳じゃないわよ、よろしいでしょ、いらっしても……」

「そりゃ、何も時間は自由なんだけど……」

「なあに、すぐそこですよ」

池村氏はもう立ってしまった。藤岡は、波奈子に誘われて、別に断る理由もなかった。

3

なるほど近いらしく、池村所長は、銀座通りを東に折れて、先に立って歩いて行った。藤岡は波奈子と並んですぐそれに続きながら、人々の見かえるほど美しい波奈子と肩をならべていることが、楽しくもあった。

「何か用があったんじゃないんですか」

「あら、どうして?」

「でも、ぱったり逢ってそれっきり……」

「ぱったり逢ったからよかったのよ、ほんとは藤岡さんをお尋ねしようと思って出て来たんですもん、所長さんと打合せて——。事務所へ行って、なんていって藤岡さんを呼出そうか……思っていたら、ひょっこり歩いて来るじゃないの、やっぱりご縁があんのね」

「へんなご縁だなあ」

「あら、どうしてなの、ご迷惑?」

「いや、そんなことは——。しかしよく僕のこと、憶えていましたね」

「そりゃ、広告みるたびに……」

波奈子は、ちょっと羞《はに》かんで、

「すぐ藤岡さんのだなあ、ってわかってたわ、——それで所長さんに話したら、直ぐ紹介しろ、っていうんですもん」

「ほう……」

「こちらです、どうぞ」

突然、池村氏がふりかえったので、びっくりして立止ると、そういって、傍らのビルにはいって行った。見廻すと、もう築地あたりまで来ているらしい。

日本香学研究所とドアーの摺硝子に書かれた部屋は、そのビルの二階だった。

なかは、割に広く、幾つかに仕切られている様子で、ドアーから直ぐの部屋は、長椅子などが置かれ、応接間といった恰好である。

「まあ、おかけ下さい……」

藤岡がすすめられた椅子にかけると、波奈子は奥に行ったが、間もなく帰って来たのを見ると、何か香水の壜のようなものを、一杯に並べた箱を持って来た。

「ところで早速ですが、さっきの話の続きですがね」

池村所長は、給仕のもって来た番茶に一と口つけると、すぐ話し出した。

「その画期的大発見の医療法というのは、もう大体想像がつかれたでしょうが、嗅入療法なんです。嗅入といっても、あの風邪を引いた時にやる吸入とは違って、文字通り鼻からやる方法です。大体嗅覚というのは、感覚としては下等なものですが、発香物質の気状粒子が鼻腔粘膜を刺戟した時に受けるもんで……、ややっこしい話は抜きますが、とにかく、いい匂いを嗅ぐと、いい気持になるし、いやな匂いを嗅ぐと眩暈《めまい》がする。頭の痛い時に薄荷《ペパミント》を用いるとスーッとする、つまりそれですよ、それを系統的に研究してですね、食欲の出る匂い、頭痛の時に一と嗅ぎでぴたりと止る匂い、さては止りかけていた心臓が力を盛りかえす匂い、……そういったものが、出来るであろう、と位は想像されるでしょう。事実、実に苦心はしましたが、約十種類ほどがここに出来ています」

そういってちらりと傍らの箱に眼をやると、またつづけて、

「ところが調べられたところによると、大体発香物質というのは四万種からあり、物質構造の化学式の似ているものは匂いも似ているかというと、そうでもなく、ともかく夥しい『匂い』があるんです。それでありながら、匂いの名前というのがまるでないんです、ヘンニングは芳香性、花様、果実様、樹脂様、焦臭様、腐敗性の六種にわけたきり、ツワルデマーケルにしても九種に分けたきりです、大体、匂いというものは、西洋よりも東洋の方に発達していて、それは香道なんぞというものがあり、源氏香の組香といったようなものが行われていることからもわかるでしょう……、結論から申しますと、俗に『キナ臭い』といいますね、あれですよ、あれは匂いに関する珍らしい言葉です、そのように、一言で匂いを表現するような言葉が欲しい、そういう言葉を作りたいと思うんです」

「なるほど、お話を聞いていると面白いですね、しかし、言葉を作るなんていうのは、なかなか一朝一夕には

六ヶ敷いでしょう」

藤岡が、やっと言葉を挿んだ。

「無論そうですよ、だからそれはどんどん宣伝しなければいかんし、今のところ適当な言葉がないので、仮りに一号二号という番号をつけて呼んでいるわけです……だが、どう考えても一号二号なんて無風流極まる話でしてね、薔薇の匂いが三二三号なんぞというのは、ブチ破《こわ》しですよ。薄紫、紅殻《べにがら》などと色の方にはいい名がありますね、それを考えて頂きたいのが一つ。それから、ここに試製品の出来ている所謂嗅入療法剤の宣伝文案をこめた広告の制作——ということをお願いしたいのです、それがまあ御足労を願った次第なんですが、いかがでしょう」

「ははあ——」

「これいかが」

波奈子が、箱の中から五号と書かれた壜を取出した。それは、丁度香水をかける噴霧器のようなものに這入った緑色の液体で、藤岡が（あっ）と思っている間に、鼻先めがけてチュッチュッとかけられてしまったのである。

「ああびっくりした」

「どうですの」

「別に……、いい匂いですね」

たしかに、いやな匂いではなかったが、藤岡は、その匂いが胃の腑にまで沁透って行くような感じがした。

「これは、食慾昂進と消化促進をかねた、つまり昔の胃腸薬のかわりになる匂いよ」

波奈子は、眼をぱちぱちさせている藤岡の横顔を、面白そうに見ながら説明した。

「なあるほど……。ききますね」

藤岡は、やっと安心して、匂いの沁透って行った鳩尾《みぞおち》のあたりを、そっと擦《さす》ってみた。

4

その日から、藤岡自身がすっかり、この嗅入療法のファンになってしまったのである。

注射のように痛くもないし、薬のように眼を白黒して飲む世話もない。眼薬をさすよりも簡単に、歩きながらでも、話しながらでも映画を見ながらでも、いとも手がるに行える療法である。

第九号と、仮りにつけられた肺病の薬にしても、今までその病気に対して効く薬がないとされていたのは、なにしろ病気を起しているその患部に直接に薬をやる方法がなかったからで、この嗅入療法で第九号の匂いを用いれば、鼻から一直線の患部に直接作用することが出来るのだから却って一番あつかいやすい病気である、という池村所長の説明を聞けば、まことにもっとも千万なことであった。

その上、波奈子のなみなみならぬ好意が、若い藤岡を、なお一層張切らせた。

池村所長の話では、どうせこちらの仕事は片手間ぐらいのものであろうし、都合のいい時間に来て手伝ってくれればいいのだ、ということだったけれど、今迄の仕事には、積り積った倦怠を感じていた頃ではあったし、気前よくおさらばをして、日本香学研究所の所員になろうかと思った。池村所長も勿論賛成してくれたが、そんなことより、波奈子がその大きな眼を見張って（まあ――）とよろこんでくれた時に、その決心が決ってしまったのである。

はじめたばかりだけに、仕事はなかなか忙しかった。広告は相当ハデに、毎日かならずといってもよい位に出した。懸案の「名前」には相当困ったけれど、ともかく、相当に売りこんだ所で、懸案募集しては？　という藤岡の案が入れられて、手はじめに胃腸薬、結核薬、神経衰弱薬の嗅入剤が売出されることになった。

それでも、大体に発香が生命の薬剤なので、永く店頭に曝されては効力に悪影響の惧れがあるという所長の説から、全然薬屋には卸さずに直接販売の方法をとったので、広告が浸潤して来るに従って発送部は文字通り眼の廻るような騒ぎだった。これも、吾が広告の効きめかと思うと藤岡自身も満更ではなく、手すきには力仕事の発送も手伝うという張切り方だったのである。

しかも、一度購《か》った人は、必ず続いて注文して来た。発送がまちきれずに、直接買いに来る者も、日増に殖えて来るといった有様であった。

藤岡も、この春ごろから自分でも少し神経衰弱気味だとは思っていたが、この研究所の七号、つまり神経衰弱用を使ってみると、思ったより具合がいいのだ。元来、薬屋というものは、自分のところのは、あまり用いないものだけれど――前に居た所でも××胃腸薬を、盛んに広告しながら到頭一度も飲んだことがなかったくらいである――が、ここの七号ばかりは、本当に効くらしい。忙しくてグロッキイになった時でも、ちょっと、一と嗅ぎすると、途端に清新な気力が湧きあがって来るのである。
藤岡は、いよいよ自信をもって広告を書いた。はじめはスイ
海を越えての注文も来るようになった。はじめはスイスにある国際香料協会に見本《サンプル》を送っていたのだが、いつしか船便のある度に一梱二梱と欠かさず注文がそこから来るようになった。池村所長は、なるほどこんなことを考えつきそうな、ちょっと日本人ばなれのした高い鼻をうごめかして、その国際香料協会あての発送は、いかに忙しい時でも自分で吟味したものでなければ承知しないという喜びようであった。

5

「よう――」

聞きおぼえのある声に、ふっとその方を見ると、研究所の直接販売所のカウンターの向うに、一際背丈の高い栗山欣一が、にやにや笑いを見せながら立っていた。

「しばらくだな……」

藤岡も、思わず包装を手伝っていた手を止めて、近づいた。栗山は中学時代の同級生だった。

「妙なところにいるんだね」

「妙なとはご挨拶だな、買いに来たんかい、割引《ひい》てやるぜ」

「昔のよしみでね、じゃ一つ、貰うかな」

「何にする?」

「なんでもいいよ」

「なんでもいいって、そんなのないぜ、頭が痛いとか、腹が悪いとか――」

「じゃ――頭にするか」

「へんな奴だな、相変らず……」

栗山が、学生時代から変り者だったのを、ハッキリ思い出した。

「ところで、丁度いいや、久しぶりにお茶でもどうだ、出られるかい」

「出られる、丁度ひまだったんで手伝っていたんだから……」

藤岡は、自分の本職は、包装係りではないことをちょっと示して、すぐ上衣を引っかけて来た。

すぐ附近の喫茶店のスプリングのゆるんだ椅子にかけると、藤岡は、例の七号をチュッと一と嗅ぎしておいた。

これさえ嗅いでおけば口の悪い栗山を向うにしても平気である。

しかし栗山は、それを横眼で、ちらっと一瞥したきり、何かしきりに考えこんでいる様子だった。そして、コーヒーが運ばれて来ると、やっと思い出したように、

「幸い君がいたんで都合がいいが……」

「なんだい、改まって」

「ちょっと、あの日本香学研究所という奴の内容が知りたいんだがね」

「へんだね、調べられるみたいだなあ」

「早くいえばそうさ」

「へーえ、それはまたどういう訳さ。君は興信所みたいなことをしてんのかい」

「まあ、そうだ……、私立探偵をやっているんでね」

「君が……」

藤岡は、神経衰弱用の七号を、もう一と嗅ぎした。

しかし栗山は、平気で、

「だいぶ広告をするようだね」

「うん……、しかし誇大広告にはならんだろう、現に効くのは事実だし、その辺は僕も呑込んでいるつもりだが……」

「ああ、君が広告をやっているのか、それならなお好都合だ、そうさ誇大広告とはいえないよ、非常に巧みな広告だがね」

「……それで」

「いやあ、なんでもないがね、ちょっと聞きたいのは、この広告には必らずこの薬壜の写真が這入っているね」

「うん、所長《おやじ》の好みで……」

「ところが、時々――そうだね一週間に一遍から時として二度ぐらい、の時もあるが、その広告の薬壜の貼紙《ラベル》の角に○だの◎だの★だのの印がついているね」

「へーえ、よく注意したもんだね、いかにもその通り、実物にはそんな印はないんだが、広告を沢山出すんで、ちょっとした心覚えに時々所長が自分で、僕の広告原稿に符号をつけるんだが……」

「そうか、所長がやるんか、たしか池村正二郎といったね。……すまないが、こんどそんな印のついた薬壜があったら、そっと僕にくれないか？　お礼はする」

「礼なんかいらんよ。しかし、どういうわけなんだい、それは？」

「軽々しくはいえない、全然見当ちがいかも知れないからね……もし間違いでなければ今朝の新聞の広告には

●の印のついたのがあったから、必らず出ると思うんだけど……」
突然現われた旧友の栗山は、謎めいた言葉を吐くと、住所の刷ってある名刺を一枚置いて、さっさと帰ってしまった。

藤岡は、唖然として研究所に帰って来ると、発送部は相変らず猫の手もかりたい忙しさで、その中で池村所長もワイシャツの袖をまくり上げて発送の品を選りわけていた。

それは午後の便で船に乗るスイス行きのものだった。

「大変ですね、手伝いましょう……」

藤岡も、いそいで上衣を脱いで、パッキングをつめにかかった。

パッキングを、ぐっと押込んだ時、くりっと抜けそうになった壜を見ると、

(あっ)

思わず出かかった言葉を、危うく呑込んだ。その壜の貼紙には、瞭《あき》らかにゴム印か何かで●の印が広告写真通りに打たれてあったのである。

藤岡は、手早くそれを、ズボンのポケットに滑込ませてしまった。

6

栗山のアパートはすぐわかった。

「よう――」

ノックすると、その響きに応ずるように顔を出した。私立探偵と自称する栗山は、今まで寝ころんで本でも読んでいたらしく、寝癖のついた頭を撫でながら、

「よく来たね、さあ上ってくれたまえ……」

「先っきは失敬、早速だがね、これをもって来たよ――」

「どれ? ううん、やっぱりあったかい、――送り先きは?」

「スイス。スイスの国際香料協会というお得意だ」

栗山は、一と膝のり出すと、

「なに、スイス――」

「いよいよ臭いな」

と、その黒い印のついた薬壜を叮嚀に取り上げた。

しばらくは、そうして、覗いて見たり匂いを嗅いでみたりしていたが、軈てナイフで貼紙を、そっと剝しにか

かった。その貼紙は、極く薄糊だったとみえて、ぺりぺりっと音をたてて、すぐに剝げた。しかし、裏はなんのかわりもない真白であった。

「ふふん……」

「どうしたんだい、一体」

藤岡が口を挟んだ。そして、例の七号を嗅ごうとすると、

「ちょっと。それを嗅ぐのはやめたまえ」

「どうして……?」

「とにかくよくないよ、それにはコカインが相当に這入っている、さっき買って来たのを分析してもらったんだが、コカインが必要以上に這入っているんだ、だから君はきっともうコカイン中毒を起しているんだぞ……」

「え、コカイン中毒?」

「そうさ、だからちょいちょいそれを嗅入しないと頭がぼんやりするんだ」

「しかし……、あそこに勤めているせいか、匂いなんか迚もよくわかるんだが」

「それそれ、それが第一コカイン中毒の初期症状じゃないか、嗅覚が病的に鋭敏になるんだ、それがすぎれば麻痺する」

「だが……」

「だがもくそもないよ、コカインは無臭だからわからないんだが、そんなもんを一日に何度も、しかも毎日つづけていたら中毒するのがあたりまえさ、日本香学研究所というのはつまりコカイン中毒者製造所なんだ」

「な、なぜそんなことを……」

「日本中にコカイン中毒者を蔓延させようというんだろう、恐るべき陰謀さ、薬にかこつけて、日本民族を根本から廃疾者にしようとしているんだ、日本人が全部コカイン中毒者になった姿を想像してみたまえ、実に大陰謀だ。しかもそれが君の巧みな広告のお蔭で着々と実行されつつあるんだ、一般の薬屋に出さないのも、この辺に理由があるに相違ない」

栗山は、真剣な顔であった。

「しかし君、なるほどコカインは這入っているかも知れないが、そんな大それたスパイというような……」

藤岡が困ったように弁解すると、栗山はなお一層声を荒らげて、

「だからいかんというんだ」

ドンと机を叩いた途端、机の端にあった問題の薬壜が倒れあっという間に剝しておいた貼紙を、べったりと濡

らしてしまった。と同時に、今まで真白だったその裏に、まるで浮き出し模様のように、細かい数字の羅列が、忽然と現われて来たのである。たしかにそれは暗号数字だった。

「なるほどね……」

しばらくたってから、栗山が呟くようにいった。

「隠しインクだったんだね、この薬壜の中の液をつけると現われるとは知らなかった。これだけは怪我の功名さ……。しかし、これまで見たら君だって頷けるだろう。池村正二郎は僕の調べによると、あの鼻の物語っているように、混血児なんだぜ。そして、こんな方法でスイスの国際香料協会とやらいう仮面のスパイ本部と連絡をとっていたんだ……。だが新聞の広告とはうまいことを考えたもんだ、一方では国民にコカイン中毒を宣伝し、一方では新聞はそのまま暗号の広告を乗せて大威張で外国へ行くし、一石二鳥だ。向うでは新聞の日附と、広告のマークとを見て、その日に積出された薬壜の中から、そのマークのあるものだけを抜取ればいいんだからね、――マークが時々違ったのも、その辺を誤魔化す手段だったんだろう」

藤岡は、ついに一言もなかった。ただ、そういわれて思いあたることは、スイス向けの発送にだけは、何を置いても池村が立合ったことと、嗅入薬が、一度買った者は、必ずあとを注文して来る魔力をもっていることであった。

――最後に、蛇足を加えるならば、池村正二郎はその夜のうちに捕えられたこと。それから、栗山の尽力で藤岡は無事に新らしい仕事に就いたこと。も一つは甲斐波奈子が、間もなく姓を藤岡とかえることになったことである。

睡魔

1

「おやっ？ ――あいつ」

村田が、ひょいと挙げた眼に、奥のボックスで相当御機嫌らしい男の横顔が、どうんと澱んだタバコの煙りの向うに映った――、と同時に、

（あいつはたしか……）

と、思い出したのである。

「君、あの一番奥のボックスの男にね、喜村《きむら》さんじゃありませんか、って聞いて来てくれないか、――もしそうだったらここに村田がいるっていってね」

「あら、ご存じなの……」

「うん、たしか喜村に違いないと思うんだが……」

「じゃ聞いて来たげるわ」

ハルミが、べっとりと唇紅《くちべに》のついた吸いかけの光を置いて、立って行った。

と、すぐに、聞きに行ったハルミよりも先きに、相当廻っているらしい足を踏みしめながら、近づいて来たのは、やっぱり中学時代の級友喜村謙助に違いなかった。

「おう、村田か。しばらくだったな」

そういって、つるんと鼻の下を撫ぜた為種まで、思い出すまでもなくその頃からの喜村の癖だった。

「どうだい、その後は……」

村田が、まあ掛けろ、というように椅子を指して、

「それは、そうと珍らしいとこで逢ったもんじゃないか……、たしか高等学校の二年で忽然と姿を消しちまったって噂だが、――誰かがそういってたぜ」

「まさに、その通り」

「ふーん」

「忙しいんでね――」

「何やってんだ、一体――。別に学校を退めるほどの事情もなさそうだったが、働かなきゃならんほどの」

「犬――を飼ってるよ、それが仕事さ」

「へーえ」

「学校なんかよかグンと面白い――。それは今は時節柄、軍用犬の方の仕事もひどく忙しいね」

「おやおや、犬が好きだってことは聞いていたが……、するとと犬屋か」

「左様――」

喜村は、また鼻の下を撫ぜて、大きく頷くと、何かを思い出したように、あわてて元のボックスに戻って、脱ぎのこしてあったオーバーを抱えて来た。

「おい、見ろよ」

「え――」

喜村は、オーバーのポケットから小猫のような犬を抓《つま》み出した。ポケットテリヤだった。

「まあ可愛いい、ちょっと抱かしてね……」

早速ハルミが抱いてしまって、

「なんて名前――？　ほしいわ」

「都合によっては、やらんこともない――」

「まあ、ほんと」

「ほんと、さ」

「おい、喜村。こういう手があるとは知らなかったね」

「はっははは」

「ねえ、なんて名前よ」

「名前か――、ムラタ」

「ムラタ？　――ムラタ、チンチン」

「くさらすない」

村田は、むっとしたように眼をむいた。

「はっははは、しかし可愛いいだろ、こんなのは余興だけど家《うち》にゃ素晴らしいのがいるぜ、犬の王者のセントバーナードの仔もいる、こいつあ少し、混ざっているかも知れんが」

「なあんだ」

村田は、ちょっと鬱憤をはらして、

「今、どこにいるんだい……、やっぱり前の大森……」

「いや越したよ、茅ヶ崎にいる、大森あたりはじゃんじゃん工場が建っちまってね、犬の奴が神経衰弱になるんだ」

「おやおや、お犬様――だな」

「空気もいいしね……」

喜村は、ちょっと弁解らしくいって、

「それに、こう冬になってまで眠り病が流行ってちゃ都会はあぶないよ」

「まったく……」

「そうだ、丁度今日は土曜日だね、これから一緒に遊びに来ないか、あした一日ゆっくりいい空気を吸って、陽に当って行くといい」

「犬の蚤がたかりやしないか」

「冗談いうな、まさか犬小屋には泊めない」

「あたりまえさ」

村田も、冗談をいいながらも、久しぶりに気兼ねのない旧友に逢ったのだし、丁度予定のないあした一日を、海岸でゆっくり話すのもわるくはない、と思った。

「じゃ、行くかな……」

「うん、そうしろよ。——君、奥のを呼んで来てくれ」

ハルミは、またポケットテリヤを抱いたまま、立って行った。

「おや？　連れがあったのかい——」

「妹さ」

「妹？　妹を連れてバーなんぞをうろうろしてんのかい」

「というわけでもないがね、ちょいちょい出て来るのは大変だし、昼間はデパート巡りをつきあったから、こんどはちょいとここをつきあわしたのさ」

「あきれたね……」

村田がいいかけた時に、ボックスの蔭になって見えなかったけれど、そこから、すらりとした美少女があらわれたので、口を噤《つぐ》んでしまった。

なんかというと、鼻の下ばかり擦っている喜村には、過ぎた妹だった。

2

「美都子《みつこ》だよ——」

「よろしく……」

洋装のぴったり合った、香油に濡れたような瞳《め》をしていた。

「村田君だ。知らなかったかね……、今、今なにしてんだっけね」

「まだいわないよ」

「ああそうか」

村田と美都子が笑ってしまった。

「こういうところで、やってんだが」

村田の出した名刺を見て、眉を寄せた喜村は、

「……どういうことをしてんだい」

「今のとこ、さっき君のいった嗜眠性脳炎《しみんせいのうえん》の問題をが

んがんせめられてんだがね」

「ははあ、そういう研究所かい、あんまり聞かない名前だと思ったが、ちょっと伝染病研究所みたいなもんだね」

「まあ、そういったもんだ」

「で、どうだい――」

「どうだいって、全然わかんないんだよ、まだ病原体もわかんないんだから手がつけられない」

「しかし、新聞じゃ相当騒いでるね、だんだん活字が大きくなるし」

「そうなんだ、それだけに余計やいやいいわれるんだよ」

「とにかく死亡率が非常に高いからね……、予防っていうのは、やはり過労しないようにとか、日光に直射されないようにとか、そういったぐらいかね」

「まあ、そうだろうね、心細いが――。だいたいこの病気は一九一七年にはじめて発見されたというぐらいの、つまり近代病なんだから研究も遅れているわけさ、日本に起ったのは、つい十年ぐらいじゃないのかい……、それも、二年ぐらいの周期で蔓延するっていうが、今年は特に物凄いからね、涼風が吹いて下火になるどころか、こんな真冬になっても物凄い発病者があるんだからな、実際の数字を発表したらびっくりするくらいあるんだ」

「発表したのかい」

「発表しない、というわけでもあるまいが、それが○○関係の工場地帯に特に多いんだし、……秘密だけれど、このために職工が全滅に近い下請工場も一つや二つじゃない」

「やっぱり過労――からかな」

「いや、そればかりじゃないらしいね、或る工場では最初の発病者があってから、あわてて五時間交代にして体を休めさしたんだが、それでも仕事中に、ばたばた倒れて眠ってしまうのが続出した、っていうからね」

「ふーん、相手がわかんないだけに気持が悪いなあ、まあ、あんまり東京に出て来るのは止《よ》そう……、しかしね、東京ばかりじゃないらしいぜ……」

喜村が、そういいかけた時に、傍らでハルミが抱いていたポケットテリヤが、急にくーん、くーんと泣き出した。

「あ、小便かな。君、おろしてやれよ、おい、君ったら……」

ハルミは、まだ抱いていた。

「ねえ、ちょっと——、ちょっと——」

見かねた美都子が、その小犬を抱きあげてやると、俯《うつ》向《む》いていたハルミは、そのまま顔も上げないで、両手をだらんと垂らしてしまった。

「あらッ」

「寝ちまった?」

三人とも、ぎょっとした。

静かに小犬と遊んでいたと思っていたハルミが、いつの間にか華やかなナイトドレスのまま、椅子のなかにぐったりとしている。顔を俯向けているのが、ちょっと見ると膝の上に小犬をあやしているように見えたのだ。

「おい、おいったら……」

村田が肩をゆすったけれど、ハルミは一向に眼を覚ましそうにもない。

(眠り病——。死か、直ってもバカか)

村田も喜村も、相当廻っていた酔が、すーっと足元から冷たい床に抜けて行った。

それでも、医者の端くれらしくハルミの脈を診たりしていた村田は、

「いけねえ、眼筋麻痺《がんきんまひ》を起している——」

そういうと、あわてて奥の洗面所の方に、手を洗いに駈けて行った。

床に下された小犬は、別に小便をするでもなしに、くーん、くーんと泣きつづけていた。

医者であっても、開業医ではない村田の、

「おい、医者を呼んでやれ、医者を——」

とバーテンにいっている声を聞きながら、喜村は、小犬をポケットに抱き入れると、美都子をせかしてバーを出た。

間もなく村田と、それにつづいて二三人の客が、気味悪そうに出て来た。

「可哀そうなことをしたね、……しかもこれは伝染系統がはっきりしないんだから気味が悪いよ」

村田は、夜ふけの冷気に、寒そうにオーバーの襟を立てながら、そう呟いた。

「やだね」

「ほんとにねえ、あたし、もう東京に来るのがこわくなったわ……茅ケ崎にはまだ一人も出ないわよ」

美都子もそういいながら、冷えきったアスファルトにハイヒールを響かせていた。

まるで申し合せたように逢った銀座裏のバーを出ると、三人は美都子を中にして新橋の方に歩いて行った。

「よしよし、よしよし……」

喜村は、ポケットのなかの小犬を、そういいながらあやしていたが、

「仕様がないな、東京に来たせいか、とても神経質になっちまったよ――」

「だからお止しなさい、っていったのに――、汽車で見つかっても知らないわよ」

「大丈夫さ――、たぶん」

小犬は、まだくーん、くーんと鳴いていた。往きちがう人のなかには、不審そうな眼をするのもいた。

「よわったね……、あっ、チ、チキショウ」

「あら、どしたの」

「こいつ……」

喜村は、小犬の首をつまんでポケットから吊り出すと、

「こいつ、とうとうやっちまった……、どうも変だと思ったが……」

「あらやだわ、ポケットの中で？」

「うー、ズボンまで浸みて来る――」

喜村は、あわててオーバーの釦《ボタン》をはずしてハンカチで拭いていた。

「やな子ねえ……」

美都子の手の上で、小犬はまだ鳴きつづけていた。と、その時、眼の前を歩いていた、小さい風呂敷包みを持った、バーからバーを廻って歩く少年らしいのが、変にゆっくり歩き出したな、と思う間もなく、冷めたいアスファルトの上に、ころんと横になってしまったのだ。

「あらっ」

美都子は、もう少しで小犬を取落すところだった。

「この児《こ》も……」

喜村も、ハンカチの手をとめて、村田と顔を見合せた。何か、真黒な悪魔の翼が、この帝都を覆っているような怖れを覚えた。

村田は、小走りで二三軒先きのタバコ屋に行くと、

「ちょっと電話をかけてくれ、あそこに男の子が倒れている……」

3

幸い改札口もうまくパスして、新橋駅のホームに上ると、丁度小田原行の列車まで二分ぐらいの時間だった。

「こわかったわ……、早く帰りたいわ、もう東京はこ

りごり」

美都子が、ほんとに怖そうに、華やかなマフラーの頸《えり》をすくめた。

小犬は、いい具合に、もう鳴きやんでいた。

「こいつ、やっぱり催してたんだね……、いつもはこんなことないいんだけど」

「まあ、いいわ、お兄様のポケットだもん」

「こいつ……」

「はっはは、でも汽車に乗るんだと思うと、近くても旅に出るような気がするね」

「そうでしょう」

美都子が引とって、

「乗ってしまえば一時間とちょっとなのだからちょいちょい出て来られそうなものでも、でもやっぱり乗るまでが億劫になっちまうのよ、すっかり田舎者になっちゃったわ」

「まさか……」

「ほんとなのよ」

「こいつはね、東京を離れたのが不服なんだよ、――そんなら眠り病になればいいさ、あれは村田にいわせると近代病だそうだから……」

「あらいやだ……、こんな病気が流行るんなら茅ヶ崎の方がいいわ」

そんなことをいっているうちに、電気機関車が滑り込んで来た。

車内に這入ると、ごろごろ寝ている人が眼について、ぎょっとしたけれど、これは眠り病のせいではない、と気づいて、ほっとした。

美しい美都子がいたので、思ったよりも早く、茅ヶ崎に着いてしまった。

駅をおりて、海岸の方にしばらく行った所に、十分の敷地をとって、喜村の家があった。思ったより大仕掛に犬を飼っているらしく、冷めたい月の光りのなかに、幾棟かのトタン葺《ぶ》きの犬小屋の屋根が、白々と浮んで見えた。

時折、月に遠吠えする犬の声の間に混って、久しぶりに聞く浪の音も聞えていた。

「なかなかいいとこだね」

「まあ、健康的だろ」

「犬も相当いるようじゃないか、世話が大変だろう……」

「三十匹ぐらいだよ。それにいまシェパートなんかの軍用犬の訓練も引受けてるしね、助手は三人だが、まあ好きでなきゃ出来ないさ、はっははは」

「先きまわりしていっちゃったな、――まったく好きでなくちゃ出来ない」

丁度その時、スエーターに半ズボンの若い男が入って来た。喜村の助手である。

「留守に、変ったことはなかったかい――」

喜村が聞くと、助手はけげんそうに、

「はあ、あの、お正午《ひる》すぎに、どうしたのかゲンが急に吠え出しまして……それにつれてほかのまで皆んな吠え出してよわりましたが……」

「ゲンか――、あいつはちょっと神経質だからね……、それだけかい」

「はい」

「ありがと。――村田君、こんやは遅いからあしたゆっくり案内してやるよ」

「うん、その方がいいや、僕もちょっとつかれてる」

「やだね、まさか眠り病じゃあるまいね」

「冗談いうなよ……、しかし、ちょいと飲んで汽車に乗ったせいか、いい具合に眠くなった」

4

翌朝、うつらうつらしていた村田は、喜村のために、無遠慮に叩き起されてしまった。

「な、なんだい――」

「ああよかった、眼が覚めたかい」

「え?」

「まあこれを見ろよ、東京じゃ大騒ぎだぜ、眠り病が大猖獗《しょうけつ》だ……、君もあんまりよく寝てるからやられたんじゃないかと思って心配しちゃったよ」

「なんだよ一体」

「まあその新聞を見ろよ、デカデカと出てる、きのうの東京は今までにない物凄い発病者だとさ」

「へーえ……」

村田が、眼をこすりながら、突出された新聞の社会面を見ると、なるほどそのトップに四五段を抜いて、
　帝都・眠りの死都と化す
といったような、センセイショナルな見出しが、うちたてられてあった。

眉をしかめてその記事を読下してみると、
今夏以来帝都を襲った睡魔「眠り病」の罹病者数は、秋冷厳冬の期を迎えても少しも衰えず、むしろ逐次増加の傾向を示して当局必死の防疫陣を憂慮せしめていたが、俄然昨十日に至ってかねて罹病率の高かった工場地帯は勿論、ほとんど全市一円に亙って爆発的の発病者を出し、或いは執務中、或いは歩行中の者までが突然の発病に打倒れ、または別項の如く進行中の電車の運転手の発病によって追突の惨事まで惹起すにいたり、関係当局を極度に心痛せしめている、発病者はやはり過労者及び幼小児に多いがしかし原因治療法ともに全く不明のため防疫は消極的にしかも困難を極めており、この爆発的発病数が続けば、ここ数旬にして帝都は挙げて睡魔の坩堝《るつぼ》と化し、黒死病の蔓延によって死都と化した史話《しわ》の如く、帝都もその鉄を踏む惧《おそ》れなしとしない、なお当局では外出より帰宅の際はかならず含嗽《がんそう》を十分にして……

そんなような意味の記事だった。

「なるほど、ね」

「まだある」

喜村は、村田が読み終るのを待って、こんどは神奈川版と書かれた面を指した。見ると、
茅ヶ崎にも。という見出しで、やはりきのうの午後六時頃、小学生の一人が、眠り病の発病をしたことが報ぜられていた。

「ふーん、ここも危なくなっちまったんだね」

「そうなんだ、美都子もくさっていたよ、それで君のことを気にして、早く起してみろなんていっていたんだがね……。それはそうと、これは素人考えだけど、この眠り病の病原体ってのは、大陸から来たんじゃないかね――」

「どして――?」

「どして、っていうと困るが、つい一ト月ぐらい前にね、ここで訓練した軍用犬に附《くっ》ついて国境の方まで行ってみたんだが、あの辺にも相当この病気が流行っているらしかったぜ」

「ほう、初耳だね」

「別に、新聞にもそんなことは出ないようだがね」

「初耳だよ、で、犬はなんともないのかい」

「犬にゃ眠り病もないらしいね、しかしどういうもんか向うに行くと神経質になって、吠えてばかりいて困ったが……」

「……」

しばらく眼をつぶっていた村田が、急に蒲団から飛起きた。そして、

「君、君、きのうここで吠えた犬はなんていったっけね？」

「なんだい急に――、ゲンのことかい」

「そう、それそれ、それとあのポケットテリヤを借してくれないか」

「借してくれ――？　どうしたんだい一体」

「いや、急に思いついたことがあるんだ、眠り病だ」

「しっかりしてくれよ、なにいってんのかさっぱりわからんじゃないか……」

「……、そうか」

村田は、やっと苦笑すると、

「とにかく、その二匹を借してくれたまえ、東京に連れて行って研究したいんだ」

「研究材料にはもったいないよ、そんなことなら野良犬で沢山じゃないか――」

「いや駄目だ、あの二匹にかぎる」

「無理いうなよ……」

「無理なもんか、別に殺す訳じゃあるまいし、それに、人の命にくらべれば問題にならんよ」

「だからさ、どういうわけであの二匹を君が……」

そんな押問答をしていると、突然犬小屋の方に、けたたましい吠え声が起った。

「君、あれがゲンの声かい？」

「そうだよ……」

「よしッ……」

村田は、いそいで洋服に着かえはじめた。あっけにとられている喜村の眼の前で、村田が最後の上衣の袖に手を通した時だった。

美都子が、いそいで這入って来た。

「お兄様――」

「なんだい。……そんな真蒼な顔をして」

「だって、だって山田が急に倒れたのよ、犬小屋の前で寝てしまったのよ」

「えッ、山田が、寝てしまった？……」

喜村の顔にも、さっと青い恐怖の色が流れた。

「なに、眠り病ですか？　占めたッ」

村田は、そんな辻褄《つじつま》の合わぬことを叫ぶと、ぱっと部屋を飛出した。

喜村も美都子も、あわててその後を追駈けて行った。

5

部屋を飛出した村田は、庭を抜けて犬小屋の方に駈けて行く。

そして、盛んに吠えたてているゲンの犬舎《いぬごや》の前まで来ると、後から行く喜村と美都子が、あっ、と思う間に、金網の戸を開けてしまったのだ。

「おい、村田!」

喜村の制止する声も間に合わなかった。

それればかりか、得たりとばかりに飛出して、柵をくぐり抜け砂気の多い道を林の方に駈けて行くゲンのあとを、村田もまた夢中になって追駈けて行くのだ。

「おーい、おーい」

仰天した喜村は、いくら呶鳴っても振向きもしない村田のあとから、美都子と肩をならべて駈けだした。

「仕様がないな、どうしたんだろう」

「ヘンねえ、少し来たんじゃないかしら」

美都子は駈けながら、その断髪の頭を振って見せた。

「そうかね、……あんまり眠り病、眠り病で研究させられているところに、ばたばた人が倒れるのを昨日からさんざ見せつけられたんでカッとなったかな」

「そうかも、しれないわ、だけど、早いわね、ずいぶん」

彼女が、はあはあ息を切らした時分に、やっと林のあたりまで行きついた村田が、急に立止って、こんどはうろうろしているのが見えた。

「やっと止ったわ、何さがしてんでしょ」

「あ、ゲンもいる、ゲンも――」

喜村は、村田よりも、ゲンの方が気になっていたらしい。

やっと追いついて、

「どうしたんだい、一体。――あ、ここは昨日眠り病が出たという家だぜ」

「しーっ」

村田が、手を振って制した。ゲンが唸り出したのだ。眼を光らし、牙をむいて、そこの農家の二階づくりの納屋を見上げている。

「うーん、ここだな、この納屋の二階だ」

村田も、低く唸るようにいって、眼を光らした。そして、

「君、ちょっと待っててくれよ」

いいのこすと、意を決したように、納屋の入口の藁たばを、がさがさ鳴らして踏み越えて行った。ゲンも、尾をぴんと立てて続いて行く。

「なんだろ、こりゃ――。まるで訳がわからんね」

「泥棒かしら……」

「まさか」

納屋の二階を見上げて、ひそひそ話し合っていると、突然ゲンのけたたましい吠え声――、続いて誰かが床板に叩きつけられるような音にまじって、鋭い怒声罵声ががんがん響き、えらい騒ぎになって来た。

「おーい、村田、どうした」

喜村が、納屋の入口に首を突込んで呶鳴った時だ。

「畜生!」したたかに撲《なぐ》られた音がすると、いきなり眼の前に、ゲンと絡み合った黒い洋服の男が落ちて来た。

続いて村田の息を切った声が二階から、

「喜村。逃がすなッ!」

「よし!」

手元にあった藁縄を摑んで、きっと身構えた、しかし落ちて来た男は、逃げるどころか打ちどころが悪かったらしく、すでに眼を廻してしまっていた。

なおも敦圉《いきり》たっているゲンを離すと、ともかく後手に縛り上げて、

「おーい、村田、大丈夫か」

「大丈夫――、喜村、ちょっと来てみろよ」

掛梯子の上から覗いた村田の顔は、左の眼のあたりが薄痣《うすあざ》になっていた。

「相当やられたな……」

「なあに……。これだ、これを見ろよ」

村田の指さすのを見ると、その納屋の二階の薄暗い片隅に、大型トランク位の鉄製の箱が置かれ、むき出しの天井を匐《は》っている配電線に結ばれていた。

村田は、その電線を引千切りながら、

「これだよ、これが眠り病の正体だ――」

「えッ、こ、これが眠り病の――」

「そうさ」

「そうさ、って君、これはただの箱じゃないか、眠り病というからには何んか……、それともこの箱が眠り病の病菌の巣かなんかで……」

「いやいや、これは機械だよ」

「機械――?」

「そうさ、いま東京中に猖獗している嗜眠性脳炎を病

理学的にやろうとしたのが間違いなのさ、思えばずいぶん無駄な努力をしたもんだ、いくら顕微鏡なんかを覗いたって病原体なんか見つかるはずがない」

「というと……」

「つまり、これは大陰謀なんだ、帝都を眠り病の死都と化さしめようという、恐るべき大陰謀だってことが、タッタ今わかった……」

途端に、納屋の外で、美都子の悲鳴が起った。慌てて駈《かけ》下りて見ると、縛り上げられた男が、やっと気づいたとみえて、むくむく動き出しているところであった。

早速自転車を馳《はし》らせて、一応警察の方にその男の始末を頼んでおき、意気揚々とした村田を真中に、喜村の家にかえって来た。ゲンも尾を振りながら、穏和《おとな》しく追いて来て、自分で小屋に這入ってしまった。

6

「しかし、君、あんな機械でどうして眠り病が出来るんだい」

部屋に落着くのを待かねて喜村が聞きかけた。きのうから眠り病の惨禍《さんか》を、まざまざと見せつけられているし、それが何者かの大陰謀だとあっては、なおさら聞きずてならなかった。

「あの箱がくせものなんだ、電灯線に接《つな》いであったろう――、あれは電灯線を動力として簡単に超音波を発生する装置なんだよ」

「超音波――？」

「いかにも」

村田は、大きく頷いて、

「その超音波こそ、嗜眠性脳炎――俗称眠り病の原因なんだ」

「ふーん」

「眠り病の原因が物理的なもんだとは古今未曾有《ここんみぞう》の大発見さ……、しかもこれを素早くスパイの奴が利用していたんだから恐ろしいね、東京全体を眠り殺すばかりか、君の話によると国境方面の警備隊にまでやっていたんだからね……、殺人光線が掛声ばかりで、空気中に導帯をつくる問題で行きなやんでいる際に、その恐るべき殺人音波、眠り音波が着々と猛威を振いはじめていたんだぜ」

「ふーん、しかし、そんなことが出来るんかね、一向に音らしいものは聴えなかったが……」

「出来るかって現に被害者が続々と出ているじゃないか……、音がしなかったというが、しなかったんじゃないよ、ただ聴えなかっただけなんだ、つまり人間の耳の可聴範囲外の、毎秒三四万振動ぐらい、超音波だったから人間にはなんにも聴えない——。けれどもその超音波といっても色々あって、調節して人間の鼓膜には一向感じないけど、直接に頭蓋骨を透して脳髄に響く超音波も出来るわけだ。それを利用したんだ、君ね、一定の単調な音を聞いていると睡《ねむ》くなるような経験はないかい……、それさ、それと同時に、これは脳髄をしびれさすような力を持っているはずだ」

「……」

「ただね、相手が音波だしそう強烈なもんじゃないから、まず子供とか過労者なんかがやられたんだ、しかしこれとても持続してやられたら健康な青年でもたまらない訳さ、だいたい超音波なんてものは近代の、機械文明のせいだからね、電車、汽車、発動機、発電機——工場という工場では物凄い機械が廻っているし、そのなかには、喧《やかま》しい騒音とともに、聴えない超音波が、非常に発生しているわけだ、そしてそのなかのある波長のものが人間に眠り音波として作用するらしい——眠り病が、近代になって突然発生したという意味はこれでわかる、そしてこれを、×国の奴が、早くも大陰謀に悪用したんだ……」

「なるほど……」

喜村は、感嘆したように頷いて、

「しかし、そんなことがよくわかったね?」

「それは君、犬のお蔭だよ」

「犬の?」

「うん、昨日からの三つの例に、いつも犬がいた、そして、その時に限って犬が急に落着かなくなったり騒いだりした、だから僕は、もう一度実験しようと思って二匹の犬を借してくれ、っていったんだけど、その前に今の騒ぎが起ったんで万事解決さ……」

「どして、ゲンたちにはわかるんです?」

美都子が口を挿《はさ》んだ。

「つまりね、耳がいいんですよ、人間にはとても聴えない毎秒八万振動ぐらいの音まで、犬には聴えるんです、だからあの眠り音波が唸り出すと、五月蝿《うるさ》くって仕様がないんでしょう、それでそのたびにワンワン吠えて怒るんです……僕達には、何んにも聴えないのに犬が騒ぎ出す、というのから逆に考えて超音波を思いついたんですよ、だから都会生活というのは、犬にとっては人間以上に五月蝿いもんでしょうね」

「まあ……」彼女は、そういって眼を見張ってから、

「あら、左の眼が膨《は》れてますわ、湿布したら……」

と、痣《あざ》を見つけてしまった。

村田は、美都子に、その膨れぼったい眼を湿布されながら、はじめて、テレたように笑っていた。

椅円の応接間

フリージヤ

北見は、飾り棚の上の、温室咲きのフリージャを見るような振りをしてさっきからつい向い合って腰かけている少女の方を、ちらりちらりと偸見《ぬすみ》ていた。

なかなか感じのいい少女だった。年は二十歳をちょっと廻っているかも知れない。だから「少女」というには、或いは適当ではないかも知れないが、しかしやはり少女といった方が、その新鮮な感じをシックリといい表せるようである。

北見の眼には、温室咲のフリージャよりも、その少女の方が、ずっと柔かく新鮮であり、美しかった。それで、見まいとしても、ツイ視線がそこへ行ってしまうのである。

しかも、運の悪いことには、そうでなくとも自然に眼の行ってしまうような、人造大理石を張ったテーブル一つを隔てて少女と向い合うのだ。

この銀座の横丁にある喫茶店は、いつもながら、いや今日は殊に土曜日の午を廻った時間のせいか、どのテーブルも一ぱいの客だった。

——最初、うっかり彼女の顔に眼をやっていて、不意に窘《たしな》めるような視線で見かされた時の北見は、照れた眼で、あわててあたりを見廻したけれど、他にはどのテーブルにも移って行ける椅子がないのだった。皮肉なことには、いま北見のいるテーブルの、彼女にはさまれた横にだけ、タッタ一つの椅子が空いているきりだ。

彼女の方も、この不躾な視線が不愉快だったのか、のび上るようにして部屋の中を、二度ばかり見廻していたけれど、やっぱり、空いた椅子が一つもないとわかったのか、何か落着かないような物腰で、北見の向いの椅子にそのまま掛け直し、横を向いてしまっていた。

北見も、それからしばらくは、強いて眼を外らして、フリージャの菖蒲《あやめ》に似た淡黄色の花の方を見詰めながら、静かにタバコの煙りを吐いていた——。

が、どうもいけないのである。

給仕がわきを通ったりする度に、紅茶が来たのか、と思ってテーブルの方を見る眼が、また同じように振りむいた彼女の眼と、ぱったり合ってしまったりするのである。

その度に、彼女はこの無礼な男の眼に、肩を聳かすようにして、改めて横を向くのだった。

何度目かには、北見もつい苦笑してしまっていた。それでも、混んでいるせいか紅茶はなかなか来なかった。

少女は、相変らず横を向いている。

鼠色のタイトなスカートに、ブラウスを脱いで明るい色の春のスェーターを着た様子は、いたって簡素なものだったけれど、しかしそれは、着飾った綺麗さとはまた別な美しさを見せていた。その上、そのあっさりとした装《こしら》えが、彼女にいかにもしっくりと似合って、美しさを余計引立たせているようであった。

北見は、所在なさに二本目のタバコに火をつけた時、紅茶が彼女の分と同じ銀盆に載って運ばれて来た。

しかし彼女は、その紅茶をちらりと見ると、砂糖を溶かそうともしないで、また今までのように、横を向いてしまったのだ。


(ふーん)

そう思った北見は、ゆっくりと味わうように紅茶を啜りながら、上眼で彼女の横顔を偸見た。

彼女の瞳《め》は、入口のガラスドアーが開く度に忙しく動いている。

(そうか——)

この少女は、きっとここで誰かを待ち合せているに違いない。

それだから、北見の視線に肩を聳《そび》やかしながらも、この店から出ようとはしなかったのだ。いやもしかすると、強いて北見の視線を外らすために肩を聳かして横を向いていたのではなくて、誰かが来るはずの入口に注意するために、入口の方を見るために、丁度そんな恰好をしていたのかも知れない——とも思われて来た。

(誰を待っているのかナ)

そんな気持と一緒に、なんだか興ざめのするような感じでもあった。

だが、それから、北見が点けてしまったタバコを吸ってしまって、ゆっくりと紅茶を飲み終って、さて立とうか、と思う時になっても、彼女は、相変らずそのままだった。彼女の紅茶からはもう湯気もたたなくなってしまっていた。こんなに待たすとは、どんな奴であろう――。

とその時、ガタンと椅子の音をたてさせて彼女が伸びあがった。見ると入口のガラスドアーを押しのけるやうにして、一人の若い男が急ぎ足で這入《はい》って来るところだった。

その男は、這入って来るなり誰かを探すような様子で、テーブルを隅の方からすーっと見廻していたけれど、すぐ北見の前の、腰を浮かせた少女に気がついたらしく、大股で近寄って来た。

が、見るともなくその男の顔に眼をやった北見は、思わず、

（おやッ――？）

と呟いてしまった。

旧友再会

案の定、その男は桑田洋之助だった。

「やあ――」

桑田も、びっくりしたように、そういって手を胸のあたりに挙げて見せた。そして、それから前にいる少女と北見の顔とを、訝《いぶ》かしそうに見比べていた。

それは、その少女と北見とが、前から知り合いだったのか――という眼つきだった。

「しばらくだったなあ、しかし悪いことは出来んね、こういうところに偶然僕が居合わせるとはねえ――」

「ん？　じゃ君この結子《ゆいこ》さんを知らんのかい」

「知らんともさ、――この通り混んでるから偶然同じテーブルになっちまってたんだ……」

「ふーん」

いかにも奇遇だ、というように、桑田は、やっと、丁度、空いているわきの椅子に腰をおろした。そして、

「何年になるかな？」

「さあ、とにかく卒《で》て以来だからたっぷり四五年振りだ……、その間かけ違って一度も逢わんやつが、こういう現場でひょっくり逢うんだから不思議なものさ」

「現場――？」

桑田は、そのむきつけな言葉に眉を顰《ひそ》めると、

「へんな誤解をするなよ――、紹介しておこう、僕が勤めていた会社の社長のお嬢さん、結子さんだ、――こっちは同級だった北見君」

北見と結子は、お互いにちょっとばつの悪いような照

れくささで、頭を下げた。

「――勤めていた、っていうと君は会社をやめたのかい」

北見は、桑田の方に向きなおりながら、

「そうそう、君が病気をしたってことを、いつだったか同級会の時に聞いたが……」

「うん、胸をやられちまってね」

「で、もういいのかい」

「この通りさ、結核だって心配することはないよ、早く適当な手当さえすりゃね……、しかし徹底的に療養しようと思ったし、入社してたった一年目にやってしまったんで、あんまり長いこと休んじゃ申訳ないから辞表を出しておいたんだ、けれど聞いてみるとその辞表はまだ社長が握りつぶしていたらしいんでね、大いに恐縮しているわけさ、――だがお蔭で前よりずっと元気になったぜ」

「じゃ、もう社に出てもいいんだろう」

「――うーん、しかし、まだ当分は出社しないつもりだ」

「それじゃ君、まるで社長の好意に叛《そむ》くようなもんじゃないか」

「――うーん、まあ、それにはわけがあるんだが……、現在のままのような自由な状態の方が、ここで一つ恩がえしをするのに好都合と思ってね」

「なんだい恩返しって……」

「それなんだよ……、そうだ君にも一緒に相談に乗ってもらおうか。どうでしょう結子さん？」

「結構ですわ、――どうぞよろしく」

「いやに大事なことらしいね」

北見は、半ば冗談のようにそういって、笑いながら桑田と結子の顔を見比べたけれど、しかし二人とも、それに笑いかえそうとはしなかった。そればかりか、何か余程重大なことを切り出して来そうな桑田の表情を見ると、北見自身も知らず知らず自分の頬から、笑いが消えていくような感じだった。

「無論、大事なことさ、しかも社長一人、会社一個の問題じゃあないんだ、大袈裟なことをいうようだけれど、直接国運に響く問題なのだからね」

静かに話し出した桑田を、北見は抑えるように手を上げて、

「しかし君、僕は君と四五年ぶりで逢う人間だぜ」

「お互いに気心はよく知っているはずだ、むろん君を

信じてるさ」

「そういわれると……、なんだかもう責任のいくらかを背負わされたようだな、——しかし、そんな問題を、こんな場所でいうのは軽率じゃないのかね」

「いや、僕は、こういうところで警戒しながら話した方が却っていいと思うんだ。なまじ人払いをした部屋なんかで相談するやつは、聴音機さえあれば、却ってハッキリと聴かれてしまうからね……だからこういう風に人の話声の充満した部屋の方が、盗み聴きされる惧れが尠いと思うんだよ」

そういった桑田は、こんどは結子の方に顔を向けて、

「——、で今日のお話というのは?」

「はあ……」

冷めきった紅茶を、黙って啜《すす》っていた結子は、そのカップを静かに置くと、前かがみになって話し出した。それは低いけれど、気持よく澄んだ声だった。

超音波

「——桑田さんもお忙しいところをこんなところにお呼びたてして申訳ありません、でもやっぱりほかにご相談する方もありませんものですから……ツイご迷惑だと思いましても」

その、寧ろ北見のいることを顧慮してらしい弁解の言葉を、皆までいわせないうちに、

「いや、そんなことといわないで下さい、僕の方で却って何か役に立つことでもあれば、と思っていたくらいなんですからね、——それに、あの機械についてのこととなると頼まれなくたって進んでやりますよ、ご相談がなかったら、僕の方から飛込んで行ったでしょう。相談して下さったことを、トテモ感謝してるくらいなんです」

桑田は、一気に喋ってその弁解を吹き飛ばすと、

「やはり、洩れているんですね?」

「ええ……」

「しかし、怪訝《おか》しいなあ、出来るだけの警戒はされているんでしょうがね」

「それはもう、お父様も十分に考えていらっしゃるんですけど……」

結子の、美しい眉の間に、愁はし気な色が流れた。そして、なお声を落すと、

「でも、やっぱりあの研究所のなかの様子が、はっきりと写真に撮られているんですの」

「あの、新しい研究所の方ですか」

「ええ――」

「そ、そんなことが……」

「いいえ、――ですから私、余計困ってしまったんですの、前の研究所がどうも不安だというので、今度のところに移しましたのに、それがまた、すぐ撮られてしまうなんて……」

「ふーむ」

桑田は、テーブルの上に組んだ手に、顎をのせて薄く眼をつぶっていた。北見は、さっぱり話の経緯がわからないので、ただ仕方なしに、何本目かのタバコを咥《くわ》えて、その桑田の、白い額に垂れ下った二三本の黒い髪《け》を見つめていた。

と、ふっと眼をあけて、真正面《まとも》に北見の眼と合った桑田は、

（ああ、そうだ――）

というように、

「そうそう、君にはさっぱり話してなかったね、じゃこれから話すやつを第三者の君が冷静に聴いてくれたまえ、そして気づいたことがあったらいってくれたまえね、どうも自分では冷静なつもりでも、その渦中にあると思いがけないことに気づかずにいるかも知れんから……」

桑田は、そこで一息すると、余計に声を細めて、

「実は、――はじめから話すが僕がいた、というより現在休職のような恰好の会社は、名前ぐらい知っているかも知れんけど極東精機といってね」

「知ってるよ、極東精密機械株式会社というんだろう、規模は大きいとはいえんが製品は信用がある」

「うん、それだ」

桑田が頷くと、結子も黙ったまましょっと頭を下げるような恰好をした。父の会社の信用をよくいってくれたお礼かも知れない。

「とにかく学校を卒《で》ると僕はそこではじめて実社会の禄を食《は》んだ、しかもその社長が非常にいい人で思いがけぬ厚遇を得たわけさ、それで研究所で自分の好きな研究をさせてもらえたんだが、僕の選んだ研究題目は『超音

波発振機』だった」

「超音波——？」

「そう。この超音波というやつは最近になって漸く話題にのぼるようになったけれど非常に面白い性質をもっているんだぜ、第一、人間に聴こえない音、っていうのが面白いじゃないか。つまり人間の耳には一秒間に二十四から二万ぐらいの振動しか聴えないんだ、それ以上の三万も五万もという振動数をもった音は、最早、われわれには音として聴えない、聴えない音——超音波なんだ」

「ふーん、それで、それがどんな役に立つんだね」

「まず今まで各国で研究されたうちでは、秘密通信用としてのものだろうね、これは前の大戦の時にフランスのランジュヴァンが海の中で人に聴えない音で信号を送ったり受けたりしたというのにはじまって、その後盛んに研究が続けられているんだ、——しかもこの超音波は普通の音波と違って非常に光に似たところがある。というのはいま鐘をガーンと撞くと、その音は四方八方で聞えるけれど、この波長の短い超音波は、丁度サーチライトで一方だけを照すように、思う方向だけに向けて送ってやることが出来るんだ、この性質は秘密通信用としては絶好のものといえるじゃないか」

「なるほど——」

「しかも、もっとすごい性質をもっている、というのは海の中に超音波を送ってやった時に発見したんだが、この超音波にあたった魚という魚が全部他愛もなく死んでしまったというんだからね。——これは調べられたところによると、この超音波という奴が、血液の中の赤血球を破壊してしまうのだ、ということがたしかめられた。血の中の赤血球を破壊されてしまったら、人間だって一たまりもないわけだ、そうすれば、この超音波を使って、殺人光線ならぬ殺人音波放射機を造ることが出来ないか——、これが僕のねらいだった、もしこれに成功したら、全世界を驚倒させる新兵器が出現するわけだ、なんとかして造り出したいものだ、それで僕は……」

そこまで喋って来た桑田は、ひょいと口を噤《つぐ》んでしまった。

気がつくと、傍らの大きな鉢植の棕竹《しゅろちく》の蔭に、白い服の給仕が立っている。

「出ましょう……」

桑田は、結子と北見をうながすようにして、さっさとレヂスターの方に歩いて行った。北見は桑田の話に、湧くような好奇心と興味を覚えながら、すぐそのあとに続いて行った。

そして、レヂスターのところで、そっと振りかえって見ると、しかし給仕は、相変らずそこに平然と立っていたようである。

妙な住居

銀座は、いつもながら人の浪《なみ》だった。三人が、ともかく肩を並べて歩こうというのには、なみなみならぬ努力がいるほどの混雑だった。

「君、あの給仕は別に怪しかなさそうだぜ」

北見は、桑田の肩口に追いすがるようにして、いった。

「そうかね、しかし、いやにこっちばかり見ているようだったが」

「あら、紅茶一ぱいであんまり長くいたからじゃないかしら?」

結子も、一生懸命に歩きながら、囁いた。

「あ、そうだったかな」

「そうとも。――君は少し神経過敏になってるぜ」

「ふーん。――しかしそうならざるを得ないんだ、結子さんの話のように、極東精機の研究所の写真が、いつの間にか撮られているなんていうことを聞くとね」

「しかし、その写真を撮られたってことが、よくわかりましたね」

北見が、はじめて結子に話しかけた。

「ええ、この間、他のことから調べられたある外人の持物の中にまざって這入っていた、っていうのを教えられたんですの、その写真の研究所の壁に「極東精機」という名のはいった掲示まで写っていたのですぐわかって、呼出しを受けた上、監督不行届だからこんなことをされるのだ、ってずいぶんお叱りを受けたそうですわ」

「ほう、するとそれがスパイだったんですね、しかしそいつが捕まってしまったんならもう一と安心じゃないんですか」

「駄目々々」

桑田が、大きな声で打消すと、

「そんな甘い考えがいけないんだ、そんな下ッ端の奴を一人ぐらい捕まえたって、却って敵を一層警戒させ、一層巧妙に立ち廻るようにさせるだけさ、そんな奴をつかまえるより、肝腎の撮った方法と撮った奴をつかまえなければいかんのさ、どんな場合だって安心なんか禁物だ、――ここじゃ仕様がない、僕のとこへ行こうか、どうですか結子さん？」

「結構ですわ――」

「とにかくこんなに揉まれて歩いていたんじゃ仕様がないからね」

いいながらまた横へ曲って、しばらく行くと、ほっと息がつけた。同じ銀座でも表通りと裏通りとでは、えらく人通りが違うのだ。

「これで行こう――」

駐車場に止っていた車のドアーを開けると、さっさと乗り込んで桑田は、

「光ケ岡サナトリウム」

と、行く先をつげた。

「え――？」

運転手よりも、北見の方が思わず聞きかえしてしまった。

「サナトリウムに行くのかい」

「うん」

桑田は、北見のびっくりしたような、弱ったような顔に引かえて平然としていた。

「どうしてまた、結核療養所《サナトリウム》なんかに……」

「どうしてって、僕はそこにいるんだから仕様がないよ」

「へーえ、すると君は、まだすっかりよくなっていないんだね、入院しているんだね、――それなのにのこのこ出て歩き廻るなんて乱暴だな、いかんな」

すると、走り去って行く窓の外から眼を向け直した桑田は、

「すっかり直ったよ、この通りじゃないか、ただ行くところがないからサナトリウムにいるわけさ、もっとも今はまさか病室にはいないよ、事務室のわきの予備室を特別にあけてもらって、そこに仕様がないからいるんだけど……、このアパート払底時代に、あんな住み心地のいい部屋はちょっとないぜ、第一三度三度の栄養食がついて、しかも薬がほしければいつでも貰える、少し具合が悪ければ直ぐ診てもらえる、ヘタなアパートにいて外食するより経済的にもどんなにいいか知れないよ」

「だが、すっかり直ったというのに……」

「しかし、直ったからといって、すぐゴミゴミした町の中に帰って行くより、却っていいと思うんだがね、場所は健康の一番地だし日当りもいい、空気もいい、その

上何よりも衛生的だ、食器は一々煮沸消毒してくれるしね、サナトリウムというと、なんでもかんでも結核菌がうようよしているように思うらしいが、そりゃ間違いだ、町の中よりよっぽど綺麗だよ、何よりもいい証拠は、町の中で病気になった僕のような奴が、サナトリウムに行って直ったじゃないか、つまりそこの方が町の中より健康にいいというわけさ」

「――なるほどね、しかし……」

しかし北見には、やっぱりこのサナトリウムをアパートと心得ている桑田の気持が、しっくりと飲込めなかった。肺病というとすぐ不治の病ということを連想し、そんなものには一歩でも遠ざかりたいと思うのに、桑田はその病院に平気で住んでいる――。けれど、考えてみれば、この結核菌という奴も、眼に見えない、耳に聴えない、さっきいっていた超音波の殺人のようなもので、五官に感じないだけに、いつやられるか見当もつかないのだ、そう思えばなんの設備も持っていない町より、なるほどこのサナトリウムの方が却っていいのかも知れない。

聽て町を抜け、しばらく駛《はし》ると、雑木林に囲まれた白い建物が見えて来た。

そこが、光ケ岡サナトリウムである。

スパイ写真

なかの空気を騒がせないために、わざと、門の外で車を棄てて、芝生の間を縫って砂利の敷つめられた道を玄関まで歩いて行った。

玄関をはいると、その気配に、受附の小窓がちょっとあいて看護服の顔がのぞいたけれど、桑田が会釈するのを見ると、にやっと笑ってばたんと閉めてしまった。

「さあ、上って下さい」

二三十もずらりと並べられたスリッパを突掛け、広い廊下を通って行くと、何んだか、病人を見舞いに来たような感じだつた。

「ここだよ――」

間もなく桑田が立止った。なるほどそこは、まだ病棟まで行かないうちの、事務室を鍵の手に曲ったところだった。

ドアーの肩には、「桑田洋之助」と名札がかかっている。

その名札は、本当の入院時代からのものらしく、黒い板に白で書かれた字が、剝げ落ちて辛うじて読めるほどに薄れていた。

が、這入って見ると、中は思ったより気持のいい部屋だった。サナトリウムの中だ、ということさえ忘れてしまえば、こんな住み心地のよさそうなアパートは、なるほど今時ちょっと空いていそうもない――。

部屋の右手の壁には、白い天井にまで届くほどに組立式の本棚が積まれてあって、ぎっしりと色とりどりの装幀の本が詰められ、窓際に置かれたデスクの傍には、この部屋が以前事務室に使われていた時の名残か、電話まで引かれているといった豪華版である。

「さあ、どうぞ――」

結子も、この部屋にははじめて来たらしく、珍しそうに、北見と肩を並べて窓の外の広い芝生と、その向うの藤棚の下に、籐の寝椅子を並べて白いカバーをつけた毛布にくるまっている患者の方を見ていた。

「さあ、どうぞ――、北見君も」

もう一度いった桑田の声に、やっと振りむいた二人は、すすめられた椅子に腰をおろした。

「どうだい、感じは……」

「なるほど、こりゃ悪くないね、――こんないい場所があるんだったら何も銀座の人混みの喫茶店なんかで、大事な話をすることはないじゃないか」

「うーん」

苦笑した桑田は、

「うーん、しかしどうもそこはやっぱり……こういうところじゃあまり綺麗な訪問者があるってことは患者《クランケ》の方に対しても遠慮したいんでね」

「ああ、そうか――」

「まあ――」

結子は、肩をすくめるようにして、笑った。

「それはともかく――、今紅茶が来るからゆっくりして行ってくれたまえ」

「いいよ、紅茶なんかいらんよ君」

「まあ遠慮するなよ」

「遠慮するわけじゃないが……」

「心配ならなおご無用だよ、あんに喫茶店のカップで平気で飲むんだったら、ここの方がよっぽど清潔だぜ、ちゃんと煮沸するんだから……」

いっているうちに、ノックする音がして、見習看護婦らしい可愛い子が紅茶を運んで来た。

「さあ――」

「うん」

北見は、到頭《とうとう》飲まなければならぬハメになった紅茶を、妙な眼で見据えていた。

すると、美味しそうに一口飲んだ結子が、ハンドバッグをあけて二枚ばかりの写真を取り出した。

「これですの、これが警視庁の方から戻されて来た写真ですわ」

「ほう」

受取った桑田は、

「ふーん、ずいぶんハッキリ撮られてますね、ふーん、この下の方に写っている台の上の箱が超音波の発振機ですな」

「ええ――丁度いい具合にカバーが被せてありましたので、幸い中の機械の接続《コンネクション》が撮られていなかった、と申して父は胸を撫下しておりましたが……」

「まったく、天佑でしょうね――、この発信機は私の設計のものですが、やっと設計が終っただけで病気に倒れてしまったのは、実に実に残念でしたけど」

「ええ、そのあとを中澤さんが受継いで大分苦心されたそうですけど」

「そうですってね、中澤君があとをやってくれるということを聞いたんで、まあいくらかは安心もして、お父さんに殆んど呶鳴られるようにしてここに入院してしまったんですが……、ここへ来ても、ちょいちょい発信機の夢を見ましたよ」

「そのくせ、入院されるとすぐ辞表を送って来られたんじゃありません？」

「……しかしね、仕事を途中で投出して、しかも便々として禄《ろく》を食《は》んでいることが心苦しかったんですよ、

――北見君、これがスパイ写真だ」

北見が、その渡された写真を見ると、それは、知らぬ者が見たらただのつまらん工場の片隅を撮った素人写真としか思われぬようなものだった。

背景には白っぽいコンクリートらしい壁があり、その前の実験台の上には、種々雑多な器具や電線や真空管などが置かれてある。北見が見たってさっぱり見当もつかないようなものだ。ただその背景の壁に、「社告」として何か小さい文字を並べた掲示があり、その最後に「極東精機」という文字が、辛うじて読めるほどに写っていた。

「なるほどね――」

そのまま、桑田に返そうとした北見は、

「しかし、可怪《おか》しいね」

と、気づいたことがあった。


「我れを思え」


「可怪しい――？」

桑田は、乗りだすようにして北見の持った写真を覗き込んだ。

「これは、真昼間に撮られたのかね、ずいぶんハッキリしているが」

「ふーん」

「真昼間に、しかもこの様子から見ると外からじゃなくて部屋の中から撮られたらしいじゃないか」

「いや昼間じゃないだろう、昼間だったらそんな写真を撮られて気づかぬはずもなし、第一その実験台のそばに一人もいないのは変だよ、夜だ。夜みんなの帰った隙に撮られたんだろうね」

「しかし、そうするとなお可怪しいぜ、昼間だってこんなコンクリート造りの部屋の中を、これほどに撮るんだったら相当に明るいレンズを使ったって瞬間撮影ってい うわけには行くまい？ まして夜だったら閃光電球はどうしても必要だ……閃光電燈をやられても気がつかんかしら？」

「冗談じゃない、この部屋の隣りがガラス戸で仕切っただけの宿直室だよ、そうでしょう？」

桑田は、いいながら結子の方を見た。

「え、寝ず番がおりますもの、フラッシュなんて……」

「そうですか。――するとこれはどう説明するんです？」

北見は、桑田と結子の顔を、迭《かわ》る迭るに見廻した。

「……実は、それが不審でした、父もこれから後こんなことを防ぐためにもこれがどうして撮られたか、ということで、困り切っておりましたようですの、それで、桑田さんに私がお眼にかかりたいと銀座にお呼びたてしましたのも、一つにはそのこともございましたし……」

「ふーん、可怪しい……」

桑田は眉を顰《しか》めると、考えこむ時の癖で、油をつけていない頭《かみ》の髪《け》の中に梳《け》ずるように指を幾度も通しながら、

「昼間は大勢の人があるから撮られるはずがない、誰もいないから夜だ、……しかし夜としても隣りに宿直がいるのに堂々とフラッシュを焚《た》くスパイなんてあるまい

し、それに気づかぬということはない……」

呟いて、薄く眼を閉じている顔には、瞭《あき》らかに困惑の色が浮んでいた。

「第一、スパイが忍び込むというのからして腑に落ちんよ。小さいながらによく纏った会社なんだ。そんなに怪しい人間がうろうろしていたらすぐわかるはずだ」

「だが君、現にこういう写真が撮られている、というのも事実なんだぜ」

「うん、――その写真さえこうしてここになかったら、恐らく信じられないだろうと思うくらいだ……」

さすがの桑田が、額に八の字を刻み込んで、低くいった。

「しかも二枚も撮られているんだからなあ……、いや、このほかにもっと撮られているかも知れないんだが……、これも同じ研究ですか」

あと一枚を取り上げた北見が、結子に聞いた。

「――いいえ、それは新しい研究所の方ですの、前の会社の中の研究所は、どうも不安だという気もありましたし、丁度私共の家の新築が出来上りましたので、その庭内に、も一つ研究所をつくりまして、そこで特別の研究だけをやっております……その方です、これは」

「超音波はこの新しい特別の方に移ったんですね」

「はあ――」

「すると、その超音波をスパイ網がどこまでも追いかけているわけだな……」

いいながらその写真を見詰めていた北見は、

「この新しい研究所には鉢植がありますね、和《なご》やかだなあ」

「あの、あまり殺風景だと思って置かせて頂いたのですけど……」

「いいですねえ、――スパイの狙っている恐るべき殺人音波の研究所に一輪の花、いかにもあなたらしいじゃないですか」

「あら――、お父さまはつまらんと仰言《おっしゃ》ったのですけど……」

結子は、絶え入りそうな声で打消した。

「この花は、なんですか」

「パンヂーですわ、三色菫《すみれ》――」

「これがパンヂーですかね……、パンヂーの花言葉を知ってますか」

「いいえ」

「我れを思え――っていうんです、僕の従兄弟が温室の切花屋をやってましてね」

「まあ……」

結子は、何か口の中でいいながら、桑田の顔を見た。

桑田は、何か考えから覚めたような眼をすると、

「なんだって――？」

「いや、パンヂーの花言葉をいったところが、結子さんがあわてててね」

「暢気《のんき》な奴だなあ相変らず――、どれ――」

桑田も、その写真の中のパンヂーを見直していたが、やがて、何故かギョッとしたような眼を上げた。

「こ、これはたしかにパンヂーですか、普通の」

急に急込《せきこ》んだ声だった。

「ええ」

「あの、やはり緑《あお》い葉をもった――？」

「ええ……」

結子は、その妙な質問に、びっくりしたように桑田の顔を見詰めた。

「そうですわ、普通のパンヂーですけど……」

「わかった、わかったよ君」

「なんだ一体――」

「なんだもかんだもあるもんか、この写真の秘密がやっと読めたんだ、そうだ、我れを思え、だ」

何をいい出すのか、桑田の顔色は、急に元気になって来た。

クロロフィル効果

「写真の秘密が読めたって――」

「そうだ、そうなんだ、君の冗談から駒が出たんだよ、この写真がまんまと撮られたわけが、やっとわかったんだ」

「ふーん、どうわかったんだ」

「だから、我を思え――だよ、このパンヂーがさっきからちゃんと物語っているのに、ただそれに気づかなかっただけなんだ。このパンヂーさえなかったら、もっともっと気づかなかったに違いない、――つまりこの研究所に花を置いてくれた結子さんのお手柄だ」

「まあ――」

結子も、さっぱりわからない様子で、北見と桑田の顔を、見廻した。

「さっぱりわからんね、どういうことなんだ？」

その北見の言葉を抑えるように桑田は、

「見たまえ——このパンヂーの葉や茎が、この写真では白く写っているじゃないか」

「——なるほど」

「——それが、どういうことなんですの」

「これがヒントです、これが問題なんです、あの、クロロフィル効果というのを知ってますか」

「——いいえ」

「——知らんね、なんだいそのクロロフィル効果というのは?」

「それはね、葉緑素効果ともいわれて、赤外線写真で植物を撮ると、その緑の所が白く撮れるんだ、葉緑素という奴は普通の光線ではその名のように緑色に見えるけれど、赤外線に対してはまるで透明である、そのために透けて白くなるのだ——というのが最近の研究でわかった。——つまりこのパンヂーの葉が白く撮られている、ということは、この写真が赤外線写真だ、ということをハッキリ示しているんだ」

「ふーん」

「パンヂーのお手柄さ、赤外線写真ならなるほどフラッシュもいらぬはずだ、赤外線は眼に見えないから、真暗闇の中で、悠々と写真が撮れるわけだ」

「じゃあ、スパイは赤外線を使っているのね」

「そうです、眼に見えない赤外線を使って警戒の眼をくらましていたんです、警戒の人たちが、真暗だと思って安心していたのが敵の思う壺だったんです」

「それを防ぐには、どうしたらいいでしょう」

「なんでもありませんよ、こう敵のネタがわれてしまえば対策を建てるんだって楽なもんです、遠視器《テレヴィゾル》を使えばいいんです」

「遠視器——? 妙なものがちょいちょい飛出して来るね」

北見は、半ば冗談らしく桑田の顔を見た。けれど、これは負け惜しみみたいなもので、本当は遠視器なんてものは、見たことも聞いたこともなかったのだ。

「遠視器って、なんですの?」

結子の方が、よっぽどさっぱりしている。

「それはね、一口でいえば感光槽《かんこうそう》ですよ、赤外線という奴は眼に見えないけど、この感光槽を使うと、眼に見える光線に変えることが出来るんです、丁度、やっぱり眼に見えないレントゲン線を、蛍光板という奴に当てると、それが光って眼に見えるようになるでしょう、それと同じで、この感光槽があれば赤外線がわかります、——だから、研究所の隣りの宿直室との境に、この感光槽さえ備えつけておけば、真暗なような研究所の中に、赤外線が放射されればすぐわかってしまいます、同時に、真暗な研究所に忍び込んでいるスパイの姿もありありと写し出されるに違いありません」

「まあ——」

「じゃ君、もうスパイを捕まえたようなもんだね」

北見がいうと、

「まあ待て、どうも相変らず君はあわてん坊だなあ」

桑田は、またも制するように手を振って、

「果してまたあらわれるかどうかわからんじゃないか、それよりも一刻も早く研究所にその設備をして、赤外線スパイの魔の手から防がなくちゃならん」

「でも、そんな遠視器などというものが直ぐ手に這入りましょうか」

「中澤君の手で、なんとかならんですかしら、中澤君はたしか夜間偵察器をやっていたはずですから……、この夜間偵察器というのも赤外線を使って、その赤外線をサーチライトのように何も知らぬ敵陣に浴せかけ、それから反射して来る赤外線を感光槽で見て、敵陣の一部始終をどんな真暗闇でも、霧がかかっていても平気で見てしまう——というものらしかったですからね」

「あ、そうでしたわ、たしか赤外線……というようなことをいってられましたわね」

「だが君——」

北見は、また何か思いついたように、

「その中澤という人間はしっかりしているのかね、信用出来るのかい」

「なぜ——？」

「なぜって、いまの話だとその男が赤外線を研究していて、しかも撮られたこのスパイ写真が赤外線を利用したものだ、となると一応はちょっと考えたくなるじゃないか」

「なるほど、しかし中澤君は信用してもいいと思うがね……、それに問題の殺人音波の方だって僕が病気で倒れたあとは中澤君が主になって継続していたんだから、それをわざわざ危険を冒して真夜中に忍び込んで写真を撮るなんて……、中澤君が本当にあの装置をスパイしようと思えば殆んど自由になる立場なんだからね、社長と中澤君だけだろう、現在あの装置がどこまで進んでいるか知ってるのは」

「そうか、それならいいんだが——」

「まあ、僕は大丈夫だと思うよ」

すると、可愛い手頸を出して腕時計を覗いた結子が、はっとしたように腰を浮かせた。

「あら、もうこんな時間ですの、桑田さん、今晩はほんの内輪だけで延び延びになっていました新しい研究所のお祝いをすることになってますの、それで父もよろしかったら是非あなたにも出て頂きたいと申しますので、私、ご相談かたがたそのお誘いに上ったのですけど……」

「ほう、そうですか、相変らずの社長のご好意ですね、サナトリウムの夕食というものを試食してもらうつもりだったけど……、その方がよさそうですね、はっははは」

「その方は、またあとにして頂くわ——、いらっしゃるわね！」

結子は、嬉しそうに、もう椅子を立っていた。

「じゃ御好意に甘えて、久しぶりに社長へ御挨拶に行きましょう——君も一緒に行ってみないか」

「え？　そりゃ少し……」

北見は、ちょっと尻込みをした。

「あら構いませんのよ、今日は会社の方といっても研究所の方が二三人きりのほんの内輪なんですし」

「ここの夕食よかいいだろう」

「そりゃそうだが……」

むろんサナトリウムの夕食よりはいいに違いない。しかし桑田はともかく結子とは今日逢ったばかりなのだ。

「社長はいい人だぜ、遠慮することはない、顔見知りになっておくのもいいことだし、第一君はパンヂーを発見した功労者だからね」

椿円の応接間

到頭北見は、その晩別に予定も持っていなかった上に、赤外線スパイに狙われている超音波発振機の秘密研究所を見られるという好奇心も手伝って、桑田たちに誘われるままに、極東精機社長の大河内邸を訪れた。

大河内社長の新邸は、光ケ岡サナトリウムのある多摩川べりを、ずっと川下に下った、もう工場地帯に這入ろうとする桜並木の住宅地にあった。

この辺は、最近急に膨張して来たところらしく、夕陽に浮き出している家々を見ると、そのほとんどが真新しい木組を見せていた。道までも、真黒い柔かい土だった。しかも、いかにも不商家《しもたや》の一劃らしく、薄陽の落ちる時刻だというのに、もう森閑《しんかん》と静まりかえっているのである。

北見たちは、黒い土の真中に敷かれた砂利の上を、ザクザク音をたてながら、歩いて行った。

結子は、桑田を引張って来たことをいかにも嬉しそうに、ハイヒールの歩きにくそうな砂利の上を、一生懸命に歩いている。

結子は勿論、桑田も北見も、それから間もなく、稀有《けう》な奇怪事に直面しようとは、その時少しも考えなかったことだった。

やがて、その砂利道につれて、二つ目の生垣の角を曲ると、眼の前に一際大きな石の門が立っていた。

そこが社長の大河内邸だった。

結子に案内されるままに、二人は玄関を上ってどんどん這入って行った。

「家族は大勢いるのかい——?」

先に行く結子に、ちょっと距離が出来たので、北見が小声で聞いてみた。

「いや、社長は家庭的に淋しい人でね、結子さん一人であとは雇人たちだよ、奥さんはだいぶ前になくなったらしいが、その後社長はずっと独身なんだ——結子さんのためを思ってだろうね」

桑田も小声で、早口で答えた。

「ここよ——」

立止ってあとから来る二人を待った結子が、応接間らしいドアーを開けた。

「どうぞ——」

「おやッ、これは変ってますね」

先に這入った桑田が、思わず立止っていった。北見にも、その意味は直ぐわかった。

というのは、その応接間の部屋の恰好が、いかにも斬新なのだ。奇抜といってもいいくらいである——。その部屋は、大きな楕円形をした部屋だった。

「ほう……」

桑田が、珍らしそうに見廻すと、

「やあ、よく来てくれたね、体はすっかりいいのかね」

その声に見ると、恰幅《かっぷく》のいい老紳士がにこやかに立っていた。北見は、一眼でこの人が大河内社長だ、と気づいた。

「はあ――、どうもすっかり御迷惑をかけてしまいまして……」

一礼した桑田は、すぐそのそばに行って、何かしきりに話し込んでいた。

北見は、そのままなんとなく手持無沙汰な恰好で突立っていると、

「北見君、北見君――」

桑田がいそがしく呼んで、やっと紹介された。

大河内社長に、

「どうも、色々とヒントを与えて下さったそうで――」

叮嚀に挨拶されたので、北見は、却ってあわててしまった。桑田が、パンヂーの葉が白く写っていることから、あのスパイ写真は赤外線利用のものだとわかった、という経緯《いきさつ》を、だいぶ誇張して話したらしいのだ。

「いや、なんです、それほどでも……」

北見が恐縮して幾度も頭を下げると、桑田はその社長の後でにやにや笑っていた。

しかし、このお蔭ではじめての大河内邸にもかかわらず、余り肩身の狭い思いをしなくて済んだのはありがたかった。

挨拶がすむと、北見は部屋の片隅の椅子に掛けながら、この珍らしい応接間を見廻していた。桑田と社長は、丁度その時はいって来た研究所員らしい三人ばかりの青年と、久しぶりの話に笑い合っている。結子は、支度の手伝いでもしているのか、桑田と北見をこの部屋に案内した時から、奥へ姿を消してしまっていた。

楕円形の応接間――。奇抜なようだけれどこうして見ると、どの壁面もゆるやかな曲線《カーヴ》を持ってい、しかもなかなかの調度がシックリに合っているせいか、なかなか新鮮《フレッシュ》な感じだった。大体家屋という奴は、和風でも洋風でも、すべて直線で組立てられているものである。だから、建築設計家は、あまり曲線定規などというものは使わないであろう。

しかし近頃いわれる機械類――機械の構成する美しさの中には、多分に曲線の美しさが盛られている。その近代的な美しさを、さすがは精密機械会社の社長だけあって、自邸の新築に取り入れたものらしい。しかもその曲線のうちで、最も一般的なものがこの楕円である、普通の円は、楕円の特殊なものだともいえるのだから……。

北見は、楕円の室内を手持無沙汰もあって、沁々と見廻していた。

この楕円の部屋は、一方がゆるやかな曲線で母屋の方

に這入り、丁度中央からの外半分が、これまたゆるやかな曲線で庭に膨らみ出している。その庭に膨らみ出したところは、硝子張りになっていて、サンルームも兼ねているらしい。それから、その反対側の方の壁はよく見ると、会社の製品かどうか知らないけれど、アルミニウムの板で貼られた壁だった。これは、はじめはキラキラしていたかも知れないが、今は丁度よく燻《いぶ》したような、落着いた色になっていた。社長は或いは、この部屋が見せたくって、一同を招いたのかも知れない。

「さあ、皆さん、どうぞお席の方に……」

急に部屋の中が明るくなった、と思ったのは、結子が来たせいだった。

大河内社長

大河内社長は、なかなか上機嫌のようだった。結子にせかされると、嬉しそうに追いまくられて、長く並べたテーブルの向うに附いた、そして、それを挟むようにして、桑田と研究所員の中澤、それにつづいて研究所員が二人、それに向って北見と結子の順だった。

「時節柄、別に御馳走はないのじゃが……、まあ新しい研究所の出来た、ほんの内祝いの意味でね、ゆっくりやってくれたまえ。わが極東精機も諸君たちのお蔭で、世界を驚倒させるような特殊機械がもう完成間近に迫った——これはいま病気欠勤中の桑田君の努力に負うところ大なんじゃが、幸い桑田君も元気になってこの席に来てもらえるようになったし、また元通り研究所に出てくれるのも間近いじゃろう、その上は諸君力を合せてよろしくたのみますよ」

その時ドアーが開くと、ばあやらしい五十恰好の女が這入って来た。美事に盛った花籠を持って来たのだった。そしてそれを部屋の向うの方にあった花台の上に置くと、ちょっと二三輪の位置を直して、すぐ出て行ってしまった。

眼で見送っていた社長は、また言葉を続けて、

「ところが諸君も大体知っている通り、わが研究所はスパイに狙われている、という確証が挙ってしまったのだ、前の研究所ばかりか、この新しい研究所にまで付き纏《まと》っておる。これは容易ならんことだ、しかしどうして写真が撮られたかがハッキリせんで困っておったところ、ここにいられる桑田君の親友の北見さんと仰言る方の力

で、やっと赤外線を使って真暗闇の中で撮ったものだとわかった、こうわかれば防ぎようもあろうし、緊張の上にも緊張をせにゃならん……とにかくスパイという奴が、マタハリズムつまり色仕掛けで……なんというのは日露戦争時代の旧観念じゃ、現在のスパイは科学と組織の力でやって来る――、しかしそれに対して科学者たる諸君が、がっちりと腕を組んでおってくれれば、決して惧ることはない……暑いね、今夜はなかなか」

社長は上衣を脱ぐと眼をつぶるようにしてハンカチで額を抑え、

「結子、み、水――」

その声は、なんだか舌がもつれたような声だった。そして、

「ああ――」

そういったまま、がっくりとテーブルの上に俯伏《うつぶ》せになった社長の様子に、結子は眉を顰《しか》めて後に廻って行った。

しかし、軽く支え起そうとして、

「あら！」

その声は、びっくりするようなカン高い声だった。

「お、お父さま――、しっかりして……」

「ど、どうしました？」

間近にいた桑田と中澤が、反射的に立上った。

「とても熱いの、たいへんな熱よ」

「えッ――？」

額に触ってみた桑田が、びっくりして手を離した。なるほど熱いのだ。こんな熱い額に触ったことがない。中澤も、ちょっと触ってみて顔をしかめた。

「こりゃいけない、――とにかく寝て頂かなけりゃ」

そういった桑田が、抱え起すようにして、

「社長――、社長！」

しかし返事がない。

「社長！」

呶鳴るようにいったが、大河内社長はぐったりと桑田の手の中に靠《もた》れ込んだまま、身動きもしないのだ。

サッと顔色をかえた結子は、二三歩よろめいて、辛くも立ち直った。

「医者、医者だ！」

桑田と中澤が、一ぺんに呶鳴った。

「で、電話はどこです？」

若い方の所員が、そういいながら、ドアーを蹴飛ばすようにして馳《か》けて行った。

「とにかく横に——」

中澤と桑田が、ぐったりした社長を、やっとのことで部屋の隅の長椅子に運んで行った。そして、桑田は長い病院生活をしていたせいか、馴れた手つきで脈《プルス》を診ている。

「………」

結子は無言で、しかし激しく問いかけるような眼で、その桑田の顔を見詰めた。

しばらく、気味の悪い静けさだった。

「脳溢血《のういっけつ》——?」

そう思いながら北見も、桑田の蒼白い横顔を見詰めていた。

誰か来た様子に振り向くと、さっきのばあやが心配そうな様子で、結子の方に歩いて行ったのだ。

——やがて桑田は手をはなして、静かに首を振った。

「まあ……」

思わずそこに立ち崩れた結子を、そのばあやもぺたんと腰を落すようにして支えながら、結子の肩越しに、上気したような顔色の、無言の社長の横顔を見詰めていた——。

と、間もなくあたふたと医者がかけ込んで来た。そしてまず胸をはだけて心臓部に聴診器を当てていた、が、それもすぐに止めて、今度は体中を手で抑えるようにして診はじめた。

「ど、どうでしょう——」

「さあ……」

「脳溢血でございましょうか?」

ばあやが、低くいうと、

「いや」

医者は短くいって、首をひねってから、

「とにかく、一応警察へいって下さい」

疑問の怪死

大河内社長は、この大勢の眼の前で、忽然として怪死を遂げたのである。

それは文字通りの怪死だった。

はじめは、その突然のことといい、その上気した顔色といい、はげしい脳溢血のためだと思っていたのだが、しかし医者は頑として頷かないのだ。

第一脳溢血ならば、顔が赤く上気するのはともかく、体中が、しかも足までが、こんなに熱く発熱するはずがない――というのである。

それも、もっともである。

が、それならば一体何が原因であろうか。つい今まで、あんなに元気で、あんなに上機嫌で喋っていた社長が、忽然として息絶えた原因はなんであろうか。

さっき話していたスパイから連想して、

（毒殺――？）

とも考えられた。

しかし事実は、これから食事が始まろうとしていた矢先きであって、まだ何一つ口にしてはいないのだ。

何も口にせずに毒殺されるはずはない。――これは後にわかったことだけれど、解剖の結果も、社長の屍体からは遂に毒物らしい痕跡は何一つ発見出来なかったのである。

これが殺人とすれば（脳溢血でもなし、毒物の中毒でもないとなると、つい今まであんなに元気で喋っていたのだから、やはり巧妙に仕組まれた殺人事件と見なければならないであろう）しかし、そうとすればこれまた、古今未曾有の怪殺人事件といわなければならないのだ。

北見は、かつて「探偵小説」を愛読したことがある。

探偵小説こそは犯人と探偵とが人智の限りを尽して火花を散らす理智の文学である。そして悪の栄えるためしなく、ちょっとした犯人の手ぬかりからも、明敏な探偵の慧眼に看破されてしまうのだ。しかし今日まで、無数にあらわれた探偵小説の中でも、タッタ一ついかに緻密な計画をたてる犯人も不可能なことがあった。それは閉められた部屋の中の殺人である。そして、大勢の眼の前での殺人である。

閉められた部屋の中での殺人についてはルルウの「黄色い部屋」とポーの「モルグ街の殺人」があるが、しかしこれも前者は探偵が犯人であったり、後者は超人間的なゴリラが犯人であったりするものであり、しかも、この大河内社長の怪死事件のように、閉められた応接間の中で、その上六人の人の注目を浴びながら、一言も発せられず毒手に斃《たお》れた、などという事実は、かつてただの一度も聞いたことはないのである。

北見は、この眼の前で行われた、未曾有の怪死事件に、なかば呆然として言葉を忘れていた。

丁度あの時、大河内社長が一人で喋っていたのだから、あとの六人の眼は期せずにそこへ向いていた。だから、人間はおろか仔猫一ぴき近寄ったとしても、決して見逋されるはずはないのである。

「困ったことになった……」

桑田が、北見のそばに来ると、囁くようにいった。

社長の屍体は、泣くよりもただ呆然とした結子に守られて、奥の部屋に移されて行った。そしてあとには、同席した者だけが、一応の調べが済むまで――というので、この応接間からの外出を禁ぜられてしまっていたのである。

北見と桑田は、テーブルのところを離れて、部屋の壁ぎわにある椅子にかけていた。向うにはやはり中澤たち三人が、額を集めて何か一かたまりになって囁き合っている。

「とにかく僕と中澤君が、あの社長をはさむような恰好で、一番近くにいたんだからね……」

桑田は考え込むように額に手をやると、

「やはり、殺《や》られたんだろうね」

「まあ、そう思わなくちゃならんだろう、しかし、実に奇怪だよ、僕はこんな妙な気味の悪い話なんて聞いたことがない、いや話じゃない現に眼の前で行われたんだからなお……」

北見は、この初めて来た家の怪事件に、なお弱り切った顔をしながら、

「僕のところからは見えなかったが、社長の後の方もなんともなかったんだろう?」

「なんともないな、怪しいと思われるようなことは一つもない、第一君、窓という窓は全部ガラスが閉めてあったし……、強いて疑われるなら一番近くにいた僕と中澤君と、それからこの部屋にいた全部の連中さ」

桑田がそういった時、どやどやっと跫音がして、二三人の男がはいって来た。中の一人が官服《かんぷく》を着ていたので、すぐ警察の人だとわかった。

一際がっしりした田口司法主任の前で、一同は型の如く所と名前を尋ねられてから、

「医者は死因がはっきりせんが変死だというのでね、それに向うでお嬢さんに聞いたところによると、なんだかこの社長のやっている研究所がスパイに狙われているというじゃないか、なんか心当りといったようなもんはないかね?」

そういって、ずっと見廻した田口主任の眼は、気のせいかヒヤリとする光りをもっていた。

「――さあ、それで、困り切っているんですが」

桑田がいった。

「うむ。とにかく妙な事件だよ、刃物でなしピストルでなし、毒物でもない……となるとね」

「――では、殺人音波じゃないでしょうか」

思わず、北見がいってしまった。

「殺人音波――?」

田口主任が、まともに北見の顔を見つめたので、北見はびくりとしながら、

「じゃないか、と思うんです、私はよく知りませんが、なんでも殺人音波というのがこの研究所で出来て、スパイを狙っているのもそれらしいんですが、とにかくそれは眼に見えない上に、超音波という耳にも聴えないものだそうですから……」

「ふむ――」

田口主任が頷くと同時に、突然、

「そりゃ素人のいうことだ」

黙っていた中澤が、ふいに嗄《しゃが》れたような声で、いった。

「すくなくとも現在研究している僕からはそうはいえないと思います。なるほど超音波ならば、こんな奇々怪々事件をやってのけられるかも知れません。しかしそれじゃその超音波を、何処から社長に浴せたというんですか、この部屋には社長をはじめ結子さんを入れて、七人がいたんです、そのうちたった一人の社長だけがやられて私たちが無事というのは可怪しいじゃありませんか、超音波なら超音波で私たち全部がやられてしまってるはずじゃありませんか」

「ふむ――」

前と同じように頷いた田口主任の顔には、しかし今度は瞭らかに困惑の色が浮んでいた。

不可能の殺人

その夜、未解決のままに一応の帰宅を許されて外に出た北見は、待っていたように桑田に話しかけた。

「君、僕はやっぱりこの怪死事件を殺人音波とか殺人光線とか、そういった今まであまり知られていない斬新な方法でやられたんだと思うよ、そりゃさっき中澤に一言のもとにやっつけられたように、僕は素人だけれどね」

「ふん……」

「あの司法主任がいっていたように、とにかくこの事件は刃物とかピストルとか毒物とか、そういった今まで

の凶器では絶対に不可能だ、ところが殺人音波なら出来ないことはない、そうだろう、殺人音波がたった一つの可能なんだ」

「しかし、中澤がいっていたように、つい隣りにいた僕たちにはなんともなかったし……」

「そうだ、それなんだが……」

またもさっきと同じように、グッと詰ってしまった北見は、そのまま少し歩いてから話題を変えると、

「殺人音波というのは一体どういう風にして発生するんだね」

「まだ超音波にこだわってるのか……」

桑田は、ちょっと苦笑したらしかったが、

「まあ三つばかりの方法がある、でもいずれも電気を使うんだが、僕のやっていたのは振動する電磁場では石英板が共振する——という方法だった、ドイツではこれで毎秒三十万回というバカバカしいような超音波を発生させたそうだ——人の耳に聴きうる限度が二万回あたりとすれば、この超音波がどんなに物凄い超音波だかがわかるだろう……」

「それが、どうして殺人音波といわれる力を持っているんだろうかね」

「だから、前にいったじゃないか、血の中の赤血球が破壊してしまうんだ、と」

「そうそう、そうだった、しかしそれだけかしら。そのほかに或いはそんな超音波に対しては鼓膜は役にたたんから聴えないとしても、直接脳髄の方に響いて行ってそれを麻痺させてしまうとか」

「うん、そんなことはあるかも知れんね、……それからこれもドイツでの実験だが、例の三十万回の超音波でやってみると脂肪体の体温があがったそうだ、なんでも鶏を使ってやった時に、たった三十秒間で華氏の六十五度だったのが、突然百十一度まではね上ったそうだぜ……」

その、桑田の言葉が終るや否や、

「おい、君——」

北見が、突然立ち止ると、びっくりするほど力を入れて、桑田の肩口を摑んだ。

「な、なんだ……」

「なんだじゃないよ君、君はそれだけのことをちゃんと知っていながら、なぜぼんやりしているんだ」

「え——?」

「あ、あの時の社長が、びっくりするほど熱かったじ

ゃないか――あの熱はたしかにその超音波のせいだ、それ以外に、それ以外に君考えられるか？」

「――」

「どうして社長だけがやられたかってことは、また別に何んかからくりがあるに違いない、とにかく僕はもう絶対に殺人音波の犠牲になったんだと思うよ」

「――、ふーん」

「引返そう、すぐ行こう――」

あたりは、もうとっぷりと暮れた、住宅地の外れだった。春とはいえ、陽が落ちると共に、めっきり寒くなる黒い空気の中で、ひどく間を置いた外燈の光りが、鈍く黄い輪を描いていた。

「よし――」

桑田も、強く頷《うなづ》くと、二人はまた大河内邸の方に、闇の中を戻りはじめた。

ぐらつく自信

大河内邸は、思いがけぬ事件のために、方々の部屋に電燈を点けたまま、煌々《こうこう》と闇に浮出していた。桑田と北見は、そっと潜り戸をぬけると、そのまま玄関への道をそれて、庭の方に跫音を忍ばせて廻って行った。

中澤たちは、思いがけぬお通夜のために、まだ居残っている様子だった。桑田も残っていたいらしかったのだけれど、まだ病気の直って間もないことだったし、北見を連れて来た手前、一緒に帰ることにして、一応は外に出たのだが、――こうして、思いがけずに戻って来てしまったのだ。

夜眼にも、すぐそれとわかる庭に膨らみ出した硝子張りの応接間は、こうして外から見ると、なかなか洒落たサンルームのようだった。すでに、全部カーテンが引かれてあったが、すぐ隙間を見つけて、二人はそこからなかの様子を窺って見た。

しかし、部屋の中には、誰もいなかった。さっきのままの様子でシンと静まり返っていた。

「誰もいないね……」

北見は、押しつけられたような低い声で、

「……僕は、あの中澤というのが怪しいと思うよ、君は相当信用していたらしいが」

「……なぜ」

「なぜって君、もしもこの殺人が、殺人音波を使ったものだときまれば、おそらく殺人音波をそんなに自由に使いこなすのは、君か、さもなくばそのあとを受けてやっていた中澤以外にないじゃないか、簡単明瞭だよ、それに第一、僕がさっき田口主任に殺人音波じゃないですかっていった時に、中澤は僕を頭っから素人呼ばわりして否定したじゃないか」

「……しかし、ああいう条件でなら、僕だってそういったかも知れない」

「いやに肩を持つね……、まあいいさ、要はどういう方法で中澤の奴がこんなことをやったか、というからくりさえ解れば文句ないのだからね」

「——シッ」

桑田が、鋭く制したので、はっとした北見の眼に、カーテンの隙間から見える応接間のドアーが開き、今話していた中澤が、一人ですっと這入って来たのが、写った。

中澤は、外から注視している四つの眼など、少しも意識していない様子だった。

両手をズボンのポケットにぐっと突込み、さむい時のように肩をすくめたままの恰好で、部屋の中を、ゆっくり、ゆっくり歩き廻っていた。そして時々顔を上げると、きまって、さっき社長の怪死を遂げた椅子のあたりを、ジロッとした眼で見据える。それからまた、何か考え込むように歩き出すのだ。

外からの四つの眼は、中澤に釘付けにされたように、その動く通りを追っていた。

と、中澤は何を思いついたのか、ツカツカっと社長の椅子のところに行くと、その椅子を持上げたり、底の方から覗き込んで見たり、はては、毛筋一本も見遁すまいとでもするように、万遍《まんべん》なく撫ぜ廻したりしていたが、やがて、ほっと溜息をつくようにして首を振ると、その椅子を元通りに置き、またポケットに手を突込んで檻の中の熊のように歩き出していた。

それは、尠くとも北見の期待を裏切るような行動だった。

果して北見の予感通りに中澤を犯人とするならば、なぜそんな、いかにも社長の死が腑に落ちぬ、といったような動作を、誰も知らぬはずのたった一人の部屋の中でするのだろうか——。

北見は、いささか自信がぐらついて来た。

が、それを並んで見守っている桑田に打明ける前に、またドアーが開いたので、つい言いそびれてしまった。

今度這入って来たのは、ばあやだった。

ばあやは、さっき持って来た花籠を片附けに来たのか、真直ぐに花台の方に行ったが、途中まで行って、中澤がいることに気づいたらしく、はっとしたように立止った。二人の眼が合うと、ばあやはすぐ何かいって、ドアーの方を指差した。

外へ出ろ、というのらしかった。しかし中澤は、相変らずポケットに両手を入れたままの恰好で、突立ったまま、別に頷きもしなかった。それればかりか何かほかのことを聞き糺《ただ》しているようである。残念ながら、硝子越しの桑田と北見には、その声が聞きとれなかったけれど、しかし、この時、北見も桑田も、お互いに胸の中でハッと思うことがあった。

というのは、今まで気がつかなかったけれど、こうして立って並んでいるばあやと中澤を見比べ、そして何か喋る時の、ひょっと口のへりを曲げる癖を見ると、この二人はまるで母子を思わせるように、ひどく似たところを見せるのだ。

「…………」

桑田が、何か口の中でいったようだったけれど、それは北見にも聴えなかった。

——中澤は、まるでばあやと、言い合いをしているような表情だった。そして、怒ったような恰好で、また部屋の中を歩き廻ると今度こそガクンと外にも聴えるような音をたてて社長のいた椅子に掛け、ばあやの顔を見つめていた。

それを見たばあやは、何か慌てたように手を振っていたが、中澤がそのときタバコを出して、ゆっくり火をつけるのを見ると、今度は急に部屋の向う側の花台のところにかけて行き、あわてていたせいか美事な花籠を突落して、それがぱっと絨氈の上に散ったのにも見向きもせず、花台《かだい》までも押し倒してしまったのである。

(あっ——)

その花台の倒れたあとを見ると、丁度花台ですっぽり隠していた箱が眼についた。

その黒い箱のようなものこそ、赤外線写真で見た超音波発振機とそっくりだ——。

ぎょっ、とした二人は、細いカーテンの隙間に気を苛立たせながら、いそいで体ごと捻じ向けて中澤を見た。

社長と同じ椅子にかけていた中澤は、まるで欠伸をしながらテーブルに前倒《のめ》ったように、両手を突出した恰好で、鼻先で燻るタバコを取ろうともしない。身動きもしないのだ。

「いかん！」

桑田が叫んだかと思うと、そのままえらい勢いで玄関の方に廻り、靴も脱がずに飛上って行った。

楕円形の秘密

「要するに間違った母の悲劇なのだ」

桑田が、また病気がぶり返したのかと思われるような青褪《あおざ》めた顔を強張《こわば》らせながら、いった。

「中澤君の母親が、働いて学校を出してくれたことは聞いていたが、まさか、あのばあやがそうだとは少しも知らなかった。しかも僕が病気で倒れて中澤君が研究の主任になったことを、とても喜んでいたのに、また僕が直って出社すれば、その地位をとられるように誤解していたのだね、ああいった研究が協同の力によることを古い考えのばあやは知らなかったんだ、そればかりか、そのように注目の的の研究が中澤君の手から取りかえされると惧《おそ》れていたんだ、それで病気の直った僕が、再びその研究をすることを色々と邪魔しようとしたのだけれど、社長が一笑に附していたのを変に取って余計恨んだのだ……、そればかりか、あのばあやにはえらい弱点があった、それが曝《ば》れれば、ばあやはおろか中澤君まで一瞬に葬られてしまうような、ね」

「…………」

「それは例のスパイ写真さ」

「あ、あれもばあやがやったのか？」

「いや、そうじゃないよ、あれは中澤君が撮ったのだ、中澤君は、苦労して自分を育ててくれたあの母親を喜ばすために、自分がどんなに六ヶ敷い研究をやっているか、それがどんなに重大な研究かということを、多少誇張してまで話して喜ばせていたらしいんだ――それは強《あなが》ち悪いとはいわぬ、しかし軽率ではあったね――そのためあのばあやは超音波性能から大体の使用法まで聴かされていたらしいのだ」

「スパイ写真は――？」

「それさ、あれも実際はスパイ写真じゃないんだ、あれは中澤君が赤外線放射器を研究しているために、その試験のために撮ったものの中の幾つかを、母であるばあやを珍らしがらせ喜ばすためにやったので、それが運わるくめぐりめぐって、或いはばあやを疑うなれば思いがけぬ高価で売れたために、本物のスパイの手にまで廻ってしまったのだ。しかしこんな写真を大事にもっていたのじゃそのスパイも大物じゃないね、第一あれでは問題の超音波発振機が、カヴァーをかけたままじゃないか、せっかく赤外線まで使って計画的にやったスパイ写真なら、なんにもならぬ箱の外なんぞ撮るはずがない、どんな間抜けでもカヴァーをとって、中の機械を撮るのがあたりまえじゃないか、——これははじめに結子さんもいっていた、だからあの時、もっと深く考えればよかったのだ、赤外線写真だという発見だけで有頂天になってしまっていたのだからね……」

「ふーむ……」

「しかもそれが警察の手から返され、社長が気にしだしたのを知ってばあやは進退谷《しんたいきわ》まった感じだったに違いない。うっかりいえば自分はともかく、中澤君の破滅になる——、そこへ何も知らぬ中澤君から殺人音波のことを聞かされて、今度の事件を惹きおこした原因があったのだ」

「やっぱり殺人音波だったのだね、しかしそれが同室のうちの社長だけを斃《たお》したというのはどういうわけだろう」

北見は、あの晩、狼狽して花籠を絨氈《じゅうたん》の上に取り散らかしていたばあやの、緊張に歪んでいた顔を思い浮べながら、しずかに眼を上げて桑田を見た。

あの晩から、もう半月近くもたっていた。ばあやが、社長と中澤の屍体をのこして、田口主任に抱えられるようにして自動車《くるま》に乗って行った有様が、まだ生々しく瞼にあった。それで、今日は、その後の結末を聞きに、この光ケ岡サナトリウムの桑田を訪ねて来たのだった。

「それだ、それが、実に奇想天外なのだ、楕円の秘密とでもいおうか……」

桑田は、豊かな湯気の騰っている紅茶を一口啜って、紙の上に楕円を一つ描いた。

「とにかくあの部屋が楕円形だった、というところにこの怪事件の真相があるんだよ、君は、楕円というものに焦点が二つあることを知っているかね、そしてその一つの焦点から仮りに光を出したとすると、その光りは拡がって楕円の周辺にぶっつかり、それが反射すると一つの例外もなく第二の焦点に集るという——特別の性質があるということも……。ばあやはこれを中澤君に聞いたか、または他の女中たちと一緒に掃除でもしている時に、偶然二人がその位置に来ると、変に反響して言葉がハッキリ聴えたりすることから気がついたかも知れないが、これは実に悪魔に魅入られたような発見だった、ばあやはこのために、かねて心に描いていた計画を実行に移す気になったのかも知れない。とにかく、第一の焦点のところに花台を置き、その下に、こんどはあの大河内邸の邸内に移っているすぐそばの研究所から、特別の客が来るから見せるのだとでもいって超音波発振機を持って来て置く、電源は、絨氈の中を通して電燈線の差込みに入れればいいことを中澤君がいつか口をすべらしていたに違いない、そして第二の焦点のところに社長の椅子を設けたのだ、こうすれば、きっと社長はそこに腰かけるに決っている。あとはただ花籠を持って行くようなふりをして、その時に電源のスイッチを入れればいいだけなのだ」

「すると、あの時超音波は部屋中一ぱいに放射されていたんだね」

「無論さ、これは一定の方向に放射することも出来るが、この場合は、拡散放射した方が効果的だったんだ、案の定、少し離れているきりで僕や中澤やその他君たちは一向なんともなかったけれど、その部屋中に拡散し充満した殺人音波の集中する一点にいた社長は一たまりもなかったわけさ」

「すると、あとで中澤がそこに腰かけたのは……」

「それが、彼がこの事件に関係のなかった証拠だね、君に殺人音波のことをいい出されて、その時は直ぐ様否定はしたけれど、やはり不安になったのだろう、あの椅子に何か仕掛けがないかとこっそり調べてみたに違いないのだ。しかしばあやがそっと電源を切りに来た時に、スイッチを切る前にそこへ腰かけてしまったのは、やはり偶然というよりも何か宿命めいたものを感じる」

桑田は、そういうと、ぽつんと口を閉じた。

「君は、勿論あの殺人音波の研究を続けるだろうね、尊い二つの人体実験までしてしまった殺人音波だ、その犠牲も、これが新兵器として活躍する時に、その時になってはじめて十分に償われると思うんだが……」

北見も、そういうと、口を閉じて、静かに眼を窓の外に向けた。

丁度、春の萌え出した芝生の上を、結子が、全身に陽射しを浴びて訪れて来るところだった。

その姿は、まるで陽炎《かげろう》のようにゆれて見えた。

電子の中の男

地球磁力

一

青い紗のように光り輝いた大空。緑の色が、ぽたぽたと滴り落ちるような樹林――。

それらを背景に、まるで画用紙の切抜細工を思わせる鮮やかな白い建物が立っていた。

低い、跨ごうと思えば、それこそひと跨ぎに越せそうな、白いペンキ塗の透かし垣を巡らせて、まるでお伽噺の中にでも出て来るような、白堊の建物なのである。

近寄って見ると、これも低い門柱に、木の香も新らしい表札がかかって、

――磁気学研究所ボルネオ支所。

と、読まれた。あまりうまくはないが、筆太のしっかりした字であった。

東京に本拠のある磁気学研究所の分身が、日本科学の南進を目指して、このボルネオ島西部のポンチアナからカプアス河を二三百トンの薪をたく川蒸気船に乗って四日もかかるという上流のシンタンへ来たのは、もうかれこれ四ヶ月も前のことだった。

この瀟洒な白堊の建物は、勿論その間に建てられたものではなく、以前からこの土地で椰子園を経営していた椰子油会社の空いたあとを、そっくりそのまま流用したものなのである。研究所としては、むしろ広すぎるくらいのものだった。実験室も、以前の倉庫だったものに、ちょっと手を加えただけで立派なものになってしまった。電源も、動力用の発電設備もそのまま譲り受けて、とにかく間に合うだけの電力は自給することが出来るという、うまいことずくめで、支所長の木曾礼二郎をすっかり喜ばせてしまったものなのである。

ただ、時節柄輸送の方だけは多少の困難があったし、

相当大仕掛けな実験機械もあったせいで、先発隊が到着してから四月目の今日この頃になって、やっと本格的に仕事にとりかかれるという段取りがついたところだった。

木曾は、ほっとした。

この四ヶ月間というものは、相当に人知れず気をもんだこともあったが、もうここまで来れば占めたものである。しかも、今になって考えてみれば、この四ヶ月間というもの、追い追いに届けられて来る実験機械を組立てたり、椰子油会社として建てられた建物を、ともかく研究所として使いいいように手を入れたり、そんなことをポツポツとやっていたことは、却って所員全体を、この土地そのものに馴れさせるために、この上もない有難い準備期間だったと思われるのだ。

いきなり気候風土のまったく違った土地に来て、息つく暇もなく仕事に馬力をかけてしまったら、却って病人が続出するようなことになったかも知れない。しかし、それが自然に適当にセーヴされて、とにかく一年の三分の一というものを既に、ここに過してしまってみると、所員たちは誰も彼もここの気候に、すっかり体が馴れてしまったようである。

何をするにも体が第一だ。体に異状を感ずるようでは、綿密な、しかも根気を要する仕事なんかに、とても満足な結果は望めるはずがない。——その点でこの密林の四ヶ月は、貴重な準備期間であった。

なにしろこの土地には、四季の変化というものがないのだ。一年を通じて温度の変化がたった一度か二度位という文字通りの常夏の国で、僅かに乾季と雨季の区別によって一年の変化を知るだけである。ボルネオには、正式の観測所としては、かつて北部のサンダカン以外には全くなかった。木曾は東京を出発する前に、念のためこのサンダカン測候所の温度表を見て、最低二十六度七、最高二十七度八、一年の平均気温二十七度四、という変化の無さに一驚したのであるが、しかし、それに比べればこのシンタンではもう少しの変化はあった。夜などには時にひんやりとすることさえもある。それは海岸にあるサンダカンと島の中央にはいったシンタンとの、海洋的と大陸的との相違から来るものらしかった。

二

「気持のいい朝だね——」

木曾は窓際まで歩いて行くと、外を向いたまま、体操をするように手を振った。

「ええ、……とてもいい気持です」

古林も、その後から伸びあがるようにして、声をかけた。それから、無意識に部屋の柱にかけてある寒暖計を流し見ると、二十六度の目盛りの線かすかすに、赤く染められた水銀柱が昇っていた。

特に大きく造られ、それが一ぱいに開かれた窓からは、朝の空気がどんどん流れ込んでいる。朝の空気には、何か森の匂いがした。

大きな窓から見える空は、一点の雲もない輝くばかりの青一色だった。どこまでもどこまでも、果てしれぬ透きとおった青い空なのだ。いま、この部屋の屋根の上には、逞ましい太陽がぎらぎらと昇りつつあるのだ。窓の向こうに、しばらくの空地を置いて、欝蒼と膨れあがるように繁った熱帯樹林にしっとりと置いた夜露は、見るみるうちに蒸発して消えてゆく、樹々の緑は殊更に生々とし、野生のバナナの赤い花は、重たげに下を向いたまま急いで開いている。

――これは、ここに来てからの毎朝のきまりだった。

支所長の木曾が、朝ごとに気持のいい朝だといって、窓際でラジオ体操の真似事みたいなことをするのも、それから丁度その頃、助手と私設の秘書をかねたような若い古林が、ちらりと眼をあげて柱の寒暖計を見ると、それがいつも二十六度あたりを指しているのも――。

「もうここに来て、四月になるからね」

「早いものですね」

「まったく――。特に雪の多かった東京を発って来た時のことを思うと、夢のような気がする、まるで温室にでも入れられたような気がするね」

「でも、東京でもそろそろ夏じゃありませんか」

「そうだ、もうそうなるね……早いもんだ……しかし東京の夏に比べたら却ってここの方がしのぎいいぜ。何しろ東京の、測候所が出来てからの記録によると、なんでも最低が零下八度六で、最高が三十六度六だっていうんだからね、三十六度六分なんていう暑さ、零下八度六分なんていう寒さ、こいつはここじゃあ想像も出来ないことだ」

「ほんとです、こんなに住みいいところだとは思っていませんでした」

「はっはっは……」

「でも、君のところのような地味な研究所までが、わざわざ南に行くのかい、といわれた時は癪でしたよ。まるでこの磁気学研究所までが流行《はやり》の南方熱に浮かされたように思うんですね」

「ふーん」

「だからそんな奴に説明してやりましたよ」

「なんて――?」

「それは……、この磁気学研究所のような研究をするものには、地球磁力の影響の尠いところがいいからなんだ、って――。それでもわからないらしいですね、じゃあなぜボルネオならその地球磁力の影響が尠いのだ、っていわれましたからね」

「そりゃあそうだろう。普通の人には、何も直接関係のないことだからね」

「ええ、でも友達にはいってやりましたよ、勿論この地球の上である以上、地球磁力の影響が全然無いというところはない、だから北極と南極から一番離れたつまりその二つの極の中間にある赤道地帯を選んだんだ。赤道地帯というんだから、何もボルネオでなければならないわけじゃあないが、丁度シンタンの郊外の、赤道直下のところに適当な建物が譲り受けられたからだ、といって――。でも、この建物が丁度赤道の真上に立っている、っていうのは、なんだか擽《くすぐ》ったいような気がしますね」

「はっはっは、誰だったかね、ここに来た当座赤道はどこだどこだって、その辺を探して歩いたっていうのは――、赤い線がその辺に引いてあると思ったのかね」

「冗談じゃありませんよ、僕はそんなことしません」

古林は、少しむきになって口を尖らせた。

「はっはっは、しかしまあ地球の南極と北極とが、地図の上の極の位置とは違っていて、しかも丁度廻っている独楽の心棒の先のように、始終ふらふら動いているんだから赤道が必ずしも正確に中央だとはいえないわけだね。でもまあ東京あたりに比べたら、殆ど平衡しているといってもいいと思うね」

「東京と比べて、だいぶ違うでしょうか」

「違うね。第一東京では両極の磁力が平衡していないことが眼に見えるほどだからね。そら、東京では磁石計の止ったところを横から見ると、きっと北を指している方が下っている、決して平ではないんだ。これは東京の位置が、南極から遠く離れ北極に近寄っていることを現しているんだ、北極の磁力を余計に受けているからなんだ……、しかもこれはもっと北に行けば行くほどひどくなって来る。北極に行ってしまえば、磁石計の針は北を下にして逆立ちをしてしまうに違いない――。まあこれは特別に激しい例だけれど、とにかく磁石計にすら地球磁力の差がはっきりと現れるような場所では、それだけ僕たちの実験にも――精密なものならば殊に――地球磁力の影響というものが加わっているということを考えなけりゃあいけないわけだ。ところがここでは、あとで君自身の眼で見ればわかる通り、磁石計は平になっている――」

「はあ」

「しかし、勿論厳密に平衡しているとはいえない。いつも厳密に南北極の磁力が平衡しているところなんて、まず無いといえるだろうね……。だからそこで君の仕事の――赤道上における南北極磁力の消長――という問題が起って来るんだよ。こいつをオッシログラフで詳しい曲線に取ってもらうと、非常に面白い結果が出ると思うんだがね」

「ええ……」

古林は、若々しい頬を心持ち紅潮させて、頷きながら木曾支所長を見上げた。そうした仕事らしい仕事をさせてもらえることについて、今更のように、感激が込み上げて来るのだ。それはすべて木曾支所長の温い差しがねであった。

三

古林健二は、まだ中学を出たばかりの、水々しい瞳を持った若者だった。本当からいえば、まだ数年間はそういった自分の仕事をすることは出来なくて、先輩所員の助手の仕事に苦労しなければならないのだが、特に木曾の助手ということにして、そういう研究課題を与えられた。

それは、この開設したばかりの支所の、所員数が尠いからというばかりではなく、たしかに木曾の抜擢であった。

古林健二の兄の良一は、木曾が東京の本所の実験室主任をしていたころの同僚だった。その良一が招集されて軍務についてしまってから、始終行き来していた木曾のすすめで、丁度学校を卒たばかりの健二が、実験室のこまごまとした用事の手伝いに来たりしている中に、いつしか一通りは実験の仕方も覚えてしまって、結構助手さんで通るようになってしまい、こんどのボルネオ支所開設についても、木曾が支所長を命ぜられたのを幸いに無理に頼んで同行して来てしまったのだ。それには第一、古林健二にとって、木曾を抜きにした磁気学研究所というものなんか、とても考えられなかったし、木曾にも木曾で、健二を本当の弟のように可愛がっていたばかりでなく、彼を研究所の人間として引張りこんだ一半の責任があったからである。

それから健二の胸の中のもう一つの理由は、兄の良一の属している部隊が、どうやらこれから支所の出来ようというボルネオに駐屯しているらしいことが、時々来る通信の隅から感じられることだった。

ボルネオの新らしい支所で木曾の下で思いきり働いてみたい。それからひょっとするともう久しく逢わない兄の良一に、向かうでひょっこり逢えるかも知れない——。それが健二の、遮二無二ボルネオ行きを希望した理由であった。

そして健二は、正式の助手になり、木曾の私設秘書のような役を持って、希望のボルネオに渡って来た。

ポンチアナからシンタンまで四日間の川蒸気は、密林が両岸を欝蒼と蔽ったカプアス河を悠々と溯って行った。河の水は濁っていたが、たまに鰐と、それから夥しい野猿の群を見るほか、猛獣毒蛇らしいものも見かけなかった。まれに、名も知らぬ鳥の群が奇妙な啼声をあげて川蒸気の上を飛びすぎて行くと、あとにはびっくりするような静寂があった。かつて、世界でも指折りの暗黒地帯とされていたボルネオの奥地に、最新の科学を誇る研究所を開設に行く、ということは、感激し易い健二ならずとも所員の誰もが胸を搏たれていたことであった。

ボルネオが、なぜこのように開発がおくれ、暗黒地帯として残されていたのかは、一に悪辣なオランダの利己的な政策のせいであったと思われる。事実、ボルネオまでは、彼等の手が廻らなかったのだ。手が廻らないからといって、他からの開発の力のはいることは極力阻止したい。そこで、このボルネオを瘴癘の蛮地とし、ダイヤ族の首狩りを誇大に喧伝して、世界の眼から覆って来たのである。これは、つい隣りのジャワ島の人口密度が一方粁に三百十六人という高率なのに引きかえて、このボルネオでは一方粁あたり、僅か四人弱という愕くほどの低率を示していることでもわかる。これは瞭らかに人為的な原因があったことを裏書きしているのだ。しかしその暗黒ボルネオは生まれ変った。温かい皇軍の庇護の下に、自然的な人口の移動は滑らかに行われ、こうした研究所の開設にも有難い便宜が尽された。そして、いよいよ本格的に仕事のはじめられる段取りがついたのだ。

最初の面会人

一

「古林君――」

「はあ」

木曾支所長が、思い出したように声をかけて来たので、書類の綴込みを整理していた古林は、ひょいと手を止めて、眼をあげた。

「村尾君の方はどうだろうね」

「準備の具合ですか」

「うん」

「順調らしいです、――村尾さんは一生懸命になっていますよ、もっとも、あれが一番の大ものですからね」

「うん、それで心配なんだ、といって僕があまり口を出すのも村尾君を差置くようで気になるし……」

「そんな遠慮はいらないじゃありませんか――僕はこの支所のいいところは、所の人たち全部が、兄弟のように遠慮なくつき合える、というところだと思うんですよ……、村尾さんだって、木曾さんに大いに助言してもらった方がうれしいと思うけどなあ。そんなに堅く考えちまったら、僕がこうして木曾さんにゾンザイな口をきくんだって考え直さなけりゃな……」

「はっはっは、そんなことないさ……そんなに急に改って口をきかれたら固苦しくって仕様がない、そういう意味じゃあ無い、村尾君があんまり張り切ってやっているし、体をこわさなければいいが――というわけだ、本人が張り切っている時は、はたでは黙っていた方がいいんだ、そういう時は、適当な助言でも却って雑音になるからね、そうだろう」

「そうですね、しかし村尾さんもあれだけのものをよくあそこまでやってのけましたね、十分な人手もないのに――」

「うん、村尾君の努力には敬服するね、何しろあのサイクロトロンなんていう機械は世界中にたった三十台しかなくて、しかも欧洲でも英国とデンマークにある切りだっていうような、ひどく特殊な機械だからね……、ボルネオでサイクロトロンが組立てられるなんて開闢以来の大珍事さ、たとえ小規模なものだとはいってもね」

「ええ……。あ、そうそう、木曾さん、パパイヤがありますよ、とてもうまそうな奴が。さっきクバが届けてくれたんです、すっかり忘れてました」

「ほう、パパイヤか――。なるほど、これはすばらしいぞ。君も一緒にやろうじゃないか、昔、銀座あたりでもこういったパパイヤを食わせたけどね、こっちへ来てあんまり味が違うんでおどろいたよ、ほんとのパパイヤはやはりその土地に来なくちゃ駄目だな」

「そうですねえ、僕もパパイヤっていうもののうまさがやっとわかって来ましたよ、――いや、パパイヤばかりじゃなく、色々な果物の味が」

古林は、サイクロトロンの話の途中で、どういうわけで、急にパパイヤのことなんかを思い出したのか、自分でもわからなかった。このなんの連絡もない飛躍した連想に、ふと苦笑を洩してしまったくらいである。が、よく考えてみると、それはこの大地の先住民であるダイヤ族の青年、というものにつながった連想であった。

ダイヤ族とは、マレー語の「野蛮」を意味するものだそうである。彼等は、同じインドネシヤンではあるが、回教印度教化した平地の住民とは違って、おもに山地の住民であり、独自の信仰を持っている所謂「野蛮」な種族とされていた。しかし、一口にダイヤ族といっても、愕くほど沢山の区別があって、ことにこのカプアス河の流域のものは俗に「海ダイヤ」といわれるイバン族であり、旧蘭印政府の調査によれば「彼らは筋骨逞ましく容貌快活で皮膚の色は他のマレー人に比して淡く、むしろ淡黄色で黒色の瞳眼と通直黒色の毛髪を有し感情は至極激烈であり、最も獰猛な人種として怖れられる」と紹介されている。けれども、事実は果してそうであったろうか。

古林は、自信を持って、否定出来ると思った、なるほどその外面的な観察は当っている。しかし、感情は至極激烈であり最も獰猛な人種――とは、一体何を指しているのであろうか。彼等は、かつての椰子油会社時代には、その柵をめぐらせた敷地内にはいることさえ許されなかったのにこの研究所となってからは、敷地内は勿論のこと、別世界のように窺地することさえ望めなかった建物の中に、堂堂とはいることを許されて、驚喜していたではないか。

彼等ほど力業に秀いでた、しかも勤勉な労働者は尠いであろう――。彼等は欣然として村尾実験室の重いサイクロトロン据付工事に、骨身を惜まず働らいている。いや村尾実験室ばかりか、この支所全体の仕事も、彼等の豊富な労働力のお蔭で予期以上に進捗することが出来たのだ。そして同時に、それは少しも強制したことではなく、むしろ彼等青年の間では、この支所で仕事をすることを、誇りとさえして、はげんでくれたのである。

パパイヤを届けてくれた青年クバも、その中の一人だった。

二

「や、これはうまそうだな……」

ひょいと顔を上げると、開襟シャツに半ズボン姿の村尾が、いつの間にか来て、立っていた。

「やあ村尾君か、君も一つどうだね」

木曾支所長が、思わず笑った。

「はあ、遠慮なくやりますかな……パパイヤなんてものは馬鹿にしてましたが、ほんとの味を知らずに馬鹿にしていたんですよ」

「そうですね。僕も今それをいったところです」

古林が、口のへりの湿りを、手の甲で拭いながら、村尾の、どこか疲れた翳《かげ》の浮かんでいる顔を見上げた。それは寝不足の色とも少し違っていた。心労の色なのであろうか。

「うん――」

木曾支所長は、大きく切った一切れを村尾の方にすすめながら、

「僕がこのパパイヤの木っていうものをはじめて見たのは、いつか琉球に旅行した時だったけれどね、あの椰子の木のようにひゅっと高い上の方に、八ツ手の葉とそっくり同じ葉がついているんだから、おやおやこれは八ツ手の親類か知らん、と思った位だよ、琉球ではね、この青い奴を売っているんで何にするのかと思ったら牛肉なんかをスキ焼にする場合に一緒に入れると絶対にあたらないと教えられた。――本当か知らんと思ったが、あとでよく聞いてみると本当なんだね、このパパイヤの実には蛋白質分解酵素が多分に含まれているんだそうな、だからこのパパイヤを原料にして消化薬まで造られているそうだぜ」

「ほう、そりゃあ長い間の経験から割出されたんでしょうね、牛肉とパパイヤと一緒に食うといいっていうのは」

「そうなんだ、――同時にこいつが人間のえらいところだろうね、経験を積上げていける、というところが……。こういう能力があるために人間は進歩したんだ、猿ならば、たとえ猿の中の一匹がそういうことを発見しても、それを仲間に知らせることもしなければ、また、他の猿にはそういう他人の経験を利用しようということも出来ない。ましてこの経験を子孫に伝えるなんていうことは思いもよらない。つまり他の動物では、たとえ大発見をしても、それはその個体と共に滅びてしまうんだ。しかし人間は、一人がラジオを発見すればそれをたちまち数百千万の人が利用することが出来る……おやっ？」

木曾支所長はちょっと言葉を切ると、

「村尾君、少し具合が悪いんじゃないのかい、元気がないね」

「いいやそんなことありません」

村尾は、あわてて口の中で弄んでいたパパイヤを呑下した。

「そうかね、そうならいいが……、あんまり無理せんようにしてくれよ、どうも君はここのところ少し張り切りすぎた」

「はっはっは、そんなことありませんよ、待ちに待っていた機械がやって来たんですから据付けだけでもやっときませんとね、恰好がつかんです」

「ふん、しかしたまにはこうしてパパイヤを噛るくらいの余裕がなくちゃいかん」

「木曾さんはどうも所員たちに仕事をするなするなというようですね」

「そうかな」

「はっはっは、いや冗談です、木曾さんが僕たちの体を心配して下さるのはよくわかりますよ、大丈夫です、はっはははは」

村尾の笑い声は、しかし、強いて笑っているような響きのないものだった。瞭らかに、彼は疲れているとしか思えなかった。

「うん、それならいいがね、しかし所謂漫々的《マンマンデー》にやるに限る、あれは決してさぼっているんじゃないんだ、土地の気候がそうさせるんだ、どうも、一気に我武者羅にやってのけて、あとでがっかりするという癖がどうかすると日本人にあるようだけど、あれはこういう土地では結局長続きがしないようだ」

「わかりました」

「――お説教じみちまったな、せっかくクバの持って来てくれたパパイヤがまずくなる、はっはっは」

「クバといえば……」

村尾は、何かいいかけたけれど、途中で言葉を濁してしまった。

「その張り切りの問題は別として、ともかく僕の方も仕事にかかれるようになりましたから一応報告しておきます」

「あらたまったね」

「はっはっは」

三人が笑っているところへ、村尾の助手をしている澤田が、いそぎ足ではいって来た。しかし、村尾への用ではなかった。

「古林君、面会人が来たよ」

「え、面会人――?」

東京の時ならばともかく、このボルネオの奥地にある支所へ、面会人が来るとは開闢以来のことだ。名ざされた古林健二は勿論のこと、木曾も村尾も、思わずびっくりしたように澤田の顔を見上げてしまった。

「誰だろう?」

「白井、といっていたけど」

「白井さん――? 知らないな」

古林はちょっと首をひねったけれど、すぐ長い廊下を一算に駈けて行った。

三

古林が玄関まで行ってみると、ポーチに立って、激しい陽射しをさけているのは、見知らぬ軍曹だった。が、用向きはすぐわかった。この白井軍曹は、古林の兄の良一の部下で、ちょうどこの土地に来るついでがあったのを利用して良一からの言伝《ことづけ》を伝えに、わざわざ寄ってくれたのだ。

それによると、やはり良一は、このボルネオの、しかもこのカプアス河の河口に近い町に駐屯しているのだ、とわかった。だから、来る時には、ついそのそばを通って来たわけなのだけれど、生憎なことには、ちょうどこの支所の一行がそこを通った時にしばらく他へ行っていた留守だったので逢うことが出来なかった、しかし原駐屯に帰ってそのことを知ったので、木曾君や村尾君にも是非久しぶりで逢いたいし、いずれ近い中には暇を見てきっと訪問する、という意味の言伝だった。

古林健二は、思わず頬が、自分でも紅潮するように思った。やはりそうだった。手紙の様子では見当はつけていたものの、このつい先きを流れているカプアス河の下流に兄がいるのだ、そう思うと、なんともいえない気持が込み上って来るのだった。——あの、二年前の、少尉の軍装も凛々しく発って行った兄の姿が、鮮やかに瞼に浮んで来た。そして遠く内地を離れたこのボルネオで、親しくその消息を聞くことが出来ようとは——、うすうす想像し、期待していたことではあったけれど、突然それが、現実となってみると、かえって夢のような気がするのだ。

「ありがとうございました、お忙しいところわざわざ寄って頂いて申訳ありません、——で、兄はいつ頃来てくれるんでしょうか」

「さあ、いつとははっきり申されませんでしたが」

「ああそうでしょうね、——よろしく、是非待っているからとそれだけお伝え下さいませんか、ありがとうございました」

白井軍曹の別れの敬礼に対して、古林は、あわてて幾度も頭を下げた。

白井軍曹は用向だけ済ますと、キラキラと輝く太陽の下に真黒な影を落して、もう振向きもせずに帰って行った。古林は、しばらくその後姿を見送っていたが、

（そうだ、木曾さんと村尾さんにすぐ知らせよう、きっと喜んでくれるに違いない）

そして、長い廊下を、半分ほども戻りかけた時だった。向うから村尾が一人で、俯《うつむ》き加減に背を丸めて、やって来るのに行き合った。村尾は、何か考えごとにでも耽《ふけ》っているのか、ほとんどすれ違いそうになっても、顔も上げなかった。古林が声をかけると、びっくりしたように立止って、眼をあげた。

「村尾さん、兄が来るそうですよ、良一兄が……」

「え、ああ面会っていうのは良一君かい」

「いいえ、いまのは部下の人で、言伝を伝えに来てくれたんです、近いうちにやって来るっていう」

「ほう、久しぶりだなア、元気なのかい……逢いたいねえ、この近くなのかい」

「この河下らしいですよ」

「ふーん、偶然だねえ、来てくれるとすっかり東京時

代の顔が揃ってしまうんだがなア、はっはっは」

そこで村尾は、びっくりするような声を立てて笑った。古林は、思わずギョッとしてしまった。その振りしぼるような笑声が、ひどく異様に聴えたからである。

白く塗られた廊下の壁に、外の熱帯植物の緑が、あおあおと映っていた。気のせいか痩軀長身で白皙な村尾の顔までも、ひどく青褪めて見えた。

古林は、幾度も見直すように、まじまじとその顔を見つめた。村尾は高笑いをポツンと切ると、まるであたりを憚るように古林の耳元に口を寄せて来た。

密林の怪植物

一

「君――」

村尾は、囁くような低い声で、いった。

「なんです――?」

「うん、……ちょっと、一緒に来ないか」

「なんです――?」

「めずらしいものがあるんだ」

「どこに――?」

「ふっふっふ、なあに、ついそこだよ、しかし誰も知らんのだ」

「へーえ?」

「ともかく来たまえ、僕が案内する」

村尾はそういうと、またあたりをこそこそと見廻した。誰もいなかった。

村尾は安心したように、すたすたと歩き出した。もう振向きもしないで、まるで人眼につくのを惧れるように、小走りの歩き方であった。

「……」

古林健二は、ちょっと、あっけにとられた恰好だったけれど、冗談として笑ってしまうには、村尾の様子があまりに真剣だったし、元来生真面目な村尾研究員は、そんな冗談で人を担ぐような人ではないし。それだけにその、大仰な、いかにも大秘密を打開けるような様子は、古林にとって、抛っておけないような不安だった。それに、この頃の時おりふっと深い憂愁にとざされているような村尾の原因も、或いはそんなところにあるのではないか、とも思われて、見えない糸に引かれるように、そのあとについて行った。

村尾は廊下を抜けると、密林を切開かれた庭を横切ってそのまま眼の前にこんもりと立ちふさがっている密林の方に向って行った。ひょろりとした長身を、ゆするようにして行く特徴のある村尾のうしろから、古林は黙って、おくれぬようについて行った。村尾の行く手には、それこそ千古の密林が果てしもなく続いて、茂っていた。古林たちの温帯である日本の林や森を見なれた眼には、この熱帯の森というものが、文字通り乱麻のように入り乱れて見えるのだ。一般に木というものは、まず地面から、スーッと幹が伸びて、それが枝を張り、葉をつけているものばかり見つけて来たのだけれど、しかし熱帯の木となると、そう単純なものばかりではなかった。第一榕樹やタコノキのように不気味な気根をおろすものが多かったし、それからまた、木々の間を縦横無尽に絡み合う攀緑植物の類が、びっくりするほど多かった、しかもそれらが、太陽とスコールとにふんだんに恵まれて、それこそ思い切った見事な成長ぶりを見せている。従って密林となると、それこそほとんど足の踏み入れ場もないほど、びっしりと地を蔽う乱麻ぶりを見せていたのだった。また時には、一方では花をつけているのに、その隣の同じ樹には、すでに熟れた実がなっているのを見たこともある。これらは、始終休みなしに蕾を持ち花を開き、実を結び、そしてまたすぐ蕾を持っているものらしかった。

――と、先に立っている村尾は、なんの躊躇もなく密林の中に踏込んで行った。見るとそこには、いつしか踏固められたらしい小径がついている。

「村尾さん――」

思わず古林が呼びかけたけれど、村尾はちょっと振向いて一瞥を与えたきり、何もいわずに、さもあたりまえのように、その小径をすたすたと歩き進んで行った。村尾はその、全く古林の知らなかった小径を、もう何度も通っているらしかった。

二

密林の中にはいると、急にあたりが薄暗くなったように思われた。天頂に烈々と輝いている太陽も、密林の底に来るまでには、仄々と弱められていた。仰向いて見ると、上はびっしりと蓋をされたように枝と葉に覆いかくされている。まるでこの世ならぬ植物の世界にまぎれ込んでしまったような、物凄さだった。あたりに立罩める樹々は、それぞれ思うがままに逞しく伸びて、鼻をつくようなそれぞれの樹の体臭が、満員電車の人いきれのように罩っていた。

古林は、考えてみると、この土地に来て以来、まだこうしてゆっくり密林の中を歩いてみる機会もなかったのに気がついた。それは、こんな小径があることも知らなかったし、来た当座に木曾支所長から、ひとりではあまり密林の中などには踏込まぬ方がいい、といわれたことを、別に用もないままに遵守していたからであった。

古林は、めずらしいはじめてのこの密林の中の眺めに、ただきょろきょろしながら、それでも遅れぬように足を早めて、村尾のあとについて行った。

足もとの小径は、ほとんど絶え絶えに続いていた。村尾は、傍目もふらずに、歩き続けていた。

やがて、気味の悪い湿地帯もすぎて、密林の中は、なお一層薄暗くなって来た。どうんと澱んで動かぬ空気まで、熱帯とは思われぬほど、ひんやりとしてきたようである。

と、先になっていた村尾が、突然立ち止った。

それがあまりに急だったし、きょろきょろ見廻しながら歩いていた古林は、もう少しでその村尾の背中にぶつかりそうになって、びくんと立ち止った。

「古林君――」

「ええ、なんです?」

「そら、見てみたまえ」

「……」

そこは密林の中の広場――といったような、五六十坪ばかりの平坦なところだった。勿論空は、四方から覆い茂った樹々の枝に蓋をされていて、相変らず薄暗く、湿っぽくはあったが――。そして、何百年何千年来の落葉朽葉が降りつもったまま、もう腐った土のようになっていた。うっかり足を踏入れれば、そのままズブリとはいってしまいそうな柔らかさを見せていた。

そして、村尾の指差した奥の方を見ると、まず第一に葉も茎もない、しかも盥《たらい》ほどもある大きな花だけが、朽葉の積った地面に、どすんと坐ったまま咲いていた。その葩《はなびら》は見るも嫌らしいほど厚ぼったかった。また、その横に朽ち倒れた木の幹には、雑草ほどもある巨大な苔の類が、へんに艶々しく光っていた。大きな羊歯《しだ》もあった。一枚の葉が二メートルもあるような、化物羊歯なのだ。まだそのほかに、得体の知れない妙な植物が、ごちゃごちゃとあるようだった。

「どうだね、古林君」

「なるほど、こいつあちょっと変ってますね」

古林は、村尾を見かえした。

「そうだよ、たしかに変ってる……しかもはじめて見た時はほほおと思うけど、二度三度と来て見ると、なんともいえない薄気味の悪さを感じて来る……」

村尾は、片頬をひくりと歪めた。それは笑って見せたのかも知れない。

「とにかくここに来て、この変テコな雰囲気を見ているとこっちまで変テコになって来るんだ、洋服をうまく畳めばマッチ箱にはいるんじゃないか、とか、なぜ小犬のような象や、象位もある犬がいないのだろうか、とか」

「はっは……」

古林は、笑いかけたけれど、村尾の真剣な顔を見ると、途中でやめてしまった。村尾の顔は、まるで日蔭の花のように、青白かった。

「いや本当だ、とにかく大きさというものが、考えるとわからなくなってしまうんだ、僕たちは大きさというものを考える時には、まず同じようなものの一群を考えて、それの平均と比較していう習慣が、いつの間にかついているんだ、――僕のせいの高さは五尺六寸ある、だから六尺には四寸も足りない、しかしそれでいてせいは決して低い方ではない、高い方だ、なぜなら僕は学校の同級生たちと隊列を作った時に、真中より後の方になるからだ。結局ものの大きさは絶対ではないんだね、いつも相対的な、仮りのものなんだ。例えば机の厚味が一インチある、幅が五十センチある、或いは高さが二尺六寸ある、つまりそれは仮りに定めた『物指』というものとの相対的な心覚えでしかないんだからね、――そう思うと、僕たちは宇宙というものを広大無辺ということと同義語のように使って怪しまないでいるのだが、実は、その大宇宙を、一ッ欠けのビスケットと見ているような、より大きな、超大世界が無いとは断言出来ないと思うんだ、――逆に、われわれが極微の世界と見ている原子の中にも、そこを十分な広さと見ている生物がいるかもしれない」

「……」

「われわれは、この地球の属している太陽系が、太陽を中心として、水星、金星、地球、火星、木星、土星、それから天王星、海王星と呼ばれている八つの星が、ぐるぐる廻っているものであることを知っている。同時にまた、原子の中にも、一つの原子核を中心として、八つの電子のぐるぐる廻っているものがあることを知っている。なんとそっくりではないか、酷似しているじゃあないか、――ただ大きさだけが違ってはいる。その大きさなるものは実は絶対的なものではないのだからね……」

村尾は、古林の顔をのぞき込むようにした。古林は、黙って、村尾の顔を見つめていた。

「どうだね、実に似ているじゃないか。だから、僕たちが原子や電子について、もっと詳しく調べることが出来るんだったら、この電子群の三番目の奴には、地球という名前がつけられていて、人間という超微生物が充満していることを知るかも知れないんだ、そして彼等は、いま高速プロトンの爆撃によって原子の――原子の中の電子に住む人間のいう原子の――変換に成功したといって、科学の勝利を謳歌しているかも知れないのだ、しかしなんぞ計らん、彼等の住む地球である電子が、この、磁気学研究所ボルネオ支所の村尾の手によって、同じ方法の爆撃をくらい、彼等が永劫に安泰であると信じていた球体自身が、彼等の宇宙である原子の中から叩き出されようとしているのではないか――だが、彼等は、そんなこととは夢にも知らずに、研究し、生活し、飽食し、そして科学はわれ等の手にあると誇示しているかも知れんのだ」

「なるほど、村尾さん、ともかく帰りましょう――」

古林は、村尾の話を遮るようにして、手を取った。その手は火のように熱かった。

三

太陽のまわりを、八つの遊星が規則正しく廻転している太陽系の組織と、原子核のまわりを、いくつかの電子が、同じような状態でこれまた規則正しく廻転している事実を取り上げて、極微の世界である電子の中にも、われわれのような高等な生物が棲んでいるかも知れない――という村尾の説は、いかにも奇矯なものであったけれど、しかし、あの密林の中の、奇怪な植物にとりかこまれた異様な雰囲気の場所で真剣にのべられてみると、何か、一言のもとに否定し得ないような、寒々としたものをさえ感じるのだった。

それは、火星に生物がいるかも知れない。などという臆測よりも、もっともっとズバ抜けた想像であった。われわれは、鯨のような巨大な生ものを知っているが、同時に濾過性病原菌のような、顕微鏡にもつかめぬ微生物の存在も知っている。どちらも生きていることには違いがない。ただ大きさだけが、ひどく違うのだ。結局生きものにとって、大きさは条件ではないのだ。鯨の中でも大小があれば、バクテリアの中にも、大きいものもあれば小さいものもある。

われわれは自分の体と比較して、この地球を広大であると感じている。同様に極微の電子を、広大であると感じているそこに棲む超微生物が、無いとは断言出来ぬのではないか。電子に住む男が、いないとはいえないのではないか。

しかし、いずれにしても、われわれはまだ電子そのものをさえ存在は知っているが、見たことはない、ましてその電子がどうなっているか、海があり、陸があり、山があり、川があるか、ということを知るすべはないのである。ましてその表面に、生きものがいるかどうかなどということは、今後、まだ永い間に亙って不可能なことに違いない。それは、要するにあまりに小さすぎるからである。

が、しかし、村尾の説によれば、小さすぎるということは、生物の存在には一向影響のないことであって、一滴の水の中に鯨は棲むことは出来ぬけれど、バクテリアにとっては、同じ一滴の水の世界も、まだまだ広大なものだといえるのだ。

原子核を太陽とする電子の遊星の中に、生物がいるであろうか。

——古林は、村尾をうながして密林の中の小径を戻りながらなんともいえぬ変テコな気持になっていた。

全く、途方もない大法螺のような、或いは、ひょっとすると、そうかもしれない、というような——。

そして、密林を抜け出して、突然突刺さるような烈々とした太陽の直射を頭から浴びた途端、クラクラッと眩暈《めまい》を感じた古林は、思わずよろめきながら、立ち上った。

「村尾さん、なんだかわからなくなっちゃいましたよ、変テコな気持です。木曾さんに相談してみようと思いますよ、電子の中に生ものがいるかどうか……」

「ふふふ、いるにきまってるさ、そんなこと相談したって仕様がないよ、第一君、いるに違いないという証拠があるんだ。しかもすばらしい科学力、人間以上のすばらしい科学力を持った奴がいるに違いないという証拠があるんだからね」

「え、証拠ですって——?」

古林は、びっくりして、興奮のためか、いつもより余計に堅く青褪めている村尾の顔を、つくづくと見直した。

空はあくまでも澄んで、ボルネオの磁気学研究所は、物音一つしていなかった。

水銀の宇宙

一

「木曾さん——」

「うむ」

「……。あのう、木曾さん」

「なんだね」

机の上にひろげた書類に、熱心に眼を通していた木曾支所長は、やっと眼をあげて、古林健二の顔を見直した。

「なんだね……、む、少し顔色が悪いようじゃないか」

「はあ、あの——」

「うむ、……はっはっは、なんだい、もじもじして、どうかしたのかね、何か毀したのかね」

「いえ、そんなことじゃありません」

古林は、背中を丸めて木曾の机の片隅に肘をつくと、

「こんなことがあるでしょうか——。電子の中に生ものがいるというようなことが……」

「なんだって」

木曾は眼をぱちくりすると、思わず微笑を浮べながら、古林の顔を見つめた。しかし、案外に古林が真剣な顔つきをしているのに気がつくと、その浮かびかけた微笑も消えてしまった。

「なんだって——?」

「ですから、電子の中には、生ものがいるでしょうか」

「ふーん、なんのことだねそりゃあ、電子の中にどうして生ものがいるのだね」

「——いや、こりゃあ僕が悪かったです、突然こんな

ことといったって訳がわかりません、——実は、村尾さんに聞いたのですが、村尾さんの話によると原子核の周囲をぐるぐる廻っている幾つかの電子がある」

「なるほど」

「そりゃあ、そこまでは僕でもわかります、ところがそのぐるぐる廻っている電子の中に——或いはその表面に——生ものがいるに違いない、というんです」

「ほう……」

「しかも、その生ものは非常に高度の科学力を持った生ものである。尠くとも人間よりもずっとすぐれた科学力を持っている、というんです」

「ふーん、そんな小さいものに、かい?」

「そうなんです、村尾さんのいうには、大きい小さいなんてものは結局相対的なものであって絶対的なものじゃない、だからいかに電子が小さいからといって、事実これは現在人間の知っている最も微小なものですが……その電子の中に、更にそれを広大な地球と考えているような超微生物が居らぬとは断言出来ないだろうというんです」

「ほう、なるほど理窟だね、……しかしわれわれは原子の存在を知り、その構造を知った時に、すべての物質は空虚であるという大発見をした、そして、これ以上の大発見は当分あるまいと思っていたのに、しかもその微小電子に生ものがいようとは実に愕くべき奇想天外だね」

「ほんとです、でも、原子の構造とこの太陽系の構造との比喩はなかなか面白いと思いますね」

「うむ、——だが、その微小電子に、仮りに生ものがいるとしてだね、さっき君はその生きものが非常に高度の科学力を持っている、といったようだったが……」

「はあ、それも村尾さんがいうのですが、実は、僕はそんな超々微小生物なんて信じられない、といったわけです。すると村尾さんは信じようが信じまいが、確然とした証拠がある、というんです」

「証拠——? 生ものがいるという?」

「そうです。——同時に、その証拠によってこの生ものが高度の科学力を持っているということもわかる、というんです」

「ふーむ」

木曾礼二郎の顔からは、いつも忘れたことのない微笑の影さえも全く消え失せてしまっていた。それどころか、額にハッキリとした二本の堅皺を刻込んで、自分の話に興奮している若い古林健二の顔を凝視していた。

二

「つまりその――、結論からいいますと村尾さんの実験に使うはずだった実験材料が突然に、得体の知れぬものに変質してしまったというのが、そもそもの起りなんです――この実験材料というのは水銀ですが」

「ふーむ」

サイクロトロンを使って行う最も興味ある実験の一つとして、水銀から金を得ることが発表された時は、あらゆる方面に相当の反響を惹きおこし、内容を知らぬ気の早い男は、水銀の買占めを本気に考えたような馬鹿々々しい騒ぎをおこしたものであった。

が、しかし、それがいかに文字通り実験室的なものであるにせよ、いかに顕微鏡的なものであったにせよ、瞭らかに物質の変換が行われたことだけは確かであった。実に、数世紀に亙って苦心また苦心、努力また努力を重ねて果し得なかった錬金術師の大きな夢が、皮肉にも化学的にではなく物理的に実現されたのである。つまり八十個の電子を持つ水銀の原子を爆撃してその一個を叩き出すと同時に、その物質は七十九個の電子を持ったもの、即ち金となったのであった。――電子爆撃によって、物質の変換という未曾有の大魔力が、人類の手に握られたのであった。この理窟からいえば、四十八個の電子群を持つカドミウムから一個を叩き出せば、四十七個の電子群を持つ銀が得られることにもなるのだ。

けれども、これらの電子群は、極めて強靭に結びついているのだから、例えば金槌で叩きつける位のことではビクともするものではない。従って、村尾実験室の水銀が、自然に、変質してしまったなどということは、全く有り得ないはずなのだ。

「ふーむ、……一体どんな風に変質したのだね」

木曾が、そのあとを催促するように、訊きかえした。

「はあ、村尾さんの話によりますと外見はもとのままの水銀のようだったが、それを金槌で叩くとガシッと固い音をたてて、粉々に砕け、しかも茶色っぽいようだった。というんです」

「――妙だねえ、ようだった、とはどういうわけかね」

「それがつまり、村尾さん自身が叩きつぶしたんじゃなくて、助手の澤田君がやったんだそうです……クバが遊びに来ていたのを相手にして、冗談に叩きつぶして見せていたのを何気なく見ていた村尾さんが知って仰天したんだそうです……、水銀ならガシッと砕けるわけがなし、中が茶色っぽいはずもない……実験用に使うために、硝子盆の上に置いた、マッチの頭くらいの小さい水銀粒だそうですが……」

「ふーん」

木曾支所長は、首を振った。そして、

「それが、生ものと関係のあることかね」

「そうなんです」

古林は、大きく息をすると、

「それを見た村尾さんは、自分でもハッと顔色の変ったのがわかるほどびっくりして、そのまま部屋を飛出してしまったそうですが、――というのは、この水銀粒の自然変質ということに関聯して、愕くべきヒントを得たからだというんです、つまり水銀を構成している原子の中にある電子の生ものについて」

「――なんだかよくわからんね」

「はあ、その、つまり僕にもハッキリしませんから村尾さんのいう通りを受け売りしますと、これは、こういう風に自然変質をしたということは、電子の中に生ものがいて、それ等が、自分たちの棲む世界、といいますか宇宙といいますか、とにかく僕たちから見れば一粒の水銀ですが、村尾実験室のサイクロトロンの爆撃によって変質せしめられることを知って、その前に、自分たちの存在を示すために自ら変質したのではないか、というのです」

「ふーん？」

「どうも話がわかりにくいんですが、例えていいますとこの地球を一つの電子と考え、それが、火星や水星などと一緒に太陽のまわりを廻っています、そしてこの宇宙が、超大巨人の手によって爆撃され、地球が太陽系から叩き出されようとしている――そういう状態を、彼等は優れた科学力でもって既に洞察している。しかし彼等にとっては超大巨人である僕たちに呼びかけて、自分等の存在を知らせ、自分達の生命を託している電子を叩き出すというような無法なことはやめてくれ、ということを伝える方法がない――いや、彼等はすでに色々な方法を採ったかも知れないが、遺憾ながら僕たち人間にはそんな微小生物からの通信を受ける能力がない、彼等の悲鳴が聴えないというわけです」

「ほほう、なるほど」

木曾支所長は、ちらりと窓の方に眼をやった。一ぱいに開かれた窓の外には、溢れるような豊富な光線が、熱帯樹林をクッキリと照し出していた。しかし古林は、そんなものにはまったく眼もくれなかった。

三

「それでですね、電子の中の生ものが、いかに通信しても受ける能力のない愚鈍な人間、しかも自分たちの宇宙を崩壊せしめようとかかっている無慈悲な人間、というものに愛想をつかして、自分たちの宇宙も崩壊するかわり、それによりて愚鈍極まる人間共にも、自分たちの存在を知らせようという最後の手段を採ったのだ、というのです——、つまり、自分たち自ら、自分たちの宇宙を変換させたのです、彼等にとっては地球である電子という球体を自壊させ、そればかりか他の電子も狙撃して粉砕し、彼等の宇宙の構成を変換して、やっと人間の注意を惹起したのだ、というのです——、もし、われわれの太陽系でも、この地球が突然粉々に粉砕したとしたら引力の平衡の上に立っている現在の太陽系の構成には、きっと大変化が起るに違いありません、それが、物質の変換なのです、しかも彼等の場合はただに自分らの棲む電子を爆砕するばかりではなく、他の原子系の電子も狙撃し粉砕し、変換させていることは確実です——さもなければ一粒の水銀が、かくも鮮やかに変換するというはずがありませんから——」

「ふむ」

「これは同時に、彼等が愕くほど高度の科学力を持っている証拠でもあります、というのは、彼等の宇宙である水銀がすでに実験材料としての憂目を見ることを知っていたこと、それから、最後の手段として自分等の棲む電子や、他の電子を爆砕したということ、これは、僕たちに例えればこの地球を粉砕してしまったばかりか、地球から火星や水星、或いはもっともっと遠方の星を狙撃して粉砕するだけの能力を持っていた、ということを示しているのだから——というのです。われわれ地球人には、とてもそれだけのことをする能力がありません。つまりわれわれ人間以上の科学力を超微小である電子の中の男が持っていた、ということを意味しているというのです。これが村尾さんを驚愕させたことなんです——同時にそれを聞いた僕も、ハッと胸を突かれたような気がしたんですが……」

古林は、やっと口を閉じた。そして、木曾支所長の静かな横顔を見つめた。木曾支所長は、何かを考えつづけているように、窓外に視線のない眼を据えていたが、古林の話がぽつんと終ってから、しばらくたって向き直った。

「……いや、よくわかった。要するに問題は、実験用の水銀粒が忽然として得体の知れぬものに自然変質した、という点なのだね」

「はあ、それが出発点のようです……しかし自然変質ということはあり得ない。だから、なんかの原因があったに違いない、それには電子の中の生ものの意志が働いている、という見方なのですね」

「……」

「それ以外に、説明がつかぬというのです」

「ふむ、……とにかくその事実は村尾君だけじゃなくて、澤田君もよく知っているんだろうから澤田君にも一度よく聞いてみなけりゃならんね」

「はあ——」

と、丁度その時、遽しい足音が廊下の外で止ったかと思うと、倉庫係をやっている石井が、ひょいと顔を出した。

「澤田さんはいませんか」

「いや、いないが……」

「実は村尾さんが急に倒れましたんで……」

「え、村尾君が倒れた?」

「はあ、なんだかひどく熱があるようですので……」

「そりゃ困った、どこにいるんだ」

木曾支所長も、遽しく立上った。

「はあ、ともかく村尾さんの部屋に寝かしたんですが妙な譫言をいうようで……」

「そりゃいかん、医者、といってもおらんし……」

古林もあとについて、三人は、いそいで廊下を抜けると別棟になっている、これも旧椰子油会社時代のものをそっくり引継いだ社宅にかけつけた。

「どうもだいぶ苦しそうですし、澤田君を呼ぶかと思うと電子の中の男どもが……といったようなわけのわからんことをいってますので……」

石井が歩きながら説明した。

「うむ、そうか。——君はすまんがもう一度澤田君を探して、それから薬品箱を持って来てくれないか」

「はい」石井は、駈足で去って行った。

木曾支所長と古林が村尾の寝ている部屋まで行ってみると、村尾は二人の来たことも知らぬ気に、いかにも寒そうに肩をすぼめ、蒼白な頰を強張らして、瞬きもせずに天井を見据えているのだった。なんだか、忽ちのうちにひどく憔悴した尖った顔つきに変ってしまったような気がした。

新しき世界

一

「ああ、木曾さん――」

村尾は、うつろな眼の中に、やっと木曾支所長の覗込んでいる顔を認めたとみえて、ひどく弱々しい、かすれたような声を洩した。

「うむ、気がついたかね村尾君、――なんでもない、なんでもない、しっかりしなけりゃいかんじゃないか、どうしたんだ」

「いやあ、どうもしませんよ……」

村尾は、うすらうすらと笑った。それは渾身の力を罩めて、やっと笑っている風であった。そして、木曾支所長の制するのもきかずに、半身を起していかにも大儀そうにベッドに靠れかかると、

「木曾さん――、僕は大変な事実にぶつかったんです……」

「聞いた聞いた、古林君から聞いたよ、君、そんなこと何も気にせんだって……」

「いいえ木曾さん――、僕はこれでも科学者の端くれです、根も葉もない怪談なんかに惧れているんじゃありません、厳然たる事実、有り得べからざる事実にぶっつかって、僕は生れてはじめて打ちのめされた気持なんです……、木曾さん、物質の自然変質ということが信じられますか?」

「うむうむ、大昔の植物が地底に埋って石炭に変ったということがあるじゃあないか」

「いいえ、そんな他愛のない話じゃありません、それは大昔の植物の中の炭素だけが残ったというだけの話じゃあありませんか……そんなことじゃあなしに、ここに水銀というものがあって、それが忽然として新物質に

自然変質するということが信じられますか？　信じられますまい。いや信じられぬはずです、有り得べからざることですから……しかし、それが、現に行われたのです」

村尾は、どこにそんな気力が残っているかと思われるほど、まるでものに憑かれたように、激しい口調で喋りつづけるのであった。木曾礼二郎は、制するように手を上げかけたまま、その手のやり場にさえ困っていた――。

「ちょっと……」

低い声がしたので、古林がふりかえって見ると、心配そうな顔をした澤田が、ドアーを細目にあけて、小さく招いていた。

「ちょっと……、古林君」

古林は、黙って部屋を抜け出した。

「木曾さん、これについて僕は一つの考えを――なるほど奇想天外な、未だかつて誰も考えたことのないような、電子の中の世界を想像してみたのです」

村尾は、もともと古林がそばにいたのも、いま出て行ったのも、知らぬ気に夢中になって喋りつづけていた。

「電子の中の男――そういうものです。そしてこいつが、実に愕くべき高度の科学力を持っているんです――というように。これ以外に、この大異変を説明する方法がないと思うんです……、電子の中の男、これは大与太だと思いますか、はっはっは、しかし否定することは出来ないじゃありませんか。否定出来ぬ以上、ウソだとはいえません。われわれの科学力は実になんとも情けない無力さです、火星の表面さえ見極めることが出来ぬのです。電子の表面は無論のこと、ましてやその表面に棲息している高等科学生物の存在を、確めるすべはないのです。ふっふっふ、彼等が、愕くべき科学力を振って彼等の宇宙を崩壊せしめたにも拘わらず……ふっふっふ」

「木曾さん――」

村尾の、気味の悪い笑い声が、ふっと途切れた瞬間、木曾は、ドアーの影から自分を呼んでいる石井の声に気がついた。

（あ、はいりたまえ……）

と言おうとして気がつくと、石井は、盛んに手招きしているのだ。

「よし、よくわかった。――ちょっと用を済まして来るからね」

木曾は村尾にそういって、訝かしげにドアーの外に出た。

「なんだね、はいってくればいいのに……薬品箱はどうした？　村尾君は相当興奮しているようだから鎮静剤をやらんといかんと思うが」

「はい、実はちょっと、そのことで……」

石井は、まるで木曾支所長を引張るようにして、先に立って歩き出した。

二

「や、古林君じゃないか……、久しぶりだなあ……」

木曾が自分の部屋まで帰って来ると、見馴れぬ軍服姿が立っていた。思いがけぬ、健二の兄の古林良一少尉なのだ。いつの間にか村尾の部屋から抜けて行ったと思った健二も、澤田と一緒に、三人で話し込んでいた風だった。

「やあ、すっかり御無沙汰しました……、こうして、こういう顔ぶれで話していると東京の所にいる時のような気がしますね」

良一は、所にいた時よりも、もっと朗らかな声をたてて笑った。

「全く――、しかし偶然だねえ、このボルネオで落合おうとは思わなかった」

「ほんとですよ、実は白井軍曹がこっちに来る用があったので寄ったらよろしくいってくれといっておいたんですが、そのあとでまた僕が来るついでが出来たもんですから実は大喜びでやって来たんです……、これで、村尾君の顔が揃うと昔の顔ぶれになるんですがね」

「うん、実はその村尾君なのだが……」

「いや、聞きました」

良一は、木曾の言葉を止めるように手を振ると、

「どうも、電子の中の生ものという問題になっているそうですね」

「そうなんだ……、困ったよ、だいぶ興奮しているんだが」

「はっはっは、それはとんでもない妄想ですよ」

「そうだ――とは思うのだがね、実は水銀の問題があってね。澤田君、君に話すひまが無かったが……」

「木曾さん、すっかり聞きました、僕も今すっかり聞いたところです」

良一は、頂垂《うなだ》れている澤田を見下しながら、

「水銀の自然変質なんて真っ赤な嘘です」

「え——」

「実はこの澤田君のいたずらなんです。クバとかいう若者が遊びに来ていたので冗談に水銀の手品をやって見せたんだそうです。水銀はああいう風に表面張力が強くって小粒にするとコロコロ転がりますが、あれと、丁度持ち合せていた小粒の銀色をした仁丹とを擦替えて、カチンと叩き潰して見せたりしていたんだそうですよ。それを村尾君がひょいと見て、仰天してしまった……というのが事の起りらしいですね、はっはっは」

「えっ——、そ、そんな馬鹿なことで……ほんとかね、澤田君」

「は、実は、——村尾さんが見ていたとは知りませんし、また見ていたってまさかこんな騒ぎになるとは……、どうもまことに……」

「ふーむ」

木曾支所長は、恐縮している澤田も眼にはいらぬように唖然として突立っていた。

「僕も悪いのです」

健二が、木曾を見上げた。

「村尾さんの話をすっかり真に受けてしまったのです……あの、密林の中の、変テコな化物植物なんかを見せられたりしたもんですから……」

「ふーむ」

「なんだね健二、その化物植物というのは?」

良一が聞き咎めた。健二は、村尾に案内された密林の中の、変った植物の群落を説明した。

「なるほど、そんなところがあるのかね」

「しかしだね」

木曾支所長は、思い出したように、大きな声を出した。

「……しかし、水銀の変質というやつは澤田君のいうことでよくわかった。ハッキリわかった……、けれども僕にわからんのは、村尾君ともあろうものが、そんな他愛もないことでなぜあんなに興奮してしまったのか、なぜあんなにぶっ倒れるほどひどく妄想にとりつかれてしまったのか……ふしぎだ」

一同は、シンと黙ってしまった。

さすがに激しい赤道直下の太陽も、漸く光芒を収めて、驕て暮れようとしていた。あたりには、気のせいか、爽涼とした風が流れて来た。

三

　健二の案内で、村尾を見舞って来た古林良一は、木曾の部屋に帰って来ると独りで大きく頷いていた。

「どうだった？　村尾君は――」

「いま丁度ぐっすり睡ったところです……、村尾君は病気です。当分安静にしてなきゃいけませんね」

「病気――？」

「そうですよ、一種のマラリヤですが、この辺の特殊な型なんです」

「ほほう、そんなものがあるのかしら……」

「まあ、マラリヤといっていいかどうか知りませんがね、とにかくマラリヤという奴は誰でも知っている通り毎日とか一日置きとかに、きまった時間になると悪寒戦慄に悩まされるんだからすぐわかります、けれどもあの型は体質にもよるんでしょうがそういう肉体的な戦慄じゃあなくて、熱なんか気がつかぬくらいなんですが神経的に、感情的に、非常な不安戦慄に襲われるんですね……そいつが被害妄想といったようにもなるし、また村尾君のように未開拓の科学的戦慄、といったようなことにもなる、結局、村尾君は始終電子のことばかり考えているから電子に関する戦慄であり、それが偶然に澤田君の手品を見て自分の妄想に体系づけてしまった、と見るべきでしょうね」

「ふーむ、そういう病気があるとは知らなかった。神経系統を冒すマラリヤともいうのかな……で、大丈夫かしら」

「大丈夫ですよ。極く珍らしい例で、僕もまだ数例しか見ていませんけど命には別条ないです。しかし、そのマラリヤみたいに間歇的に来る不安の発作の時に、土の上に立っていることが怖くって川に飛込んだりする原住民を見たことがありますがね……、しかし、村尾君はまさか……」

「やっぱり、蚊が媒介するのかしら？」

「わかりません、しかし、密林の中の、湿地帯へ行くことなんかよくありませんね、健二の話によると村尾君はちょいちょい森の中にはいって、妙な植物に興味を持っていたっていいますから或いはそんな場所で……と思いますね」

「ふーむ、なるほど、とにかく所員はあそこへ行くことを厳禁しよう」

木曾支所長は、命に別条ないと聞いて、それだけでホッとした顔つきだった。そして、思い出したように、

「いま君は村尾君が自分の妄想に体系づけて……といったけれど……」

「いやいや、はっはっは、それは言葉の調子です。村尾君がそんなことを聞いたらまた興奮するでしょう。水銀のからくりだってもう少し黙っていた方がいいかも知れませんね……、電子の中の男、いかにも村尾君らしい想像です、前代未聞の——。しかしそれは村尾君のいう通り、妄想じゃないかも知れません。現在人類が突止め得た最後のもの、最も微細なるもの、これ以上分割し得ぬもの、として超顕微鏡の中にすらとらえることの出来ぬ電子の中に、さらにこれを世界と考える生ものが充満しているということは、このわれわれの棲む大宇宙を、一つかけのビスケットと見なしている超大世界の存在を想像するのと同様に、現在の人類の世界観を何千何百倍も押拡げた大新世界観でもありますから……」

古林良一は、ガチャリと音をたてて軍刀を立てた。

赤道直下の研究所に、静かに、川面から上る藍色の夕闇が流れこんで来つつあった。

古井戸

1

武田龍介の家は、不忘丘の上にあった。

そこは一面の、この武蔵野を表徴する雑木林のなかにあって、蔦の匐った窓から頸をのべれば、眼下に多摩川の曲折が見られ、蒼空は遠く東京の屋根に続いて、夕暮ともなれば、この辺にまで「都会の灯」が丁度夕焼のように赤々と空を染めるのが望まれた。

龍介が、ここに移って来たのは、彼自身の趣味ではなく、既に他界してしまった父の好みからであった。その父は、ここのような閑寂を好み、また梅を殊のほか好んで、十分にとった敷地の中に、梅を二十株ばかりも移植し、自から「好文荘」と名付けていた位であった。まこと、春の気配が、空のどこかにきざしはじめると、一勢にその、咲きほこるさまは、美しさいわん方もなかった。

この小住宅だけが、父の遺してくれたたった一つの彼へのおくりものであった。

ただ、龍介のつとめている都心には、急行電車で一時間もかかる、というのが億劫であったが、しかしそれを、いつか苦にしなくなったのは、馴れたという以外に、もっと大きな原因があったのだ。

それは、毎朝逢う美少女のことだった。

彼女もこの駅から丸の内まで、同じ頃に出勤するとみえて、そう思って見ると、必ずその美しい姿がホームに見出されるのであった。

しかも、往きずりの誰もが、ちょっと見かえるほどの美しさを、彼女は持っていた。それは、見た瞬間、ふと、薔薇の莟を思うような美少女であった。

だが、それも、一度だけの往きずりであったならば龍介だって、そういつまでも考えていなかったかも知れないが、毎朝、まるで二人で待ち合せているかのように、同じ電車に乗るのだ。もっとも、この辺は不便で、急行電車は、三十分間隔であったせいかも知れないが、龍介には、なぜかそれが偶然ではないような気がし、それが重なるにつれて、お互いに、待ち合せていたかのように錯覚して、いつとはなしに軽い目礼をかわすほどになっていた。

来る朝、来る朝が、龍介には楽しみであった。ほんの、一秒ばかりの朝の目礼——だがその可愛い口元で、返してくれた目礼のあった日一日、彼は溌剌としていた。

「だいぶ、寒くなって来ましたね」

最初は、やはりそんな挨拶であったかも知れない。思いきった龍介が、そんなコトバを怖る怖るいったのは、去年の秋であった。

「ほんとに……、これから寒くなると大変ね」

そういって、にっこりと笑い、澄んだ眼を挙げて、飛去って行く窓外を眺めた彼女の横顔を、龍介は今も折にふれて思い浮べるのであった。そして、

「東陽工業に行ってるのよ」

と聞いた日は、会社につくとすぐに図書室から「会社興信録」を引出して、「東陽工業」を引いてみた。勿論そんなところに、彼女の名が出ていないことは、百も承知なのだが、ただ彼女がそこに勤めている、ということだけで、何かしらアウトラインでも掴まなければジッとしていられないような衝動にかられたのであった。それによると東陽工業は三十万の小株式会社で、社長仁賀保達治の、ほとんど個人会社のようであった。

（仁賀保達治——）

龍介は、ちょっとくびを傾げた。

（どっかで聞いたような気がするが……）

けれど、その時はハッキリ思い出すことが出来なかった。

2

楽しいはずの日曜日が、龍介には憂鬱であった。幾度かの日曜の朝を、彼は散歩にことよせて駅に行ってみたが、やはり、彼女の姿はなかった。

好文荘の窓から、懶く日曜日の空を望むと、凄まじいまでに澄みきった蒼空は、武蔵野の雑木林をクッキリと、まるで押絵のように浮出して見せ、味気ない太陽が、あたり一面に音もなく降り灑いでいた。

そのまま龍介は午前の陽を見送ると、退屈しのぎに家を出た。——これは日曜毎の習慣であったけれど、その日は、少し向きをかえて、不忘丘の、ゆるやかな坂を、

裏の方に下りて行った。

　その暫くぶりで来た道のあちこちには、いつの間にか、小ざっぱりした住宅が、畑を切りひらいて建てられてあり、それが、何かしらもの珍らしくさえ思われた。龍介は、その明るい、柔らかな道を、生垣に添って当てもなく右に折れ、左に曲っているうちに、ふと、ポーン、ポーンと蒼空に郤している軽快な音に気がついた。それは、行く手の庭から漏れて来る、テニスの響きらしかった。

　その音に、誘われるように近寄った龍介は、見るともなく疎らな生垣を透かして見ると、案の定生垣の中はコートになっていて、もう老年に近い男と、それに対して白いテニスパンツに、光線よけのセルロイド帽を被った少女とが、盛んに軟球を打ちあっているところであった。

　一度立ち上った彼は、その和やかな風景を見ながら、知らずしらず頰のこわばるのを感じた。

　その少女が、あの、朝毎に逢う美少女なのだ。

　龍介は、跫音をしのばせて門口の方に廻った、そして表札を読んだ。仁賀保達治、と墨が浮出して読まれた。

（彼女は仁賀保社長の娘なのか――）

　と思うと同時に、いつかその特徴のある名に聞憶えのあるような気がしたのは、この辺を散歩した時に、ふと読んだのが記憶の底にあったのかも知れない、と気づいた。

　――龍介は、再び生垣の外に戻ると、ひばの葉越しに、躍動する二人の姿を、まるで動物学者のように我れを忘れて見入っていた。

「お父さま、つかれない？」

「少し、休もうか……」

　彼女は、グッと陽よけ帽子のつばを上げると、汗をふきふきラケットを抱えて歩いて来た。しかし、生垣の外のたった一人の、しかも熱心な観客に、ちょっと訝かしげな顔を見せたけれど、それでも、すぐ龍介とわかったのであろうか、にっこりと愛くるしい微笑を見せ、指のさきを、ひらひらとさせた。

「お友達かい……」

　仁賀保氏も、汗をふきながら言った。龍介は思わずドキンとして彼女の眼を偸み見た。

「ええ、毎朝御一緒なの、武田さんて仰言るのよ」

「そうかい、……どうぞよろしく、おはいりになりませんか」

「は、どうも……」

　龍介は、どぎまぎしながら、余りに開放的な、彼女の態度よりも、むしろ、なぜ自分の名を知っているのであろう、と不審であった。

「まあ、どうぞ――」

「え、その中。――今日はちょっと他に――」

そういって、逃げるようにすたすたと一二丁も来てから、やっと背中がぐっしょり濡れているのに気がついた。

その翌日、二人はまた申し合せたように同じ電車だった。

「きのうは、失礼しました」

「あら、あたしこそ、おおこりになったんじゃなくって？　お友達だなんていって……」

「どうしまして……でも、よく名を知っていられましたね」

「だって、お洋服に書いてあるわ」

「あ、そうか――」

（なんだそうだったのか）

と龍介は思いながら、上衣の中側につけられてある刺繍のネームを、改めて見直した。

急行電車は、中間駅を黙殺し、青色信号灯の下を縫って驀進して行った。レールの空隙《ギャップ》から、速射砲のように響く快よいリズムが、今日は、ばかに速いように思われた。しかも、その騒音が二人に大きな声を出させ、それが却って打とけさせる原因ともなったようだ。

「御承知でしょうけど」

龍介は、武田龍介と書かれた名刺を出した。

「ほほほ、私もご承知でしょうけど、仁賀保康子よ」

二人は、親友のように笑った。

3

次の日曜には、「好文荘」の窓から、訪れて来た康子の姿が眺められた。

窓外は、漸く冬が来、落葉は激しく舞っていたが部屋の中には、珍らしく赤々と火が燃えていた。あの急行電車に芽生えた友情は、丁度その電車が終点に驀進するように、すべての中間駅を、目まぐるしく通過《パス》して殺到して行ったのだ。

ところが、真面目に終点を考えていた二人には、思いがけぬ途中の故障が生じて来た。それは康子が仁賀保家の一人娘である、ということだった。既に父をうしなって、たった一人の龍介と同じように、彼女もまた仁賀保の家を継いでゆかなければならない、それは余りにも明白であった。このままでは、すでに二人は終点まで来てしまったものの、そこから降りて広々とした楽しい道を往くことが出来ないのであった。

龍介は、少々軽率であったか、と悔まれた。だがそれと康子を忘れることとは全然別であった、絶対に別なことであった。むしろ、悔まれはしなかった。却ってそんな困難があればあるほど、いやが上にも彼女を力一杯抱締めたく思うのであった。

「龍介さん、大丈夫よ、なんとかなるわよ、あんた心配しなくてもいいの、あたしがあんたんとこへゆくわよ、あたし武田って苗字すきよ、武田康子——ステキじゃないの」

龍介も、思わず苦笑して、

「そりゃいいけど、そうなりゃ申分ないんだけど……」

「大丈夫よ、あたしに考えがあるわ」

「そうかなア」

彼は、自分だけがやきもきすることは、少々恥しいようにも思ったし、

(なんとかなるわ、なんとかするわ)

の一点張りの彼女に、いささか不安に似た気はしたけれど、しかし、もう終点にまで来ている二人だし、そういう康子には、キットすばらしい計画があって最後にそれをぶちまけた上、心配顔をしている龍介の胸に、あはははと笑いながら、飛込んで来るつもりなのであろう、と自分にいいように考え、いつかその事は、二人の話題から影をひそめ、ただいずれ来るであろう新らしい生活へのプランのみが、繰返し繰返し話されていた——、あとになって考えてみると、この時ほど楽しい時はもう二度と龍介を訪れなかったのであるが……。

その、幸福は、早くも崩れはじめて来た。

年が変って、何度目かの雪の夜だった。丁度土曜だったので、龍介は二三人の同僚と銀座に出て行った。積るほどの雪ではなかったけれど、いつもながら舗道の上は、盛り上るような人の浪であった。その人浪に流されながら、龍介達がデパートの角を曲ろうとした時だった。

「あ」

低く呻くようにいった龍介は、ギクンと立止ってしまったのだ。

「おい、おい」

二三歩前に行った同僚が引返して来、雪を払うように外套の肩を叩いたが、龍介は、返事もしなかった。

「なんだい」

その友人が、彼の視線を追って見ると、そこにはうら若い美少女が、がっしりした男に、まるでからみつくようにして腕を組み、ぽかんと突立った龍介など、まるで眼中にないように、颯爽と通りすぎて行くのであった。

「おい、あんまりぼんやりするなよ、あれはボクサーの土井だよ……、それにしても、凄い女をつれてるなア」

「そうか、土井か——」

まだ龍介の瞳はうつろであった。その、一流のボクサー土井に、こびからまっている女こそ、あの康子ではないか。

いや見間違うはずはない。洋服こそ違っていたが、それはいつでも変えられるのだ、それよりあの特徴のある片笑靨、腕をからんで、流し眼に見上げた、あの澄んだ瞳——。ああそれらは、幾度龍介の魂をどよめかせたものか——。間違うはずがない。タッタ二三尺のところを康子が通ったのだ。

しかも、馬鹿な顔をして突立った自分を、ちらりと一瞥したのに、彼女は、神経一本動かさなかった。

龍介は、この瞬間から不幸になった。

4

翌朝、彼は真逆今日は来まい、と思っていた康子に、いつもの通り駅で逢った。しかも彼女は、何事もなかったように朗らかに、

「おはよう」

と呼かけて来た。

「うん」

「どうしたの、工合、悪いの」

彼女は、その美しい眉をひそめて、心から心配そうに龍介の顔を覗きこんだ。

「ううん、そうじゃない」

「どうしたのよウ」

「ちょっと、心配なのさ」

「何、一体……」

「あの……、土井って知っている?」

「土井って、あああのボクサー」

「……」

龍介は、眼の中が暗澹とした。

「あら、どしたの、顔色が悪いわ、……土井だったらあんな有名なんだもん、誰だって知ってるじゃないの」

「そう、女なんて影のうすいサラリーマンよか有名を愛するからね」

「まあ、何いってんのよ、あんた今日どうかしているわね」

(どうかしているとも、気が狂いそうなんだ!)

もしそれが電車の中でなかったら、龍介はそう呶鳴っていたに違いない。だが彼は辛うじて唇を嚙んでいた。

それっきり二人は黙っていた。かつては快よくさえ思われた急行電車のリズムも、今日の彼には、一本太い釘のように、心臓に突刺るのであった。

——ところが、このまるで二重人格かと思われるほどの康子の醜態は、なお一層どぎつい形で龍介の前に現われたのだ。

その日、龍介はあれほど信じ切っていた、あれほど初々しい乙女と思っていた康子に、いとも無残に踏躙られた苦しみを抱いて、酔えぬままに、銀座裏のバーからバーへ、悪霊のように飲み廻った末、とある地下室にあるカフェのドアーを、ぐんと蹴飛した時だった。

その、アルコオルの蒸気とタバコの排気とが濃霧のように籠った部屋の片端に、五色の彩灯からぼんやり浮出された一対の男女は、充血した龍介の眼をまた、愕然とさせるのであった。

——そこに康子がいる。そして、土井もいる——

龍介は何度も何度も瞼が痛くなるほど目をこすった。朝毎の康子とは、まるで見違えるようにメーキャップしてはいたが、その天性の美は、夜の妖姫となって、そこに戯れ呆けているのであった。龍介は愕然とし、茫然としそして、泪と怒りと酔いと失望とで、顔がくしゃくしゃに濡れて光った。

彼は、まだ気づかぬらしいその康子にもう声をかける気力もなかった。同僚の肩に助け出されるとそれでも、一生懸命に暗闇に眼をすえて看板を見た。

「カフェ・ニューワールド」

と並んで、

「東陽工業株式会社」

とブロンズの字が、浮出していた。

「……」

龍介は、蹣跚いた。

夜の康子のいる所は、東陽ビルの地階のカフェなのだ。彼女の勤め先は、東陽工業の下、なのだ。

（仁賀保氏の令嬢だなんて……）

「フン」

（まことに、若く美しきお嬢様ですテ……）

龍介は、ペッと力一杯大きく唾を吐いた。その唾の、残を引く不味さ……。

彼は、その唾と一緒に、今日までの康子に対する好意と恋情と期待とを吐棄てしまった。

生れて初めて死ぬほどの恋を——、しかしそれはいともあっさり投棄られてしまったのだ。

5

龍介は、それっきり社へ出なかった。

不忘丘の好文荘の窓は、固く閉されて、龍介はベッドに呻き倒れていた。康子は、もう二度と龍介のところへは戻って来まい、イヤ今頃は、他の男の腕に、固く抱かれているに相違ないのだ。その幻想が犇々と彼の全身を切り訶んだ。

が、それから二日目の朝だ。突然この好文荘に訪問者があった。あまり執拗な呼鈴に、龍介は呼鈴を外しておかなかったことを悔みながら、しぶしぶ玄関に行ってみると、なんと、康子が、心持心配そうな顔をして、立っているではないか。

「どうかなさったんですの」

龍介は、その挨拶にかっと血の逆流するのを覚えた。

（この顔で、なんという図迂々々しい奴だ）

「ふん、東陽ビルの、地階のお嬢さんに用はない！」

「まア、それは……」

さすがに、パッと顔を赭らめた彼女は、

「それは、それは大変な誤解です。あたしは」

「うるさい！」

「よく理由を聞いて……」

「理由なんて聞く必要はない、帰れ！」

「帰りません」

そういった彼女の顔は、今まで示したこともないような強靭な、勝気さを現わした。圧倒されるように感じた龍介は、夢中で彼女をドアーの外に突出した。

「アッ！」

「アッ！」

龍介は、しまった、と思った。昂奮したあまり、突き飛ばした腕に、思いのほか力がはいったとみえて、康子は、玄関の土間に仰向けに叩きつけられると、そのまま微動もしなかった。

周章て抱き起してはみたが、フーッと一つ、粘り気のない血が鼻から流れ出たきり、気のせいか、ばかに冷たく、重くなって来た……。

（殺してしまった……）

龍介は、はげしく狼狽した。と同時に、何故か一刻も早く彼女の死体を隠さねばならぬ、と思った。そして、半ば引ずるようにして、息をはずませながら、裏井戸に運んだ。

その井戸は、水道が通りはじめてから、絶えて使用もしなかったので、いつかこの辺りには雑草が折れ朽ち、釣瓶も枠も朽ち腐れて、どこにあるのか、ちょっと見当もつかぬような古井戸であった。

龍介は、そこまで彼女の死体を運ぶと、一息する間もなく一気に投込んだ。そして、耳を澄ますと、ずるずるとへりを擦る音につづいて、遥か地の底から、木霊のような、鈍い地響きが伝わって来た。

（おや、水がないのか……）

そう思いながら、服の埃を払い、何気ない視線を今来た方にやると、ふと、白い角封筒の落ちているのに気がついた。

（これも投込んでおかねば……）

と拾い上げ、表を見ると、「龍介様みもとへ、康子」とあった。

（自分で自分の手紙をもって来るなんて……）

眉を顰めて封を切った。しかし、それを読みすすむにつれて、龍介の手はぶるぶると震え、眼は異様に血ばしって来た――。

龍介さま
あなたは色々と誤解をされているようですわ、それでまず最初に御紹介いたしましょう、この手紙を持って行ったのは、私の妹、洋子ですの。ほらおどろかれたでしょう、一人娘の私に妹があるなんて……、でもこれには色々とわけがありますの。妹洋子は私と同じ日に産れた、はっきりいえばふたごなのです、それを当時昔気質だった両親が、私だけを残して妹は母の実家にやられ、二人は別れ別れになっていたのです。それは母がなくなる時に「康子、お前には同い年の妹があるんですよ」といって下さるまでお互いに、少しも知らなかったことですの。そして今度のこと（龍介さまと私の）が起ったのですが、龍介さまの御心配に対して、私はただ、なんとかなりますわと申し上げてばかりいたのですけど（父は双生児のことをなぜか人に話すのを嫌がりますので）でも私には自信がありました。父によく話して私と妹が入れかわればいいのです。私が母の実家の子になり、妹が私になるのです。妹はびっくりするほど私と似ています、私ですら鏡を見ているような気がします、ね、今あなたの前にいる洋子を見て下さいませ、いかがです。

いずれ詳しいことは、お眼にかかった時に、ともかくも私達の……もう一度書かせて下さいませ、私達の強い愛は、父も到頭わかってくれました。そして妹を仁賀保康子として、私をあなたに——私達があんなに楽しみにしていた日が来たのですわ。

妹が私になることによって（妹と私は寸分違わないのですから）父はやはりたった一人の娘康子と倶に、楽しく暮して行くことでしょう。ただ一つ私の心配なことは、妹が女給などをしていたことですの、それも偶然父の東陽ビルの地下室のカフェで働いていたことや、職業柄、色々男の人との交渉もあるらしいのですけどそれもいつかお話の出た土井という人を迎えて仁賀保を継ぐことになりそうです、つまり父は一度に二組の新婚を迎えるわけで、年に似合わずあれこれと忙しそうですわ。私も、私も忙しいの、あなたの胸に、せい一杯飛込んで行くために——

6

愕然とした龍介は、風のように裏井戸にかけつけた。

（洋子は、本当に死んでしまったのだろうか）

仄暗い地底を覗き、なおも乗出して、

「洋子さん！」

一声呼んだ時だった、手を支えていた古井戸の縁が、乾いた音をたてて抜け落ちた。

アッ、と思った瞬間、龍介の体は、筋斗打って、熟柿のように墜落して行った……。

ようやく、ジメジメとした湿気に気のついた龍介は、本能的に上を仰いだ。しかし遠く遠くぼんやりした不規則な円形の明るみが写ったのみだった。気のせいか昼間であろうのに、その地底から望んだ蒼空には、星が一つ儚く瞬いていた。それは、絹のようにすき透った星であった。

軀て、疲れて下した眼の前に、まるで胎児のような恰好をした女が写った。

「洋子――さん」

呟くようにいって抱き起した。

黝ずんだ空気のせいか、ギョッとするほどそれは康子にそっくりであった。見れば見るほどソックリだった。

（康子が、あんな芝居をしたのではないか）

と疑えば、したたかに頭を打った今の龍介には、もうそれが康子のように思われて来た。

「康子！　康子！」

龍介は、その四尺四方ばかりの、ひたひたと地下水の湧く古井戸の底で、冷め切った、その癖豊満な洋子の、ずたずたに服の千切れた半裸体の肉体をひしと抱しめた。冷たい頬や腹が、わけもなく悲しかった。

洋子の体は、龍介の泪と唾とで、べとべとに濡れて滑った。

薄暮のような古井戸の底に、この世から見棄てられた龍介は、せい一杯に、それでも、

「康子！　康子！」

と叫びながら、泣きながら、洋子の体が、くびれるほど胸の中にいだきしめていた……。

早咲きの梅の萜が、もう一ひら二ひらと、この古井戸の底にも、散り迷って来た。

『古井戸』の作者のこと

海野十三

『古井戸』の作者である蘭郁二郎は、昭和十九年一月五日台湾にて歿した。彼の搭乗機ダグラス旅客機は、当日未明高雄を出発して間もなく、機は密雲のために針路を誤って壽山に激突し火災を起した。そして全搭乗員二十数名の悉くが死亡したので、もちろん蘭君もその犠牲者の一人であった。

実は常時蘭君は海軍報道班員として徴用せられ、その任地マカッサルへ向けて赴任の途中だった、蘭君の出発には、私は反対した。彼の健康を以てしては到底あの熱帯生活には耐えられないことを、私自身の経験によって知っていたので、あえて停めたのであった。彼は熟考するといって帰ったが、再来して、やっぱり行くことに決心したと深刻な面持でいった。私は、もうこの上それを思い停らせることは出来ないと思ったので、それでは三ヶ月したら帰って来給え、お互いの健康では熱帯で三ヶ月を勤めるのがぎりぎりだからと注意した。彼もそれは分ったようであった。

何もかも宿命であったといいたい彼の終焉であった。彼は、吸いよせられるようにしてあの昭和十九年一月五日高雄発の遭難機の座席におさまったのであった。

東京出発に際し、彼は二度も羽田空港発の飛行機に乗り遅れている。最初はあの落着いた男が鎌倉の住居を出るときに周章てて飛行機搭乗券を玄関のすぐ外に落していった。後ほど家人が気づいてその券を持って羽田へ彼を追駆けたのであったが、彼と行違いになった。彼は羽田行のバスが新橋の第一ホテル前から出発するのに乗込もうとして券の紛失に気がついた。そしてバスには乗らず、すごすごと鎌倉の家へ引返したのであった。二度目は券を入れた海軍省からの速達の手紙が、たいへん遅延して到着して、券を受取った時刻には、その飛行機は最早羽田を出発していたのであった。

この二度に亙る乗り遅れのために、彼の出発は一ヶ月近くも遅延した。そして三度目にやっと乗って東京を離れたわけであるが、後から考えると彼はあの悼しい遭難機に乗込むために二度も東京出発を遅らせたようなことになり、彼が遂に彼の悲惨な宿命からのがれることが出来なかったことを、まことに悼しく感ずるのである。

彼は生れつき不幸な身の上であった。彼は物心ついて後、父よと呼ぶ人もなく母よと呼ぶ人もなかった。しかしこの実母とは後年しばらく一つ屋根の下に暮すことが出来たのであるが、実母は死に至る迄も彼の母であることを名乗らなかった。そしてこの実母は、小野賢一郎夫人として病死したのであった。それが実母であったことを彼に明かされたのはずっと後のことで、賢一郎氏が死ぬすこし前手紙を以て伝えたのである。

実父は、ずっと前に死んでいたことが分った。それは某院議長をしたことのある某男爵の長男であったそうである。これも賢一郎氏からの手紙で分ったことであった。

このように不幸な孤独な人間が、この世に何人といるであろうか。しかも彼は病身であった。

だが彼は神の子の如く素直な心を持ち続けて来た。そして昭和六年七月に「探偵趣味」に第一作『息を止める男』を発表したのをきっかけに、終焉の昭和十九年までに、実に百七十八篇の著作を発表している。これが肺病に悩む彼の仕事なのである。なんと驚くべき精力ではないか。

彼に元来探偵小説家として出発したが昭和十三年になっては、科学小説を書き始め、殊に少年向きのものは読者から熱愛を受けるに至り、晩年に至るに従いますますその創作量は増し、人気も沸騰し遂に毎日少国民新聞に『大氷裂』を連載し始めたが、前にのべた徴用のため、惜しくも七十回で急ぎ完結をさせて外地へ飛立った。

蘭君の遺骨は今鎌倉の円覚寺に安らかに睡ている。これは彼の後半生の面倒をよく見た道又夫妻の建てたものである。彼は道又家に起居することによって始めて人生に明るい陽なたのあるのを知った。

重なる不幸の代償として、神は慈愛深き道又夫妻を結んだのであろう。

もう一つの墓が、多磨墓地の小野家の墓前にあるが、これに本名遠藤敏夫の墓標が建っている。死して始めて実母の傍に近づくことを許されたわけである。

若くして逝けるすぐれた作家蘭郁二郎のことについては書くべきことが多いのであるが、このたびはここに筆を擱く。

刑事の手

古田鶴次郎は、今年三十二才であった。

三十二才というのは、それは戸籍上の生年月日から割出された、推定年齢であって、彼は今でも時々、自分の「年齢《とし》」というものにずいぶん危惧（?）を感じていた。これは彼ばかりではなく、誰だって疑ってみれば、自分の生れた年や月や日は、父母かまたは他人の言葉を、無条件に信じて満足する以外、何しろその生れたばかりの赤ン坊に、記憶とか識別とか、そういった能力があり得ようはずがないから、仕様ことなしに、鵜のみにするほか、どうにもならぬことであった。

（俺は、本当に今年三十二才であろうか）

戸籍上の生年月日を信ずるとすれば、今年は確かにそうなるはずである。生れた年から八年目に小学校に入学し、中学、大学予科、本科と順調に卒《で》てしまったけれど、もしかしたら、父母――鶴次郎の記憶には若く逝った母の面影は一齣も瞼《まぶた》になかったが――或はその他の関係から、自分の本当の生れた年月は、偽わられているかも知れないのだ。

それも一日や二日ならともかく、或は一ト月も、いや一年、二年も偽わられているかも知れない、してみると、俺の公称年齢は三十二才でも、実は三十三か、または三十四才であるかも知れぬ、と彼は思った。

別に本当の生れ年が、戸籍上のそれとは違っていたって、今の生活には一こうに、何んの差支えもないのだが、そんなことを、真剣に考えてみたりするのは、やっぱり神経衰弱のためらしかった。が、も一つ、彼の育てられた家庭が、ひどく厳格な、ひどく気六ヶ敷がり屋な、それでいて、一週間も二週間も誰とも口を利かぬ父の姿を、それも偶《たま》に書斎のドアーから隙見する以外、全く他人の手に育てられた彼の暗い、何かしら無気味な環境が産んだ、懐疑癖からかも知れなかった。

――全く、彼の父、古田伊織は、一言でいえば変人であった。

鶴次郎が、もの心ついてから、父の姿はいつも、厚いドアーを隔てた書斎の中に在った。

その書斎の中へは、父の在世中一度も這入《はい》ったことはなかったけれど、たまに隙見すると、そこは十五畳ばかりの、広い板の間で、その向う側は、更に衝立《ついたて》で仕切られ、とても窺う術もなかったけれど、いつか裏庭に破れた試験官や、フラスコなどが棄てられてあったことから、後で想像すれば、父はそこで何か化学的な操作をしていたことが考えられた。

そして多くの時間を、父伊織は、その衝立の手前に、広い絨毯を敷詰めて、独りつくねんと端座しては、何か一心に書見をし、時には莨《たばこ》をくゆらしていた……。その、父の周囲には、僅かに通路を残して、色々様々な本が、小山のように積上げられてい、辛うじてその間から父の肩の落ちた背後姿が眺められた。従って、父伊織については、黒っぽい盲縞の着物を年中着、その頭はすでに半白であったことが、ただ一つの鮮やかな記憶であった。

秋の明るい陽が、薄《すすき》の穂ずえを透き通った日など、珍らしく庭に立つことがあっても、何か口の中でぶつぶつと呟きながら、鶴次郎などへは目もくれず、また愴惶と書斎へ入ってしまう父であった。

鶴次郎は、ばあやの貞に育てられた。

貞は老いていたけれど、実母のように孚《はぐく》んでくれた。この貞がいなかったならば、鶴次郎は、とうにこの暗い陰翳を持った「死んだ家庭」から飛出し、自由な放浪者になったに違いない……。

幼ない鶴次郎は、よく貞に、

「お父様は何をしてんのー」

といっては困らせた。困らせるつもりはないのだが、結果において、それは貞を困らす質問だったとみえて、

「お父様はご研究をなさっていらっしゃるのですよ」

というのが、いつもきまり切った貞の返事であった。

「研究ーって?」

なお、その上を訊いても、

「ご研究です」

或いは貞も研究の意味を知らないのではないか、と思われるほど、そんな、そっけない返事をすると、あとは口を噤《つぐ》んでしまうのであった。しかし、貞はそのこと以外には、全くいいばあやであった。後年漱石の「坊ちゃん」を読んで、そこに出て来るばあやを、貞のように錯覚した鶴次郎であったから。

——その父、伊織は鶴次郎が十八才の時に死んだ。それは彼が山国の里に父と貞とを残して東京の下宿に住いながら、中学に通っていた夏であった。彼は家を出て、東京へ行く、ということを、ずーっと前から続けて夢に見るほど喜んでいた。ただ貞に別れるのがつらかったけれど、でもたった一人の父を置いて、貞と一緒に東京に行くことは出来ぬと思えば、それもまた、仕方がないと思った。

貞に別れる悲しみよりも、この暗い家を離れて東京に行く喜びの方が、ずっと大きかったのだ。

それで、その貞の急電で「チチシス」と伝えられた時、本当のところ鶴次郎には、遠縁の叔父が死んだほどにも感じられなかった。事実、父伊織の映像は、彼にとって、そんなに不鮮明なのであった。も一つ、本当の気持をいえば、今まで貞の手を通してきちんきちんと送られていた学資の今後を見届けるのが目的のように、帰郷を思い立ったのだ。

鶴次郎が東京からその不便な僻村へ電報を受取ってから三日目に帰った時、涙を流して抱かんばかりに懐かしがってくれた貞の皺がれた手は、何かしら忘れていた感情を、いたく刺激し、やっぱり帰って来てよかった、と呟かせた。しかし、父の遺骸は、気候が不順なためというので、すでに遠縁の者達によって、骨になっていた。彼は別に父の死顔を見たいという気持を持って来た訳でもなかったけれど、それでもこの余りにいい手廻しを、却って、いささか不満に思ったのは事実である。

父伊織の遺産は七八万であった。これは主に公債や銀行預金で、不動産といっては二三万位の、つまりこの古びた家と敷地と、それに附随した裏山とだけであることが解った。鶴次郎は和尚の読経を聞きながら、

（金は五万——すると、月に百五十円位ずつ使って約二十年はあるな）

と、胸算用《むなさんよう》をしていた。

彼はその家や土地やの不動産を、貞の名義に書換えると同時に、自分は約五万円の金を持って、さっさと上京の支度をはじめた。そして田舎駅のプラットホームを、こつ、こつと歩きながら、ぽかんとした縁者共の顔つきを思い出し、独りけらけらと笑った。

☆

それが、古田鶴次郎の過去であった。

鶴次郎は、その遺産を銀行預金にすると、毎月幾ら幾

らという予算で大学を出、気に入った職がないままに、今日まで遊んでいた。予算が守れない月が多かったけれど、利子などもついて、三十才の正月を、独りで迎えた時まで、まだ預金帳には二〇、〇〇〇という数字が書かれてあった。——これで鶴太郎の学生生活や、それに引つづいたルンペン生活がそう派手でなかったことが頷かれる。

鶴次郎は、今日まで、いまだ恋というものを知らなかった。これは、彼が女性嫌悪症という訳ではないが、奇蹟でもなんでもなく、ただ機会がなかったのである。それは、彼の生立が孚《はぐく》んだ陰気な、気の弱さが原因だ、と思われた。

従って、ただ恋を知らぬ、というのは語弊があって、正しくは「恋し、恋された」経験がないのであった。実際のところ、恋した経験は数へ切れぬほどある——例えば電車に乗ったとする、彼はゆっくりと腰をかけながら一と渡り車内を見廻す、すると彼の視野の中には、もう恋をし、一と苦労をしてみたいような女性の姿が写るのであった。

鶴次郎は、電車に乗るたびに恋をした。それは乗車駅から降車駅までの間の恋であった。しかし彼は自分が目的地へ行くまでの途中で、恋した彼女が降りてしまっても、もうその後は追わなかった。眼ですらも追わなかった。それはどうかした調子かで、その彼女が振向き、自分の視線と合った時の恐怖を思うからであった。

彼は道を歩いていて、向うから来る往きずりの女にも恋をした。だが、すっと自分の横を通り抜けて行ってしまってからは、もう決して振向かなかった。それはやっぱり彼女がいやあな顔をして、自分を睨んでいはしまいか、という惧《おそ》れからであった。

彼は満員電車を好んだ。それは身近かに恋人が得られるからである、彼は細心の注意を払い、車の動揺に乗って、その新らしい恋人を愛撫した——。

彼鶴次郎の恋人は街街に溢れていた、おそらく曾《か》つて鶴次郎の恋した女性は数百数千に達するかも知れない。だが、ただの一人からも、たったの一度も、それらの恋人たちから恋されたことも、愛されたこともなかった。しかし、彼は別に今日まで淋しいとも思わない、いや、思わなかったのだ。

☆

それが、今の鶴次郎は、今度は愛されたいという、一人の女性にぶつかってしまったのだ。それは今までの往きずりの火花のような儚ない一瞬の恋ではなかった。

　この強い皮肉な、懐疑癖の鶴次郎には、すぐ恋をしても、またすぐにそれを忘れてしまうような、何かしらの欠点を、その街の恋人達のどこかに発見してしまったのであろう、ところが、今度という今度は、もうどうにもならぬ強い魅力をその女性、美鳥《みどり》が持っているのであった――事実、美鳥は若かったし、美しかったし、些細な欠点をも忘れて来たような女性である、と彼は思った。

　断髪で、形よく整えられたパーマネント・ウェーブを黒のリボンで押え、笑うとその子供々々した顔の真ン中がにゅーっと凹んで、黒い瞳がちかりと光り、何か解らぬことがあると、え、え、と頸を右に傾《かし》げて覗きこむようにし、そしてまた、気に入らぬことがあると、まあね、といって年増のように取澄して見せる――美鳥は二十一才で、そんなしぐさを持っていた。

　鶴次郎が、その美鳥を知ったのは、昨年の九月二十三日であった。

　その日は、旧学友の同窓会みたいな小会があって、旧友のそろそろ落着いて来た様子に、少しばかり羨しくも思ったり、相変らず独りで遊んでいる自分を羨まれたりして、昔のように、わいわいと心の浮いた調子に、流れて入った二次会の先、バー・レッド・ムーンにその美鳥がいたのであった。それで、彼はその日をはっきりと憶えていた。

　彼はいつもの調子で、そのバー・レッド・ムーンに一二時間いる中に、そこの数人の女給に恋を感じた。そして、それぞれに、とても棄てがたいと思われた。――しかし、翌朝、独り住いのアパートの、ペコンと凹んだベッドの中で眼を覚ますと一緒に、咽喉《のど》の渇きよりも先に、不思議なことには、昨夜の女給美鳥の顔を、ありありと思い出したのである。

　それは曾つて経験したことのない現象であった。日に二人も三人もに、内心猛烈な恋をする鶴太郎ではあったが、翌日にまでありありと持越すような恋人は知らなかったのであった。

　鶴次郎の心は、この曾つてない現象のために、尠からず動揺した。

（これは一体、どうした訳だ……）

　日一杯、それを考えても無駄であった。結局、夕方になると、何とはなく押出されるように、そのバー・レッド・ムーンに足が向いていた。

夜毎の送り迎えに忙しい美鳥の方が、却って、

「いらっしゃいませ」

などと、取りすまして、ゆうべ来たばかりのこの客を忘れていたようである。

(おや、こいつ――)

と思うと、自尊心を傷つけられたような、真ッ正面からフイに一本切り込まれたような得体の知れぬ興味を覚えた。それが、鶴次郎と美鳥との交渉のはじめであった。

それからの彼は、すっかり美鳥に囚われてしまった。その美鳥の体臭を身近に感じない日は、寝ても瞼が合わなかった。

鶴次郎は、預金がどんどん減るのも意に介さなかったが、そのことは、美鳥の心を捕えるのに、非常に役だったようである。美鳥も段々彼に好意を見せて来た、と同時に、彼女は彼の椅子に掛けた膝の上に、そのコルセットでぴっちりとしめたお尻を乗っけて、足をぶらんぶらんさせるのが、毎夜の癖になった、そして、美鳥は下から見上げる彼と話すのであったが、彼もそれがたまらなく好もしかった、そうすると、彼女がその可愛い紅唇《くち》を、少さく開けて話す度に、胸の奥からの体臭が、鶴次郎の顔一面に降りかかるのである。

――これに似た気持を、鶴次郎は、曾つて満員電車の中で数度味わったことがある――しかし、それと、これとは段違いであった。巷《まち》の女は皆申合せたように、ツン、としていた、中には偶に彼の視線に微笑をくれるような女もあったが、その女達は、鶴次郎ほどの者にさえ、すぐ欠点を見つけられるようなものであったし、一眼で恋を感ずるような女は、みな沢山な自尊心を背負っているように、彼の視線とは交わらなかったのだ。

ところが、美鳥はそれと全然違った。彼女は美しい、そして街の、過去の恋人達のように、お人形ではなく、彼と口を利き、笑ってくれるのである、そしてまた「好意」をもってくれる――鶴次郎が美鳥に、すべてを忘れて傾倒してしまったのも決して無理とは思われなかった。三十二才の彼が、こうした女性を発見するのが、むしろ、遅かったようにさえ思われた、これが彼の気持である。

媚笑、艶笑――そうしたことばは知っているけれど、それが恋する美鳥から、自分に与えられた時、鶴次郎は彼女を喜ばし、そしてその嬉しそうな笑顔を見るためには、それこそ万金も惜しいとは思わなかったのは、当然であった、彼の預金帳の数字は、まるで鉋《かんな》にかけられた軟材のように、どんどん減って行った、その預金帳の木《おが》

屑《くず》が美鳥の夜会服であり、絵羽羽織であり、チカチカと眼を刺す宝石の指環であった。

美鳥と鶴次郎とは、これからの半生を一緒に生活しようと、約束した。そして二人はヴェランダの付いたバンガロー風の家に住むことを夢見ていた。

☆

――この、ひどく幸福であった鶴次郎が、突然、抜きさしならぬ泥沼の、神経衰弱になってしまった原因は、実に馬鹿々々しいことであった。それは美鳥が、

「あら、ずいぶん薄くなったわねェ」

と、少しばかり大仰《おおぎょう》に、彼の頭を見上げたことであった。もっとも、その時は、

「おじいちゃんだからね――」

と、軽く笑って答えたものの、独り冷めたいアパートに帰って、何気なく洋服箪笥の鏡に写った自分の頭を見ると、なるほど、気のせいもあろうが、ひどく頭の髪《かみけ》が薄くなったように思われた。光線のせいか、すーっと地肌が透けて見えるような気がした。

もともと余り濃からぬ頭の髪が、この秋口にはいってから、頭を掻き撫ぜる度に、ぽろぽろと抜け落ちた、櫛毛ずるたびに、櫛の歯が埋るほどの抜毛があった、そこへ美鳥のちょっとした軽口が錐のように突刺さったのだ。

(俺はまだ三十二才なのだ)

そう思って、まだ禿げる年齢ではないのだ、と自分自身にいい聞かせても、でもやっぱり不安であった。夜寝ても、寝ている間に、するっと頭の髪が、まるで鬘《かつら》のように抜け落ちそうな気がしたり、そんな忌わしい夢を見たりしては、ハッと眼を覚まして、恐る恐る頭を撫ぜてみ、或は枕の下に忍ばせておいた小鏡を出して覗見たりした……。そんな時の自分の顔は、いまにも泣き出しそうに歪んでいて、余計淋しかった。

朝起きてみると、シーツや枕覆いには、色の褪せた抜毛が毎朝必ず十数本も、円くからんで落ちていた。鶴次郎はそれを丹念に一本ずつ拾って、束にしてみると、ほっと溜息をつきながら、その二階の部屋の窓を開け、一本一本秋風に飛ばすのであった。

(気候のせいなのだ)

(――それに、飲みすぎる酒がいけないのだ)

と呟いたり、わざと声をたてていってみたりしたが、そんなことでは気が落ちつかなかった。

(それにしても、多すぎる……)

そう、胸の中で顫声《ふるえごえ》で叫ぶものがあった。

鶴次郎は「若禿」というものを想像した。それははたから見て、ひどく滑稽であっただけに、自分がそうなるのではないか、という不安に駆られている今、突然、胸の中が空っぽになったような、いやあな気持に襲われて来る……。

（俺は今年三十二才ではなく、実はもう禿げるほどの年寄りなのかも知れぬ）

と思ったのも、そのせいであった。それは自分の年齢に疑問を持つほどの、深刻な不安――というか惧れであった、特に、彼のような暗い幼時と、これが産んだ懐疑癖の男には物狂おしい悩みであった。

……でも、やっぱり美鳥は忘れられなかった、いや、美鳥のところにいる間は、ともかくもそんな暗い不安な気持から離れていることが出来たのだ。一度その冗談が、意外に痛烈に彼の胸に響いたのを読みとった美鳥は、賢くもそれを忘れるように、彼を愉《たの》しませてくれたからである。

☆

軈《やが》て、秋も沈んで冬がやって来た。

そうしても、彼の抜毛は止らなかった、いや、前よりもなお、いよいよ激しく抜けるような気がした。

「だいぶ、薄くなったようですね……」

アパートの事務所のおやじの愛想笑いにも、グビンと心臓が咽喉に閊《つか》える位、自分の気持を見透かされたような気がした。

鶴次郎は、そのおやじの年の割に豊富な漆黒な頭髪が、むかむかするほど癪であった、そしてその真ッ黒な頭《かみ》の髪を引ッ摑んで、ズルズル引廻してやりたいほどのむかつきを覚えた。

彼の神経衰弱は、いよいよひどくなって来た。

そして、自分の年齢は真実三十二才であろうか、などと途方もないことを疑ってみたり、果ては、あの暗い、何か秘密あり気な、幼ない頃の、自分の家庭というものから、いつか、

（ああ、俺は「癩家族の一員」ではないか）

という惧れに、ドシンとばかり突当ってしまったのである。

その、癩――という言葉を思いついた途端、体中の血潮が、すーっと足の爪先から抜け出して行ったような、寒む寒むとした恐怖に戦《おのの》いた。

ああ、そういえば、あの山国の奇怪な家庭と父の行動――。疑えば疑うほど、いよいよその不安は、不安などというなまやさしいものでなく、生々しい現実感を持って迫って来る。

父伊織は、すでにあの時、発病していたのではなかったか、そのため、我が子にさえ顔すら見せようとはしなかったのではなかったろうか。癩は伝染病である、と知っていた父は、我が子にその伝染を惧れて、我れからあの幽囚の人となっていたのではなかったろうか。父が死んだ時、その遺骸はたった一人の遺児鶴次郎の帰郷するのも待たず、すでに骨になっていた、それは、伝染を恐れてその蝕《むし》ばまれた肉体を、すぐ焼かれてしまったのではなかろうか――。

ああなんということだ。

鶴次郎は、呆然と佇立したままだった。

（俺の血は呪われているんだ）

はげしい息づかいが、咽喉でぜいぜいと鳴った。泣いてはいないのに、固い涙が浮んで眼の中に硫酸を落されたように沁みた。

ベッドに打ち倒れると、噛みしめた唇が裂けて、血がたらたらと流れ出た。しかし、そんなことには気もつかなかった。ただ体中、むじむじ、むじむじと小虫の匍廻《はいまわ》るような、むずがゆさを覚え、脇の下や額にはベットリと生汗が浮んで来、それが無精にべとべととべとつき、苛立たしく、腹立たしく、憤ろしく感ぜられるのであった。

鶴次郎は、医者に行ってみようか、と一度は思った。しかし、今更医者に診せても仕様のないことだという自《や》棄《け》もあったし、また、そうハッキリと診断される時のことを思うと、足が向かないのであった。

彼は、それから三日目に、バー・レッド・ムーンに行った。

美鳥は、そのたった数日の中に、めっきり憔悴してしまった鶴次郎の姿に、手編のショールの出来栄えを自慢し、それから一つ拗ねてやらなければと、考えていた計画を、すっかり忘れて眉を曇らせた。

「どうしたのよお、ねえ」

「うん」

彼は近寄って来る美鳥を、一瞬さけるような素振をした。それは美鳥に、病気を伝染《うつ》したくない、というよりも、自分でも無意識な、反射的な為種《しぐさ》であった。しかし、美鳥は勿論何も知らずに、いつものように彼の膝に腰をかけた、と鶴次郎の耳の底で、癩だ、癩だ、と叫ぶ声をじんじん聞きながらも、その美鳥の柔かい肉体を離す力が出なかった。むしろ、わなわなと顫える手で、しっかり離すまいと美鳥を抱いていた。

「いいや、ちょっと……郷里に不幸があってね」

「あら、そお、いけないわね、どうしたの」

「ううん、いや何んでもないんだよ、さあ、一つもって来て――」

彼の前には幾つかのカップが並んだ、その緑色のキュラソが、気のせいか、ふと、真ッ赤な葡萄酒に見えるほど、彼の眼は濁っていた。

☆

鶴次郎は、思い切って、貞に手紙を書いた。

それは、遂に自分も発病して、抜毛の激しいこと、ついては今度父の模様は隠すこともなかろうから、是非詳細に教えて欲しい。父の「研究」は一体何んであったか。と、いう意味であった。今日まで父の研究が一体なんであったかは、強いて詮索もしなかったけれど、今にしてみれば、それは癩に対する闘病であったかも知れない、それをうすうす貞も知りながら、彼の質問に、いつも「ご研究です」と言葉を濁していたのかも知れぬ、と鶴次郎は思った。

そういえば、父の死を聞いて帰った時にはすでに父の書斎は綺麗に片づけられていて、あの、ドアーから隙見した幼時の記憶の面影は全然なかった。――そんなことも疑えば疑えるような気がするのである。

――その手紙を投函してから鶴次郎は、毎日々々をじりじりして待っていた。だが、一週間たっても、二週間たっても、貞からはハガキ一枚の返事も来なかった。それはいよいよ彼を失望の底へ投落した。

手紙が不着ならば帰って来るはずである。貞があの手紙を入手しながら、ナゼ返事一つ寄来《よこ》さないのであろう――それが一層不吉な予感を彼に与えるのであった。

鶴次郎が美鳥に逢うまでは、まだ二万円ばかりの預金があった。しかし、彼女とあい知ってからは予想外の出費が嵩《かさ》んで、その預金高は、まるで日向に置かれた氷のように、どんどん減って行った。これも、彼の心を苛立たす大きな原因であったことは否めない。

鶴次郎は、身の焼けるような焦燥と、自棄とを味わった。

（どうせ俺の命は長くはない。俺の金も、もう先が見

えている）

彼の頭の中には、繰返し繰返し、そんな囁きが聴えていた。

（美鳥！　美鳥！）

俺はお前を残して行くことは出来ぬ。

もう鶴次郎には考えている必要はなかった。思い切って預金の残額を全部引出すと、電話をかけて美鳥を呼出した。美鳥はすぐ来た。

「温泉へ行こう」

「まあ、急にどうしたの……」

「いや？」

「あら、いやじゃないわよ……それ、ほんと」

「ほんとうさ」

「うれしいわ、行くわ。じゃ、待っててよ、支度するから、あたし……」

「支度？　そんなものはいらないよ、これから銀座へ行って、全部揃えて行こうよ」

「まあ、いいのそんなことして」

「大丈夫だよ、――思いがけぬ金が這入ったんだから……」

鶴次郎は懐中からその全財産を出すと、これはその一部であるかのような顔をして、ぽんと叩いて見せた。

「まあ」

彼女は息を吸うと、

「いいわ――」

と頷いた。彼はその美鳥の真白い透通るような頸《うなじ》と断髪の襟足との対照に、ごくん、と固い、咽喉一杯の唾を飲んだ。

☆

暗い、いつも頸《くび》をすくめたようなジミだった半生――に、それはピリオドを打つ華やかな半月であった。

美鳥の、蠟細工に色と艶とを添えたような美しさは、例えようもない「女の旨味」を加えて鶴次郎に迫るのだ。そして彼女はこの半月ばかりの間の幸福に、すっかり酔ってはしゃいでいた。彼とても、せい一杯馬鹿になりたいのだけれど、何かしら、すぐはっとさせられるようなものが、頸筋のすぐうしろに、いつも控えているのであった。

「……ねえ、あたし、こういう家がいいと思うの、それはね、やっぱり郊外がいいわ、あなたと二人ッきりで住むんだから……、赤い屋根でバンガロー風で（すこし、陳腐かしら、でもいいわ）そして洋間は一つでいいの、そこにヴェランダが続いていて」

「うん」

「あら、どうしたの」

「うん、いや、少しねむくなったよ、寝ないか」

「そうね、やっぱり旅はつかれるわね、じゃ寝ましょうか」

「うん、美鳥、幸福？」

「ムロン、あなたに殺されるほど！」

「え」

鶴次郎は思わず胸の中を見透かされたように、ドキンとした。

「ほほほ、……ほら、耳をつけると、温泉《おゆ》の出る音が聞えるわ……おやすみ……」

「おやすみ……」

聽て、かすかな寝息がもれると、もう美鳥は子供のように薄く口を開けて寝入ってしまった。鶴次郎は、注意してそれを覗込むと、眼頭がぽーっとうるんで来た。

（今夜が最後だというのに――）

あなたに殺されるほど――、そういって喜んでいた美鳥。だが、お前はもう「あした」がないんだ。俺の腐った体と、一緒に死んでもらわなければならぬ。

鶴次郎はそーっとあたりを見廻した。しかし、この温泉宿の一室には美鳥の首をしめるような、何も適当なものはなかった。もう一度見廻しながら、ふと、自分のズボンのベルトに気がついた。

ああ、そうか、と頷きながら抜きとって、小さな輪を作ってみた。

立上りかけたけれど、

（まだ早い――）

そう思って、また胡坐をかいた。

☆

それからどの位たったのか、鶴次郎はベルトを片手にぶら下げて、突立ったまま、ぶるぶると顫えていた。

（到頭、美鳥を殺ってしまった）

だが、鶴次郎は死ねなかった。死ぬのが怕《こわ》くなってしまったのだ、こんなことは全然考えてもいなかったことだ。

一度、怕いと思ったら、もうどうしてもその美鳥の脂《し》粉《ふん》のついたベルトを、自分の頸に巻くことが出来なかった。いやだ、いやだ。

（何も今、すぐ死ななくとも、そう長くは生きられない俺の命だ）

そんな狡《ずる》い囁きが、殺してしまった美鳥への弁解のように胸の中で聴えていた。

いまにも張りさけそうに痛む顳顬《こめかみ》を、こつんこつんと叩きながら、それでも、証拠になりそうな自分の持物を鞄に詰め、美鳥のハンドバッグの中まで丹念に調べてから、盗人《ぬすびと》のように跫音を忍ばせて中庭から闇にまぎれ出た。今考えてみると、酔狂にデタラメを書いておいた宿帳が、却って何んの倖いになるか解らぬと思った。

☆

（どこへ――）

ともかく、やっぱり一度はアパートに帰って、あとを考えるより仕方がなかった。

アパートに帰りつくと、すぐ事務所のおやじが見つけて、

「お手紙ですよ」

はっとした眼の先へ、手紙を突出した。その無作法な態度が、何故か、自分の行動を難詰《なんきつ》するように思われた鶴次郎は、それを引ったくるようにして部屋へ這入ると、ガチャンと鍵をおろし、やっと、吻《ほ》っとした。

――その手紙をひっくり返して見ると「貞」という字が、かすれかすれに書かれてあった。

ちぇっ、と舌打ちして、抛り出したが、直ぐ拾い上げて封を切った。

鶴次郎さま
お手紙を拝見いたしました。御病気だそうですが、その後いかがでいらっしゃいますか。貞も病気でご返事申すのが遅れまして申訳ございません、それで甥に頼みましてやっとご返事いたします。

お父様のことについてお尋ねでございましたが、今申し上げます、それはお父様はある方のお頼みで、それはそれは強い火薬の発明をなさっていられたのでございます。それは堅い秘密でありましたが、お亡くなりましたのは、そのためしをされて、その爆発のために、それはそれは無残なお姿でお亡くなりになりましたのです。それでその無残なお姿をあなた様へご覧に入れるのも心苦しくお骨にいたしましたのですが、それがご不審なればこの貞から深く深くおわび申しあげます。それから、あなた様はお小さい時からのぼせ性で、おぐしが薄くていらっしゃいましたから、そんなに抜け

るのでございましょう。貞の郷里《さと》で出来ました椿油を、小包でお送りいたしましたから、お使い下さいまし。

鶴次郎は呆然とした。そして読みながら、いつか頭を掻きむしっていたが、気がついてみると、毛は抜けていないではないか。

（癩だと思ったのは、俺の思い過しか……）

人一倍抜毛の多い自分を、自分で病気にしてしまっているのだ。思わず酒量の過ぎたこの秋からは、それが特にひどかったのであろう。

――そう思うと、体のどこへも、それらしい徴候がないではないか、体がむずむずしたのは、あれは抜毛が襟元から落込んだせいか、それとも秋口に着込んだ毛のシャツの悪戯に相違ない……。

（美鳥！）

飛んでもないことをしてしまった。俺は、殺さなくてもいいお前を、殺してしまったのだ。

（逃げるのだ――）

しかし、最後の歓楽に費《つか》い果してしまって、最早全財産は、数個の銀貨を残しているきりだ。

☆

……慥かに鍵をかけたはずのドアーが、すーっと開いた。

ぎくん、と瞶《みは》ると、刑事らしい背広の男が立っていた。

「古田鶴次郎……だな。一緒に来給え」

一目で、部屋の隅々まで見極めるような鋭い眼であった。

「な、何故です、何故です」

「自分でわかるだろう」

「もう、……そんなに早く解るはずがない」

「そら見ろ、早く来い！」

「ど、どんな理由です、どんな」

「うるさい、心中未遂だ」

「未遂？　じゃ美鳥は死ななかったんですね、美鳥は」

（あれからすぐ美鳥は女中にでも発見されたのだろう。そして俺の住所をいったに違いない、それでなければこんなに早くわかるはずがない……）

鶴次郎は、刑事と並んで歩きながら考えつづけた。

（しかし、そうすると、俺は美鳥を迎えに行かなければならぬ、だが、宿賃を払う金もない――）

美鳥の、軽蔑に歪んだクローズ・アップが浮んだ。たまらない、いやだ、いやだ。

「嘘だ、大嘘だ、心中ではないぞ、俺はあの女を殺して金をとったんだ、俺は人殺しだ」

「何――」

刑事が彼の腕をとった。

「俺は強盗で、人殺しだ、刑務所へ、刑務所へ一生ぶちこんでくれ……、いや、死刑、死刑だ――」

鶴次郎は、刑事にシッカリ腕をつかまれると、却って、貞にぶら下った時のような、安易な気持を覚えて来た……。

あとがき

海野十三

この『刑事の手』の作者である蘭郁二郎君は、さきごろの戦争で喪った惜しい作家の一人である。海軍報道班員として昭和十八年十二月鎌倉の家を出発し台湾まで行ったが、翌十九年一月五日朝、飛行機に乗り高雄基地を出発したところ折柄の悪天候のため間もなく機は壽山に激突し全員二十四名悉く惨死、もちろん蘭君もその中の一人だった。享年三十二才。『刑事の手』は蘭君の遺した、筐底から発見された未発表稿で、その十ヶ年の作家生活中の半ば頃の作のように思われる。そして作中の古田鶴次郎という人物が、しきりに三十二才という年齢を気にしているが、三十二才こそ蘭君が生涯の幕を、閉じた年齢だったことを思合わし、奇異な感にうたれるのである。

評論・随筆篇

蚯蚓語《みみずのたわごと》

どこで最初に「江戸川乱歩」の名を知ったか、それはもう忘れてしまった。生来のアタマの悪さか、手当り次第の乱書乱読のセイか……。とにかく、僕の記憶力はナッテなく、筆者と、題と、筋と――こう三つを完全に継合して憶えている、というのは極めて稀である。

大方はその中どれかを、或は全部を、忘れてしまって、題だけ、筋だけ、をどうやらウロ憶えになっているが、それもアレコレと混迷錯綜して、ボンヤリしてしまう――という、誠に心細いアタマなのだ。

その中で、今考えてみると、いくらかの記憶の中に、――江戸川乱歩――が現われ、『心理試験』『毒草』『白昼夢』『虫』『鏡地獄』『お勢登場』……などの一聯を思い出すのである。

この悪いアタマから思い出すのだから、ヨッポド気に入ったものに違いない。全く、当時乱歩ファンになりきっていた。どこで江戸川乱歩の名を発見したのか、もう忘れてしまった位だから、最初にぶつかった作品の名が、何んだか思い出せない。『心理試験』なんか始めの方ではなかったか――と思われる程度だ。

『心理試験』はたしかによかった、傑作だと思っている。明智小五郎が、『D坂の殺人事件』から数年後というこの事件に、書生を卒業して、活躍している。

当時の明智小五郎には大変好意を感じたのだが、最近の大衆娯楽雑誌にシッッコク現われる彼は嫌いである。嫌いといっては語弊があるかも知れないが、最近のチャンバラものに現われてノシツ、ノサレッされる彼を見ると、ボクの描いた明智小五郎の幻像が、段々ありふれた探偵の姿になって来そうで、それがイヤなのである。おしいのである。出来るならもう一廻り小さな、腕と足だけの探偵をつくって、それに思う存分働らかしてもらいたいのだが……。閑話休題。

『毒草』『白昼夢』――ボクはこういった作品を非常に尊敬する。これは瞭らかに「芸術的雰囲気」を持っている。このありふれた、そして、モノスゴク恐ろしい夢を、何気なく語り出す氏の横顔がタマラナク好ましい。『毒草』では主人公の胸の鼓動が聴えるようだし、『白昼夢』では白茶ケた景色と、その男の群衆に唄う気持が胸を搏つ。「陽炎が、立並ぶ電柱を海草のように揺っていた」……この結びの一句に乱歩氏の横顔を見たような気がする。

乱歩氏のヨサ――といったものを、エラそうに考えてみると――「超現実的な現実」のロマンチズムである、と同時に誰もの心の隅にあるヒョットした悪の魅力の歌ではなかろうか。

どうしたものか、人間の心の中には、常に善と悪（この言葉は適当でないかも知れないが、仮に名附けて）とがあるらしい。ただ、それが人によって、時によって、その配合の割合が違うのである。善5、悪5のものもあれば、善7、悪3のものもある。逆に善3、悪7のものもあろう――それが常に相剋して、時には一方が優勢となり、或は他方が燃えるように熾んになる……ように思われる。

善行に感激すると同時に、また、不快美というコトバが感情に訴えるのである。

新聞の社会面は「善行」ばかりであろうか、むしろ、逆の場合が多かろう――。仏教は五戒を訓じ、それを論ずるところに発展がある。

乱歩氏の作品は正にその葛藤である。そして「探偵小説」を芸術の雰囲気にまで引き上げたものといえよう。ボクは乱歩氏の「超現実的現実」とそのロマンチズムを限りなく愛する。所謂「探偵小説のための探偵小説」ナンテ裁判の調書でも読んでた方が、よっぽどマシだ。――以上、蚯蚓のタワゴトまで――

儚

　十一月七日未明。突然最も敬愛していた慈母を失って、まだ、呆然たる夢から醒めきれないでいる。

　母に関する偲い出は、数限りなくあるのだけど、今ここに一つの偲い出を書かせてもらう……。

　それは探偵小説に関することだ。一体私が探偵小説というものに興味をもったのは一に母の感化である。母は探偵小説のオールドファンであった。今私の瞼の裏に、震災前のあの頃博文館から連続的に出版された、探偵小説の叢書を、仮綴の頁を切るのももどかしげに読み更っている母の姿がある。滅多に小説の批評などしたことのない母が、一冊読み終って感想をいう楽し気な様子、探偵小説の面白味を教えてくれた母——。

　二三年前、「近頃の日本のものは、ちょっとも面白くない……」と新青年を手にして残念がっていた母——。

　今日、探偵小説の興隆を招えようとして、私にはただ暗澹たるものがある。

緑衣の鬼

ホントのところ、今迄の娯楽雑誌に発表された乱歩氏のものについては、それ以前のものがあまりに素破らしかったためか、期待はずれ——といった感が、無くもなかったけれど（勿論比較すること、それ自体がムリかもしれないが）今度講談倶楽部に新載された「緑衣の鬼」は今その第一回を読んだところだけれど、なかなか素破らしいものになりそうで、とても愉快になってしまった。

（孤島の鬼、を凌ぐかも知れないぞ……）

そんなゾクゾクする嬉しさを覚えた。とてつもない「巨大」なもののモノスゴサ、影の恐怖、鮮緑色の芋虫のいやらしさ……

私は乱歩氏の筆力に圧倒されてしまった——失礼ながら今迄のようなものか、と思っていたその期待は嬉しくも裏切られた。

今迄、娯楽雑誌に発表されたものだってもしあれに「乱歩」のサインがなかったら、私はきっとビックリしたに違いない、素破らしいと感心したであろう……ナマジ乱歩氏への期待が大きすぎたのだ、それが乱歩氏のヨサを却って消してしまったのだ……。

「舌が根こぎにされるほど美味いぞ——」

と出された菓子の無味乾燥さ——それである。

ダガ、反対に「署名」で読ます作家のいかに多いことか、「署名」がなかったら屑籠へ直行する作品のいかに多いことか——。

謎の夢久氏

夢野久作氏にはたった一回逢った、それはドグラマグラの出版記念会の時であった。紋付を端然と着て、赤味がかった長い顔に、玉蜀黍《とうもろこし》のようなもじゃもじゃな髪をのせた彼であった。大下宇陀児氏の紹介で、やおら立上った夢野氏はぺこんとお辞儀をすると一分ばかりで腰を下ろしてしまった。そして隣りにいた茶経陸羽伝の研究家諸岡博士と二こと三こと話すとそれっきり厚い唇をピッタリ合わせてしまった。記念撮影があっていざ散会となると夢野氏はわざわざ出口のところに立って一々小生如きにも叮嚀なお辞儀をされたのである。粗雑な僕は却って恐縮してしまったものである。

さて帰ってから貰ってきた署名入『ドグラマグラ』と真剣になって組合ってみたものの、ブルルルルンとチヤカポコチャカポコだけしかあとに残らなかった、誠に恐るべき作物であった。あの温厚そうな顔付の中からこんな素凄しい文字の羅列が現されようとは——夢野氏の脳の壁一つ一つがどんな形をしているのか調べてみたい気がした。

その夢野氏が三月十一日午前九時に福岡の昭和鉱業支配人林氏と会談中、突然倒れられたという、ドグラマグラのような急逝であった。

新緑蚯蚓語《はつみどりみみずのたわごと》

探偵小説への侮蔑

近頃よく新聞紙上で見ることだが、グロな殺人や奇怪な事件があったりすると、殆んどきまってその犯人が「探偵小説の愛好者であった」と報じてある。これは記者がその記事を潤色する一つのテであろうし、また事実その犯人も探偵小説を読んでいたではあろうけど甚だ不愉快なことで、こんなことが探偵小説というものを蔑視させる一つの有力な原因であるかも知れない。この筆法で行くと心中とか駈落とかそういったものは皆恋愛小説を日頃熱読していたとか、「恋愛小説を地で行ったもの――」というようなタイトルが必要であろう。

今日のように娯楽雑誌が飽和状態に達したかとまで思われる時代には、誰だって恋愛小説や探偵小説の一つは読んでいるであろう。

そうしてみれば犯罪者が探偵小説を読んでいたって、そう新聞に書きたてるほど珍貴なものではあるまい。むしろこの犯人は曾《か》つて探偵小説の存在を知らなかった――といった方が効果的な記事になろう。

僕の知っている限り、探偵作家、真の探偵小説愛好者ほど穏和《おとな》しい、人のいい集りはないと思う。彼等はその穏和し気な頭の中からどうしてあんな奇想天外な、恐しい犯罪をつくり上げるのか、と思われるほどだ。

彼等は百の素晴らしい殺人法を創案しても、その一つも実行出来ぬ人たちだ。言ってみれば「自分に出来ぬから小説に書く」のである。また、「自分で出来ぬから小説を読む」のであろう。

探偵小説の悩み

日本の読書界においては、どうしたものかこの探偵小説というものが欧米のそれのように創作もされなければ消化もされていない。これは国民性の相違ということがその大きな原因の一つであろうけれども一つの理由は日本の雑誌編輯法の産んだものともいえよう。つまり日本の一般雑誌編輯法というものは、講談社の強力雑誌が示すように「なんでもかんでも厚く、華やかに、バラエティに富む」ことに腐心されている。たった一冊の雑誌の中に数冊の単行本にも比すべき時代ものあり現代ものあり、恋愛あり怪奇あり——といった具合で誠に目まぐるしき限りなのだ、これは日本人のなんでもかんでも鵜呑みにしようとする貪欲性の現われであろうけれど、この場合探偵小説、殊に所謂本格探偵小説においては甚だ不利な状態だといわなければならない。

一冊の雑誌に多くのバラエティを添えるためには一篇あたりの分担枚数というものは限りあるものだし、二十枚や三十枚でそうそう面白い本格探偵小説がどんどん産れよう訳がないのだ。

日本探偵雑誌総まくり

「雑誌」というものにピンからキリまであるように、「探偵雑誌」にも、やっぱりピンからキリまである。上は毎号三四百頁もある堂々たるものから、下は謄写版刷の小雑誌まで……以下思い出すまま気附いたままに記してみよう。ただ、一つお断りしておかなければならないのは僕は考証家でもなければ、研究家でもない。ただ一個の探偵小説愛好者に過ぎないので、この一篇は「僕の覚書」という程度のものでしかないことである。この点あらかじめ、御諒承を願っておく。

過去の探偵雑誌

まず過去の、つまり現在は廃刊されているものを語るには、最初に「新文学」の後身である「新趣味」を挙げなくてはなるまい。

僕は寡聞にして古いところは知らないけれど、これは大正九年に創刊された「新青年」（これについては後に述べる）と並行して大正十二年の震災まで毎号三百八十頁位の堂々たるものであった。勿論編輯技術からみれば（印刷技術の幼稚だったせいもあろうが）甚だ味のない編輯振りであったが、内容からいえばその名「新趣味」が示すように、仲々尖端的な、探偵小説を文字通り満載したものであり、主力を海外作品の紹介に置いて、毎号十篇以上もずらりと並ぶ壮観を見せ、一方十数回に亘る懸賞募集によって創作を蒐め、山下利三郎氏などが大いに活躍していたものである。

また大正十二年の八月号には甲賀三郎氏がその「真珠塔の秘密」を投じて一等に当選されていたし、その前後に葛山三郎氏の作品も紹介されていた。

大正十二年四月には「秘密探偵雑誌」（後に「探偵文芸」と改題）が松本泰氏の手で発刊された。この創刊号は海外作品が九篇、（中に大仏次郎氏の実兄で天文学者の野尻抱影氏がテイ・ロビィンスの〝死の群像〟を訳している）と創作には松本泰氏の「P丘の殺人事件」と杜伶二氏の「葉巻煙草に救われた話」の二篇がある。

この「探偵文芸」からは林不忘氏（牧逸馬でも書いた）が「釘抜藤吉」シリーズでその才筆を示されているし、城昌幸氏が数篇の怪奇小説を掲げて現われ、小酒井不木氏が「錬金詐欺」など二三の随筆を寄せられたほか、二巻一号には江戸川乱歩氏がその香り高き「毒草」の一篇を発表せられている。また松本泰氏も氏独特の重厚味ある佳作を盛んに発表せられていたが惜哉三巻一号で廃刊となってしまった。

次に、この「探偵文芸」と前後して大阪に「探偵趣味の会」が出来、ついで、「探偵趣味」が大正十四年九月に、その第一輯を江戸川乱歩氏の編輯当番で発刊されたことを語らなければならない。この創刊号は三十四頁、創作には水谷準氏の「勝と負」、山下利三郎氏の「温古想題」があったほか、「探偵問答」という諸家のハガキ解答の第一問に「探偵小説は芸術ではないか」との質問があった。

この「探偵趣味」は間もなく東京に移り、春陽堂から発売され、昭和三年九月号まで続いたが春陽堂の手が離れて廃刊し、これと前後して編輯者であった水谷準氏は「新青年」に入った。

「探偵趣味」は上に述べた「新趣味」「探偵文芸」の読物本位に対して雑文・随筆を主とし、これに二三の短篇を配する編輯であった。これはこの探偵趣味の会の同人たちは「新青年」という創作の発表機関を持っていたからであろうけれど、一方こういう雑誌が毎月二千五百位も売れていた（水谷氏の話）ということは当時いかに探偵小説の熱心な愛好者が多かったか、を語るものがあろう。

これには浅川棹歌氏の「飜訳探偵小説一瞥見」と題する海外作品、及び創作探偵小説についての筆者別の詳細な表が連載された外、毎号の水谷準氏の投稿作品についての批評がなかなか興味あるものであった。

この頃、（大正十五年頃）大阪で「探偵往来」が発刊されたが、これも間もなく出なくなり、「探偵往来パンフレット」という菊判六頁ほどのパンフレットが間歇的に出たが、これも二三で絶えてしまった。この同人は、飯原雅典、大林美枝雄、高岡徳太郎、坂上勝芳、森正夫。氏等であった。このパンフレットには小酒井不木氏が「古来女性犯罪心理」を連載せられた。

昭和二年十月に京都の山下利三郎氏が主となって「探偵、映画」が出されたが、これはタッタ一号が出たきりであった。

大正末年か、昭和初年にかけて創刊された「探偵雑誌〝13〟」は謄写版刷の雑誌で、毎号約五十頁。同人は、三枝勝次、柴田良保、下宮稔弘、塩見孝太郎、関口胖、平井之彦、広川一勝、細矢享三、茂呂徳三、山田正也。氏等であった。これは二十五号を出たらしいがこの中で「廃園挿話三部曲」（南新之助、音谷光三郎、浅川棹歌氏）の一つの廃園について三人三様の連想を纏めたものが面白い。

昭和二年六月に「探偵倶楽部」というやはり謄写版五十頁の同人雑誌が出た、同人は、川上久夫、小武輝彦、岩瀬信郎、小林貞造、橋本敬三。氏等で、合作探偵小説を発表したりして相当熱を上げたものらしいが、これも二三号であったらしい。

昭和三四年にかけて、音谷光三郎氏の編輯で「金蝙蝠」という四六判約四十頁の謄写版雑誌も出た。この時分（昭和二年頃から六年頃にかけて）「猟奇」が出たが、これはたびたび休刊したり出したり、編輯部も京都から大阪に移ったりしたようであるが冊数にして約三十冊位は出たし主な執筆者は山下利三郎、山本禾太郎、西田政治等の諸氏であった。

○

また「雑誌」といえるかどうか知らないが江戸川乱歩全集の附録として発行された「探偵趣味」及び新潮社から出た「新作探偵小説全集」の附録として添附された「探偵クラブ」がある。共に四六判三四十頁のもので、前者には江戸川乱歩氏の「地獄風景」が連載され、また乱歩氏選の掌篇募集があったし、後者は全集完了後独立するはずであったが、これはうやむやになってしまったのは惜しい。これには連作小説「殺人迷路」を森下雨村、大下宇陀児、横溝正史、水谷準、江戸川乱歩、橋本五郎、夢野久作、浜尾四郎、佐左木俊郎、甲賀三郎の諸氏が執筆したほか、水谷準氏の「僕の日本探偵小説史」が連載された。

なお博文館から「新青年」と並んで、「探偵小説」が発刊され、大いに海外作品の紹介に尽したが、これも約半年で廃刊の憂目を見てしまった。昭和六年に「探偵」が出、毎冊二百頁位で相当バラエティにも富んでいたが、時期が悪かったせいか、間もなく絶えてしまった。

現在の探偵雑誌

さて、いよいよ現在発行されている探偵雑誌について語る順序となった訳であるが、現在市場に出ているものには、「新青年」「ぷろふいる」「探偵文学」「月刊探偵」の四種で、この狭い探偵小説界に四種の雑誌が毎月出ているということは、たとえそれは表面的な空景気にしろ、いかに探偵小説壇が活期づいているかということの、一つの証左には、まずなり得ると思う。では、この四誌について走り書的な寸評を加えてみよう。

まず、「新青年」(大正九年創刊)だが、これはなんといっても斯界の大物であろう。長い歴史と伝統の威力はいまだに燦然と光っている。なるほど曾っての探偵小説華かなりし頃に比較すれば、近頃は編集方針もグンと変り、探偵小説は量的には昔日の面影はないとしても、質的には依然として斯界の高峰たるの貫禄を、堂々と示している。「新青年」となると作家の筆調から改って、張り切って来るのも、言わずと知れた貫禄の力であろう。遠くは江戸川乱歩氏を生み、近くは小栗虫太郎、木々高太郎の両氏を産み出したのもこの雑誌である。――探偵作家の登龍門は「新青年」以外になし——としみじみ感じさせるのも、この雑誌である、「新青年」のある限り、日本の探偵小説は大丈夫というも恐く過言ではあるまい。また一般的に見ても、当代一流の名ギャーナリスト水谷準氏のふる采配だけあって、新鮮潑剌たる感覚は誌面の随所に躍動している。

次に「ぷろふいる」（昭和八年五月創刊）。これは京都から出ている雑誌だが、あらゆる点で近代的な洗練さに欠けており、低調であり、地方的な感覚の鈍さを示しているのはいささか物足りないが、いい悪いは別としてともかく、探偵雑誌と標榜しているだけあって、探偵的な小説や記事が比較的豊富なのは、この雑誌の特徴であろう。しかし近来全面的に露骨な離魂商心が現われつつあるのは、一つの嫌味である。

そこへゆくと「探偵文学」（昭和十年四月創刊）は紙数が尠いために思い切ってバラエティをつけることが難しいが、営利を度外視した純粋な情熱から生れた雑誌だけあって、堅実で地味ではあるが、斯界における最も特異な存在として、一方の雄たるの概を示している。従って、この雑誌は何物にも束縛されず、思った通りの方向に伸び伸びと突進している唯一無二の独自なものである。

今後この雑誌が附加するであろう文化的意義はかなり大なるものがあると信ずる。

最後に「月刊探偵」（昭和十年十二月創刊）であるが、これはまだ出て間もないが、しかし「ぷろふいる」のような低調に堕ちず、もっと都会的に洗練されているのは、なかなか感じがいいけれど、目下のところ広告記事が多いので、まだ内容充実というわけには行っていない。

○

以上甚だ杜撰ながら、一通り、「日本の探偵雑誌」に触れてみたつもりであるけれど、記憶違いから来る誤謬や、その他不備の点も多々あるであろうが、それは前書にお断りしたような意味で、不悪、御諒承をお願いしたい。

科学小説待望

少年の読物に、もっと科学的なものがあっていいと思う。つまり「少年科学小説」といったようなものが、どんどん盛んになってもらいたいと思うのである。

大体、「科学」というと、それだけでテンから受附けない人がいる。ことに「科学小説」などといえば、要するに奇想天外的なもの、猟奇的興味だけのものであって、とても芸術的知性に添わぬものだと決めてかかる人がいる。芸術味を第一義とする小説も無論非常に結構ではあるが、それと同じくらいに、またはそれ以上に、科学的内容を盛った読物が必要である。（勿論、二つを兼ね具えればなお結構である）。ことに今日のように国民の科学力が、その国の運命に直接の関係をもつような時代には、殊更にその必要性が痛感されるのである。

例えば今日の戦争は、最早昔のように金力経済力ではなくてその国の科学力がもっとも大きな役割をするのだ。それは世界に誇る芸術と爛熟した文化の都パリが、ちょっと想像を絶するような、水際だった負けっぷりで忽ち独軍の無血入城にまかせてしまったのでもよくわる。十里を撃てる大砲と一里しか撃てぬ大砲とでは、一里の方が百発撃ってもなんともないのに引かえ、十里の向うから一発撃たれれば、それで潰滅してしまう。その差が、つまり科学力の差である。戦時ではなく平時にしても、東京から大阪まで十数日を費して駕籠で行くものと、飛行機によって二時間たらずで行くもの、或いは電話で居ながらに用をたすものとではその商業的競争の勝敗はまったく問題にならぬ。

文学もまた科学の力によって今日の隆盛を見た、製紙、印刷などの科学を除いては今日の隆昌は望み得られなかったであろう。

◇

電車に乗りバスに乗り、電燈の下で仕事をする非常な科学の恩恵を蒙っている。それでいながら科学という言葉にはわざと無関心を示し、そればかりか口をへの字にそうかといって子供に科学々々とただ詰込むのは、また感心しない。自分から興味もないのに詰込まれたって少しも役にはたたない。すぐ忘れてしまうばかりか、却って嫌悪さえ生ずるだろう。やはり適度な興味と夢を持たせなければいけない。

それには、親しみやすく面白く、平易にかかれた「科学小説」の形式が一番向いていると思うし、それを待望する次第でもあるのだ。

◇

こういう連中にタッタ五十年前に曲げて見送ろうとする。こういう連中にタッタ五十年前にラヂオというものを描き、飛行機というものを描き、そして電気というものの造る近代文明のことを小説として示したならば、おそらく愚劣極まる空想猟奇小説として散々にやっつけられたに違いない。

左様な科学的に訓練されていない、科学と聞いただけで毛嫌いをする連中は、まあ救われぬ者としても、第二の国民には大いに科学思想を鼓吹しておきたいものである。種子のないところから芽は出ぬように、大いに科学に親しみと関心をもっていなくては国民の科学力は向上しない。

電気といえば、ただ「危ないから近寄るな」とだけでは誤まった教育である。大人が思うよりも今の子供はもっと科学に興味をもっている。陸軍機か海軍機かの区別もつかぬ大人は多いが、しかし少し関心をもっている子供なら、戦闘機か爆撃機か、またそれは何式か、ということまで空飛ぶ一つの飛行機によって見わけてしまう。

子供は常に奔放な夢をもっている。空想家であると同時に発明家である。だからそこに、そのうちに科学的土台を与えることが最も有効であり必要である。

再び科学小説について

私はこの雑誌の前号に「科学小説待望」なる小文を書いた。それは、科学小説の必要性を強調し、大いにそのような傾向をもった作品の現われることを、期待するためのものであった。しかし、良かれあしかれ、今日までそれについての反響には接しられなかったけれど、それはむしろ当然であるかも知れない。その理由は色々考えられるが、第一には、あの小文の読者が、科学小説などというものに、左程関心をもっていないということではあるまいか。

従って、左様なことについて、再び私がここに取りあげるということは、読者諸氏にとって迷惑なことかも知れないと惧れるのだけれど、しかし関心を持たれる方が、絶無ではないと自ら慰めて、独善的に重ねて筆をとった次第である。

「奇想天外」ということについて

科学小説には、一見奇想天外なことが、しばしば出て来る。例えば火星へ行った話だとか、ビルディングを片手で動かした話などの類で、これが一部の人には甚だお気にめさぬことらしい。従って科学小説という奴は、馬鹿々々しいものである。出鱈目な寝言みたいなものであって、子供に左様なものを与えるということは大変な間違いである――、と、今でも思っている人がいるのである。

これは奇想天外の「けじめ」がつかぬから、つまり自分には判断がつかぬから、というだけで、ただわけもなく眼を覆っているのである。眼を覆うばかりか、他人にまで強いようとする。それならそれで自分だけそのバスに乗らなければよろしいのであって、他人まで引きおろそうとするのは、まことにお節介至極な話である。

片手でビルを動かすことも「槓杆《てこ》の理」によれば、いともたやすいことである。こういう簡単なことを知らずに、一概に嗤ってしまうことは、却って自分の常識の寸法の短かさを暴露するようなものではなかろうか。

人間が空を飛ぶ――なんという奇想天外なことであろう。しかし現在は航空機があるから、誰も一向不思議とは思わない。ただこの永い間の憧れであった奇想天外を、実現させたのは科学の力であった。

ベルヌの描いた「海底軍艦」という奇想天外は、現在潜水艦として四方の海を守っている。空気から肥料や火薬の原料を採る、という奇想天外は、いま重要な工業となって国防に役立っている、或いは極く近年に発見されたアルカロイド剤（コルヒチン）によって染色体の倍数加による驚異的な植物の根本的改造改良など、いずれも悉く奇想天外な科学の所産でないものはないのだ。

奇想天外を愛し、尊重しないところに、飛躍的発展性はあり得ない。現状維持的な頭からは、世界を愕ろかす大発明は出て来ないのだ。奇想天外は、定則を破るのではなくて新らしい定則を発見するために必要なものである。

ところが、現在の有様では、この奇想天外ということは甚しく軽蔑されている。その故か、子供達の読物にとって、左様なものは百害あって一利なきものとさえ思いこんでいるものが非常に多いのである。つまり、子供達の夢が、軈て科学者の夢に育つことを忘れ果てているのである。新時代へ行くバスから、子供を引きおろそうとしている者なのである。

似て非なる科学小説について

「落下する水を利用して電気を起し、その電気によってモーターを廻しポンプを運転する。そうして下へ落ちた水を再び上に吸上げてやる。こうして永久に動く動力をつくる」といえば、一応はもっともらしく聞えるけれど、これは似て非なる科学小説であると思う。何故ならば、不可能であるからである。こういう永久動力はエネルギーの法則によって不可能であるということが証明されているのだから仕様がない。奇想天外なることと、不可能なることとは、断然別なものである。

私は、科学小説の隆昌を願う者だけれど、しかし今いったような意味で、世の中の科学小説と銘打たれた読物のすべてを、文句なしに奨めるというわけではないのである。最近、こういう一つの例があった。（勿論その作者には一面識もなし、まして私事的な気持は少しもないことは、前もってお断りしておく）それはある少年雑誌

の九月号に、某氏の書かれている（連載物）愛国科学物語と銘打たれた作中の一節に、

――青木君！　南国の海が凍り出してびっくりしたろう、わしも実はびっくりしたよ。もしあれが気象学から割り出した科学的海水の凍結だったら、どうしても降参の外はないと思ったからだ。しかし、安心してくれ。敵の氷は気象学からのものではなくて海水へ強烈な赤色の薬品を投じたものらしい。水の中へ塩をいれると冷えるといった方法を応用したもので、科学の立場からすればきわめて幼稚なものだ――

という、会話があるのである。私が特にとりあげたいのは傍点を附した一句である。こういうことは科学小説とはいえないと思うのである。つまり、水の中へ塩を入れると、それが凍るほど冷えるということは、全然あり得ないことだからである。

　水の中へ塩を入れて冷えるなら、三十％以上の塩分を含んでいる海水は、始終凍っていなければならぬはずである。事実は、海水が凍るということは零下二度ぐらいから始まるということであって、淡水の氷点零度よりも塩分があるだけに凍りにくい訳である。

　恐らく作者は、アイスクリームなどを造る時に、氷に塩を混ぜること（寒剤）を思いついて、具体的な事例として挙げたのであろうが、こういった説明では却って誤解を招く惧れがある。むしろこの傍点の一句は、無い方がいいと思う。海水へ強烈な赤色の薬品を投じて、一挙に凍結せしめてしまったという興味ある奇想天外も、そのあとの常識的に不可能な説明で崩壊してしまったのは惜しい。

　こういう傾向のものは、私のいう科学小説とは別のものである。

二つの感想

○児童文学の新体制

本誌前号に載った二反長氏の「児童文学の新体制を論ず」は、まさに近来の快文であった。ぼくはこの一文を、児童文学に関心を持つ、あらゆる人々に読んでもらいたいと思った。

その論の主とする所は二つであって、一つは芸術至上主義の打破と、も一つは新人への待望であったようである。ともにまことに同感に堪えないところである。文学である以上、その芸術性がいけないというのではないこと勿論であるが、しかし作品の芸術性によってのみ、作品の価値を問うことはすでに旧観念にとらわれているものといわなければならぬ。あえて児童文学の分野のみとはいわぬが、自由主義的芸術至上主義を奉ずる一聯の作家が、いまもなおそのままのあがきを続けていることは遺憾なことではある。

一にも二にも芸術性のみを叫んで「子供の読まぬ児童文学」や、大人の、郷愁に似た回想を自ら慰める、手なぐさみの児童文学なんぞは、もう沢山である。そういうものはよろしく打破さるべきであり、打破すべきである。

それには新興勢力として新人の活躍が待望されて来るのも、これまた、当然至極なことではないか。

二反長氏の好篇を読み落された方のために、ここに重ねて一読を奨めておく次第である。

○科学小説への投書

前号に書いた蕪雑な小文に対して投書があった。好かれ悪かれ投書があることは読者の関心を示すものとして有難く、しかも好意ある投書であったことは、ありがたかった。

匿名であるし、承諾を得るよすがもないので、勝手にここに転載させてもらうことにした。これはただに好意ある投書だから、というのではない。今まであまりいわれなかった科学小説について書いたことが、ただにぼくだけの独りよがりではなくて、読者の方にも関心を持たれているという事実のためである。

（上略）私は大いに科学小説に関心を持つものです。常に科学小説の少なきを歎いているのです。

現在科学小説を書かれる著名な作家としては蘭様と海野十三氏、木々高太郎氏、北村小松氏……と実に少数であります。しかも本格的の科学小説が少ないのであります。本格的というと変に聞えますが、ちょっと科学らしい味を含んだような小説は科学小説としては物足らぬ気が致します。なるほど科学小説は夢のようなストーリーから出来ていますが、笑うべきではないという先生の説には賛成であります。子供に科学的な夢をいだかせる事がどれほど大切であるかを知らぬ者が多いのです。ことに文学者、恋愛物作家は、科学を頭から否定し受付けません。

だから懸賞作品を出しても、科学小説は没になってしまいます。もっと科学小説は認識されねばならぬと思います。現代、しかも科学振興の日本の児童の生活を見ても、普通の小説よりも科学小説がより必要であるかがわかります。彼等は学校で模型飛行機を作り、飛行機に関心をもちます。空を飛ぶものを考えます。ロケットの事も考えるようになるでしょう。月の世界へ行ったらどうだろうと思うでしょう。生物が棲んでいるのは地球だけだろうかと空をあおいで思います。それが子供です。それを大人が分別顔して馬鹿なと夢をくだいてしまうのです。断然その夢を科学に結びつけて可能性を知らしめるべきです。それが科学小説の使命の一つではないでしょうか。私は二三の考案をした事があります。その可能性を得るまで考えを進めるものは夢――頭の中の創造にあるのです。大発明も初めは小さな夢からです。

外来文化の輸入のはげしかった明治時代、科学万能を信じてうたがわなかった時代において、かえって科学小説がかなり親しまれているような気が致します。押川春浪の小説は有名です。江見水蔭という人も書いています。

今はまた科学を認識される時代となりました。現在の青少年は科学を欲しています。（中略）

私は科学小説を少年の読物だと決めてしまうのが不快でたまりません。日本人はまだ科学的教育がかけているからでありますが、英国のH・G・ウェルズなどの書く科学小説は大人の読み物であります。もっとも彼のは思想的ではありますが、それでなくても外国では科学小説が歓迎されています。海野十三氏はその点科学小説に功があると思います。もっと大人の科学小説があっていいと思います。

「似て非なる科学小説」の説にも賛成です。夢なら夢らしく科学小説はあるべきです。

しかし超現実的なものではなく、一通りの理屈がありそうなものが理想的な科学小説であります。少しは物理学を嚙らないと科学小説はうまくかけないと思います。

私は今物理学も修めています。しかしかたわら物理学の現在を超越した夢も忘れません。

私も科学小説を書いてみたいのですけれど投書しても取上げてくれるところも無く、まだ未熟なので駄目です。アイデアは相当面白いものをもっています。科学小説が書ける時を待っている者です。

蘭様の文を読んで喜び何とか知らせたくなって書きました。

（下略）　（S生）

最後に、ぼくの愚感を加えれば、このS生氏は本格的科学小説をのぞみ、ちょっと科学らしい味を含んだような小説は物足らぬといわれているが、しかしこれは程度の問題ではなかろうか。論文ではなく小説である以上、そこは或る点まで考慮しなければならない。むしろ最初は物足らぬ程度であっても、科学味を含んだ小説が次第に盛んになって来ることを望みたいと思うのである。その意味で、S生氏の持っていられるアイデアを、大いに活用して頂きたいと思う次第である。

冒険小説のことなど

少国民読物としての冒険小説の類が、一時、大いに蔑まれたことがある。これは大変にあやまりであって、勿論いまでは左様なことはない。むしろ、大いに待望されている。けれども、考えてみると、一時にもせよそんな風に見られたり、考えられたりしたということは、強ち理由のないことでもないようである。

というのは、所謂冒険小説（或いは科学冒険小説と銘打ったもの）の中にも、随分いかがわしいものがあったし、また、待望の声に応じて現われて来たものの中にも、無しとはしないからである。

空想の怪兵器などが、どんどんあらわれることは大変結構なことだと思うけれど、しかし一見してあまりに幼稚な怪兵器が、身分不相応な大活躍をするのなんかは、ちょっとどうかと思うのだ。例えば闇夜をも透視する赤外線望遠鏡を使って、五十キロ先の敵陣の有様を手に取るように偸見たりする――などというのは、少しおかしい。いかに優秀な望遠鏡を使って、真昼間の光線の中で見たとしても、地球の丸味の向う、つまり地平線の下までは見えるわけがないからである。

○

それからまた、冒険小説というと大体二つの型があって、一つはスパイもの、一つは漂流もの、となっているようだ。ことに冒険小説というとスパイがつきもののように考えて、はじめから終りまで、国民学校を出たか出ないか位の少年と、兇悪無類なスパイとの、追いかけっこに終始しているものがある。要するに、空虚なその場その場の、手に汗を握るスリルだけででき上っている所謂冒険小説なのである。もう一つは、「南海の無人島」へ漂流するという漂流綺談で、筋の発展は実に似たり寄ったりなものが多い。そういうようなものばかりでは、所詮冒険小説が蔑まれるのも決して無理ではないと思うのだ。

スパイものでも、漂流ものでも、決して悪いというのではないが、も少し新味と、それから科学性とを盛ったものが現われないであろうか。

ロビンソン漂流記は，英国人の海賊魂をゆすぶった名著といわれるけれど、漂流者の誰もが、あのように翌日になると母船がつい鼻の先に坐礁していて、人気がないかわりに当座の入用な猟銃だとか弾薬だとか、或いはビスケットなどというものを、うまい具合に手に入れることができるなどとは思われない。むしろ、全くの無一物で漂着して、文字通りの裸一貫から人間としての生活を築いて行く姿の方が真実であろう。ベルヌの神秘島物語のように科学的知識を利用して、無からの生活をだんだん高めて行く方が興味がある。（尤もこの小説には非常に芝居気があるが）。

○

けれども科学冒険小説には、他に見られないすぐれた点がある。それは、いうまでもなく、科学的な空想をはぐくむことと、進取の鋭気をわきたたせることである。科学的な空想は、この科学戦時代は勿論のこと、いつの時代でも絶対不可欠なものである。科学的空想のないところに科学の発展はない。科学の発展のない国は足踏をして、取りのこされて行く。同時に、進取気鋭の心を失ったならば退嬰であり、転落あるのみだ。これは歴史に、いくらでもその例がある。だから、甚しく出鱈目なものでない限り、千篇一律な空粗なものでない限り、科学冒険小説は今までの何倍も何十倍も発表されなければならないと思う。また、所謂冒険小説の形式であっても、その中に豊富に最近の科学トピックを盛込むことでも相当に効果があると思う。そのためには、作者も大いに勉強しなければならない。しかし情けないことには、個人であっては、程度の差こそあれ、空想にも生産にも限りがあるもので、そのためには、多数の新しき科学冒険作家の出現が望ましい。望ましいばかりでなく、新作家を育成する熱心な機関がほしいと思うのだ。これには、第一人者である海野十三氏の肝煎りが得られたならば有難いことである。

それから戦争には絶対に勝たなければならぬ、同時に雄大な大東亜を導いて行かなければならぬ。それには不屈不倒の精神力と、優秀な科学力とが車の両輪なのである。そして、この二つのものを同じく礎とする科学冒険小説が待望されるのは当然なことである。作者としては全身の努力を傾けてこれに応えなければならない。

別なことだけれど、科学者の伝記などの中に、肝腎な科学性の欠除しているものがあるのはおかしい。その人が、いかに貧困に生れたかとか、いかに逆境にはぐくまれたかとか、そういう肉体的苦悩などは縷々述べてあっても、いかなるヒントでこのような発明発見に手を染めたのか、いかなる経過を通って成功したのか、途中いかなる失敗をしたか、その原因はなんであるか、どうしてその失敗を克服したか、肝腎の、科学的苦悩を衝いたものを欠いている。これでは、科学者の伝記とする以上、物足りない感じがする。

○

アンケート

諸家の感想

一、創作、翻訳の傑作各三篇
二、最も傑出せる作への御感想
三、本年への御希望？

一、二、せっかくのお問合せではありますが、時間の不足と不勉強のため、ハッキリお答えする資格のないのを遺憾に存じます。

ただ、木々高太郎氏の『文学少女』を読んで、大いなる尊敬を覚えました。

三、本年こそは、江戸川乱歩氏の捲土重来を熱望いたしております。

（『探偵春秋』第二巻第一号、一九三七年一月）

解題

横井 司

1

『シュピオ』が一九三八（昭和一三）年四月号をもって終刊となり、探偵小説から児童向けの空想科学冒険小説へと活動の幅を広げた蘭郁二郎は、翌年になって『文学建設』に同人として参加している。『文学建設』は海音寺潮五郎や戸川貞雄を盟主とした文学同人誌で、一九三九年から四三年まで発行された。同誌について尾崎秀樹は「創刊の趣旨は、低俗化しがちな大衆文学のありかたを正道にもどし、国民文学の創造をめざすところにあった」と位置づけている（『文壇うちそと——大衆文学逸史』筑摩書房、七五八）。歴史時代小説を主たる関心対象とすると思われる同人誌に蘭が加わった経緯は明らかではない。やはり同人であった乾信一郎は「ユーモア作家クラブの一員だった」北町一郎から「ぜひ協力してくれ」と入会を勧められたというから（湯浅篤志・大山敏編『叢書「新青年」／聞書抄』博文館新社、一九九三・六）、蘭の場合もまた、翻訳家の土屋光司が日記に書き残している「探偵小説の新進よりなる大衆文芸研究会なるもの」で交流のあった北町から誘われたものだろうか（土屋の言葉は、若狭邦男『探偵作家家尋訪・八切止夫／土屋光司』日本古書通信、二〇一〇・二から）。

蘭は『文学建設』に「兎沢に降りた男」（三九）や「白い部屋」（四〇）といった小説の他、「科学小説について」（三九）、「科学的想像小説と荒唐無稽小説」（四

○）、「琉球ある記」（四一）といったエッセイを寄せており、また「『文学建設』連続座談会」の第四回（三九・九）にも参加している。その第四回は「探偵小説を中心に」という副題が付けられており、座談会の出席者は蘭の他、原圭二、高橋鉄、土屋光司、南沢十七、北町一郎、乾信一郎の面々で、蘭の発言は必ずしも多くはないが、当時の探偵小説に対する意識や出版の状況などをうかがわせて興味深い。

たとえば「何故探偵小説は下火か」という章には、次のようなやりとりが見られる。

乾　向ふ（海外探偵小説界―横井註）にもぱつとしたのが出ないし、日本にもひと頃の江戸川乱歩みたいの氏《ママ》がゐないといふのはどういふのですか。何んか理由がありさうだと思ひますがね。

高橋　この間も話が出たんだが今のやうな社会情勢の時、空想的な犯罪を押しつけたつて問題ぢやないといふ訳だ。

土屋　だけど事変前でも下火になつて来てゐたのでせう。それが事変に依つて拍車をかけられたやうになつて居るのですかね。

北町　刺戟か《ママ》強くなつた訳なんだね。

高橋　今までのは、つまらん犯罪が大袈裟に扱はれ過ぎるんぢやないですかね。

乾　決局《ママ》、社会的情勢といふことになりますね。それのみですかね。理由は……

（略）

高橋　或る大雑誌社ぢや、本格的な探偵小説は駄目だと云つて居ますがね。（略）受けないからと云ふ。

原　逆な云ひ方をすれば、受けるものが出ないからとも云へるな。結局探偵小説といふのが一つのはつきりした公式を持つてゐて、大体に於て全部割り切れる答が出て来るといふこと、それが度々繰返へされると駄目なんだと思ふのですがね。

こうした本格探偵小説マンネリ論は、山下利三郎の昔から繰り返しいわれてきたものだが、蘭もまたこうした本格観を持っていたことは、乾信一郎から「これからの探偵小説」についての意見を問われた後の、次のようなやりとりから分かる。

高橋　僕は蘭君のは変格ものだけしか読んでゐないん

だがな。
蘭　本格のものは一つか二つ位しか書いてゐない。
高橋　「夢鬼」なんかに集めてあるのは、サド・マソ《ママ》ヒスチックな魅力があるのだけれども、別に論理的な満足がなくても、それで嬉しいですね。夢野、横溝、小酒井、水谷、城、大下それから渡辺啓助諸氏のも、僕には、さういふ欣びです。
蘭　本格といふのは一遍読むと二度読む気がしないのぢやないですか。（笑）さういふ感じがしますね。
（後記、もつとなんとか言つたつもり。）
北町　方程式を解いて答を知つて居るからあとはい丶といふことになる。（笑）

「（後記、もつとなんとか言つたつもり。）」という注記からは、座談会の速記録に拾われていなかった発言があることをうかがわせるが、「もつとなんとか」何をどう「言つた」のかが分からないのは残念だ。ここで蘭が言っている「一つか二つ位しか書いてゐない」本格ものとは、トリックものの「雷」（三七）はともかくとして、他に「鱗粉」（同）や長編「白日鬼」（三六～三七）も含まれるのか、前年の「黄色いスヰトピー」（三八）や「蝶と処方箋」（同）などを意識していたのか、気になるところだが、右のような発言をした蘭が、後になって月澤俊平の登場する「科学探偵」シリーズ（四二）を書いているのは興味深いところである。

ただし、蘭自身の意識では、「科学探偵」シリーズは本格ものというより、科学小説という位置づけだったのかもしれない。先の座談会で科学小説について話題が移った際に、蘭は「探偵小説に似て居るのぢやないですか［。］今居る作家の中で科学小説を書くとしたら探偵小説作家が一番書けるのぢやないですか」と話している。なぜ「探偵小説作家が一番書ける」のか、までは話されていないのは残念だが、探偵小説と科学小説とが近しいものとして捉えられていたことは注目に値しよう。

2

ここで、当時の探偵小説を取り囲む情勢を『文学建設』の記事から拾っておけば、一九四一年一〇月号に掲載された中沢巠夫《みちお》「捕物小説撲滅論」の中に、以下のような記述がある。

支那事変を契機として、探偵小説は、スパイ小説防諜小説の如きものをのこして、所謂探偵小説（犯罪の推理と犯人の追求を主題として《ママ》もの）変体《ママ》探偵小説（グロテスク興味の追求、犯罪それ自体を主題として《ママ》もの）が、姿を消したと云ふ点を考慮して見ると、まづ、第一に、一番早く姿を消したのは、江戸川乱歩氏の作品のやうなグロテスク興味を追求するやうなものであり、やがて、犯罪を主題とする作品が、次々に、その興味の不健全性から、排撃されたのであつた。

中沢によれば「捕物小説作家は、その作品において、多くの場合、惨虐無惨な殺人事件を中心として、一つ二つと同じやうな事件を重ねさせて」おり、「これは、明らかに、不健全な、グロテスク趣味と云はざるを得ない」といい、「犯罪を主題とする作品が、次々に、その興味の不健全性から、排撃された」のであれば、「捕物小説だけが、存在してゐるのは、甚だ片手落の処置と云はなければならない」と述べるのである。戦時中、捕物帖がよく売れて、探偵作家の生活を助けていたというのが一般的な通念かと思われるが、一方でこうした主張があったことは記憶されておいてよいかもしれない。

翌四二年一月号には大慈宗一郎の「探偵小説の再出発」が載り、その冒頭で次のように書かれている。

事変前黄金時代を誇つてゐた探偵小説が、現今全く影をひそめてしまつたのは、真に淋しい感じがする。探偵小説がジヤナリズムから抹殺された理由と言へば、犯罪怪奇猟奇の世界を描くため、不健康なる読物であると認められたからである。然しこれは大きな誤りであつて、探偵小説そのものは本質的に決して不健康な文学ではないのである。此の誤謬を与えた罪は、ジヤナリズムと作家の上にあるのではないだらうか。探偵小説の読者を大別すると、本格探偵小説を好むものと、変格探偵小説を好むものとの二つに分かたれる。そこで前者は、後者より数が少く智識階級に多いし、後者は一般大衆の支持を受けて居る。此は変格物の方が読者には取付きやすく、又解りやすいからである。そこでジヤナリズムは大衆の嗜好に迎合する様な方針を取り、猟奇的怪奇的な舞台を描く様に作家に要求するのであつた。

これは探偵小説の本来の興味であるべき謎を、舞台に対する興味に置き換へた様な形になつて居つたのであつて、探偵小説の健全なる発達に大きな失敗であるが、ジヤナリズムにとつては、探偵小説の読者の向上を望むものでは無く、喜んで読まれゝばよいのであるからして無理からぬ事である。

　此の様な状態で探偵小説が誌上で持てはやされてゐる時、突然事変が勃発し、銃後生活の建設、国民精神総動員の建前からなされた文化的方面の統制により、国策線上に不適当な文学は姿を消し、国民文学の名称のもとに、総ての文学は新しい発足を始めたのである。此の為に全く没落したものに、股旅小説、情痴文学がある。そして探偵小説も従来の行き方の為に今正に没落同様な姿となつて仕舞つたのである。

　それでは探偵作家はどうしたか。探偵小説は久しい間行詰りを称せられた処へ此の状勢で、全く無條件的に降伏した様に、或はペンを捨て、或はイージーゴーイングな方面に転向してしまつたのである。


このあと大慈は「探偵小説が国民文学として、不適当なものであるかと云ふこと」を考えてみようと述べ、「第一に非難を受ける主なる点は犯罪を取扱ふ事と、猟奇的な事を書く事」だが「探偵小説から犯罪を取り除くことは可成り困難なことであるが、猟奇的な事柄を除く事は決して探偵小説の本質に何んの変化も与へないだらう」といい、江戸川乱歩の探偵小説の定義（『鬼の言葉』［春秋社、三六］所収の「探偵小説の範囲と種類」）を引いた上で「探偵小説の面白味が謎を解く論理的な興味であるとしたらならば、犯罪に関せぬ秘密を取扱ふなら健全性を求められるであらう。此の方面の開拓は多少苦しいが、推理小説として発展するであらう」と、その方向性を探っている。

　中島河太郎の考証によれば、「『推理小説』の名称が管見に入ったのは、昭和17年1月刊行の甲賀三郎の短篇集『音と幻想』である。それには所収作品を分類して、推理、犯罪、諧謔、海洋、外地の五種をあげているが、この『推理小説』は本格探偵小説の意味」だったそうだ（『日本推理小説辞典』東京堂出版、八五）。この甲賀の短編集と同じ月に大慈が評論の中で「推理小説」という名称をあげているのは興味深い（雑誌の印刷納本は前年の十二月二十五日だから甲賀よりも早いことになる）。

　中沢のいう「支那事変」は、一九三七年の盧溝橋事件を発端とする日中戦争で、大慈のいう「事変」も同じものを指しているのだろう。「国民精神総動員の建前からなされた文化的方面の統制」というのは、三八年四月に発布された国民精神総動員法に由来するもので、「国民文学」ということがいわれ始めたのも、ちょうどそのころである。『文学建設』誌上でも、盛んに国民文学について論じられることとなる。先に引いた中沢の「捕物小説撲滅論」なども、そうした空気の中で書かれているのである。

3

蘭郁二郎の作家的スタートは、一九三一年の「息を止める男」だが、実質的な活動は三五年に『探偵文学』に発表した「足の裏」からだと捉え、『探偵文学』を継承した『シュピオ』が終刊する三八年までを前期、『シュピオ』終刊前後から小学館の学年雑誌に進出し、『小学六年生』に連載した「地底大陸」（三八〜三九）の成功をもって、科学小説作家として華々しい成功をおさめ、四四年に台湾で客死するまでの間を後期、と見なすことが定説となっている。前期は探偵小説時代、後期は科学小説時代というわけだが、いわゆる探偵小説時代後に探偵小説が書かれなかったわけではない。先の中沢の把握でいえば「スパイ小説防諜小説の如きもの」といった形をとって書き継がれている。「スパイ小説防諜小説の如きもの」とは、たとえば『蘭郁二郎探偵小説選』第一巻収録の「南海の毒盃」（四三）や、本書第二巻に採録した「設計室の殺人」（三九）、「匂ひの事件」（同）、「睡魔」（四〇）のようなものであるといえよう。

蘭は一九四一年になって出した科学小説集『奇巌城』の最後で次のように述べている。

なほ、以上の各篇にスパイの活躍を絡ませたことは、現在の科学戦とは表裏一体の、スパイ戦線も亦決して見逭せぬものだからである。最新科学と共に、防諜も亦決して忽《ゆる》がせに出来ぬ問題として、作者の意図したところであった。（「作者の言葉」『奇巌城』紀元社、四一・七）

防諜もまた科学的な視点がなければ、スパイの活動に気づいたり、それを防いだりすることはできない。ここには蘭のそうした考え方が披瀝されており、あえていえば、スパイ活動を描くことは従であって、主たる狙いは科学的精神の涵養にあるという主張として読めないこともない。

先に引いたエッセイ「探偵小説の再出発」において大慈宗一郎は、最後に次のように述べている。

> 最近科学する心といふことも非常に云はれて居るが、探偵小説の論理的推理の面白さを一般大衆に、植ゑつけることはこの科学する心に対して役立つものではないだらうか［。］「何うして」「此の様にして」此の疑問と推理の二つから、科学の発明発見は生れ出たのである。探偵小説はこの二つを本質とする文学である。決して国民文学に不適当なものではない。探偵小説は今こそ本来の姿に立返つて再出発すべきである。

科学精神を涵養するテクストとして探偵小説は再出発すべきだというわけだが、「科学小説を書くとしたら探偵小説作家が一番書けるのぢやないですか」と発言した蘭であってみれば、いわゆる科学小説時代に書かれた探偵小説テクストも、こうした提言を受けて必然的に生まれたものといえるかもしれない。第一巻収録の科学探偵シリーズ、本書収録の作品でいえば「楕円の応接間」（四一）などは、そうした観点から改めて捉え返されるべきだろう。

本書『蘭郁二郎探偵小説選』第二巻は、初期のいわゆる探偵小説時代の採録を最小にとどめ、第一巻と合わせて、探偵小説の執筆が困難な時代に探偵小説がどのような形で存続してきたかを検証するよすがとなるよう配慮した。初期探偵小説作品は、日下三蔵編『怪奇探偵小説名作選7／蘭郁二郎集　魔像』（ちくま文庫、二〇〇三）にほぼ全て収録されているので、そちらをあたっていただければ幸いである。第一巻に収録された四二年以降の作品（本書でいえば「楕円形の応接間」と「電子の中の男」の間の時期に当たる作品）と併せ読めば、戦時下に探偵小説は書かれなかったという認識が偏ったものであることに気づかれるはずである。

以下、本書収録の作品について簡単に解題を付しておく。場合によってはトリックや内容に踏み込む場合があるので、未読の方は注意されたい。

4

〈創作篇〉

「**息を止める男**」は、平凡社版江戸川乱歩全集の附録冊子『探偵趣味』の一九三一年七月一〇日発行号（第三号）に掲載された。後に、ミステリー文学資料館編『幻の探偵雑誌8／「探偵クラブ」傑作選』（光文社文庫、二〇〇一）、日下三蔵編『怪奇探偵小説名作選7／蘭郁二郎集　魔像』（ちくま文庫、二〇〇三）に採録された。

『探偵趣味』ではその第一号（三一年五月発行）誌上において掌編探偵小説の募集が行なわれ、第二号から第十二号（三二年四月発行）まで毎号、乱歩の選評とともに入選作が掲載された。「息を止める男」が佳作六編の中に選ばれたのは第二回の公募の際で、乱歩は以下のような「掌篇評」を寄せている。


夫々違つた味のもので、どれが優れてゐるとも云へぬが、陶酔のある点で、蘭君の作に最も好意を感じる。たゞ作者も断つてゐる様に枚数にはゞまれて充分書けなかつたのは残念だ。このまゝ発表するのは惜しい。もつと練つて探偵小説的な事件を附加へ、長く書いたらいつか新青年に当選した「股から覗く」に似た好短篇が出来るかも知れない。この人にはもつと別のものも見せてほしいと思ふ。


「股から覗く」は葛山二郎の作品で、『新青年』一九二七年一〇月号に掲載された。

會津信吾は本作品について「死のギリギリまで自分を追いこむマゾヒスティックな快感と、体内回帰願望が入りまじった、異常感覚の世界がモチーフ」だと評している（「夢境の魔術師」『探偵クラブ／火星の魔術師』国書刊行会、九三・七）。


「足の裏」は、『探偵文学』一九三五年三月号（一巻一号）に掲載された。後に、前掲『怪奇探偵小説名作選7／蘭郁二郎集　魔像』に採録された。

権田萬治は「海底散歩者の未来幻想＝蘭郁二郎論」（『幻影城』七五・一〇。以下、引用は『日本探偵作家論』幻影城、七五から）において、「息を止める男」に対する乱歩評を引いた上で、「葛山二郎と違う初期の蘭郁二郎の大きな特色は、そういう異常感覚がロマンチックな美少女幻想と微妙に交錯している点にある」といい、「美しい女性へのマゾヒスティックな憧れは」「『足の裏』にすでに現われている」と評している。

なお、同時代評として悪良次郎「蘭郁二郎氏の場合」（『探偵文学』三六・七）がある。悪は「探偵小説の芸術化する事、文学たらしめる一つの段階として新型式探偵小説の出現をのぞんだ」悪は、自分が望んでいた作家として蘭郁二郎を称揚している。その上で悪は「足の裏」を次のように評している。

> 氏は悪の魅力の探求者ではある。即ち、探偵文学に掲載せられた足の裏がよくそれを語つてゐる。然も其処に流れる狂人的世界の描写は一つの大きな流れをもつてゐる［。］あく迄自然的狂人の恐怖でもあり不可解さででもあるのだ。尚千里眼の恐怖と景岡秀三郎の恐怖とは一脈相通じた殺気を現してゐる。

「蝱《あぶ》の囁き——肺病の唄」は、『探偵文学』一九三六年七月号（二巻七号）に掲載された後、『夢鬼』（古今荘、三六）に収められた。さらに、江戸川乱歩編『江戸川乱歩愛誦探偵小説集』上巻（岩谷書店、四七）、尾崎秀樹・中島河太郎・和田芳恵編『大衆文学大系30／短編　下』（講談社、七二）、『探偵クラブ／火星の魔術師』（国書刊行会、九三）、前掲『怪奇探偵小説名作選7／蘭郁二郎集　魔像』に採録された。

乱歩は『江戸川乱歩愛誦探偵小説集』上巻の序文において、本作品を「同君初期の力作」といい、「同君の処女短篇集『夢鬼』の諸作中『歪んだ夢』と共に私の最も愛する作品である」と述べている（引用は『江戸川乱歩コレクション・Ⅲ／一人の芭蕉の問題——日本ミステリ論集』河出文庫、九五から）。

本作品のヒロインであるマダム丘子は、「美少女」という捉え方では括れないためか、権田萬治は「異常感覚がロマンチックな美少女幻想と微妙に交錯している」作品の系列にはあげていないが、「美しい女性へのマゾヒスティックな憧れ」といったモチーフは本作品にも見られるといってよかろう（本解題第一章に引いた高橋鉄の蘭作品への評価も参照されたい）。権田はむしろ、トリック趣味の脆弱さの例として、「腐つた蜉蝣」や「鱗粉」などと並記しているに過ぎない。だが、トリック趣味ということなら、「足の裏」で指紋ならぬ足趾紋《そくしもん》ないし趾紋《あしゆびもん》のトリックが発想されていることを指摘すべきだったろう。結果的にトリックの瑕疵に主人公自身が気づいてしまい、犯罪へと応用されなかったわけだが、仮に元ネタがあるのだとしても、こうした発想はトリック趣味という観点から注目に値する（足趾紋ないし趾紋をテーマに据えた作品としては、管見に入った限りでは夏樹静子の「ほころび」〔『オール読物』二〇〇四・五〕があるくらいだ）。

「**鱗粉**」は、『探偵春秋』一九三七年三月号（二巻三号）に掲載された。後にミステリー文学資料館編『幻の探偵雑誌4／「探偵春秋」傑作選』（光文社文庫、二〇〇一）、前掲『怪奇探偵小説名作選7／蘭郁二郎集　魔像』に採録された。

『蘭郁二郎探偵小説選』第一巻の解題でも述べた通り、本作品の海浜における衆人環視の殺人トリックは、後に長編『南海の毒盃』（四三）に流用されている。江戸川乱歩の、いわゆる通俗長編を思わせないでもない作品だが、その一方で、権田のいう「異常感覚がロマンチックな美少女幻想と微妙に交錯している」作品として完成度が高い。また、第二の殺人のアリバイ・トリックなどは、まさに葛山二郎の作品における錯覚の美学を彷彿させせはしないだろうか。

「**雷**」は、『シュピオ』一九三七年七月号（三巻六号）に掲載された後、「大理石の座環《ワッシャ》」と改題されて『黒い東京地図』（大都書房、四二）に収められた。

電気学を修めた作者らしいトリックが目を引く密室ものである。こうした機械的な密室トリック趣味は本作品以降、蘭の探偵小説にしばしば見られるものになっていく。

「**腐つた蜉蝣**」は、『探偵春秋』一九三七年八月号（二巻八号）に掲載された。後に、前掲『怪奇探偵小説名作選7／蘭郁二郎集　魔像』に採録された。

正木不如丘の「血の反逆」（三〇）を思わせなくもない、輸血を利用した復讐トリックと、冒頭で示される音楽趣味が印象的な一編。こうした音楽趣味は、後の「琉装」（四二）などにも垣間見られるモチーフであり、その最も早いものである。

「**ニュース劇場の女**」は、『モダン日本』一九三八年四月号（九巻五号）に掲載された後、前掲『黒い東京地図』に収められた。

政治家を巻き込む疑獄事件の担当検事が、密室状況の部屋の中で死んで発見される。自殺かと思われたが、巧妙なトリック殺人だったというストーリー。本作品のトリックは、谷崎潤一郎の「途上」（二〇）などからアイデアを得たものだろうか。同様のトリックをF・W・クロフツも一九三二年の長編で取り上げているが、蘭がクロフツの長編を読んでいたかどうかは不詳。

なお、本作品以降は、「地底大陸」（三八〜三九）で人気作家になってからのものとなる。権田のいわゆる「美少女幻想」は、作品の冒頭で主人公が美人（美少女）と出会うという、いわば通俗化した形で、何度も繰り返し書かれることになる。

「黄色いスヰトピー」は、『新青年』一九三八年七月増刊号（一九巻一一号）に掲載された後、前掲『黒い東京地図』に収められた。

　ストーリー自体は、『蘭郁二郎探偵小説選』第一巻既収の少年探偵王シリーズ「温室の怪事件」（三九）を連想させるが、犯行動機などは異なる。本作品の出だしを流用してまとめたのが「温室の怪事件」なのだと考えるべきであろう。

「寝言レコード」は、『オール読物』一九三九年二月号（九巻二号）に掲載された後、『脳波操縦士』（文学書房、四一・一二）に収められた。さらに叢駿三編『傑作科学探偵小説集』（啓徳社、四一・一二）に採録されている。

　蘭の音楽趣味がトリック趣味と見事に結合した作品。暗号（伝達）トリックの作品でもあり、トーキーとレコードという違いはあるが、海野十三の「獏鸚《ばくおう》」（三五）を思わせなくもない。また海野にはそのものズバリ「暗号音盤《レコード》事件」（四二）というタイトルの作品もある。比べてみるのも一興だろう。

　この作品の結末からは、この当時まだ防諜意識を前面に押し出さなくとも「探偵小説」（初出時の角書き）が書けたことを、よく示している。

「死後の眼《まなこ》」は、『新青年』一九三九年四月号（二〇巻三号）に掲載された。単行本に収められるのは今回が初めてである。

「文体模写《あら・そつくりね》／挿画模写《だまされちや・いやよ》小説集」特集の内「木々高太郎／ブブノワ篇」として書かれたパロディ（装画は霜野二一彦）。ワルワーラ・ブブノワ Варвара Дмитриевна Бубнова（一八八六〜一九八六、露）は一九二二年に来日し、それから五八年まで日本に在住した版画家で、木々高太郎の「折蘆」が『報知新聞』夕刊に連載された際（三七）には、その挿絵を担当している。蘭は「折蘆」が連載されていた際、木々の作品が読みたくて『報知新聞』の講読を始めたと、後に回想している（「『文学建設』連続座談会㈣」『文学建設』三九・九）。

「黒い東京地図」は、『オールトピック』一九三九年一〇月号（二巻一〇号）から翌年二月号（三巻二号）まで連載された後、前掲『黒い東京地図』に収められた。連載第三回分までの初出誌が入手できなかったので、ここでは単行本のテキストを底本としている。

　初出誌の第四回では「トリック」の章の末尾（本書一

八二ページ下段）まで掲載され、最終ページには「『黒い東京地図』の／殺人犯は誰？」という見出しの囲み記事が掲げられていた。そこには「複雑怪奇な『黒い東京地図』の殺人犯は一体誰だ。諸君一つ名探偵になつて犯人を探して下さい」という煽り文句とともに「懸賞大募集」が謳われているが、『蘭郁二郎探偵小説選』第一巻収録の「南風《なんぷう》荘の客」同様、マニア向けとしては優しすぎるようである。アリバイ・トリックも古典的すぎるくらい古典的であり、読者獲得のための話題作り以上のものではなかった。

ちなみに翌月からはマイルズ・バートン作、土屋光司訳「トンネルの殺人」の連載が予告されている。予告として掲げられた「訳者の言葉」中に「今度、畏友蘭郁二郎君の後を承《う》けて、イギリス探偵文壇の一明星《めいせい》マイルズ・バートン作『トンネルの殺人』を以て愛読者諸氏と相見《あいまみ》えることになつたのを、私はなによりの光栄と存じてゐます」とあるのは、同人誌『文学建設』での交流を背景としたものであろう。『トンネルの殺人』もまた、犯人当て懸賞募集が行なわれたかどうかは不詳。

マイルズ・バートン Miles Burton はジョン・ロード John Rhode（一八八四～一九六四、英）の別名で『トンネルの殺人』*Death in the Tunnel* は一九三六年に刊行された。この翻訳は後に『世界名作探偵小説集』（新正堂、四二）に収録されたものと同じと思われる。森英俊『世界ミステリ作家事典［本格派編］』（国書刊行会、九八）によれば、「筋を追うのもやっとの抄訳」とのことだ。

なお、この時期の土屋光司およびその経歴については、若狭邦男『探偵作家尋訪・八切止夫／土屋光司』（日本古書通信、二〇一〇・二）に詳しい。そこに掲載されている当時の土屋の日記中には蘭の名前が何度か出てきており、「『文学建設』連続座談会」が開かれた時期や、『オールトピックス』誌に紹介された時期などを確定することができる貴重な資料である。

「**設計室の殺人**」は、『工業青年』一九三九年一〇月号（一三巻一〇号）に掲載された後、『浮かぶ花園』（昭和出版社、四三）に収められた。初出誌が入手できなかったので、ここでは単行本のテキストを底本としている。

防諜的な要素もあるが、それよりも密室殺人のトリックが、意図せざる殺人であったというひねりが注目される。

「**匂ひの事件**」は、『オール読物』一九三九年一一月号

（九巻一一号）に掲載された後、前掲『脳波操縦士』に収められた。それに先立ち、大井忠編『スパイ小説名作集』（啓徳社出版部、四一・一〇）に採録されている。

これは典型的な防諜小説といえるかもしれない。ただ、どことなくユーモア漂うのが、大阪圭吉などの書くスパイ小説とは異なる、蘭のテイストだといえようか。なお、初出時の角書きは「探偵小説」だった。

「睡魔」は、『ユーモアクラブ』一九四〇年二月号（四巻二号）に掲載された後、『百万の目撃者』（越後屋書房、四二）に収められた。さらに、前掲『探偵クラブ／火星の魔術師』、『怪奇探偵小説名作選7／蘭郁二郎集　魔像』に採録されている。

初出時の角書きは「科学小説」だった。『怪奇探偵小説名作選』第七巻の「解説」で日下三蔵も「後期の科学小説」として位置づけているが、防諜小説的スタイルを採っているため、探偵小説としても読むことは可能だろう。実際、犬の吠え声から超音波の存在に思い至る推理は、ややあっけないとはいえ、科学的な探偵小説としての印象を強く感じさせる。

なお、本作品のアイデアは「地底大陸」において、「恐るべき新兵器超音波X号」として描かれたものの同じであることを付け加えておく（「地底大陸」からの引用は桃源社、七一から。以下同じ）。地底大陸の紅皇帝は「超音波X号」の能力を以下のように説明する。

超音波X号という新発見の音波の一種で、なんでも眠らしてしまう音波なのだ。つまり非常に波長の短かい音波で耳のこまくを震動させないから耳には聞えないんだが、直接に頭蓋骨を通して脳の睡眠中枢を刺戟する音波なんだ……。例えばゆっくりした音楽を聞いていたり、又は非常に単調な音を長く聞いていたりすると眠くなることがあるだろう、つまりあれなんだ。赤ン坊が子守唄を聞いて寝るあのようなもので、しかしそれ以上に、その超音波X号は、耳からではなく直接に脳の方の眠りの神経に作用するのだからね、そしてこの超音波X号は丁度探照灯の光りのように、ある一定の方向に放射することが出来るんだ……。

満洲国境線で日本兵士が眠り病にかかりR国の進撃に手を焼いているというだけでなく、帝都に眠り病が蔓延し始めたとなれば、その流用は明らかだ。蘭にはこうしたアイデアの再利用が多い。たとえば、海底基地というアイデアは「地図にない島」（三九）や「浮かぶ花園」（四二）、「海底紳士」（四二）などに、何度も形を変えて現われる。こうした点を踏まえ、アイデアのオリジナリティの乏しさを難詰するか、同じアイデアを違うストーリーによって新しいものと思わせる技術を評価するか、今後の研究の課題であろう。

「楕円の応接間」は、『第一読物』一九四一年三月号（一〇巻三号）に掲載された後、前掲『黒い東京地図』に収められた。初出誌が入手できなかったので、ここでは単行本のテキストを底本としている。

「睡魔」と同様、超音波を利用し、密室殺人（衆人環視の殺人）の興味で読ませる力作である。『文学建設』四一年四月号に掲載された「作品月評」の中では、次のように評されている。

力作。併し傑作とは言ひ難い。この作の提供する科学的新知識は読者を益するだらう。その意味に於てこの作者の作品はいつも乍らおろそかに出来ぬ役割を果たしてゐる。楕円の室の使い方なぞ中々に巧い。が社長を殺す老婆の殺人動機が如何にも薄弱なので、残念乍ら作品の価値を低めた。その点で傑作とは言ひ難いか《ママ》、羞づかしからぬ力作であると褒めたい。

この評の執筆者は不詳。この時の「作品月評」は『文学建設』批評委員の連名で発表されており、東野村章、鹿島孝二、戸伏太兵（綿谷雪）、土屋光司、岡戸武平、北町一郎、海音寺潮五郎、鯱城一郎がそのメンバーだった。この内のいずれかが評したと思われるが、あるいは北町一郎か土屋光司だろうか。

「老婆の殺人動機が如何にも薄弱」だと評されているが、老婆の殺人動機が、科学的研究が個人の業績主義からチームによる成果主義に変わったことを理解しなかった点に由来するのである以上、これは科学的知識の欠如が犯罪につながったケースだと読むことも可能だろう。科学的な姿勢とは、科学によって生まれる様々な成果に対する理解ばかりではなく、現在において科学的成果は一人の天才によって生み出されるというものではないというシステム的なものにも関わるのだと考えるなら、「楕円の応接間」で描かれている犯罪は、やはり科学的な啓蒙を主とし、単に知識的なレベルではなく、旧態依然とした業績主義を突いているところが、この時代の作品としては評価に値するはずである。『文学建設』の批評委員は、その点が読めていないといわざるをえまい。

なお、本作品は円谷プロダクション制作の特撮ドラマ『怪奇大作戦』（六八～六九）や、昨今読者の支持を得ている東野圭吾のガリレオ・シリーズにも匹敵する出来映えを示しているといってしまっては、過褒に過ぎるだろうか。

「電子の中の男」は、『学生と錬成』一九四二年一〇月号（一巻一〇号）から翌年二月号（二巻二号）まで連載された。単行本に収められるのは今回が初めてである。『探偵クラブ／火星の魔術師』（国書刊行会、九三）に生前未発表原稿として収録された「宇宙爆撃」と同じアイデアを扱った別ヴァージョンである。「宇宙爆撃」がいつ、どのような媒体のために書かれたのかは分からないが、そちらが書簡体形式を採用してサスペンスを高めていたのに対して、こちらは外地小説としての色合いが強い。あるいは、外地小説という枠組みを借りなければ、当時の読者には受け入れられなかったのかもしれない。なお、連載第一回時の編集後記「編輯室から」では、「新人蘭郁二郎先生の科学小説」と紹介されていた。

物の大きさは相対的なものに過ぎないという考え方は「地図にない島」でも「物の大きさといふものの疑問を研究してゐる部屋」として簡単に触れられていたが、より思想的なレベルを深めているは本作品ないし「宇宙爆撃」の方だといえよう。

権田萬治は、蘭のSFを評して「超現代的な技術がいわば時代を先取りして通俗的な活劇の世界に巧みに使われている点が蘭郁二郎のSFの一つの大きな魅力であることは否定できない事実」としながらも、「文明批評の欠如と、人間をとらえる新しい視点のない弱さを示している」点に物足りなさを感じている（前掲「海底散歩者の未来幻想＝蘭郁二郎論」）。だが、「文明批評の欠如」という点に関しては、本作品および「宇宙爆撃」の存在が反証となるではないだろうか。蘭が戦後まで生き延び、この方向で科学小説を展開していけば、どういうものが仕上がったかと思うと、あらためてその早すぎる死を惜しまざるを得ないのである。

「古井戸」は、『真珠』一九四八年六月号（二巻六号）に掲載された。また、海野十三「『古井戸』の作者のこと」は、本作品掲載時に解説として付せられていたものである。参考までに合わせ採録した。いずれも単行本に収められるのは今回が初めてである。

「刑事の手」は、『ロック』一九四九年一・二月合併号

（四巻一号）に掲載された。また、海野十三「あとがき」は、本作品掲載時に解説として付せられていたものである。参考までに合わせ採録した。いずれも単行本に収められるのは今回が初めてである。

以上の二作品は、戦後になって遺作として発表された。いずれも科学小説ではなく、初期探偵小説時代の雰囲気を漂わせている点が興味深い。

〈評論・随筆篇〉

「蚯蚓語」は、『探偵文学』一九三五年五月号（一巻二号）に掲載された。本編を含む以下のエッセイは、一編を除き、単行本に収められるのは初めてである。

初出時には表題にルビはなかったが、ここでは結文および後出の「初緑蚯蚓語」のルビに準じて付しておいた。

「僂」は、『探偵文学』一九三六年一月号（二巻一号。奥付上の表示は一巻一〇号）に掲載された。

母との思い出を語ったエッセイ。蘭には他に、本名で発表した「哀」（『菊仏』私家版、発表年代不詳。三六年頃か）が残されている。

「緑衣の鬼」は、『探偵文学』は一九三六年二月号（二巻二号）に掲載された。

表題が江戸川乱歩の長編を指しているのはいうまでもない。その「緑衣の鬼」は、三六年一月号から翌年二月まで『講談倶楽部』に連載された。

本文の最後に書かれている「『署名』がなかつたら屑籠へ直行する作品の如何に多いことか――」というフレーズは、林田葩子《はなこ》名義の短編「花形作家」（三六・九）を連想させもする。

「謎の夢久氏」は、『探偵文学』一九三六年五月号（二巻五号）に掲載された。後に、西原和海編『夢野久作の世界』（平河出版社、七五／沖積舎、九一）に採録された。掲載誌巻頭の扉には「夢野久作氏の死を悼みて」と題して、『探偵文学』同人である村正朱鳥、中島親、蘭郁二郎の追悼歌が掲げられている。蘭の歌は以下の通り。

　早春の淋しき日なり
　　虚しく白き爪と想へる

『自由律』という詩文雑誌に投稿していただけのことはあるというところか。

「新緑蚯蚓語《はつみどりみゝづのたはごと》」は、『文学タイムス』一九三六年六月四日発行号（創刊号）に掲載された。

『文学タイムス』はタブロイド新聞を思わせるパンフレットで、日本児童文芸社発行。一面には蘭のエッセイの他に青木魚介の「短篇小説論」が載っており、二面には中島親と伊志田和郎のコントを掲載。編集後記は米山と署名されているだけだが、これが米山寛だとすれば、ほぼ『探偵文学』同人によって執筆されていることになる。おそらくは『探偵文学』同人が編集の中心を担っていたかと思われるが、第二号以下、発行されたのかは不詳。

なお、原文の末尾では改行して「探偵小説は探偵小説、時代小説は時代小説」と続いており、結論が中絶したような印象を与えて不自然なので、本書収録の本文では削っておいた。諒とされたい。文脈からすれば、探偵小説は探偵小説、時代小説は時代小説、それぞれの専門誌があって読まれる方がいい、ということを結論としたかったものか。

「**日本探偵雑誌総まくり**」は、『新評論』一九三六年八月号（一巻六号）に掲載された。

江戸川乱歩が『幻影城』（岩谷書店、五一）に「探偵小説雑誌総目録」を掲載する際、「私の知らない謄写版刷り同人雑誌のことにまで及んでゐるので」参考にしたエッセイとして知られる。

『ぷろふいる』に対抗意識を燃やし、自身が参加している『探偵文学』を過褒に記述しているのがおかしい。なお、紹介されている雑誌のうち、『探偵・映画』に関して「これはタツタ一号が出たきりであつた」と書いているが、実際には一巻二号（二七年一一月号）まで刊行されていることを補足しておく。

「**科学小説待望**」は、『少年文学』一九四〇年八月号（一巻二号）に、「**再び科学小説について**」は、『少年文学』一九四〇年一一月号（一巻三号）に、「**二つの感想**」は、『少年文学』一九四一年一月号（二巻一号）に、それぞれ掲載された。

『少年文学』誌上のエッセイとはいえ、当時の蘭の科学小説観がうかがえるという点で貴重である。ただし、ここで縷説されていることは、例えば、「火星へ行つた話だとか、ビルデイングを片手で動かした話」などは、『奇巌城』（紀元社、四二）の「作者の言葉」中でも再説されているものであることも付け加えておこう。

「再び科学小説について」で言及されている「ベルヌの描いた『海底軍艦』」とは、ジュール・ヴェルヌ Jules Verne（一八二八～一九〇五、仏）の『海底二万里』

Vingt mille lieues sous les mers（一八七〇）に登場するノーチラス号を指すものであろう。

「冒険小説のことなど」は、『廿七日会報』一九四三年九月二〇日発行号（通巻一六号）に掲載された。

ベルヌの『神秘島物語』は、現在『神秘の島』あるいは『ミステリアス・アイランド』*L'Île mystérieuse*（一八七五）として知られている作品。

廿七日会については不詳だが、本エッセイの掲載号に「廿七日会会員住所録」が載っており、海野十三、大下宇陀児、木々高太郎、角田喜久雄などの、ミステリ・ファンにはお馴染みの名前の他に、川端勇男《ママ》（南沢十七）、北町一郎、笹本寅、戸川貞雄など、『文学建設』同人の名前も見られる。連絡先が笹本寅の電話番号になっているので、あるいは『文学建設』同人の分派によって形成されたものだろうか。

「諸家の感想（アンケート）」は、『探偵春秋』一九三七年一月号（二巻一号）に掲載された。

なお蘭のアンケート回答としてはもうひとつ、『文学建設』三九年九月号に掲載されたハガキ回答がある。本文編集時にはその存在が確認できておらず、収録がかなわなかったので、こちらで紹介しておくことにする。

質問は「貴下が最初に感銘を受けた小説は？／そして何歳頃のことですか？」というもので、蘭は次のように回答している。

　ロビンソン漂流記、クオレ、或ひはルパン物等々乱書乱読した中で面白かつたものです。小学生の頃に。

『ロビンソン漂流記』*The Life and Strange Surprising Adventure of Robinson Crusoe*（一七一九）はダニエル・デフォー Daniel Defoe（一六六〇～一七三一、英）の小説。『クオレ』*Cuore*（一八八六）はエドモンド・デ・アミーチス Edmondo De Amicis（一八四六～一九〇八、伊）の愛国小説で、収中の一編「アペンニーノ山脈からアンデス山脈まで」は「母を訪ねて三千里」の原作としてよく知られていよう。

［解題］**横井 司**（よこい つかさ）
1962年、石川県金沢市に生まれる。大東文化大学文学部日本文学科卒業。専修大学大学院文学研究科博士後期課程修了。95年、戦前の探偵小説に関する論考で、博士（文学）学位取得。共著に『本格ミステリ・ベスト100』（東京創元社、1997年）、『日本ミステリー事典』（新潮社、2000年）など。現在、専修大学人文科学研究所特別研究員。日本推理作家協会会員。

蘭郁二郎探偵小説選《らんいくじろうたんていしょうせつせん》Ⅱ　〔論創ミステリ叢書60〕

2013年2月15日　初版第1刷印刷
2013年2月20日　初版第1刷発行

著　者　蘭郁二郎
叢書監修　横井　司
装　訂　栗原裕孝
発行人　森下紀夫
発行所　論 創 社
〒101-0051 東京都千代田区神田神保町2-23 北井ビル
電話 03-3264-5254　振替口座 00160-1-155266
http://www.ronso.co.jp/

印刷・製本　中央精版印刷

Printed in Japan　ISBN978-4-8460-1216-8

論創ミステリ叢書

①平林初之輔Ⅰ
②平林初之輔Ⅱ
③甲賀三郎
④松本泰Ⅰ
⑤松本泰Ⅱ
⑥浜尾四郎
⑦松本恵子
⑧小酒井不木
⑨久山秀子Ⅰ
⑩久山秀子Ⅱ
⑪橋本五郎Ⅰ
⑫橋本五郎Ⅱ
⑬徳冨蘆花
⑭山本禾太郎Ⅰ
⑮山本禾太郎Ⅱ
⑯久山秀子Ⅲ
⑰久山秀子Ⅳ
⑱黒岩涙香Ⅰ
⑲黒岩涙香Ⅱ
⑳中村美与子
㉑大庭武年Ⅰ
㉒大庭武年Ⅱ
㉓西尾正Ⅰ
㉔西尾正Ⅱ
㉕戸田巽Ⅰ
㉖戸田巽Ⅱ
㉗山下利三郎Ⅰ
㉘山下利三郎Ⅱ
㉙林不忘
㉚牧逸馬
㉛風間光枝探偵日記
㉜延原謙
㉝森下雨村
㉞酒井嘉七
㉟横溝正史Ⅰ
㊱横溝正史Ⅱ
㊲横溝正史Ⅲ
㊳宮野村子Ⅰ
㊴宮野村子Ⅱ
㊵三遊亭円朝
㊶角田喜久雄
㊷瀬下耽
㊸高木彬光
㊹狩久
㊺大阪圭吉
㊻木々高太郎
㊼水谷準
㊽宮原龍雄
㊾大倉燁子
㊿戦前探偵小説四人集
(別)怪盗対名探偵初期翻案集
(51)守友恒
(52)大下宇陀児Ⅰ
(53)大下宇陀児Ⅱ
(54)蒼井雄
(55)妹尾アキ夫
(56)正木不如丘Ⅰ
(57)正木不如丘Ⅱ
(58)葛山二郎
(59)蘭郁二郎Ⅰ
(60)蘭郁二郎Ⅱ

論創社